Wupper Wut

Oliver Buslau begann Ende der neunziger Jahre seine Autorenkarriere als Erfinder des Wuppertaler Privatdetektivs Remigius Rott, der seither in neun Krimis seine Fälle löst. Darüber hinaus schrieb er unter anderem Krimis um das Thema Musik, »Das Gift der Engel«, »Die fünfte Passion«, »Die Orpheus-Prophezeiung« und »Schatten über Sanssouci«, und ist ein viel beschäftigter Autor von Kurzkrimis. In der 2011 gegründeten Krimiautorenband »Hands up! & The Shooting Stars« spielt er Bratsche und Keyboard. www.oliverbuslau.de

OLIVER BUSLAU

Wupper Wut

DER BERGISCHE KRIMI

emons:

Bibliografische Information der Deutschen Nationalbibliothek
Die Deutsche Nationalbibliothek verzeichnet diese Publikation in der Deutschen Nationalbibliografie; detaillierte bibliografische Daten sind im Internet über http://dnb.d-nb.de abrufbar.

MIX
Papier aus verantwortungsvollen Quellen
FSC® C083411

Umschlagmotiv: photocase.com/Helgi
Umschlaggestaltung: Tobias Doetsch
Gestaltung Innenteil: César Satz & Grafik GmbH, Köln
Lektorat: Marit Obsen
Druck und Bindung: CPI – Clausen & Bosse, Leck
Printed in Germany 2015
ISBN 978-3-95451-678-0
Der Bergische Krimi
Originalausgabe

Prolog

Als er erwachte, war es dunkel.

Er spürte keinen Schmerz, überhaupt kein Gefühl.

Wo er war, wusste er nicht. Aber nach einigen Sekunden kam die Erinnerung.

Er war über den hellen Platz gegangen. Dann hinüber zum Café, die Treppe hinunter in die Tiefgarage.

Er hatte die kühle Feuchtigkeit der Betonmauern gespürt. Seine hallenden Schritte vernommen, bis er an seinem Wagen gewesen war.

Die Panik rollte heran. Sein Puls begann zu rasen, sein Herzschlag war so heftig, dass er in seinen Ohren trommelte.

Ich muss hier raus.

Sofort.

Doch er konnte sich nicht bewegen, konnte keinen Finger rühren. Plötzlich war sein Gesicht voller Schweiß. Er lief an seinen Wangen herunter wie Tränen. Als das salzige Nass seine Lippen berührte, versuchte er, flacher zu atmen, um Luft zu sparen, aber der Mief um ihn herum schien ohnehin kein bisschen Sauerstoff mehr zu enthalten.

Beruhige dich. Atme langsam. Beruhige dich. Atme langsam. Noch langsamer …

Etwas veränderte sich. Ein Vibrieren, das sich aus dem dumpfen Pochen seines Herzschlags löste. Ein vorbeirollendes Fahrzeug.

Schrei! Schrei um Hilfe!

Er brachte nur ein Krächzen heraus. Der Schweiß gelangte irgendwie in seinen Mund. Er schien ein paar Tropfen eingeatmet zu haben, denn auf einmal schüttelte ihn heftiger Husten.

Und dann war das Brummen verschwunden.

Mühsam lauschte er. Er versuchte wieder, sich zu bewegen. Doch es war, als habe er keine Gliedmaßen mehr. Als sei sein Körper nicht vorhanden. Bis auf seinen Kopf war alles taub. Und der lag auf einer harten Unterlage, mit Stoff oder einer Art Filz bespannt.

Das Lauschen nützte nichts. Das Schreien nützte nichts. Es war nicht mehr als ein Flüstern.

Irgendwann meldete sich von weit, weit her ein helles Klingen. Eine Glocke.

Irgendwann, viel später, wieder.

Und nach sehr, sehr langer Zeit noch einmal.

Dann hörte er die Glocke nicht mehr. Hörte das Klopfen seines Herzens nicht mehr. Sein benommener Kopf schuf eine Endlosschleife von Gedanken, die ihn vollkommen einnahm.

Wie er über den Platz gegangen war. Wie er überlegt hatte, in das Café zu gehen. Wie er gedacht hatte, dass er doch gerade ein schönes Mittagessen hinter sich hatte. Wie er in die Tiefgarage gegangen war. Zu seinem Wagen.

Sprung zurück. Wie er über den Platz gegangen war …

Mein Wagen.

Ich liege in meinem Wagen.

Im Wagen – natürlich. Komisch, dass ihm das erst jetzt einfiel.

Im Kofferraum.

Und dann war es vorbei.

1

»Ich will nicht nach Wuppertal ziehen.«

»Aber warum nicht? Weißt du, wir könnten …«

»Hältst du das wirklich für eine gute Idee?«

Ich blickte vor mich hin. Meine rechte Hand hielt das Telefon. Die linke spielte mit einem Kugelschreiber, der nur auf den allerersten Blick aussah wie ein sauteurer Füller. Ein Werbegeschenk.

»Aber sicher ist das eine gute Idee«, sagte ich. »Ich meine, dass wir … also, wenn wir in einer gemeinsamen Wohnung leben. Das ist doch auf jeden Fall toll, oder nicht?«

»Wenn es auf jeden Fall toll ist, dann kannst du ja auch zu mir nach Bergisch Gladbach kommen.«

»Bergisch Gladbach? Ich weiß nicht …«

Ich sah meiner linken Hand beim Spiel mit dem Kuli zu. Bergisch Gladbach kam mir immer vor wie ein Kölner Vorort. Wonne wusste das. Wir hatten schon öfter darüber gesprochen.

»Sag doch mal ehrlich, was dich in Wuppertal überhaupt hält?«, fragte sie.

»Mich hält? Na ja, ich bin hier aufgewachsen. Ich wohne schon seit …« Ich brach ab.

Ich war in Wuppertal groß geworden. Dann hatte es ein kleines Zwischenspiel in Köln gegeben, als ich versuchte, ein wenig zu studieren, jedoch ohne nennenswerten Erfolg. Irgendwann war das Geld, das ich von meinen verstorbenen Eltern geerbt hatte, alle gewesen, und ich war zurückgekommen. Seither mühte ich mich ab, als Privatdetektiv über die Runden zu kommen.

»Das weißt du doch alles«, sagte ich missmutig. »Warum sollen wir uns jetzt darüber streiten?«

»Du hast mir immer noch nicht gesagt, was dich da hält.«

»Meine Freunde. Meine Wurzeln. Es ist mehr als zwanzig Jahre her, dass ich hier als Detektiv angefangen habe.«

»Wurzeln? Na gut, Wurzeln wirst du haben. Aber Freunde? Wenn du nicht gerade irgendwelche Ehebrecher überwachst …«

»Hör mal, ich hatte auch schon wichtigere Fälle.«

»Wenn du also nicht gerade irgendwelche Ehebrecher überwachst oder wichtigere Fälle löst, sitzt du doch nur zu Hause und guckst Fernsehen. Und das kannst du genauso gut hier in Bergisch Gladbach.«

In der Telefonleitung hörte ich Wonne leise atmen. Mir war klar, dass die Umzugspläne sehr bald unabwendbare Realität werden würden.

Werden *mussten*.

Meine Wohnung in Elberfeld war zu klein für eine dreiköpfige Familie. Sie bestand ja im Grunde nur aus einem winzigen Wohnzimmer, einem noch kleineren Büro, Schlafzimmer, Küche und Bad. Natürlich war es möglich, mein Büro zu einem Kinderzimmer umzufunktionieren. Aber dann hätte ich mir für die Arbeit was anderes mieten müssen. Und das konnte ich mir nicht leisten. Abgesehen davon …

Wonne sprach weiter. »Ich denke, wir sind noch jung genug, um uns räumlich ein bisschen zu verändern. Wenn du nicht nach Gladbach willst, dann lass uns doch einen Ort irgendwo in der Mitte nehmen. Zum Beispiel Leverkusen.«

Leverkusen … Natürlich wusste ich, dass die Stadt ihre schönen Ecken hatte. Aber für mich war sie nur Bayerkreuz und Bayergelände; die gesichtslose pseudofuturistische Innenstadt mit Betonüberfliegern und einer Art Stadtautobahn.

»Ist das vielleicht besser?«, sagte ich. »Dort kenne ich niemanden. Bist du denn da etabliert? Hast du da Freunde?«

»Immerhin ist die Stadt näher an Köln. Vielleicht kommst du dort leichter an Aufträge.«

Aufträge – ja, das war neben der Wohnungsfrage das zweite heikle Thema.

Aber wenn ich es mir recht überlegte … Eigentlich brauchte ich mein Büro ja kaum. Wenn ich mal einen Auftrag hatte, dann trieb ich mich ohnehin nur in der Stadt oder im Umland herum. Das Zimmer, das ich als Büro bezeichnete, kam nur zum Einsatz, wenn ich telefonierte, meine Post öffnete, oder – ganz selten – eine Rechnung schrieb. In Momenten, in denen ich über besonders großes seelisches Gleichgewicht verfügte, wagte ich sogar, an meinem Schreibtisch meine Kontoauszüge durchzusehen.

Auf Wonnes Seite der Leitung raschelte etwas. Das Geräusch kannte ich schon. Sie faltete eine Zeitung auseinander. Jetzt kam die Phase mit den Anzeigen. Es war nicht das erste, sondern wahrscheinlich das fünfhundertste Mal, dass wir dieses Gespräch am Telefon führten. Es fand meistens freitags statt, und heute *war* Freitag. Es endete immer damit, dass wir uns für das Wochenende verabredeten. Manchmal kamen wir dann samstags oder sonntags noch mal auf das Thema Wohnungssuche zurück. Vor allem, wenn uns eine Wochenendzeitung in die Hände fiel.

»Hier – Bergisch Gladbach, Ortsteil Hand. Fünf Zimmer. Es gibt sogar einen kleinen Balkon. Und einen Stellplatz. Hundertzwanzig Quadratmeter. Neunhundert kalt.«

Vor meinem geistigen Auge erschien eine lange Straße mit gleichförmigen Häusern. Eine Gegend, die eigentlich nur dadurch reizvoll erschien, weil es mittendrin einen Stehgriechen namens Kavala-Grill gab, bei dem man in einem Windfang ein wirklich vernünftiges Gyros bekam. Früher hätte mich das gereizt. Heute nicht mehr, denn Wonne war in meinem Augen die beste Köchin der Welt.

Immerhin hatte Bergisch Gladbach noch was anderes zu bieten. Zum Beispiel mitten in der Stadt einen Kreisel mit vierzehn Schranken, zweiundzwanzig Lichtzeichen und acht akustischen Signalgeräten. Angeblich war das einmalig in der Welt und zog sogar die Aufmerksamkeit von Straßenverkehrsfans aus Amerika auf sich. Dafür gab es keinen richtigen Autobahnzubringer. Den man aber vielleicht auch nicht brauchte, wenn die vierzehn Schranken mal wieder zuschlugen.

»Oder hier«, unterbrach Wonne meine Gedanken. »Bensberg, Schlossstraße. Na ja, bisschen teuer. Tausenddreihundert kalt. Zwei Monatsmieten Kaution. Da müssen wir erst mal im Lotto gewinnen.«

Schneller, als ich erwartet hätte, waren wir beim Thema Geld angekommen – meistens der Schlusspfiff in dieser Art Gespräch.

»Lass uns später noch mal drüber reden«, sagte ich. »Wir müssen das ja nicht unbedingt jetzt klären.«

Es war ein Moment der Schwäche, der mich das sagen ließ. Schon bevor ich den Satz halb ausgesprochen hatte, wurde mir klar, dass ich einen Fehler machte. Wonnes Stimme wurde sofort um mindestens zwei Grad schärfer.

»Natürlich müssen wir das jetzt klären, Remi. Ehrlich gesagt, hätten wir das alles schon längst in trockenen Tüchern haben sollen. Wann, denkst du denn, ist der richtige Zeitpunkt?«

Nächste Woche?, dachte ich. Nächsten Freitag?

»Remi, der kleine Mann in meinem Bauch wartet nicht. Er wächst und wächst, und am elften November ist er da.«

Wir hatten Witze gemacht, als der berechnete Termin feststand. Hatten uns ausgemalt, dass »der kleine Mann«, wie wir das Baby nannten, wahrscheinlich ein astreiner Karnevalsjeck werden würde. Vor diesem Hintergrund wäre es vielleicht sinnvoller, gleich nach Köln zu ziehen. Damit der kleine Mann vom ersten Tag seines Lebens an im passenden Umfeld lebte.

Allerdings wussten wir im Moment noch gar nicht, ob es ein kleiner Mann oder eine kleine Frau werden würde. Das wusste man erst, wenn etwas eindeutig Männliches auf dem Ultraschall zu sehen war. Das würde erst bei einer der kommenden Ultraschalluntersuchungen der Fall sein. Immerhin konnte Wonne schon spüren, wie sich der kleine Mensch bewegte, sagte sie.

»Die Zeit läuft, Remi. Denk dran. Wir können das nicht vertagen. Es betrifft nicht nur uns.« Ihre Stimme wurde ernster. »Und ich würde mir schon wünschen, dass du dich entschließt, nach Gladbach zu kommen. Wir sparen einiges dadurch. Eine große Wohnung ist billiger als zwei kleine. Und in den nächsten Monaten arbeite ich auch noch. Ich schaffe so viel Geld ran, wie es geht. Das solltest du aber auch tun.«

Ja, das sollte ich. Das hatten wir alles durch. Und ich wusste natürlich, dass Wonne recht hatte. Aber im Grunde meines Herzens war ich nun mal eher der Typ, der sich aus allem raushielt. Wenn ich nicht gerade an einem Fall arbeitete, war ich am liebsten für mich. Es war, als bräuchte ich diese Auszeiten, um zu mir selbst zu kommen, um Kraft zu tanken – Kraft für die nächste große Herausforderung. Andere gingen dazu in die Kneipe, wo sie vielleicht noch was anderes als Kraft tankten. Ich setzte mich in meine Wohnung und schaltete den Fernseher ein. »The Simpsons«, »Navy CIS«, von mir aus auch alte »Tatorte«

oder irgendwelche obskuren Wiederholungen amerikanischer Krimiserien von »Magnum« bis »Drei Engel für Charlie« auf Digitalkanälen. Das war meine Welt.

»Du bist echt schwierig, weißt du das?«, sagte Wonne. »Aber vielleicht liebe ich ja gerade das an dir.«

Ja, ich war schwierig. Und jetzt, wo es ernst wurde mit dem Weichenstellen, ging mir auf, dass ich darüber hinaus ziemlich träge war.

Was hielt mich in Wuppertal?

Vielleicht half es, wenn ich mir diese Frage einmal selbst stellte. Ich wusste es nämlich nicht. Liebte ich die Schwebebahn? War ich vernarrt in die pittoreske Schmuddeligkeit der Hinterhöfe?

Meine Hand spielte immer noch mit dem dicken Kuli. Auf dessen Seite war in gelben Buchstaben, die halb blinden Kunden wahrscheinlich Goldschrift suggerieren sollten, mein Name eingeprägt. Der Werbemittelfirma, die mir das Schreibgerät als Gratismuster zugeschickt hatte, war jedoch ein Fehler unterlaufen. »Refugius Rot« stand da statt »Remigius Rott«. Offenbar hatten die suboptimal alphabetisiertes Personal beschäftigt, um Firmenadressen aus irgendwelchen Nachschlagewerken abzuschreiben und in eine Datenbank zu übertragen.

Der Kuli schrieb jedoch gut. Er schmierte nicht und hinterließ eine ordentliche blaue Linie.

»Und was liebst du an mir?«, fragte Wonne. Jetzt klang ihre Stimme schwach, weich und irgendwie klein. Wieder raschelte es. Sie legte die Zeitung weg. Das hieß, dass das Thema Wohnung erst mal aufgeschoben war.

»Musst du so lange mit der Antwort warten?«, moserte sie, als ich immer noch nichts erwiderte. »Das ist doch nicht dein Ernst. Was soll ich denn davon halten?«

»Dass du …«

Dass du so viel Geduld mit mir hast, wollte ich sagen, aber das Vorhaben ging in einem brutalen Schrillen unter. Jemand klingelte bei mir Sturm. Der Schreck ging mir durch Mark und Bein.

Ich sagte es schnell noch einmal.

»Du bist süß«, gab Wonne zurück, aber auch das ahnte ich mehr, als dass ich es wirklich hörte.

Schrill, schrill, schrill.

Genervt sprang ich auf, der Stuhl schrammte lautstark über das Laminat.

»Sorry«, rief ich. »Ich glaube, ich muss aufhören. Wann sehen wir uns?«

»Da scheint aber jemand deine Hilfe zu brauchen«, rief Wonne ins Telefon, während ich zur Tür eilte. »Na, dann mal los. Geld verdienen, Remi. Geld für die neue Wohnung. Und unseren kleinen Karnevalsprinzen. Oder Prinzessin …«

»Soll ich dich morgen anrufen?«

Ich fackelte nicht lange, sondern drückte gleich auf den Öffner und zog die Wohnungstür auf. Von unten war Getrappel zu hören. Jemand kam die Treppe herauf. In einem Tempo, als wollte er oder sie eine Flurolympiade gewinnen.

»Meld dich nachher noch mal«, sagte Wonne. »Und wenn du unbedingt in Wuppertal bleiben willst, bring eben auch mal Angebote von dort mit. Die schauen wir uns dann in Ruhe an. Ich arbeite jetzt auch noch ein bisschen … Ich habe gerade eine Menge zu tun.«

»Wir können ja am Wochenende irgendwo spazieren gehen.« Weil die Wohnungstür offen war, hallte meine Stimme im Treppenhaus. »Der Arzt hat doch gesagt, du sollst viel an die frische Luft …«

»Ich liebe dich«, sagte Wonne.

Ich wollte auch etwas sagen, doch da kam der Besucher in Sicht. Groß, trainiert. Der Mann trug Jeans und ein Flanellhemd mit Karos. Obwohl er gerannt war, wirkte er nicht angestrengt. Kein einziger Schweißtropfen stand auf seiner Stirn. Trotzdem ging von ihm ein stechender Geruch nach ungewaschenen Klamotten aus.

»Hallo Rott«, nuschelte er durch seine irgendwie zu kurzen Lippen, die seine Vorderzähne umkreisten, es aber nicht schafften, sie vollkommen zu bedecken. Das sorgte für einen ziemlich dämlichen Gesichtsausdruck.

Ich kannte den Mann. Und ich wusste, dass er mir kein Geld einbringen würde. Ganz im Gegenteil.

Ich wandte mich ab, wollte mich von Wonne verabschieden. Ihr noch schnell sagen, dass ich sie auch liebte, selbst wenn ich mich einfach nicht dazu entschließen konnte, von Wuppertal wegzuziehen. Ich wollte ihr sagen, dass ich in mich gehen würde, dass ich für mich selbst die Frage beantworten wollte, warum mir so viel daran lag, ausgerechnet hier zu wohnen. Ich wollte Besserung versprechen.

Aber sie ließ es nicht zu.

Mit einem kurzen »Tschüss dann«, unterbrach sie die Verbindung.

»Ist was los?«, fragte der Mann, der nun vor mir stand und ungehindert seinen Schweißgeruch verströmte. »Was Schlimmes?«

Ich musste ihn angesehen haben, als sei er schuld, dass ich mich nicht richtig von meiner Freundin verabschieden konnte. Und das war er ja auch. Na gut, eigentlich war er es nicht. Aber meine Laune sank trotzdem auf einen Tiefpunkt.

Damals, als ich an der Tür stand, hallten Wonnes letzte Worte in meinem Kopf nach. Und das tun sie heute noch. Ich wusste nicht, dass vieles ganz anders kommen würde als geplant. Und viel schneller. In jenem Moment raste, schnell wie ein apokalyptischer Asteroid, ein dicker Brocken Verhängnis auf uns zu. Und ich hatte keine Ahnung davon.

Der Besucher war Hauptkommissar Opladen von der Wuppertaler Kripo. Ein Mann, dem ich so manchen Gefallen schuldete.

»Du willst wohl das goldene Telefonhörnchen gewinnen, Rott?« Er grinste schief. »So lange, wie du telefonierst.«

»Was ist los, Opladen?«, fragte ich, dabei konnte ich es mir denken. »Ich dachte immer, Beamte hätten freitags um zwölf Uhr Dienstschluss. Und jetzt ist es schon halb eins.« Ein vergeblicher Versuch, ihn mit einem Witz abzuspeisen.

»Wer sagt, dass ich arbeite?«, entgegnete er. »Ist trotzdem dringend.«

Ich hatte keine Wahl. »Komm rein.«

Er schüttelte den Kopf. »Keine Zeit. Du musst mitkommen.«

»Ach, und wohin?«

»Erklär ich unterwegs.«

»Wenn ich aber gerade viel zu tun habe?«

»Hast du nicht.«

»Woher weißt du das?«

Er packte mich am Arm. In seinem Blick hatte sich etwas verändert. Bis eben war er vielleicht noch bereit gewesen, Späße mitzumachen, aber damit war jetzt Schluss.

»Weil ich es sage. Los jetzt.«

2

Opladen war tatsächlich nicht im Dienst. Erstens war er mit seinem Privatwagen gekommen. Zweitens hatte er kein mobiles Blaulicht dabei, das er sich gelegentlich aufs Dach stellte, wenn er es eilig hatte.

So schlichen wir in seinem dreckigen, runtergekommenen Corsa durch den Wuppertaler Berufsverkehr.

Der Hauptkommissar sagte nichts. Gelegentlich sah er auf sein Handy. Einmal klingelte es mit einem Martinshorn-Klingelton, und Opladen führte ein kurzes Gespräch, aus dem ich aber nicht schlau wurde.

»Na, wenn das die Polizei sieht«, sagte ich. »Handy am Steuer ohne Freisprechanlage. Das wird teuer.«

Er wandte mir sein Gesicht zu und zeigte mir die Schneidezähne, die aus seinem offenen Mund herauslugten. Offenbar hatte er keine Ahnung, wovon ich sprach.

»Du könntest den Martinshornklingelton laut stellen und das Handy aus dem Fenster halten«, schlug ich vor. »Vielleicht machen die anderen dann Platz.«

Was uns verband, war eigentlich etwas Dienstliches. Vor Jahren hatte ich ihm mal geholfen, einen Bankräuber zu fassen. Seither erhielt ich von ihm gelegentlich kleinere Hinweise, an die man so ohne Weiteres nicht rankam. Dafür war ich in der Pflicht, gelegentlich auch mal was für ihn zu tun. Was selten vorkam. Jetzt war es offenbar wieder so weit.

»Da wir ohnehin im Stau stehen«, sagte ich, »könntest du mir doch erzählen, warum du mich aus dem Büro geholt hast. Ich meine nicht aus Höflichkeit. Nur so zur Unterhaltung.«

Opladen hatte sich die Blankstraße entlanggearbeitet. Nun ging es weiter stadtauswärts, über die Ronsdorfer.

»Muss jemanden festnehmen«, informierte er mich. »Kann die Kollegen dabei nicht gebrauchen.«

Aha, dachte ich. Das lässt nur einen Schluss zu.

»Hast du wieder Mist gebaut?«

Er sah nicht mich an, sondern die Straße und gönnte ihr ein Nicken. »Der Mann heißt Erwin Brambach«, sagte er. »Flüchtiger Knacki.«

Da klingelte etwas bei mir.

»Ist das der, über den neulich was in der Zeitung stand? Der auf Freigang war und abgehauen ist? Wegen dem die Polizei sich zum Obst gemacht hat?«

»Kein Freigang«, sagte Opladen.

»Aber Obst trotzdem?«

»Brambach musste zum Arzt. Draußen. Das dürfen Knackis. Wir begleiten sie. Dabei ist er weg.«

»Und wir fahren jetzt irgendwohin, wo du ihn festnimmst?«

»Erfasst, Rott.«

»Das heißt, der wartet da auf uns? Er steht brav rum, bis wir uns am frühen Freitagnachmittag durch den Stau irgendwohin gequält haben? Wieso schickst du nicht einfach einen Streifenwagen an diesen geheimnisvollen Ort? Warum muss ausgerechnet ich dir dabei helfen?«

Opladen schloss langsam rollend eine zwei Meter lange Lücke in der Schlange und starrte eine Weile auf die Rücklichter des Vordermannes.

»Anonymer Hinweis«, sagte er dann. »Vor einer knappen Stunde.«

»Das erklärt aber immer noch nicht, warum nicht auch andere Polizisten Brambach festnehmen können. Mensch, Opladen, lass dir doch nicht alles aus der Nase ziehen.«

Er schwieg.

»Lass mich raten«, fuhr ich fort. »Der Beamte, der Brambach zum Arzt begleitet hat, warst du. Wahrscheinlich haben sie dich strafversetzt oder so was. Statt Mordkommission darfst du jetzt Häftlinge spazieren führen. Und sogar dafür warst du zu dämlich. Wenn du diesen Brambach nicht wiederfindest, musst du als Nächstes vermutlich den Verkehr regeln oder Punkte in Flensburg zählen. Falls sie dich nicht ganz rausschmeißen und dir die Pension streichen. Wenn du Brambach aber …«

»Schluss, Rott«, rief Opladen. »Es reicht.«

»… sozusagen eigeninitiativ zurück in den Strafvollzug beförderst, kassierst du vielleicht ein Lob für besonderen außerdienstlichen Einsatz oder so was in der Art.«

»Du bist ein Arsch.«

»Danke für diese netten Worte. Ich nehme an, du willst damit den Gefallen würdigen, den ich dir gerade tue, oder?«

»Hab dir auch schon Gefallen getan.«

Ich atmete tief durch und zählte innerlich bis zehn. Er hatte ja recht. Ich brauchte hin und wieder seine Hilfe. Und jetzt brauchte er halt mal mich. Das mit dem angepeilten Sonderlob konnte tatsächlich sein Motiv sein, diesen Alleingang zu wagen und mich hinzuzuziehen, obwohl das krass gegen die Vorschriften verstieß. Ich war ja kein Bulle, hatte keine Befugnisse. Aber eigentlich brauchte ich mir darüber keine Gedanken zu machen. Es war nicht meine Sache. Ich ärgerte mich gar nicht wegen Opladen, sondern wegen der Sache mit Wonne. Das Thema Wohnungssuche verfolgte mich. Genau genommen ärgerte ich mich eigentlich nur über mich selbst. Dass ich hier mit Opladen herumgondelte, war nicht das Problem. Im Gegenteil. Beim nächsten Mal hätte ich wieder was gut beim Hauptkommissar.

Ich blickte nach draußen. Einen Moment lang dachte ich, Opladens Ziel sei die JVA Ronsdorf, aber das machte wenig Sinn, denn die Zielperson war ja schon abgehauen. Es ging weiter in Richtung A 1. In Linde lenkte Opladen seinen Wagen auf die Autobahn. Dort gab er mächtig Gas, als wollte er zeigen, was in dem alten Corsa steckte. Doch nach ein paar Kilometern bremste er schon wieder ab und fuhr auf den Rastplatz Remscheid.

Ich habe keine Ahnung, ob es Bücher über Autobahnraststätten gibt. Aber *wenn* es sie gibt, vielleicht sogar eins mit dem Titel »Einhundertelf Autobahnraststätten, die man gesehen haben sollte«, dann darf Remscheid-Ost darin nicht fehlen. Die Anlage besitzt mehrere Besonderheiten. Eine davon nutzte Opladen jetzt, indem er von einer Autobahnseite auf die andere fuhr – hinüber zur Raststätte Ost, die eine kleine Welt für sich war.

Unten gab es ein typisches Rasthaus mit Tankstelle und allem, was dazugehört. Dahinter lag über der Kurve, die die Autobahn unten im Tal beschrieb, ein Hang. In mehreren Schleifen führte serpentinenartig eine Straße hinauf. In jeder Kurve gab es einen Parkplatz. Ganz oben thronte ein kantiges Gebäude: ein Motel mit Restaurant und Wanderparkplatz davor, das auf die endlosen Blechströme im Tal herabsah. Von dort aus konnte man Touren ins Bergische Land unternehmen oder die Eschbachtalsperre besuchen, die sich gleich hinter dem Motel erstreckte. In diesem Sinne war die Raststätte Remscheid-Ost weit mehr als nur ein Haltepunkt für müde Autofahrer. Sie war ein Ziel für Wanderer, Naherholungsgebiet und Treffpunkt gleichermaßen. Oben saßen Senioren beim Kaffee zusammen und verknüpften ihre Sahnetortenschlacht mit einem Spaziergang um die Talsperre. Berufstätige legten auf dem Nachhauseweg einen Stopp zum Joggen in freier Natur ein. Andere kamen her, um den Hund auf den weitverzweigten Waldwegen Gassi zu führen.

»Wenn sich Erwin Brambach hier versteckt hält, ist er clever«, sagte ich. »Das ist ja alles total unübersichtlich.«

Opladen fand ganz oben eine Parklücke und schaltete den Motor aus.

»Streifenwagen geht hier nicht«, erklärte er. »Würde man schon von Weitem sehen. Und viele Kollegen kennt Brambach auch.«

»Klar, zum Beispiel dich.«

»Ist halt immer ein Risiko.«

»Okay, bringen wir's hinter uns.«

Ich wollte aussteigen, aber er hielt mich am Arm fest.

»Du nimmst die Sache nicht ernst, Rott«, sagte er und griff ins Handschuhfach. »Guck dir erst das Bild an.«

Er hatte recht. Ich nahm das nicht ernst. Ich glaubte nicht, dass wir Brambach hier fanden. Aber ich tat Opladen den Gefallen, mitzuspielen.

Es war ein typisches Fahndungsfoto. Es zeigte den Flüchtigen einmal von vorne, dann von beiden Seiten, nebeneinander auf ein DIN-A4-Blatt kopiert. Ich blickte in das schlecht rasierte Gesicht eines etwa Fünfunddreißigjährigen. Ungepflegtes Haar, dunkle Augen. Senkrechte Falten an den Wangen. Wenn er sich zur Tarnung eine Glatze geschnitten, rasiert und etwas zugenommen hatte, würden wir ahnungslos an ihm vorbeilaufen.

»Wir müssen schnell sein«, sagte Opladen. Er fummelte an seiner Hüfte herum. Ich erkannte unter dem Hemd, das er über der Hose trug, eine leichte Ausbeulung. Eine Waffe. »Du gehst runter zur Tanke, ich geh ins Motel. Meine Handynummer hast du? Meld dich, wenn du ihn siehst. Unternimm aber nichts. Dich kennt er nicht. Ist ein Vorteil.«

Klar, dachte ich. Dich sieht er vermutlich schon durchs Fenster und haut durch den Hinterausgang ab. Hinein in die Weite des Bergischen Landes, während du noch unten stehst und an der Rezeption das Foto zeigst.

Aber wie gesagt – ich machte mit.

Wie auf Kommando hatte es zu nieseln begonnen, als wir das Auto verließen. Ich hatte keinen Schirm, aber ich trug den hellgrauen Mantel, den mir Wonne zum Geburtstag geschenkt hatte. Genau das Richtige für einen kaputten bergischen Sommer wie diesen. Außerdem erinnerte das Kleidungsstück ein bisschen an den legendären Detektiv Philip Marlowe. Wonne hatte gedacht, das sei passend für mich. Nun brauchte ich nur noch einen Hut. Vielleicht bekam ich den ja zu Weihnachten.

Ich sah niemanden, der Brambach ähnlich sah. Nicht auf dem Weg den Hang hinunter und nicht unten an den Bussen, wo es eine Menge Gedränge am Zugang zu den Toiletten gab. Als ich die Theke mit den Sandwiches ereichte, fiel mir ein, dass ich noch nicht zu Mittag gegessen hatte. Aber die Apothekenpreise hier unten musste ich mir nun wirklich nicht antun. Dann schon lieber ins Motelrestaurant. Ein Mittagessen mit Ausblick auf die A 1 hatte vielleicht was.

Ich stellte mich etwas abseits neben die Busse und ließ den Blick schweifen. Es war besser, nicht zu schnell wieder oben zu sein. Vielleicht kam Opladen sonst noch auf die Idee, eine Wanderung um die Talsperre zu unternehmen. Darauf hatte ich keine Lust.

Nachdem ich eine Weile herumgestanden hatte, klingelte mein Handy.

»Und?«, fragte Opladen.

»Nichts. Sonst hätte ich mich doch gemeldet. Bei dir?«

»Kannst du dir denken.«

»Was hat der anonyme Tippgeber eigentlich genau gesagt?«

»Was wohl? Dass Brambach hier sein soll. Das Bild war ja in der Zeitung.«

»Mensch, Opladen. Dann war er mit dem Auto unterwegs und ist längst wieder weg. Das machen die Leute so an Autobahnraststätten. Da herrscht ein ständiges Kommen und Gehen.«

»Weiß ich. Aber die sagte, Brambach sei öfter hier.«

»Die?«

»Es war 'ne Frau.«

»Und was heißt öfter?«

»Keine Ahnung.«

Das hatte doch alles keinen Zweck. Während wir redeten, lenkte ich meine Schritte zurück den Berg hinauf. Am besten, wir trafen uns oben und ich brachte Opladen dazu, mich wieder heimzufahren.

»Wieso weißt eigentlich nur du von diesem Anruf? Ich meine, sind deine Kollegen nicht auch informiert worden? Und gehen der Sache nach?«

»Glück, Rott. Der kam auf meinen Apparat. Und du weißt ja: Ich kann gut mit Frauen.«

»Ja, ja, du kannst gut mit Frauen. Aber ihren Namen hat sie nicht gesagt, oder? Weißt du was? Ich komm jetzt rauf, und dann …«

Ich brach ab, weil mich etwas aus dem Konzept brachte. Ein Wagen, den ich kannte, war an mir vorbeigefahren. Ein kleines rotes Auto mit Bergisch Gladbacher Kennzeichen. Es kurvte die Straße hinauf. Ich hatte den blonden Haarschopf der Fahrerin erkannt. Er gehörte Wonne.

»Was ist?«, fragte Opladen im Telefon.

»Wir treffen uns oben«, sagte ich, drückte den roten Knopf und lief los. Es nieselte immer noch. Die Luft war feucht, aber trotz des herbstlichen Anflugs warm. Ich begann zu schwitzen. Als ich den obersten Parkplatz erreichte, fand ich ihren Wagen erst nicht. Ich lief dorthin, wo Opladen geparkt hatte – an der Kurve, die von der obersten Ebene hinunterführte.

Dann sah ich sie. Sie war gerade aus dem Wagen gestiegen und schien irgendwas in ihrer Handtasche zu suchen. Dabei drehte sie sich von mir weg.

Ich rief ihren Namen. Sie hörte mich nicht. Ich rief noch einmal. Mir kam der Gedanke, dass die Frau dort drüben, etwa fünfzig Meter entfernt, vielleicht doch nicht Wonne war, sondern nur jemand, der ihr ähnlich sah. Aber dann wandte sie mir ihr Gesicht zu. Sie war es wirklich. Was machte sie hier?

Sie erkannte mich. Ging auf mich zu. Aber sie kam nur wenige Schritte weit.

In der Kehre zwischen den Straßen schmückte eine eigenartige Bronzefigur den Rasen. Es war die stilisierte Darstellung einer ziemlich dicken Frau auf einem Betonblock, die gerade eine Yoga-Übung zu versuchen schien. Etwas, was mit Gleichgewicht zu tun hatte: die Beine kreuzen, die Arme irgendwie verschränken. Mir war die Figur schon früher aufgefallen, aber ich hatte keine Ahnung, was sie darstellen sollte oder warum sie hier überhaupt stand. Vielleicht war sie ein Zeichen dafür, dass man sich hier oben vor dem Motel, in unmittelbarer Nähe des Waldes und der Talsperre, nicht mehr auf einer Autobahnraststätte befand, sondern in einem Naherholungsgebiet. Obwohl das gleichmäßige Rauschen des Verkehrs im Tal einen ständig an die meistbefahrene Verkehrsader Deutschlands erinnerte.

Die schlanke Wonne mit ihrem hellen Haar stand neben der grünlich grauen Figur, die durch ihre Farbe fast mit dem Hintergrund aus Bäumen und Sträuchern verschwamm. Wieder griff sie in die Handtasche, und jetzt wusste ich auch, warum. Sie hatte sich am Auto wohl gefragt, ob sie einen Schirm brauchte. Die Regenstärke stand ja gerade so auf der Kippe vom Nieselregen zum richtigen Niederschlag. Jetzt war sie wohl zu dem Ergebnis gekommen, dass ihr Knirps zum Einsatz kommen musste, und sie griff in die Tasche.

Auf einmal presste sie die Hand auf die Brust. Etwas schien ihr plötzlich wehzutun.

Sehr wehzutun.

Es quälte sie so, dass sie ins Taumeln geriet. Die Tasche rutschte an ihr herunter, fiel ins Gras. Wonne beugte die Knie. War ihr schlecht geworden?

Erst jetzt wurde mir bewusst, dass ich einen trockenen Knall vernommen hatte. Ein Geräusch, wie man es dort, wo Autos waren, immer mal hören konnte und auf das ich nicht geachtet hatte.

Sie löste ihre Hand von der Brust. Auf ihrer Bluse breitete sich etwas Dunkles aus.

Meine Beine waren wie von selbst losgerannt. Erst als ich bei ihr war, überrollte mich die Erkenntnis. Sie verpasste mir einen Faustschlag, der mich einen Moment lang lähmte. Ich versuchte, Wonne zu packen, doch sie fiel einfach hin und blieb auf dem Rücken liegen.

Um mich herum erhob sich Geschrei. Leute kamen angelaufen. Ich sah es aus den Augenwinkeln, denn ich blickte nur meine Freundin an.

Sie hatte die Augen weit aufgerissen. Ihr Mund formte etwas. Meinen Namen.

»Remi«, hauchte sie. »Remi.«

Jetzt, endlich, löste ich mich aus meiner Erstarrung. Meine Hand war taub, als ich nach dem Handy tastete. Da hörte ich, wie jemand etwas von »Notarzt« rief. Es fiel mir schrecklich schwer, den Blick von Wonne, meiner Wonne, abzuwenden, aber ich musste mit den Leuten reden.

»Sagen Sie, dass es eine Schussverletzung ist«, schrie ich den älteren Herrn mit Regenjacke an, der gerade das Handy ans Ohr hielt. »Sagen Sie es«, bellte ich. »Es ist wichtig. Sofort.« Er gehorchte. »Und sie ist schwanger«, rief ich. »Ungefähr vierter Monat. Sagen Sie das auch.«

Die Polizei.

Wo war die Polizei?

Wo war Opladen?

Ich beugte mich wieder zu Wonne, aus deren Brust immer mehr Blut sickerte. Ich legte meine Hände unter ihren Kopf, flüsterte ihren Namen. Sie hatte die Augen geschlossen und sagte nichts. Und ihr Gesicht war weiß wie Papier, der Lippenstift, der Lidschatten grausame Masken.

Lass sie nicht tot sein, hämmerte es in mir.

Nicht tot.

Ich packte ihr Handgelenk. Da musste doch der Puls sein. Ich fand ihn, oder vielmehr glaubte ich, ihn zu finden, verlor ihn jedoch wieder und wusste nicht, ob ich mit meinen gefühllosen Fingern überhaupt etwas gespürt hatte. Dann kam es mir vor, als ob Wonne den Kopf bewegte. Gleichzeitig schien sich in mir ein furchtbarer Abgrund aufzutun. Ein Gefühl von tiefer Leere und Schwäche, während es in meinen Ohren ratterte und sauste.

Als ich den Kopf wieder hob, wurde mir klar, dass das Geräusch nicht in mir war. Jedenfalls nicht mehr, denn unter ohrenbetäubendem Knattern senkte sich wie ein riesiges Insekt ein leuchtend orangefarbener Hubschrauber auf einen der unteren Parkplätze. Die Rotoren erzeugten einen Sturm, unter dem sich die Äste der Bäume am Waldrand bogen.

Es musste viel Zeit vergangen sein. Mehrere blau-silberne Streifenwagen standen da. Man hatte den Bereich abgesperrt. Opladen stach mit seinem karierten Hemd hervor. Er sprach mit einem Beamten, telefonierte gleichzeitig. Und dann kam das Team aus dem Hubschrauber mit einer Trage zu uns herübergerannt.

Das bedeutet, dass sie noch lebt, dachte ich. Sonst würden sie ja nicht kommen. Sie lebt. Und der kleine Mann lebt auch. Noch.

Man zog mich weg. Die Sanitäter mit Anzügen in der gleichen grellen Farbe wie der Hubschrauber beugten sich über sie. Ich sah nur noch Wonnes Beine auf dem Rasen liegen. Ihre Füße in den braunen Stiefeln mit den hohen Absätzen.

»Sie ist schwanger«, rief ich wieder. »Vierter Monat.«

Sie reagierten nicht. Dokterten nur an ihr herum. Es schien ewig zu dauern. Ich spürte Nässe am Bein. Ich kniete auf dem Rasen, ohne es bemerkt zu haben.

Wenn sie jetzt aufstehen und die Köpfe schütteln, dachte ich, und mir wurde unendlich flau. Die Umgebung schien sich zu verdunkeln.

Dann rief einer etwas. Sie legten Wonne auf die Trage, brachten sie im Laufschritt zum Hubschrauber, luden sie ein. Ich rappelte mich auf, und dabei wurde mir schwarz vor Augen. Aber ich musste doch hinterher. Nach ein paar Schritten hielt mich jemand fest. Ich schrie, wollte mich losreißen. Zwei Uniformierte waren plötzlich da und drängten mich weg. Eine Menschenmenge hinter der Absperrung sah zu.

Der Mann, der mich festgehalten hatte, war Opladen.

»Kein Zweck, Rott«, rief er. »Später.«

»Wohin bringen sie sie?«

»Merheim.«

»Ist das nicht zu weit? Das ist doch Köln. Was ist mit Gummersbach? Wuppertal?«

Der Hubschrauber knatterte jetzt richtig los, erhob sich in den Himmel, wurde zu einem schwarzen Umriss und verschwand in Richtung Köln.

»Merheim ist richtig, glaub mir. Die sind spezialisiert. Und der Helikopter braucht keine zehn Minuten.«

Das sich entfernende Geräusch verschmolz nach und nach mit dem Rauschen der Autobahn.

»Ich muss dahin«, sagte ich. »Ich muss zu ihr. Kann mich jemand hinbringen?«

Die Tür eines Streifenwagens wurde geöffnet. Ich wurde auf die Rückbank verfrachtet. Die Türen schlugen zu, der Lärm blieb draußen.

Die uniformierten Beamten und Opladen standen vor der Kühlerhaube und schienen über irgendwas zu diskutieren. Ich konnte sie nicht hören. Ab und zu rauschte eine knappe Meldung aus dem Funkgerät.

Schließlich stiegen die beiden Beamten vorne ein. Opladen blieb draußen und ging weg. Das Martinshorn ertönte. Die Menschen auf der Serpentinenstraße machten Platz, als wir losrollten. Dann nahm der Wagen Fahrt auf. Es waren noch mehrere Streifenwagen vor uns. Auf der Autobahn fingen sie an zu rasen. Doch dann verließen wir die A 1. Da stimmte was nicht.

»Was macht ihr?«, schrie ich. »Nach Merheim geht's in die andere Richtung.«

Zuerst kam keine Reaktion.

»Hallo?« Meine Stimme überschlug sich. »Da ist gerade meine

Freundin angeschossen worden. Ich will zu ihr. Wohin fahrt ihr denn?«

Endlich drehte sich der Beamte auf dem Beifahrersitz um. »Sie haben vorher noch einen Termin«, sagte er. »In Wuppertal.«

3

Ich schloss die Augen, doch ich wurde die Bilder nicht los – die Bilder von ihrem schrecklich blassen, geschminkten Gesicht, von dem Schattenriss des Hubschraubers am Himmel.

Irgendwann bremste der Wagen. Wir waren am Polizeipräsidium in der Friedrich-Engels-Allee angelangt. Es ging durch das hintere Tor auf den Parkplatz. Der Beifahrer sprang hinaus und öffnete mir die Tür, als wäre ich ein Staatsgast.

»Kommen Sie bitte mit, Herr Rott.«

»Hören Sie, ich muss nach Merheim zu meiner Freundin.«

Er ging in das Gebäude. Ich folgte ihm. »Haben Sie wenigstens diesen Brambach erwischt?«, rief ich. »Können Sie mir sagen, ob …«

»Gehen Sie bitte hier rein. Die Kollegen kommen gleich.«

Wir waren an einem kleinen Raum angekommen, in dem sich ein paar Stühle und ein Tisch befanden. Der Beamte schob mich hinein, die Tür schloss sich, und ich war allein.

Was sollte das?

Na gut, Sie brauchten mich als Zeugen. War ja zu verstehen.

Aber ich musste nach Merheim. Vielleicht konnte ich wenigstens anrufen. Wie war die Nummer?

Ich wollte im Internet nachsehen und griff nach meinem Smartphone.

Gerade hatte ich es aus der Tasche geholt, da hörte ich Stimmen auf dem Flur. Drei Zivilbeamte kamen herein. Einer von ihnen kam mir bekannt vor.

Es war Kriminaldirektor Günther. Leiter der Direktion Kriminalität. Chef von soundso vielen Beamten. Wie immer im Anzug. Diesmal in einem Modell aus grau glänzendem Stoff. Seine hellen Augen fixierten mich, während er sich in einen Stuhl fallen ließ. Die Kollegen blieben stehen.

»Guten Tag, Herr Rott. Warum nehmen Sie nicht Platz?«

»Ich glaube, ich stehe lieber. Und außerdem …«

»Nun setzen Sie sich schon.«

»Kann ich nicht erst nach meiner Freundin sehen?«

»Sie ist in der Klinik und wird versorgt. Sie können gleich zu ihr. Wenn wir die Sachlage geklärt haben.«

»Die Sachlage? Ich habe Brambach nicht gesehen.«

»Was haben Sie denn überhaupt dort zu suchen gehabt? Ich meine, Sie und Frau Freier?«

»Zu suchen gehabt …« Ich zögerte. Was konnte ich sagen? Durfte Günther wissen, dass Opladen mich geholt hatte, um ihm bei der Festnahme zu helfen? Natürlich nicht. Mir wurde klar, dass ich ganz schnell eine gute Geschichte brauchte.

»Es ist doch kaum ein Zufall, dass Sie ausgerechnet dort auftauchen, wo einer meiner Kommissare gerade nach jemandem fahndet. Sie und Ihre Freundin.«

»Zufall … na ja, warum nicht? So was kann vorkommen.«

»Kann es. Was wollten Sie dort?«

Ich schwieg.

»Wussten Sie, dass Herr Opladen dort sein würde?«

»Ja … also.«

»Sie wussten, worum es ging?«

»Nicht so richtig.«

»Warum haben Sie dann eben gesagt, Sie hätten Brambach nicht gesehen? Sie kennen sogar seinen Namen. Sie wussten, warum Herr Opladen dort war.«

»Ja, ich habe Herrn Opladen getroffen. Er hat mir das von Brambach gesagt.«

»An der Raststätte?«

»Ja.«

»Er stellt das aber ganz anders dar.«

Pause. Alle starrten mich an. Ich schwitzte.

Verdammter Mist, dachte ich. Verdammter, verdammter Mist.

Ich räusperte mich. »Und wie stellt er es dar?«

»Er sagt, Sie hätten behauptet, Brambach dort gesehen zu haben. Damit hätten Sie Herrn Opladen dazu gebracht, zu der Raststätte zu fahren.«

»Was?«

»Und dann wäre Frau Freier aufgetaucht und jemand hätte geschossen. Was ist Ihre Freundin von Beruf, Herr Rott?«

»Journalistin. Aber das hat doch damit nichts …«

»Nichts zu tun? Herr Rott, was gibt es denn Besseres für eine Journalistin, als bei einer Festnahme dabei zu sein? Es tut mir wirklich leid, dass Ihre Freundin verletzt wurde, aber man sollte sich in so was nicht einmischen. Das wissen Sie. Sie haben Frau Freier mit diesem Spielchen selbst in Gefahr gebracht.«

»Habe ich nicht. Das stimmt doch alles nicht.«

»Was stimmt denn dann?«

Es war mir egal, wenn Opladen Ärger bekam. Ich erzählte alles, und ich sagte die Wahrheit. Dass der Hauptkommissar mich abgeholt hatte. Dass ich ihm helfen sollte, nach Brambach zu fahnden.

Als ich fertig war, beugte sich Günther vor und betrachtete mich eine Weile. Dann wandte er sich zu seinen Kollegen um, die wie auf Kommando grinsten und die Köpfe schüttelten. Günther drehte sich zurück und sah mich wieder an.

»Was ist das denn für eine Geschichte? Warum hätte Herr Opladen das tun sollen?«

»Fragen Sie ihn. Vielleicht sagt er es Ihnen.«

»Selbst wenn es stimmen würde. Was hätte dann Ihre Freundin dort gewollt?«

»Das frage ich mich auch.«

Er schwieg wieder eine Weile. Ihm schien ein neuer Gedanke durch den Kopf zu gehen.

»Der Hinweis kam von einer anonymen Anruferin, sagten Sie. Diese Frau war nicht zufällig Ihre Freundin? Um eine Polizeiaktion für die Presse zu provozieren?«

»Blödsinn!«, rief ich. »Wenn Sie mir die Sache mit Opladen nicht glauben wollen – okay. Aber das ergibt ja nun gar keinen Sinn. Wenn sie so was gemacht hätte, wäre Brambach nicht dort gewesen. Und aus der Polizeiaktion wäre nichts geworden. Außerdem, wer hätte dann schießen sollen, wenn alles ein Fake war?«

»Eben. Es ist Blödsinn. Vielleicht wissen Sie also tatsächlich, wo Brambach steckt? Sie wissen doch sonst immer so viel.«

»Ich habe Ihnen gesagt, was ich weiß, und das war die Wahrheit. Ich will jetzt gehen.«

»Nehmen wir an, Ihre Freundin war wirklich zufällig da«, wandte Günther ein. »Wann haben Sie Frau Freier das letzte Mal gesehen? Ich meine, vor dem Ereignis an der Raststätte?«

»Gestern.«

»Haben Sie in der Zwischenzeit mit ihr gesprochen? Telefoniert?«

Ich seufzte. »Hören Sie, das bringt doch alles nichts. Ich kann Ihnen nur sagen, wie es gewesen ist. Ich war mit Opladen da. Wonne, ich meine, Frau Freier, kam dazu. Ich weiß nicht, warum. Ich war selbst darüber erstaunt. Ich wollte gerade mit ihr sprechen, da fiel schon der Schuss.«

»Warum nehme ich Ihnen das nicht ab, Herr Rott?«

»Weiß ich doch nicht.«

»Sie haben gewusst, dass Brambach dort sein würde. Sie haben den Hauptkommissar dorthin gelockt …«

»Ich habe gar nichts.«

»Sie haben Kontakt zu Brambach. Oder sie hatten ihn. Was wissen Sie? Sagen Sie es uns.«

Ich hatte die graue Tischplatte vor mir angesehen. Nun hob ich den Kopf.

»Ich weiß nur, was in der Zeitung stand. Dass er abgehauen ist. Es war so, wie ich sagte. Ich habe nicht gesehen, woher der Schuss kam. Und ganz bestimmt habe ich nicht mit einem solchen Verlauf der Ereignisse gerechnet. Mehr habe ich nicht auszusagen.«

Günther nickte. »Also gut. Wir werden dem nachgehen, Herr Rott. Wir werden allem nachgehen.«

»Das hoffe ich doch. Ich bin genauso daran interessiert, dass Brambach bestraft wird, wie Sie. Mehr sogar.«

Niemand hielt mich auf, als ich hinausging. Erst als ich auf dem Gang war, drängten sie sich an mir vorbei.

»Eins noch«, sagte Günther. »Keine Alleingänge. Brambach ist gefährlich. Halten Sie sich zurück.«

Damit ging die kleine Truppe davon.

Ich blieb stehen, stützte mich auf eine Fensterbank. Hinter der Scheibe lag die triste Hinterhofszenerie von der Rückseite des Präsidiums.

Schließlich holte ich mein Handy heraus und suchte die Nummer der Merheimer Klinik im Internet. Ich konnte mit meinen zitternden Händen kaum tippen.

Nach mehrmaligem Verbinden bekam ich jemanden an den Hörer, der mir Auskunft geben konnte.

»Herr Rott?«, wiederholte eine weibliche Stimme meinen Namen. »Sind Sie mit der Patientin verwandt?«

»Das nicht, aber …«

»Nicht?«

»Doch, doch«, sagte ich. »Ich hatte mich verhört. Frau Freier ist meine Frau.«

»Ich kann Ihnen am Telefon ohnehin nichts sagen.«

»Was ist mit dem kleinen Mann, ich meine, mit dem Kind? Wissen Sie, dass sie schwanger ist?«

»Ja, das wurde mitgeteilt. Der Notarzt hat es uns gesagt.«

»Dann kann ich gar nichts tun? Wann kann ich denn zu ihr?«

»Nach der Operation.«

»Das heißt, sie lebt. Sie wird operiert, und wenn sie aufwacht, kann ich mit ihr sprechen.«

»Das kann Ihnen nur ein Arzt sagen. Kommen Sie am besten her.«

»Wie lange wird die Operation noch dauern?«

»Das weiß ich leider nicht. Aber es scheint langwierig zu sein. Kommen Sie am besten her, so schnell Sie können. Auf Wiederhören.«

Ich legte auf und starrte aus dem Fenster. Dann setzte ich mich in Bewegung, denn ich hatte was zu klären.

»Rott. Wie kommst du hierher?«

Ich hatte einfach Opladens Büro betreten. Der Hauptkommissar blickte erschrocken nach links und rechts, aber es waren keine Kollegen in der Nähe.

»Ich bin mit meinen Füßen in dein Büro marschiert, stell dir vor. Oder dachtest du, dein großer Chef hätte mich schon eingebuchtet?«

Er senkte die Stimme. »Kannst du nicht machen. Wir haben Ärger.«

»Nicht wir, Opladen. *Ich.* Weil du denen einen vom Pferd erzählt hast.«

Er stand auf und holte einen Schlüssel aus der Schublade, dann ging er zur Tür.

»Wo willst du hin?«

»Heim.«

»Du bleibst hier. Du musst mir helfen.«

Wieder sah er sich unsicher um.

»Nein.«

»Hier, du hast vergessen, was zu bearbeiten.«

Sein Schreibtisch war bis auf eine aufgeschlagene Akte leer. Ich überflog sie, weil ich intuitiv dachte, sie hätte etwas mit Brambach zu tun. Aber es war etwas anderes. »Unbekannte Männerleiche«, stand auf dem Deckblatt. Ich fand sogar eine Ortsangabe. Beyenburg.

»Für die Kollegen«, sagte Opladen. »Geh weg, Rott. Du hast eben Mist gebaut. Tut mir leid wegen deiner Freundin.«

Er verließ den Raum und marschierte über die Gänge. Ich folgte ihm bis in den Hinterhof. Zum Glück kamen wir nicht an Günther und seinen Leuten vorbei. Die anderen Beamten, denen wir begegneten, dachten wohl, ich hätte irgendwas Dienstliches mit Opladen zu tun. Als er in sein Auto steigen wollte, packte ich ihn. Er wehrte sich.

»Rott, was soll der Scheiß? Du bist hier auf Polizeigelände.«

»*Ich* hab Mist gebaut? Ich hab gar nichts gemacht. Du wirst was für mich tun, Opladen. Hör mir genau zu. Ich will genau zwei Dinge von dir. Erstens: Schwör mir Stein und Bein, dass die Sache auf der Raststätte wirklich mit Brambach zu tun hatte.«

Er sah mich verwirrt an. »Spinnst du? Woher soll ich das wissen? Ich weiß doch nicht, wer geschossen hat.«

Ich hielt einen Moment inne. Er hatte recht. »Ich meine was anderes. Hast du mich wirklich nur mitgenommen, um nach der Festnahme als Held dazustehen? Oder gibt es noch was, das ich wissen sollte?«

»Keine Ahnung, was du meinst. Vermutlich war es Brambach, das liegt auf der Hand. Aber genau wissen wir das erst, wenn wir ihn haben. Oder nach weiteren Ermittlungen.«

Ich überlegte einen Moment. Sicher, die Polizei brauchte einen hundertprozentigen Beweis, um davon auszugehen, dass es Brambach gewesen war. Ich brauchte den nicht. Ich benutzte nämlich meinen gesunden Menschenverstand. Und der sagte mir Folgendes: Die Wahrscheinlichkeit, dass bei so einer Suchaktion ein anderer als der Gesuchte da rumballerte, war so gering wie zwei Sechser im Lotto in Folge. Ach was, drei. Mindestens zehn.

»Und jetzt kommt Punkt zwei«, sagte ich. »Du wirst mir die Akte von diesem Brambach besorgen. Alles, was es über ihn gibt. Ich will wissen, was das für ein Typ ist, der auf meine Freundin geschossen hat.«

Er machte sich los. Umso besser. Der Schweißgeruch hatte in den vergangenen Stunden schwer zugelegt. Wahrscheinlich stellte das alles hier Opladens Deo auf eine harte Probe. Seit Weihnachten, als er das letzte Mal welches benutzt hatte. Falls überhaupt.

»Wie, denkst du, soll ich das machen?«, fragte er.

»Mir egal. Kopier sie. Schick sie mir. Scan sie ein und mail sie.«

Er machte ein Gesicht, als hätte ich was Saublödes gesagt. »Vergiss es. Ich schulde dir nichts, Rott.«

Ich konnte nicht an mich halten und packte ihn an der Gurgel, schüttelte ihn. Aus Opladens Kehle kam ein undefinierbares Röcheln. Die Wut in mir schlug jetzt wieder frische Flammen, hell und heiß. Ich hörte es richtig knistern und fauchen.

»Du Arschloch. Du hast Wonne und mich in diese Situation gebracht und gibst es noch nicht mal zu. Wenn dem Kind oder Wonne was passiert … wenn die nicht durchkommen …« Ich brachte es kaum über die Lippen. »Opladen, ich mach dich alle. Es ist mein Ernst. Ich hätte nichts mehr zu verlieren, weißt du? Mir wäre völlig egal, ob ich im Knast lande. Und wenn ich nicht innerhalb von einer Stunde diese Akte habe, gehe ich zu Günther und bringe ihm alle Beweise gegen dich, die ich habe.«

Ich ließ ihm etwas Luft. »Eine Stunde«, wiederholte ich.

»Beweise?«, röchelte er.

»Denk an die vielen schönen Interna, die ich in den letzten

Jahren von dir erfahren habe. Die reichen, um Günther einen mindestens zweistündigen Vortrag halten zu lassen.«

Ich ließ ihn ganz los. Er rieb sich den Hals.

»Gibt's hier ein Problem?«, fragte da eine Stimme neben mir. Gleich drei Uniformierte umringten uns.

»Von mir aus nicht«, sagte ich so freundlich wie möglich. »Ich hatte nur gerade den Eindruck, dass unser Hauptkommissar hier etwas schwächelt. Wohl weil er die Ereignisse in Remscheid nicht gut verkraftet hat. Nicht dass er uns noch zusammenklappt.« Ich klopfte freundschaftlich Opladens Schulter. Der nickte.

»Alles okay«, sagte er zu den Kollegen. »Schönes Wochenende.«

»Du uns auch«, sagte einer. »Dienstwochenende.«

Sie gingen, ohne sich noch einmal umzusehen.

»Du weißt Bescheid«, zischte ich und wandte mich zum Gehen.

Erst draußen vor dem Tor fiel mir ein, dass ich ja kein Auto hatte. Ich lehnte mich an die Mauer des Präsidiums. Opladen kam nicht vom Parkplatz gefahren. Das war ein Zeichen dafür, dass er wieder ins Gebäude gegangen war. Und hoffentlich Brambachs Akte für mich raussuchte.

Für die Schwebebahn oder den Bus hatte ich keinen Nerv. Also nahm ich ein Taxi nach Hause, stieg in mein eigenes Auto und fuhr los.

4

Alles in mir drängte mich, zu Wonne zu kommen. Ich wollte bei ihr sein, ihr alles Mögliche sagen.

Doch kaum war ich die dreihundert Meter bis zur Ampel an der Ecke vom Mäuerchen gefahren, wo ich auf Grün warten musste, schoben sich andere Gedanken dazwischen.

Was hatte Brambach eigentlich ausgefressen? Weshalb war er im Knast gewesen?

Ich versuchte mich zu erinnern, was ich in der Zeitung darüber gelesen hatte, aber ich wusste es nicht mehr. Dafür fiel mir etwas anderes ein. Etwas Seltsames, das im Artikel groß herausgestellt worden war. Brambach hatte nämlich gar nicht mehr so viel Zeit abzusitzen gehabt. Ein paar Wochen, einen Monat vielleicht. Trotzdem war er geflohen. Hatte kurz vor seiner Entlassung alles aufs Spiel gesetzt. Warum hatte er das getan?

Egal, das würde ich später in den Unterlagen nachlesen können, die mir Opladen hoffentlich bald zukommen ließ.

Ein Hupkonzert ließ mich hochschrecken. Die Ampel war längst grün. Hinter mir staute sich der Verkehr. Ich fuhr los. Und auf einmal stand mir deutlich vor Augen, wo ich hinmusste. Natürlich zu Wonne, ganz klar. Aber die Remscheider Autobahnraststätte lag ja auf dem Weg. Und je früher ich etwaigen Spuren nachging, desto besser.

So quälte ich mich dieselbe Strecke zur A 1 hinauf, die heute Mittag Opladen gefahren war. Und es war wirklich eine Qual. Ich erinnerte mich an meine Gedanken während der ersten Fahrt. Daran, dass ich überlegt hatte, ob Brambach aus der JVA Ronsdorf getürmt war. An den Moment, in dem mich Opladen damit überrascht hatte, dass er auf die Autobahn gefahren war. Den kleinen Spezialweg von der Raststätte West hinüber zur Raststätte Ost. Und wie niemals zuvor in meinem Leben wünschte ich mir so sehr, dass es möglich wäre, die Zeit zurückzudrehen. Die Dinge ganz und gar ungeschehen zu machen.

Nachdem ich die weiten Kurven hochgefahren war, entdeckte

ich oben vor dem Motel eine freie Parktasche direkt neben einem kleinen roten Fiat 500. Wonnes Auto. Es stand immer noch da. Ich parkte ein, schaltete den Motor aus und brauchte eine gefühlte Ewigkeit, bis ich das Gefühl hatte, dass meine Beine mich weit genug tragen würden, um den Wagen zu verlassen.

Es regnete nicht mehr. Die Wolkendecke war nur noch ein dünner Schleier. Jeden Moment konnte die Sonne durchbrechen. In der Helligkeit leuchtete das Rot von Wonnes Wagen wie eine offene Wunde. Zwei Streifenwagen standen noch da. Der Ort, wo Wonne gelegen hatte, war mit Flatterband abgesperrt. Ein Grüppchen von Beamten beriet sich abseits. Mich beachteten sie nicht.

Ich ging einmal um den ovalen Parkplatz herum. Vogelgezwitscher mischte sich mit dem Rauschen der Autobahn von unten. An der vorderen Biegung, wo die Straße heraufkam und wo die Spazierwege in den Wald und zur Talsperre abzweigten, blieb ich stehen. Das Motel befand sich jetzt gegenüber – gekennzeichnet durch die senkrecht an dem mehrstöckigen Gebäude angebrachten roten Buchstaben. Davor gab es eine Terrasse mit ebenfalls roten Schirmen. Sie lag etwas erhöht und war vom Geschehen auf dem Parkplatz durch eine grün getönte mannshohe Glasstellwand getrennt.

Ich blickte nach unten auf die Stellplätze für die Lkws. Vor wenigen Stunden hatte es dort noch so viel Platz gegeben, dass der Rettungshubschrauber hatte landen können. Jetzt waren alle besetzt. Die Brummifahrer bereiteten sich auf den Feierabend vor. Manche ließen ihr Fahrzeug sicher das ganze Wochenende hier stehen.

Ich sah Jogger, die an der Holzbarriere vor der Abzweigung zum Waldweg ihre Dehnübungen machten. Andere saßen bei geöffneten Türen im Auto, die Beine draußen, und wechselten ihre Schuhe. Wer gerade von seiner Waldtour zurückkam, schlug seine Treter aus, bevor er sie im Wagen verstaute. Grüppchen von Rentnern mit Rucksäcken, Schirmen und Regenjacken waren hier, um den Wald zu erkunden. Hundebesitzer nahmen ihre Tiere an die Leine. Aus dem Wald drang Gekläff – gefolgt von lauten Ermahnungen.

Wie viele Möglichkeiten hatte ein Mörder, unerkannt von hier abzuhauen?

Unzählige.

Er konnte als Jogger, Wanderer, Spaziergänger aus dem Wald, aus einem Wagen, sogar vom Hotel aus geschossen haben. Wenn dann niemand sah, dass er die Waffe wieder in seinen Rucksack oder in eine andere Tasche steckte, blieb er unerkannt. Er konnte danach einfach in ein Auto steigen. Oder in passender Kleidung in den Wald hineinjoggen. An der Abzweigung der Spazierwege gab es sogar eine Bushaltestelle. Die Raststätte war an das Netz des öffentlichen Nahverkehrs angeschlossen.

Ich checkte den Fahrplan, der in einem kleinen Fensterchen aushing. Die Linie 673 fuhr alle zwei Stunden und brachte die Fahrgäste nach Remscheid-Mitte.

Ohne darüber nachzudenken, hatte ich meine Schritte auf den Fußweg gelenkt. Es ging zwischen einem Zaun und der Längsseite des Motels entlang. Bald konnte ich die Staumauer und die weite Wasserfläche der Talsperre sehen. Sie schien so einsam dazuliegen wie ein See in Kanada und sah auch genauso aus: romantisch von Wald umgeben. Weiter hinten erhoben sich gerade ein paar Vögel von den Ästen und stiegen in den Himmel. Idyllisch.

Das beständige Rauschen des Verkehrs konnte man mit ein bisschen Phantasie für das Geräusch eines nahen Wasserfalls halten. Damit war die Illusion perfekt. Man durfte nur nicht nach links ins Tal schauen, wo man hinter den Bäumen in ständiger Bewegung die Fahrzeuge über die Autobahn rasen sah.

Ein kühler Wind kam vom Wasser her, und ich raffte meinen Mantel etwas zusammen. Dabei merkte ich, dass ich ein gefaltetes Blatt Papier in der Tasche hatte. Brambachs Fahndungsporträt, das Opladen mir gegeben hatte.

Nachdenklich betrachtete ich es. Dann ging ich zum Parkplatz zurück. Es hatte wohl keinen Sinn, jeden hier zu fragen, ob er oder sie diesen Mann schon mal gesehen hatte. Aber wenigstens im Motel wollte ich es versuchen.

Bevor ich durch die Glastür trat, bemerkte ich ein Schild am Eingang: »Dieses Haus wird videoüberwacht«. Das hieß, der

Parkplatz wohl nicht. Und die Stelle, wo Wonne angeschossen worden war, auch nicht.

An der Rezeption schüttelte man die Köpfe, als ich Brambachs Foto herumzeigte. Auch als ich fragte, ob die Polizei hier gewesen sei. Seltsam – hatte Opladen denn nicht nach Brambach gefragt?

Ich bedankte mich und verließ das Gebäude. Dann blickte ich hinüber zu der seltsamen bronzenen Frauenfigur und versuchte, mich an das Schreckliche in allen Details zu erinnern. Wonne hatte dort gestanden, hatte sich an die Brust gegriffen, war zusammengesackt.

Die Kugel hatte sie von vorne erwischt.

Das hieß, der Schütze hatte jenseits der heraufkommenden Straße gestanden. Verdeckt von Bäumen.

Ich lief hinüber und wurde selbst sofort von tief hängenden, sommerlich begrünten Ästen verschluckt. Ich drehte mich um. Der Blick auf die Bronzefigur war perfekt.

Mein Herzschlag beschleunigte sich.

Spuren auf dem Waldboden?

Keine – nur ein bisschen Müll. Fast-Food-Verpackungen. Eine zerknüllte Dose. Undefinierbares Papier, das sich im Regen aufgelöst hatte, aber sicher schon länger hier lag.

Ich bückte mich und versuchte, zwischen Laub, Tannennadeln, niedrigem Gebüsch und Dreck die Patronenhülse zu finden. Doch Brambach war sicher Profi genug, um sie mitzunehmen. Oder die Polizei hatte sie gefunden.

Ich richtete mich auf. Was hatte er getan, nachdem er geschossen hatte? Nur einen Steinwurf entfernt verlief ein Weg. Er führte nicht hinunter zur Talsperre, sondern bergauf in die Hügel. Wanderwege waren gekennzeichnet. Und auf einem der Bäume war das Symbol des Jakobsweges zu sehen.

Ich folgte dem Weg und hörte von hinten Geschnaufe. Da kam ein junges Paar den Weg heraufgejoggt. In Profi-Laufkleidung: sehr enge schwarze Hosen und Oberteile, dick besohlte Schuhe. Verbissene Gesichter. Die Hände zu Fäusten geballt. Die Arme angewinkelt vor dem Oberkörper. So kämpften sie sich den Berg hinauf.

Ab und zu ging ein mehr oder weniger mit Gras zugewachsener Wirtschaftsweg von der Wanderstrecke ab. Ich begegnete niemandem mehr. Schließlich war ich auf einer Anhöhe angekommen. Tiefer, schöner bergischer Wald. Das Rauschen der Autobahn hatte nachgelassen. Der Weg verzweigte sich wieder.

Ich verschwendete meine Zeit.

Der Mörder hätte hier heute Nachmittag gemütlich auf einem Baumstamm sitzen oder sich im Wald verstecken und abwarten können.

Eilig lief ich zurück zum Parkplatz. Im Gehen checkte ich meine Mails. Keine Nachricht von Opladen. Die Stunde, die ich ihm als Ultimatum gesetzt hatte, war längst vorbei. Ich lehnte mich an meinen Wagen und wählte seine Nummer.

Es klingelte sehr lange. Der Hauptkommissar meldete sich nicht.

Klar, dachte ich. Er sieht, dass du ihn anrufst. Du musst die Nummer unterdrücken oder von einem anderen Apparat aus anrufen. Einen anderen Apparat sah ich gerade nicht. So fummelte ich mich durch das Menü meines Smartphones, bis ich irgendwas mit »Anrufeinstellungen« und »Anruf-ID« fand.

Dann wählte ich noch mal.

»Opladen«, sagte Opladen geschäftig. Man erwartete fast, dass er noch ein zackiges »bei der Arbeit« anfügte.

»Du bist ja doch da«, sagte ich. »Wo bleibt die Akte?«

Sofort senkte Opladen die Stimme. Ich sah ihn direkt vor mir, wie er sich panisch umsah und prüfte, ob jemand beobachtete, wie er mit mir sprach. Coole Polizisten sehen wirklich anders aus. Und meistens hatten sie auch nicht so ein dämliches Gesicht.

»Du sollst mich nicht anrufen, Rott. Wenn die das rauskriegen, bist du geliefert.«

»Bist *du* geliefert, meinst du wohl. Und wenn du noch mal meinen Namen sagst, geht das schneller, als du denkst, du Genie.«

»Lass mich in Ruhe. Die Sache hat Staub aufgewirbelt.«

»Ach nee. Kein Wunder, wenn jemand fast erschossen wird.«

»Was willst du? Wir ermitteln. Wir kriegen Brambach.«

»Soll das heißen, du bist in dem Team, das ihn finden soll? Dann wird das in hundert Jahren nichts.«

»Ich leg jetzt auf.«

»Gern, aber denk an unsere Abmachung.«

Eine Sekunde lang war es still in der Leitung. Dann hörte ich Schritte, das Rascheln von Kleidungsstücken, gedämpfte Stimmen. Opladen hatte das Handy wohl in die Tasche gesteckt und wechselte seinen Standort. Als er sich wieder meldete, hallte es. Anscheinend befand er sich auf dem Klo. Wieder eine sehr weise Entscheidung. Da konnte leicht jemand mithören.

»Du machst dich noch unglücklich«, sagte ich. »Was ist, wenn Günther auf derselben Etage pinkeln will?«

»Wie gesagt, Rott«, rief Opladen, jetzt lauter und ziemlich gehetzt. »Lass mich in Ruhe. Wie das bisher war, geht's nicht weiter.«

»Ach komm, das klingt ja, als würdest du mit mir Schluss machen. Das kannst du mir nicht antun.«

»Bist witzig, Rott. Witzig, wo deine Freundin …«

Ich holte tief Luft. »Du hast mir vorhin nicht richtig zugehört. Du weißt, was du zu tun hast. Und du weißt, was passiert, wenn ich nicht kriege, was ich will.«

Ich musste einem heranfahrenden Wagen Platz machen, der neben mir einparken wollte, und ging ein Stück weg.

»Jetzt hast du einen Fehler gemacht«, jubilierte Opladen und gab ein irres Lachen von sich. »Jetzt hab ich dich. Ich kann mit meinem Handy nämlich Anrufe mitschneiden. Und jetzt hab ich auf Band, was du gesagt hast. Damit krieg ich dich.«

Aus dem Wagen stieg ein älteres Ehepaar. Der Mann strich sich seine graue Popelinejacke glatt und setzte einen karierten Hut auf. Die Frau wühlte in ihrer Handtasche und brachte schließlich einen Knirps zum Vorschein. Wie Wonne …

»In deinem Handy gibt's ein Band?«, höhnte ich. »Mensch, Opladen. Das ist mir so was von scheißegal, ob du mich aufnimmst oder nicht. Ich habe nicht viel zu verlieren. Gib mir, was ich haben will. Und ein kleiner Rat von mir: Checkt mal das Überwachungsvideo im Motel an der Raststätte.«

Das Ehepaar sah mich mit großen Augen an und eilte in Richtung Wald davon. Als sie die Abzweigung zum Weg fast erreicht hatten, fiel dem Mann wohl ein, dass er vergessen hatte, den Wagen abzuschließen. Er suchte in seinen Taschen mühsam nach dem Plastikkästchen, das man heutzutage Autoschlüssel nennt, und drückte. Als der Wagen kurz aufblinkte und ein knappes Hupen von sich gab, lief er erleichtert seiner Frau nach.

»Du hast Befehl von ganz oben, dich nicht einzumischen«, sagte Opladen feierlich.

»Und du hast den Befehl, mir mal den … du weißt schon«, gab ich im selben Ton zurück. »Opladen, es hat mich noch nie interessiert, ob mir einer erzählt, wo ich mich einmischen darf und wo nicht. Solltest du eigentlich wissen.«

Plötzlich waren da Geräusche in der Leitung. Ein Knall, der im Porzellankabinett, in dem Opladen sich befand, laut hallte. Dann eine Männerstimme, die mich an die von Günther erinnerte. Ob er es wirklich war und was Opladen tat, konnte ich nicht herausfinden, denn im nächsten Augenblick war die Verbindung unterbrochen.

5

Die Ärztin trug ein Schild, auf dem der Name »Rosenfeld« stand. Dunkles Haar umrahmte ein sehr helles, ungeschminktes Gesicht mit einer ebenfalls dunkel gerahmten Brille. Bei den meisten Frauen sahen diese Nerdbrillen übertrieben aus. Bei Dr. Rosenfeld passte sie.

»Schön, dass Sie da sind, Herr Rott. Sie können gleich zu ihr. Aber wie gesagt, nur ein paar Minuten.«

Wir gingen über den ruhigen Flur. Auf einer Tür las ich die riesige Aufschrift »Intensivstation«. Der typische Krankenhausgeruch, in dem sich alle möglichen Putz- und Desinfektionsmittel mit einem kaum zu beschreibenden Muff vereinten, schlug mir auf den Magen. Ich schluckte schwer. Die Ärztin merkte es sofort. »Geht es Ihnen gut?«, fragte sie. »Möchten Sie ein Glas Wasser?«

Ich riss mich zusammen und wehrte ab. Nichts sollte meinen Besuch bei Wonne jetzt noch verzögern.

»In Ordnung. Legen Sie bitte Ihren Mantel und die Jacke ab und tragen Sie stattdessen das hier.«

Sie reichte mir einen grünlichen, leicht transparenten Umhang. Ich nahm ihn und zog ihn über.

»Ich sage es Ihnen ganz offen, wir können nur warten. Die Frage ist, ob sie die nächsten Stunden durchhält.«

Sie konnte also jeden Moment sterben.

»Ich weiß, das klingt schlimm«, fuhr sie fort. »Aber die Chancen stehen gar nicht so schlecht.«

Was war denn dann wahrscheinlicher? Dass sie überlebte oder dass sie starb?

»Sie hat einen Pneumothorax, das ist eine schwere Lungenverletzung. Dadurch ist Luft in den Pleuraspalt gedrungen, in den Raum zwischen Lunge und Brustwand. Einfach gesagt, kann Ihre Frau nicht mehr richtig atmen. Wir haben daher eine sogenannte Pleuradrainage gelegt.«

Ich schluckte. Das klang alles furchtbar.

»Was mir außerdem Sorgen macht, ist ihre Verletzung am Kopf.«

»Am Kopf? Wieso? Wurde sie da auch getroffen?«

Es war doch nur ein einziger Schuss gefallen … oder hatte ich das falsch in Erinnerung?

»Die Kopfverletzung hat sie sich wohl beim Sturz zugezogen. Das nehme ich jedenfalls an. Ich war ja nicht dabei.«

Ja, sie war gestürzt. Weil ich nicht schnell genug da gewesen war, um sie festzuhalten.

Wir näherten uns einem Glasfenster. Dahinter herrschte gedämpftes Licht. Ein Krankenhausbett war so von Geräten eingekreist, dass man es auf den ersten Blick gar nicht sah. Es gab graue Kästen voller Knöpfe und Leitungen, daneben einen Überwachungsmonitor mit irgendwelchen Grafiken und Zahlen – alles in Regalen angeordnet wie im Serverraum einer IT-Firma. Dazu einen Ständer mit einem Infusionsbehälter und einen dickeren Schlauch, der sich aus einem der Geräte wand und in Wonnes Körper zu verschwinden schien.

Wir betraten den Raum.

Wonnes Gesicht verschmolz fast mit dem weißen Bettzeug. Ihre Hand lugte auf einer Seite heraus, umgeben von Infusionsschläuchen.

»Sie können ruhig ihre Hand nehmen«, sagte die Ärztin.

Ich berührte sie. Wonnes Haut war eiskalt.

»Ich lasse Sie einen Moment allein.«

Ein paar Sekunden stand ich da. Dann fiel mir auf, dass es hinter mir einen Stuhl gab, der wohl für Besucher gedacht war. Also zog ich ihn heran und setzte mich.

Wenn nicht die ganze Technik um sie herum gewesen wäre, hätte man glauben können, Wonne sei tot. Ich konnte nicht einmal erkennen, ob sich ihr Brustkorb hob oder senkte. In regelmäßigem Rhythmus war ein leises Pfeifgeräusch zu hören. Ein länger anhaltendes Zischen wechselte sich mit einem etwas kürzer dauernden Brummgeräusch ab. Darunter lag so etwas wie ein Blubbern und ein leises elektronisches Piepen. Der langsame Takt, in dem diese akustischen Muster den Raum erfüllten, wirkte auf mich trotz all dem Schrecklichen, das die Geräusche erforderlich machte, beruhigend.

Werd gesund, dachte ich und versuchte, den Gedanken zu intensivieren, versuchte Wonne auf irgendeinem telepathischen Weg etwas davon mitzugeben.

Werd gesund.

Und dann erzähl mir, was du auf dem Rastplatz wolltest.

Wolltest du mich treffen?

Nein, das konnte nicht sein. Sie konnte nicht wissen, dass ich da war. Sie hatte etwas anderes vorgehabt. Einen Termin als Journalistin.

Und wenn es doch nicht Brambach gewesen war?

Wenn alles nur ein verrückter Zufall war?

Wenn jemand Wonne gezielt hatte erschießen wollen?

Warum hätte Brambach, wenn er es war, überhaupt schießen sollen? Hatte er vielleicht mich treffen wollen, und der Schuss war danebengegangen?

Mein Kopf arbeitete nicht richtig, er schien mit Beton gefüllt zu sein. Ich musste mich zusammenreißen und mich auf die Faktenlage konzentrieren. Was war passiert?

Polizist und Detektiv fahren aufgrund eines anonymen Hinweises zu einer Raststätte, um einen flüchtigen Verbrecher zu fangen. Die Freundin des Detektivs hat an diesem Ort zur selben Zeit eine Verabredung.

So weit, so zufällig, so glaubhaft.

Ohne dass der Detektiv und seine Freundin es wissen, ist die Freundin in großer Gefahr. Sie wird verfolgt. Sie wird an dem Ort zur selben Zeit, als der Detektiv und der Polizist dort sind, erschossen.

Angeschossen, nicht erschossen. Noch lebt sie.

Natürlich, angeschossen.

Aber von wem?

Ich drängte alles beiseite, betrachtete Wonne, streichelte ihre kalte Hand. Saß nur da.

Schließlich ging die Tür auf, und die Ärztin trat ein. »Kommen Sie«, sagte sie.

»Nein, ich will hierbleiben. Was ist, wenn sie aufwacht? Ich muss bei ihr sein …«

Sie schüttelte langsam den Kopf. »Das wird nicht so schnell

geschehen. Es tut mir leid, aber es hat keinen Sinn, im Krankenhaus zu warten.«

Sie verließ den Raum, und ich folgte ihr. Ich gab den grünlichen Schutzmantel zurück, den die Ärztin in einen Beutel stopfte.

»Die werden nur einmal verwendet«, erklärte sie. »Ich hätte da noch eine Bitte an Sie.«

Sie ging voraus zum Ende des Ganges, wo eine Tür offen stand. In dem Raum befanden sich ein paar Schreibtische und mehrere Computer. Es war das Ärztezimmer. Sie holte ein Klemmbrett heraus und hielt es mir hin. »Sie müssten bitte noch den offiziellen Kontaktbogen ausfüllen.«

Sie gab mir einen Stift, und ich trug so schnell und gleichzeitig so leserlich wie möglich alles ein. Wonnes Adresse, Alter, Krankengeschichte. Ich machte Kreuzchen und beantwortete Fragen, auf die ich die Antworten eigentlich gar nicht kannte. Hatte Wonne Allergien? Keine Ahnung. Nahm sie Medikamente? Nicht, dass ich wüsste. War sie schwanger? Klar. Das hatte ich ja schon gesagt … Was war eigentlich mit dem kleinen Mann? Ich traute mich nicht zu fragen.

Die Ärztin hatte an einem der Schreibtische Platz genommen und blätterte in einer Akte. Als sie bemerkte, dass ich fertig war, stand sie auf und kam auf den Gang.

»Ich muss Sie noch was fragen«, sagte ich.

Frag nach dem kleinen Mann. Los, trau dich.

»Aber gern.«

Ich schluckte. »Wo sind Frau Freiers persönliche Dinge? Ich meine, ihre Handtasche zum Beispiel. Ihre Schlüssel, ihr Handy und so weiter.«

Sie zog die Stirn kraus. »Das hat alles die Polizei mitgenommen. Wenn Sie davon etwas brauchen, melden Sie sich doch bitte dort. Ich glaube, es ist die Dienststelle Wuppertal … Ich müsste kurz im Ärztezimmer nachsehen. Dort habe ich es notiert.«

»Danke, das ist nicht nötig«, sagte ich. »Ich stehe mit den Kripoleuten in Kontakt.«

»Ja sicher, Herr Rott. Aber da wäre noch eine Sache … Sie sagten doch, Frau Freier sei schwanger.«

»Ja, genau. Wird denn der kleine … wird das Kind durchkommen?«

»Was das betrifft, kann ich Sie in Anbetracht der Situation beruhigen.«

»Sie meinen, das Kind wird es schaffen?«

»Es gibt kein Kind. Ihre Frau ist nicht schwanger.«

»Sie meinen, sie *ist* schwanger. Sie haben sich versprochen.«

Sie schüttelte den Kopf. »Nein, Herr Rott, sie ist *nicht* schwanger. Es gibt keinen Zweifel.«

»Ganz sicher nicht?«

»Ganz sicher nicht.«

»Ganz …«

Sie lächelte. »Es war wohl falscher Alarm.«

»Ja«, sagte ich. »So wird's gewesen sein.«

»Jedenfalls nimmt uns das eine große Sorge ab. Ihre Frau hat gute Chancen, alles zu überstehen.«

»Danke«, sagte ich. »Und wie gesagt.« Ich hielt mein Handy in die Höhe, um zu signalisieren, dass ich jederzeit erreichbar war.

Dann ging ich – etwas unbeholfen mit weichen Knien.

Nicht schwanger, dachte ich immer wieder, während ich dem Verlauf des Flures folgte, den Fahrstuhl betrat und nach unten fuhr.

Falscher Alarm.

Wie konnte das sein?

Wir waren doch so sicher gewesen.

Wonne war so sicher gewesen.

Wie hatte sie die Schwangerschaft festgestellt? Zuerst hatte sie einen einfachen Apothekentest gemacht. Den hatte ich sogar gesehen, ich hatte ihn in ihrem Badezimmer entdeckt – mitten in meinem letzten Fall. Aber diese Tests waren wohl nicht hundertprozentig sicher.

Was war dann geschehen?

Wonne war natürlich zum Arzt gegangen. Oder hatte sie nur gesagt, dass sie das vorhatte? Ich wusste es nicht mehr. Und ich war natürlich auch nicht dabei gewesen. Sie hatte mich an einem Wochenende mit der Nachricht überrascht, dass wir nun tatsächlich Nachwuchs bekamen, und wir hatten ein bisschen gefeiert. Ich hatte nie etwas Schriftliches gesehen. Ich hätte ja schlecht zu Wonne gehen und sagen können: »Nun beweis mal, ob das alles überhaupt stimmt.«

Danach hatten wir immer wieder ausführlich über unsere Zukunft gesprochen. Demnächst sollte irgendwann das Ultraschallbild entstehen, bei dem man vielleicht erkennen konnte, welches Geschlecht das Kind haben würde. Ab der sechzehnten Woche stünden die Chancen dafür gut, hatte Wonne gesagt. Oder hatte ich das nicht richtig in Erinnerung?

Ich stieg im Erdgeschoss des Krankenhauses aus und ging zum Ausgang.

Vor dem Gebäude verlief der breite Weg zu den Taxihaltestellen und zum Parkhaus. Direkt gegenüber gab es einen kleinen Park mit hohen Bäumen, Gebüsch und verschlungenen Wegen. Patienten in Bademänteln und Hausschuhen saßen auf den Bänken. Ein älterer Mann, der sich kaum auf den Beinen halten konnte, rollte ein Gestell mit einer Transfusion neben sich her, begleitet von einer alten Frau, einem etwas jüngeren Mann und drei kleinen Kindern, die um den Mann – anscheinend der Opa – herumtobten.

Ich suchte mir eine leere Bank und setzte mich. Über mir dröhnte etwas. Ein Flugzeug flog ziemlich tief über das Gelände hinweg. Der Flughafen Köln/Bonn war nicht weit.

Ich wollte gerade noch einmal Opladen anrufen, da kam ich auf den Gedanken, meine Mails zu überprüfen. Und man höre und staune, es war tatsächlich eine Nachricht des Hauptkommissars dabei. Er hatte sie von seiner privaten Mailadresse geschickt.

Hier hast du, was du wolltest. Aber ich warne dich. Wenn du dich weiter in die Sache einmischst, kassierst du eine Anzeige. Du weißt, wie der Vorwurf lauten wird. Sie ermitteln sogar schon gegen dich wegen deiner Freundin. Und sie glauben, dass du weißt, wo Brambach steckt.

Keine Unterschrift, kein Gruß. Welchen Vorwurf er meinte, war klar. Behinderung der polizeilichen Ermittlung oder so was.

Aber dass sie mir was anhängen wollten, weil Wonne bei einer Festnahme zwischen die Fronten geraten war, fand ich absurd. Genauso wie die Behauptung, ich würde wissen, wo sich Brambach versteckte.

Vielleicht sollte ich einen Anwalt zurate ziehen.

Mit der Mail kamen mehrere angehängte Dokumente. Es war unbequem, sie auf dem Handy zu lesen, aber die Zeit drängte.

Das Material enthielt Brambachs Foto, das ich schon kannte. Es waren die Hintergrundinformationen, auf die es mir ankam.

Ich erfuhr, warum er eingesessen hatte. Er war in ein Haus in Odenthal eingedrungen und hatte dort ein Gemälde gestohlen. Eine Abbildung des Kunstwerks gab es auch in dem Material. Es sah aus wie eine knallrote Explosion, eine Art gezackter Stern, der auseinanderflog wie eine Bombe. Der Maler hieß August Krieger. Ich googelte den Namen und erfuhr, dass Krieger eine bergische Lokalgröße der Nachkriegszeit gewesen war. Jedenfalls bis zu seinem Tod im Jahr 1964.

Die Polizei hatte Brambach als Dieb des Bildes ermittelt und fahndete nach ihm. Dann machte Brambach den Fehler, bei seiner Festnahme auf einen Polizisten zu schießen. Somit kam zum Tatvorwurf Einbruch noch versuchte gefährliche Körperverletzung hinzu.

Opladen hätte mir von Anfang an sagen müssen, wie gefährlich der Mann ist, dachte ich, und wieder stieg die Wut in mir hoch.

Ich wischte über das Handy und bekam noch einmal das Gemälde von diesem Krieger zu sehen. Seltsam – in seiner Urgewalt schien es genau die Emotion auszudrücken, die ich gerade mühsam zu verdrängen versuchte. Und als ich den Titel las, musste ich fast schmunzeln. Das Bild hieß »Wupper Wut«. Ja, genau die hatte mich auch gepackt.

Mit zusammengekniffenen Augen prüfte ich noch mal alle Dokumente, die mir Opladen geschickt hatte. Wo sollte ich ansetzen? Bei Brambachs letztem Wohnsitz? Es hieß, er habe bei seiner Lebensgefährtin in Remscheid gewohnt. Kaum vorstellbar, dass er dort Unterschlupf gefunden haben könnte. Das hatte die Polizei sicher überprüft.

Und wenn ich die Freundin in die Mangel nahm? Vielleicht wusste sie etwas?

Unschlüssig steckte ich das Handy weg, lehnte mich an die Bank und starrte vor mich hin. Ein Stück weiter, hinter den Büschen, stand etwas, das aussah wie eine Bushaltestelle. Ein Glaskasten mit drei Wänden. Darin stand eine Bank, daneben ein Aschenbecher. Ein Rollstuhlfahrer in Jogginghose und Sweatshirt hatte sich dort platziert und blies entspannt Rauch in die Luft.

Was würdest du machen, wenn du Brambach in die Finger kriegst?, fragte ich mich. Stell dir vor, er steht vor dir. Stell dir vor, er gibt unumwunden und blöde grinsend zu, dass er auf Wonne geschossen hat. Kaltblütig.

Meine Wut wuchs.

Ich holte den Ausdruck von Brambachs Polizeifoto heraus und sah ihn mir lange an.

Ich werde dich finden, dachte ich. Aber erst muss ich ein anderes Geheimnis lüften.

6

Der Schwall eines süßlichen Duftes empfing mich in Wonnes Wohnung. Das Gefühl ihrer Nähe, das mit diesem Aromagemisch von Parfüm, Duschgel, frischer Wäsche und Blumen von den Fensterbänken verbunden war, drohte mir den Rest zu geben. Ich musste mich zwingen hineinzugehen. Und ich musste mich zwingen, den Gedanken zu verdrängen, dass Wonne vielleicht nie mehr …

… hierher zurückkehren wird.

Warum war Wonne an der Raststätte?

Warum hat sie dir die Schwangerschaft vorgelogen?

Ich hatte Wonne vor einigen Jahren auf Juttas Geburtstag kennengelernt. Damals war es mir so vorgekommen, als stünde sie einfach nur darauf, mit einem Detektiv zusammen zu sein. In manche Fälle hatte sie mich geradezu hineingedrängt. Gelegentlich hatte sie dazu die Verbindungen ausgenutzt, die sie als Journalistin besaß. Aber dahinter steckte noch etwas anderes, das wusste ich jetzt. Eine andere Wonne, eine Frau, die sich nach irgendetwas sehnte, was sie aber nicht zugeben konnte. Die schwächer war, als sie sich gab. Und die diese Schwäche selbst mir nicht zeigen wollte. Aber warum nicht? Weil ich vielleicht einen zu starken Eindruck auf sie machte? Ausgerechnet ich?

Wonne war ein Rätsel.

Ich merkte, dass ich ins Grübeln kam. Es gab nur eins, was mich davon abhalten konnte: Arbeit.

Wonnes Wohnung bestand nur aus Wohnzimmer, Schlafzimmer und Küche. Gegenüber einer kleinen Sofaecke mit Fernseher hatte sie sich im Wohnzimmer einen Arbeitsbereich eingerichtet. Hier stand eine Schreibplatte auf dünnen Chromfüßen, auf der sich neben Papieren und einem kleinen Bücherstapel ein Laptop befand, daneben ein kleines Stehregal mit Ordnern und einem kleinen Turm von Ablageschalen, der ebenfalls lauter Papierkram enthielt. Neben dem Fernseher gab es noch ein Regal voller Kochbücher.

Ich kam mir blöd vor, in Wonnes Sachen rumzuwühlen. So stand ich eine Weile da und betrachtete das Stillleben. Direkt hinter dem Schreibtisch befand sich das einzige Fenster des Raumes. Hier reihten sich Topfpflanzen – als Barriere gegen den trüben Ausblick auf die Mülheimer Straße, in der sich zwischen den Mietblöcken Autohäuser, Werkstätten, Hinterhöfe und andere Schmuckstücke des modernen Städtebaus die Hand gaben.

Ich setzte mich und schaltete das Notebook ein. Es war nur auf Stand-by gewesen und fuhr sofort hoch. Ein Passwort war nicht nötig.

Ich wusste, dass Wonne per Laptop und Handy einen Internetkalender benutzte, den sie regelmäßig synchronisierte. Er war leicht zu finden. Allerdings war kaum etwas eingetragen. Einen Termin, der zwei Wochen zurücklag, hatte sie erwähnt. Wonne hatte die Inhaberin eines Secondhandladens für irgendeine Frauenzeitschrift interviewt. Ich suchte nach Arztterminen, fand aber keine.

Als ich mit dem Computer nicht weiterkam, ließ ich meinen Blick über das andere Zeug auf dem Schreibtisch wandern. Dabei machte ich eine seltsame Entdeckung: Ganz oben auf dem kleinen Bücherstapel mit Nachschlagewerken, irgendwelchen Broschüren und zwei, drei Stadtplänen aus dem Bergischen lag dick und fett ein französisches Wörterbuch. Ich blätterte den Zettelkram durch und fand eine Liste mit Wörtern, die Wonne offenbar nachgeschlagen hatte: »treffen« – *»rencontrer«*, »bald« – *»bientôt«*. Sogar ein ganzer Satz war dabei: »Wann und wo können wir uns treffen?«

Die Übersetzung hatte sie offenbar aus dem Wörterbuch zusammengeklaubt: *»Quand et où on peut se rencontrer?«* Dazwischen waren einige Wörter durchgestrichen, als hätte sie lange an dem Satz gebastelt.

Wem wollte sie diese Frage stellen? Einem anderen Mann? Einem Franzosen? Ein eisiges Gefühl breitete sich in mir aus.

Jetzt nur keine Eifersucht.

Wonne traf viele Leute. Und sie musste sich ja nun mal mit ihnen verabreden. Wenn derjenige also kein Deutsch sprach … Was sollte sie sonst tun?

Das Wörterbuch war alt und abgegriffen, es ging sogar schon ziemlich aus dem Leim. Ich schlug die erste Seite auf und fand eine Eintragung mit blauem Füller, in schönster Schreibschrift: *Yvonne Freier, Klasse 9a.*

Ich wollte Buch und Zettel zurücklegen, da entdeckte ich unter dem Stapel einen wattierten Umschlag, der mehrere gebrannte CDs enthielt. Was konnte das nun wieder sein? Musik? Fotos? Kopierte DVDs?

Ich legte eine in das Laufwerk des Notebooks und wartete, bis das System den Inhalt startete. Eine Bilderschau begann. Fotos wie Postkartenmotive. Eine Alpenlandschaft, eine Kirche mit einem kleinen Fluss und einer Holzbrücke davor, Wiesen, Kühe. Die Bilder wirkten professionell. Wahrscheinlich handelte es sich um Material von irgendeiner Agentur. Zeitschriften- und Webseitenredaktionen nutzten so was zur Bebilderung. Auf allen CDs waren solche Landschaftsbilder. Seltsam, dass sich keine Adresse auf den Datenträgern oder auf dem Umschlag befand. Was hatte das mit Wonnes Auftauchen in Remscheid zu tun? Sicher nichts.

Die Antwort konnte in Wonnes Handy stecken, doch das lag bei der Polizei.

Aber auch wenn ich im Moment nicht an Wonnes Handy rankam, so hatte ich doch hier ihren Festnetzapparat. Die Station stand neben dem Sofa. Im Handgerät waren die letzten zehn Nummern angezeigt, die Wonne gewählt hatte – und die letzten zehn, von denen Wonne angerufen worden war.

Ich überprüfte jede einzelne. Zuerst durchsuchte ich Wonnes Computer nach den Zahlenkombinationen, um zu sehen, ob sie in irgendwelchen digital gespeicherten Dokumenten auftauchten. Dann forschte ich im Internet nach. Schließlich gab es dort Möglichkeiten, Telefonnummern über die Rückwärtssuche bestimmten Personen zuzuordnen. Das klappte jedoch nicht immer.

Nach einer Stunde war ich einen Schritt weiter. Wonne hatte mit der Pressestelle der Stadt Remscheid telefoniert, außerdem vor längerer Zeit mit Verlagen in Hamburg und Stuttgart. Dabei handelte es sich wahrscheinlich um Auftraggeber. Darüber hinaus gab es natürlich Anrufe an mich.

Eine einzige Nummer konnte ich nicht zuordnen. Sie hatte eine 02202-Vorwahl. Also Bergisch Gladbach.

Ich fackelte nicht lange und rief die Nummer an.

Es klingelte ziemlich lange. Dann sagte eine Frauenstimme laut und deutlich: »Beiner?«

Ich legte auf und gab den Namen in das Suchfeld des Computers ein.

Wenige Sekunden später hatte ich ein Textdokument gefunden, in dem sich Wonne Notizen über einen Dr. Gerhard Beiner gemacht hatte. Es waren zum Teil nicht mal ganze Sätze, nur einzelne Informationsbrocken. Geboren 1962, nacheinander Geschäftsführer mehrerer Firmen, unter anderem im Bergischen. Ich las irgendwelche Bezeichnungen von Betrieben, die technische Dinge produzierten – wahrscheinlich Autoteile oder so was. Im Bergischen gab es viele solcher Firmen.

Unter dem Text war ein Link. Ich klickte ihn an, aber er lief ins Leere. Die Seite, zu der er führte, gab es nicht mehr. Immerhin konnte ich der URL selbst einige Informationen entnehmen. Erstens: Der Link führte zu einem Artikel mit der Überschrift »Bergischer Geschäftsmann spurlos verschwunden«. Zweitens: Der Beitrag war auf der Seite eines regionalen Online-Nachrichtendienstes namens »Bergisch News« erschienen.

Sollte ich noch mal bei der Nummer anrufen und fragen, was Wonne von Beiner gewollt hatte?

Ob er es war, der verschwunden war?

Mein Handy begann zu klingeln. Es traf mich wie ein Blitz. Mein Herz begann, ein Trommelsolo hinzulegen.

War es das Krankenhaus?

Nein, auf dem Display prangte in großen Buchstaben ein Name: Jutta.

Eigentlich dachte ich, sie sei auf einer Reise – eine von der längeren Sorte, die sie mindestens zweimal im Jahr machte. Neben regelmäßigen Abstechern nach St. Moritz, Kurztrips nach New York oder gelegentlichen Städtetouren nach London oder Rom, die für Jutta so was Ähnliches waren wie für andere ein Sonntagsspaziergang.

»Na, was macht unser Meisterdetektiv?«, rief sie fröhlich.

Der helle Sonnenschein in ihrer Stimme drohte mich zu verbrennen. Sie wusste natürlich nichts.

»Kommst du klar als angehender Familienvater? Brauchst du Hilfe? Gibt's was Neues?«

Hilfe? Von Jutta? Wenn überhaupt, dann höchstens finanziell. Jutta hatte keine Kinder. Jutta war selbst irgendwie noch ein Kind. Obwohl sie laut Geburtsdatum zehn Jahre mehr auf dem Buckel hatte als ich. Außerdem hatte sie mindestens tausendmal mehr Geld.

»Remi?«, rief sie. »Hallo? Bist du da?« Ihre Stimme entfernte sich etwas, als hätte sie ihr Handy vom Ohr genommen und würde nun darauf einreden wie auf ein ungehorsames Kind. »Mensch, das ist aber wieder mal eine sauschlechte Verbindung«, hörte ich sie sagen. »Da gibt man einen Haufen Geld für so ein teures Ding aus …«

»Jutta«, rief ich, und meine Stimme, so einsam in Wonnes Wohnung, erschreckte mich ein wenig. Ich räusperte mich. »Jutta, ich hör dich. Was gibt's denn?«

»Ah, da bist du. Na? Alles gut? Wie habt ihr euch denn nun entschieden? Ich meine, wo ihr hinzieht. Wuppertal oder Schäbbisch Gläbbisch?« Sie lachte. Etwas klimperte. Es klang, als würden Gläser aneinanderstoßen.

»Jutta, ich …«

Wieder schien ihre Stimme wegzugehen. Jetzt sagte sie etwas auf Englisch. Es klang wie *»scrambled eggs«*.

»Jutta, bist du in einem Restaurant?«

»Ich frühstücke, mein Lieber. So was hast du noch nicht gesehen. Die haben hier sogar Champagner.«

»Du frühstückst …«, ich sah auf die Uhr, »… um halb sieben am Abend?«

Sie stöhnte auf. »Mensch, sag mal, hast du Alzheimer, oder was? Ich bin doch noch bis morgen hier in Nassau.«

Wieder schepperte es. Jemand schien die Eier zu servieren. Das war aber flott gegangen.

»Nassau. Ist das nicht irgendwo in Hessen?«

»In Rheinland-Pfalz. Aber das ist nur das eine Nassau. Das andere ist die größte Stadt der Bahamas. Karibik, Remi. Schon mal gehört? Was ist denn mit dir los? Ich hab doch vor meinem Abflug lang und breit mit dir telefoniert.«

»Ja, ja … hast du. Hatte ich gerade nicht mehr auf dem Schirm.«

»Ist irgendwas?«

Ich hörte meinen eigenen Atem. Mein Herzschlag hatte sich wieder beruhigt. Sollte ich Jutta von Wonne erzählen? Und ihr den Urlaub verderben? Sie konnte ja ohnehin nichts machen. Ich war hier allein mit der ganzen Sache.

»Remi, es ist doch was im Busch.«

»Ja, also …«

Sie wurde böse. »Jetzt hör mir mal zu, mein Lieber. Ich schätze, dass hier gerade mindestens fünf Euro pro Minute verbrennen, während du mich anschweigst und bloß herumdruckst. Nicht dass es mir ums Geld ginge …«

Nein, dachte ich. Dir geht's nie ums Geld. Schon klar. Unwillkürlich fiel mir ein Spruch ein, den sie bei dem Pullunder-Kabarettisten Olaf Schubert aufgeschnappt hatte: »Es wird Zeit, dass die Armen sparen, die Reichen haben es ja offenbar schon getan.« Wobei Jutta wohlgemerkt durch ein Erbe an ihr Geld gekommen war. Nicht durch Sparen.

»Und? Und was ist nun?«, legte sie nach.

»Beruhige dich«, sagte ich. »Aber wenn ich dir erzähle, was los ist, werden eine ganze Menge Fünf-Euro-Scheine draufgehen.«

»Leg los«, erklärte sie ungerührt. Dann hörte ich, wie sie einen Schluck von irgendwas trank. Ob Kaffee oder Champagner, konnte ich natürlich nicht herausfinden. Ich dachte kurz, dass das doch mal eine tolle Wette für »Wetten, dass …?« wäre, gefolgt von dem Gedanken, dass es diese Sendung ja gar nicht mehr gab. Ich rief mich zur Räson. Ich musste unbedingt besser fokussieren, musste Gewalt über das bekommen, was in meinem Kopf vorging. Ich schweifte zu schnell ab. Natürlich war das kein Wunder, ich wollte nicht das Unaussprechliche aussprechen, wollte nicht durchs Erzählen noch einmal erleben, was ich erlebt hatte, was Wonne widerfahren war. Dabei hieß es doch immer, es sei befreiend, wenn man darüber reden konnte.

»Wonne ist tot.«

»Was?«

Was hatte ich da gesagt? »Nein, nicht tot, aber sie liegt im Krankenhaus. Schwer verletzt ... angeschossen.«

»Moment, Moment ... Von vorne bitte, Remi. Denk nicht an die Fünf-Euro-Scheine. Konzentrier dich und erzähl.«

Sie hatte plötzlich einen Ton an sich wie damals, als ich zu ihr gekommen war, nach dem Tod meiner Eltern. Fünfzehn Jahre war ich damals alt gewesen. Jutta war fünfundzwanzig und führte das lockere Leben einer Erwachsenen im Zeitalter von *Sex and Drugs and Rock 'n' Roll* – zu einer Zeit, als es die Ideale und Neuerungen der Achtundsechziger gerade in die Mitte der Gesellschaft geschafft hatten. Jutta war als Teenager von zu Hause ausgerissen und sogar in Woodstock dabei gewesen. Zumindest erzählte sie das oft, und alle glaubten es. Jutta arbeitete damals als Sekretärin in einer Werbeagentur und ließ es an den Wochenenden mächtig krachen. Irgendwann heiratete sie ein reiches hohes Tier, einen Mann, der viel älter war als sie und schon bald nach der Hochzeit starb. Und Jutta seine Reichtümer hinterließ.

Seltsam, wie mein Kopf sich an all das erinnern konnte, während mein Mund die Ereignisse des heutigen Nachmittags formulierte. Es brach geradezu aus mir heraus. Ich erzählte alles – auch die Geschichte von Wonnes gar nicht vorhandener Schwangerschaft.

»Ach du Scheiße«, sagte Jutta nur. Dann war Stille in der Leitung. »Was machst du jetzt?«, setzte sie nach.

»Wenn ich das wüsste.«

»Wo bist du? Im Krankenhaus?«

»In Wonnes Wohnung. Ich will wissen, was sie an der Raststätte gemacht hat. Und ich versuche, diesen Brambach zu finden.«

»Wow, das ist stark.« Sie stieß einen Pfiff aus. Vielleicht war es auch nur ein Schnaufen. Die Verbindung hatte wieder eine halbe Sekunde ausgesetzt, und so war es schwer, das auseinanderzuhalten.

»Was denn?«, fragte ich ungeduldig.

»Remi, ist das nicht ein Wahnsinn? Wonne wird unter dramatischen Umständen ins Krankenhaus gebracht. Du schlägst dich mit der Polizei rum. Dann fährst du noch mal zum Tatort. Zwischendurch setzt du einen Polizisten unter Druck, damit er dir interne Akten der Kripo zuspielt. Schließlich lässt du dich dazu herab, Wonne im Krankenhaus zu besuchen. Und nun sitzt du in ihrer Wohnung und schnüffelst in ihren Sachen rum. Das nenne ich beruflichen Einsatz.«

»Wieso soll das ein Wahnsinn sein?«

»Na, denk mal drüber nach.«

»Was soll denn der Quatsch? Jutta, ich werde verrückt, wenn ich nicht rauskriege, was da passiert ist. Ob es wirklich Brambach war oder …«

»Also gut – wenn es so wichtig für dich ist: Natürlich war es Brambach. Und das weißt du auch.«

»Er hätte nicht zu schießen brauchen, selbst wenn er aus irgendeinem Grund geglaubt hat, dass wir seinetwegen dort waren. Er hätte einfach flüchten können. Vielleicht hat Opladen mir oder Wonne eine Falle gestellt.« Die Idee war mir spontan gekommen.

»Langsam. Solange du keinen Beweis dafür hast, dass Wonne irgendwas mit Brambach zu tun hatte, musst du ihre Anwesenheit dort als Zufall betrachten. Und ich denke, dass nicht Opladen euch in die Falle gelockt hat, sondern eher die unbekannte Anruferin.«

»Könnte auch sein.«

»Es weiß schließlich niemand, wer oder was hinter dem Anruf steckt. Sie könnte ebenso gut auch Brambach hingelockt haben, wegen irgendeiner ganz anderen Sache. Vielleicht wollte sie ihn auf diese Weise ans Messer liefern. Und Wonne geriet zwischen die Fronten.«

»Okay, dem gehe ich nach. Brambach hat eine Freundin oder Exfreundin. Ich kenne die Adresse. Sie wohnt in Remscheid.«

»Gar nicht weit weg vom Tatort.«

»Aber was wollte Wonne dort an dem Motel? Das lässt mir keine Ruhe.«

»Vertraust du ihr nicht? Glaubst du, ein anderer Mann steckt dahinter?«

Nein, dachte ich, das kann nicht sein. Ich blickte auf die französischen Notizen. Andererseits …

»Natürlich vertraue ich ihr. Mal abgesehen davon, dass sie mich angelogen hat.«

»Du meinst die Sache mit der Schwangerschaft.«

»Was sonst? Ich verstehe das überhaupt nicht. Wochenlang reden wir darüber. Wir kriegen uns in die Haare wegen der Sache mit der Wohnung. Und in Wirklichkeit stimmt es gar nicht. Wie kann sie so was machen? Oder hat sie es nicht gewusst?«

»Sicher hat sie es gewusst. Sie muss doch beim Frauenarzt gewesen sein.«

»In ihrem Internetkalender steht kein Termin.«

»Ach, das hast du schon überprüft? Dann ruf den Arzt doch einfach an.«

»Ich kenne ihn ja nicht …«

»Vielleicht hatte sie eine Scheinschwangerschaft oder so was. Oder es war einfach falscher Alarm. Und weil du so sehr auf das Ganze eingestiegen bist, wollte sie keinen Rückzieher machen. Sie wollte den schönen Traum nicht zerstören.«

So sehr darauf eingestiegen? Ich überlegte. Eigentlich war ich nicht der Meinung, dass ich so reagiert hatte. Wobei ich natürlich auch nicht ablehnend gewesen war. Sicher nicht. Jedenfalls hatte ich nicht überenthusiastisch gewirkt. Oder doch? War es ein Missverständnis? Und wenn schon. Ich war doch ein Typ, mit dem man reden konnte. Glaubte ich jedenfalls.

»Und vergiss nicht«, fuhr Jutta fort, »dass Wonne möglicherweise auch die Aussicht gelockt hat, endlich mit dir zusammenzuziehen. Ehrlich gesagt wartet sie schon eine Weile darauf, dass du ihr einen Heiratsantrag machst.«

»Woher weißt du das denn?«

»Darüber müssen wir jetzt nicht reden.«

»Du glaubst also, sie hat die Geschichte von der Schwangerschaft aufrechterhalten, damit ich mich anstrenge und eine gemeinsame Wohnung für uns finde?«

»Letztlich läuft es doch immer auf das eine hinaus: Nestbau und Aufzucht der Nachkommen. Wonne wollte – ich meine, sie will – vielleicht einfach Geborgenheit.«

Ich seufzte. Das war starker Tobak. »Die Sache mit dem Heiratsantrag hättest du mir aber auch sagen können.«

»Darauf muss man selbst kommen. Und jetzt gehst du mal schön nach Hause und wartest ab. Hoffst. Vielleicht wird alles gut. Dass sie nicht schwanger ist, könnte ja von Vorteil sein. Die Ärzte müssen sich nicht um zwei Menschenleben kümmern. Und Wonnes Körper ist vielleicht stärker.«

»So was in der Art hat die Ärztin auch gesagt.«

»Siehst du.«

Ein paar Sekunden lang herrschte Stille in der Leitung. Ich konnte mich verabschieden, auflegen, nach Hause fahren. Und versuchen, nicht an das Damoklesschwert zu denken, das über uns schwebte. Was unmöglich war. Ich musste etwas tun. Brambach finden. Obwohl es Wonne dadurch keinen Deut besser ginge. Aber mir. War ich egoistisch?

Ich stellte mir vor, wie Jutta jetzt gerade in diesem karibischen Nassau saß. Wahrscheinlich am Strand, in einem luxuriösen Korbstuhl. Das Meer funkelte in der Sonne. Wenn sich die Wellen brachen, konnte man seine Farbe sehen. Eine Farbe von Dunkelblau bis Türkis.

»Jutta?«

»Ja?«

»Damals, als du deinen Mann verloren hast …« Ich hatte auf einmal einen Frosch im Hals und musste mich räuspern. »Er hatte doch einen Schlaganfall und war auch eine Weile im Krankenhaus, bevor …«

»Bevor er starb.«

»Genau.«

»Was hast du gemacht? Ich meine, während du darauf gewartet hast, wie die Sache ausgeht. Man kann ja nichts tun. Nur existieren und hoffen.«

»Ich kann dir sagen, was ich gemacht habe. Ich habe die Badewanne volllaufen lassen und den teuersten Badezusatz reingekippt, den ich hatte. Dann habe ich Kerzen angemacht und mir ein Glas Champagner eingeschenkt.«

»Jutta, ich habe das ernst gemeint.«

Sie ging nicht darauf ein. »Ich habe zwei Flaschen getrunken, ganz allein in der schaumigen Wanne, bei Kerzenlicht. Es war das längste Bad meines Lebens. Keine Ahnung, wie lange es gedauert hat. Aber ich hatte mich gerade abgetrocknet und den Bademantel angezogen, da rief die Klinik an.«

»Du meinst das wirklich ernst«, rief ich.

»Sie teilten mir mit, dass er gerade gestorben war. Und ich hatte so viel Schampus intus, dass ich noch nicht mal selbst ins Krankenhaus fahren konnte. Ich nahm ein Taxi.«

Okay, dachte ich. Das muss ich nicht nachmachen, viel zu bizarr. Ich war eben anders als Jutta. Ich musste arbeiten, Geheimnisse lösen, weitermachen, etwas über Wonne erfahren. Musste endlich meine Freundin kennenlernen. Und wenn wir am Ende beide heil aus der Sache rauskamen, würde ich ihr einen Heiratsantrag machen, wie ihn die Welt noch nicht gesehen hatte. Innerlich legte ich einen Schwur ab. Ich würde es tun.

»Es war so, Remi. Auch wenn du mir nicht glaubst.«

»Ich glaube dir.«

»Und denk nicht, ich hätte deswegen keine Schuldgefühle gehabt. Lange habe ich geglaubt, er sei gestorben, weil es mir in dem Moment gut ging. Heute weiß ich, dass das natürlich Unsinn war. Ich hätte mich auch den ganzen Abend auspeitschen können, es hätte nichts genützt. Das hat mir der behandelnde Chefarzt auch ganz klar gesagt. Er war einfach nicht zu retten. Deshalb gebe ich dir den guten Rat: Geh nach Hause. Knall dich vor den Fernseher. Warte ab. Und fahr morgen wieder nach Merheim.«

»Danke. Aber das werde ich nicht tun.«

Eine kleine Pause entstand. Etwas gluckerte. Sie trank. »Das dachte ich mir«, sagte sie dann.

»Was für dich Baden ist, ist für mich Ermitteln.«

»Ich gebe dir einen Tipp: Wonne und ich haben denselben Frauenarzt. Dr. Saalsteb in Burscheid. Soll ich dir die Nummer geben?«

Noch etwas, was ich nicht über Wonne wusste. Mir war noch nicht mal klar gewesen, dass sie und Jutta so dicke miteinander waren. Galt es nicht als Zeichen weiblicher Kameradschaft oder wie man das nennen sollte, wenn Frauen denselben Friseur oder Frauenarzt hatten?

Ich schrieb die Nummer auf.

»Ich bin bald zurück«, sagte Jutta. »Halt die Ohren steif und Kopf hoch. Ruf an, wenn was ist. Oder soll ich sofort zurückkommen?«

»Nein, das hilft ja auch nichts.«

»Gut, aber wenn's sein muss … Meld dich.«

Wir verabschiedeten uns. Ich trennte die Verbindung zum Inselparadies, indem ich den roten Knopf drückte.

Am liebsten hätte ich mich in Wonnes Bett gelegt. Hätte mich in ihren Geruch versenkt. Aber auch das wäre eine Qual gewesen. Und ich hatte noch eine Menge zu tun.

Den Frauenarzt würde ich jetzt nicht mehr erreichen. Das musste bis Montag warten.

Also war zuerst Brambachs Freundin aus Remscheid dran.

Ich öffnete noch mal die Dokumente von Opladen, um ihren Namen und die Adresse herauszusuchen. Die Schrift war auf dem Display so klein, dass ich am liebsten eine Lupe benutzt hätte. Ich vergrößerte die Anzeige so gut es ging, hatte plötzlich riesige einzelne Buchstaben vor der Nase und musste wild herumwischen, um was zu finden. Ob ich Wonnes Notebook verwenden konnte, indem ich das Handy irgendwie anschloss?

Während ich noch überlegte, sauste eine Adressangabe vorbei, die mich stutzen ließ.

Odenthal, Bülsberg. Das Haus, in das Brambach eingebrochen war. Wo er das Bild »Wupper Wut« gestohlen hatte.

Die Adresse kannte ich doch.

Von Unruhe gepackt, holte ich erneut Wonnes Rechner aus dem Stand-by. Es dauerte nur ein paar Sekunden, dann hatte ich das Dokument auf dem Schirm, in dem sie Daten über diesen Dr. Gerhard Beiner gesammelt hatte. Dort stand auch, wo er wohnte.

Odenthal, Bülsberg.

Ich las noch mal die Akte. Niemand anderes als dieser Dr. Beiner war Brambachs Einbruchsopfer gewesen. Der Name stand sogar in den Polizeidokumenten. Ich hatte ihn nur überlesen.

Wonne war nicht zufällig an der Raststätte aufgetaucht.

Es gab eine Verbindung.

7

Als wollte die Sonne wenigstens in den Abendstunden so tun, als hätten wir einen echten Sommer, war sie durch die Wolken gebrochen. Lange Strahlen senkten sich schräg aus den Löchern in der Wolkendecke herab auf die Welt. Aber es war zu spät. Im Westen, wo sich Köln zu Füßen des Bergischen Landes hinzog, würde das Licht des Tages bald verschwunden sein. Es blendete mich im Rückspiegel, während ich wieder die A 1 hinauffuhr.

Ich hatte ein weiteres Mal Wonnes gesamte Wohnung nach Hinweisen auf Brambach durchsucht. Ich war die Dateien auf ihrem Computer durchgegangen, hatte Schubladen durchwühlt, Bücher und CD-Stapel durchgesehen, in Handtaschen gekramt, ihre Schränke und die Küche überprüft. Ich hatte nichts gefunden, was mir weiterhelfen konnte.

Schließlich hatte ich noch mal im Krankenhaus angerufen. Frau Dr. Rosenfeld war nicht da gewesen, dafür aber eine geduldige Krankenschwester, die mir erklärte, dass es bei Wonne keine Veränderung gab. Und dass sie mich anrufen würden, sobald das der Fall war.

»Man muss die Nacht abwarten, Herr Rott. Sie steht ständig unter Beobachtung. Wir melden uns. Haben Sie Geduld.«

Wir verglichen zur Sicherheit noch mal meine Handynummer mit der, die sie aufgeschrieben hatten. Es stimmte alles.

Ich erreichte die Raststätte und versuchte, so schnell es ging, daran vorbeizukommen. Wie oft war ich heute schon hier gewesen? Schließlich kam die Abfahrt Remscheid. Ich kurvte hinauf auf die Lenneper Straße und orientierte mich. Die Straßennamen waren hier zum Teil ziemlich kurios. Die Strecke, die parallel zur Bundesstraße verlief, hieß »Greuel« und ging dann in »Trecknase« über. So lustig das klang, so trostlos war die Gegend, in der sich zwischen den breiten Verkehrsadern, die zur Autobahn führten, Baustofflager, Autohäuser und undefinierbare Industriebauten aneinanderreihten.

Das Haus, in dem Brambachs Freundin Tina Kamprath laut

Polizeiakte wohnte, war eines der wenigen Wohngebäude hier – ein mehr hohes als breites Bauwerk mit schwarzen Schieferwänden und Fenstern wie traurige Augen. Es kam mir vor wie jemand, der inmitten einer unwirklichen, feindlichen Umgebung verzweifelt versucht, Haltung zu bewahren. Auf dem schrägen Ziegeldach reckte sich eine ganze Reihe von Schornsteinen in die Höhe, so als wollte es sich größer machen, als es war. Wäre das Haus eine Person, wir hätten Freundschaft schließen können. Uns verband eine Menge.

Als ich aus dem Wagen stieg, gingen wie auf Kommando die Straßenlaternen an. Alle Fenster im Haus waren dunkel. Das Klingelbrett war ein Sammelsurium von aufgemaltem und mehrfach überklebtem Gekritzel. Nur ganz unten befand sich ein ordentlich gravierter Name: Kamprath. Na bitte.

Nachdem ich geklingelt hatte, ging erst vor der Tür das Licht an, dann eine zweite Lampe hinter dem geriffelten Glas der Haustür, allerdings nicht geradeaus, sondern ein Stück weiter unten. Jemand meldete sich über die Sprechanlage.

»Bist du's?«, fragte eine hohe Frauenstimme.

»Wer sonst?«, sagte ich einfach. Der Summer ertönte, ich drückte die Tür auf und sah, wie am Fuß einer kurzen Treppe im Souterrain eine kleine, dicke Frau mit schwarzem Haar vor Schreck zusammenzuckte.

»Was soll denn das?«, rief sie. »Wer sind Sie?«

»Keine Angst, ich wollte Sie nur was fragen. Es geht um Erwin Brambach.«

Langsam ging ich die Treppe hinunter. Die Frau wich zurück hinter die Schwelle zu ihrer Wohnungstür, die jetzt nur noch ein kleines Stück offen stand. Sie war höchstens fünfunddreißig Jahre alt. Also ungefähr in Brambachs Alter.

»Polizei?«, fragte sie.

»Kann ich einen Moment reinkommen? Es dauert nicht lange.«

»Aber Sie waren doch heute schon mal da. Ich meine nicht Sie, aber …«

»Ganz kurz. Bitte. Wir müssen noch was überprüfen.«

Wenn die Leute einen schon für Polizisten hielten, so meine

bescheidene Meinung, sollte man sie in dem Glauben lassen, so lange es ging.

Von einem winzigen quadratischen Eingangsbereich, in dem ich nicht die Arme zur Seite hätte ausstrecken können, ging es in ein ebenfalls kleines Wohnzimmer. Mindestens ein Drittel der Fläche nahm eine Eckcouch ein. An der gegenüberliegenden Wand hing ein Flachbildfernseher. Daneben schön gerahmte Bilder mit Fantasy-Motiven: Eine schwarz gekleidete Frau ritt auf einem ebenfalls schwarzen Pferd durch eine dramatisch-düstere Moorlandschaft. Auf einem anderen Bild sah man aus der Vogelperspektive eine Burg mit einem sehr hohen runden Turm, auf dem ein Zauberer mit wallendem Bart beide Hände gen Himmel hielt. Die Szene kannte ich aus »Der Herr der Ringe«. Das Zimmer hatte eine Terrassentür, die auf einen höchstens einen Meter tiefen Austritt hinausführte. Nach wenigen Schritten kam ein Maschenzaun, hinter dem ein Möbelhaus seine grelle Leuchtreklame herüberschrie. Immerhin war Platz für einen Plastikstuhl und einen kleinen runden Grill, in dem Aschereste lagen.

Wir standen auf einem hellen Laminatboden, der Parkett nachzuahmen versuchte.

»Haben Sie eben Erwin Brambach erwartet?«, fragte ich.

Sie schüttelte den Kopf. »Quatsch. Wir sind doch schon lange nicht mehr zusammen. Das hab ich alles bereits gesagt.«

»Wann haben Sie ihn das letzte Mal gesehen? Und wo?«

»Na, wo wohl? Im Knast. Da hab ich doch auch mit ihm Schluss gemacht. Kurz nachdem er verknackt wurde.« Sie wies auf das Ecksofa: »Sie können sich gern hinsetzen.«

Ich ließ mich nieder. Sie nahm auf einem kleinen Sesselchen in der Ecke Platz.

»Ich kann's ja noch mal sagen: Erwin hat wirklich große Scheiße gebaut, und ich will damit nichts zu tun haben. Ich habe meinen Job, ich habe einen neuen Freund. Er hat mir geholfen, diese Wohnung zu renovieren. Und bald sind die oberen Wohnungen dran. Wir bauen uns was auf. Wir heiraten. Ich will mit Erwin nichts mehr zu tun haben.«

Erwin, dachte ich. Was für ein Name für jemanden, der Mitte

dreißig war. Hießen die Leute in dieser Generation nicht Arne, Thorben oder Sascha?

»Das Haus gehört Ihnen?«, fragte ich.

Sie nickte. »Tut es.« Stolz schwang in ihrer Stimme mit. »Wenn wir fertig sind, ziehen wir ganz nach oben und vermieten den Rest.«

»Ist Erwin Brambach noch mal bei Ihnen aufgetaucht?«

»Wie sollte er? Er war doch in Remscheid.«

»Ja, eben – in Remscheid, also hier.«

»Ich meine den Knast. Die JVA Remscheid.«

»Aber er ist doch geflohen.«

»Ja und? Da wird er kaum zu mir kommen. Der weiß genau, dass ich ihn hier nicht haben will.«

»Das heißt, Sie haben keine Ahnung, wo er sich aufhalten könnte?«

Ihr Blick wurde aggressiv. »Hallo? Was soll das denn? Das haben Sie mich doch alles schon gefragt. Es ist Freitagabend. Wollen Sie nicht langsam mal Feierabend machen? Ich habe keine Ahnung, wo Erwin ist. Und wenn er auftaucht, werde ich sofort die Bullen …« Sie unterbrach sich. »Entschuldigung. Ich rufe die Polizei an, wollte ich sagen.«

»Hat Erwin andere … Ich meine, hat er Freunde? Wo könnte er sich verstecken? Wir brauchen alle Kontakte. Es ist sehr wichtig.«

»Ja, ich weiß, dass es wichtig ist. Aber ich hab Ihrem Kollegen schon gesagt, dass ich nur diesen einen Freund von ihm kenne. Was heißt ›kenne‹ … Ich weiß, dass es ihn gibt, aber ich habe ihn noch nie gesehen.«

Ein Freund.

»Sagen Sie mir den Namen.«

»Muss man euch immer alles mehrmals erzählen?«

»Kann passieren. Also?«

»Ich weiß nur den Vornamen. Aber vielleicht stimmt der auch gar nicht. Erwin hat ihn so genannt.«

»Und?«

Genau in diesem Moment schickte die Türklingel einen noblen, glockenartigen Dreiklang in die Wohnung.

Tina Kamprath stand auf. »Ich hab jetzt keine Zeit mehr. Das ist Flo.«

»Flo?«

»Florian, mein Freund.«

Ich wollte noch einmal nachfragen, wie Brambachs Kumpel hieß, aber da war sie schon in den kleinen Eingangsbereich gegangen, wo sie die Sprechanlage bediente. »Hallo«, rief sie in freudiger Erwartung, und im nächsten Moment kam ein stämmiger Mann in Motorradstiefeln die Treppe heruntergestapft – mindestens einen Kopf größer als ich. An seinen Jeans rasselten Ketten. Ein stechender Geruch nach Zigarettenrauch und Schweiß ging von ihm aus. Seine Oberarme waren nackt, dabei war es gar nicht so warm. Als er vor mir stand, zog er an seinem Hosenbund, als laufe er Gefahr, die Jeans zu verlieren.

»Das ist wieder jemand von der Polizei«, erklärte Tina.

Florian sah mich abschätzig an. Er hätte mal eine Rasur vertragen können. Vielleicht sollte der Dreitagebart über die Geheimratsecken hinwegtäuschen, die sich drei Handbreit weiter oben ausdehnten. »Ich dachte, das wäre alles schon erledigt«, brummte er.

»Nur eine Formalität«, sagte ich schnell. »Wir waren auch schon fertig, ich wollte gerade gehen.«

Ich war schon aufgestanden und wandte mich wieder Tina Kamprath zu. »Nur eine Sache noch. Sie wollten mir gerade den Namen von Herrn Brambachs Kumpel verraten.«

»Ich habe doch gesagt, dass ich den nicht kenne«, rief sie, jetzt unwirsch und eher genervt. »Ich weiß nur, dass Erwin ihn Harry genannt hat.«

»Alles klar«, sagte ich, »dann …«

Ich hatte mich mit einem fröhlichen »Auf Wiedersehen, schönen Abend noch« verabschieden wollen, aber Flos dicke Faust packte mich am Revers meines Mantels, den ich immer noch trug, und zog mich näher.

»Moment« sagte er, und es wirkte Unheil verkündend. »Du bist kein Bulle.«

»Entschuldigen Sie«, sagte ich, »würden Sie mich bitte loslassen?«

»Hat er sich bei dir mit Namen vorgestellt?«, fragte Flo.

Tina Kamprath schüttelte den Kopf.

»Hat er dir seinen Ausweis gezeigt oder so was?«

»Auch nicht«, erklärte sie.

»Lassen Sie mich los«, wiederholte ich, aber Flos Griff war so fest, als wäre ich in einem Schraubstock gefangen. »Woher wollen Sie wissen, dass ich nicht von der Polizei bin?«

»Weil sich ein Bulle ausweist, und zwar ungefragt.« Der Griff wurde noch fester, und er zog mich aus der Wohnung. Innerhalb von zwei Sekunden waren wir auf dem Flur. Es waren ja nur ein paar Schritte.

Ich hoffte, dass er mich nun endlich loslassen würde. Stattdessen hob er die freie Hand und griff in meine Mantelinnentasche. Es ging so schnell, dass ich zu der Überzeugung gelangte, dass der Mann ein professioneller Taschendieb sein musste. Zielsicher fischte er eine meiner Visitenkarten heraus.

»Remigius Rott«, las er und grinste. Mir war schon klar, warum. Manche brachte mein Vorname zum Lachen. »Privatdetektiv, soso. Was hast du denn mit Erwin zu tun, hör mal.« Endlich entließ er mich aus seinem Griff und schubste mich nach hinten.

Flo füllte jetzt die gesamte Wohnungstür aus. Die kleine Tina Kamprath war hinter ihm nicht zu sehen. Er verdeckte sie. Schützte sie. Wie ein Ritter, der alle Unbill von seiner Geliebten fernhielt.

»Brambach hat eine Riesenscheiße gebaut«, sagte ich. »Er hat heute auf der Raststätte in Remscheid auf jemanden geschossen.«

»Hab ich im Radio gehört«, meldete Tina von hinten. »Das war Erwin?«

»Und weiter?«, brummte Florian.

»Man hat versucht, ihn festzunehmen. Dabei hat er geschossen«, bestätigte ich. »Ich war dabei. Meine Freundin auch. Sie wurde getroffen. Vielleicht packt sie's nicht.«

»Scheiße«, sagte Flo, und ich sah ihm an, dass ihm die Sache wirklich naheging. »Wenn ich mir vorstelle, dass jemand meine …« Auf einmal runzelte er die Stirn. »Und das stimmt? Echt?«

»Ich hab's doch im Radio gehört«, rief Tina wieder von hinten. »Es wurde wirklich eine Frau verletzt. Sie haben gesagt, da sollte einer festgenommen werden. Aber woher sollte ich wissen, dass das Erwin war?«

»Das konnten Sie nicht wissen«, sagte ich zu Flo, meinte aber eigentlich seine Freundin hinter ihm. »Darum geht's auch nicht. Ich wollte ja nur erklären, warum ich Erwin Brambach finden muss.«

Flo nickte. »Also. Tina hat nichts mehr mit ihm zu tun. Das hat sie dir ja sicher gesagt. Und das war's. Keiner weiß, wo Erwin ist. Wir wollen es auch nicht wissen. Wenn er hier auftauchen sollte …« Er ballte die Fäuste. »Der Typ hat Tina mit seinen kriminellen Sachen genug geärgert, verstehst du?«

Ich nickte.

Dann ging ich.

Bevor ich die Haustür erreichte, hörte ich Tina etwas sagen. Es klang wie »Arme Sau«.

Im nächsten Moment fiel die Wohnungstür ins Schloss.

Als ich im Wagen saß, fuhr ich nicht gleich los, sondern rief im Internet die Adresse von Beiner auf. Sie lag in irgendeinem Seitental in der Nähe des Altenberger Doms. In den kleinen Weilern im Bergischen, abseits der großen Straßen, waren in den letzten Jahren und Jahrzehnten viele Siedlungen entstanden, in die Menschen zogen, die beides wollten: die Nähe zu den Großstädten Köln, Leverkusen, Remscheid, Wuppertal und Solingen – und gleichzeitig die romantische Abgeschiedenheit des Landlebens.

Während ich noch die Karte konsultierte, klingelte auf einmal mein Handy. Es war nicht das Krankenhaus. Es war eine andere Nummer. Ebenfalls von einem Mobilgerät.

Meine Hand zitterte, als ich das Telefon zum Ohr führte. Es war der Schreck, der noch nachwirkte.

»Rott.«

»Dr. Saalsteb hier.«

Saalsteb? Doktor? War es doch das Krankenhaus? Nein, den Namen hatte ich in einem anderen Zusammenhang gehört. Ich kam aber nicht drauf, in welchem.

»Ich habe Ihre Nummer von Frau Ahrens«, fügte er hinzu.

»Von Jutta?« Jetzt wusste ich es wieder. Dr. Saalsteb war der Frauenarzt.

»Sie hat mich aus dem Urlaub angerufen und erklärt, was passiert ist. Es tut mir wirklich sehr leid. Ich dachte, ich rufe Sie am besten gleich an. Ich bin zwar nicht mehr in meiner Praxis, aber es ist natürlich kein Problem, Frau Ahrens diesen Gefallen zu tun. Und Ihnen. Und Frau Freier.«

»Wegen Wonne … ich meine Yvonne?« Ich war immer noch etwas verdattert.

»Es stimmt doch, was Frau Ahrens gesagt hat? Oder habe ich da etwas missverstanden? Ihre Frau sei angeschossen worden, hat sie gesagt.«

»Meine Frau … ja, das stimmt. Entschuldigung, ich bin nur so überrascht, dass Sie sich melden.«

Ihre Frau. Hatte Jutta dem Arzt erzählt, wir seien verheiratet? Oder hatte er das nur nicht richtig mitgekriegt? Na, vielleicht hatte sie die Sache ein bisschen dramatischer hingestellt, damit mich der Mediziner auch wirklich anrief.

»Ja, also … das ist eine lange Geschichte«, sagte ich. »Ich weiß nicht, ob meine … Frau das erzählt hat, aber ich bin von Beruf Privatdetektiv. Wonne … Yvonne tauchte überraschend an einem Schauplatz meiner Ermittlungen auf. Es hat eine Schießerei gegeben. Und da ist es passiert.« Ich rief mir ins Gedächtnis, was die Ärztin im Krankenhaus gesagt hatte. »Sie hat eine Thoraxverletzung erlitten.«

»Ich verstehe. Das ist schlimm. Und Sie waren wohl wegen der Schwangerschaft nicht richtig informiert?«

Was sollte ich sagen? Der Ehemann der Patientin kennt nicht die Wahrheit über die Schwangerschaft der Ehefrau. Wie hörte sich das an? Bestimmt nicht nach einer guten Ehe.

»Ich weiß nicht …«, druckste ich herum. »Wonne … ich meine, meine Frau hatte einen Test gemacht, aber im Krankenhaus …«

»Verstehe. Das Krankenhaus hat ein korrektes Ergebnis gewonnen, Herr Rott. Ihre Frau ist nicht schwanger, so viel kann ich in Anbetracht der Situation wohl sagen. Ich weiß, dass sie einen einfachen Test aus der Apotheke gemacht hatte, der positiv war. Doch das hat sich bei näherer Untersuchung eindeutig als falsch herausgestellt.«

»Das heißt, sie *wusste*, dass sie nicht schwanger ist? Warum hat sie mir nichts gesagt? Ich hätte doch …« Ich brach ab.

»Herr Rott, es tut mir leid, in dieser Frage kann ich Ihnen nicht weiterhelfen.«

Ja, das war klar. Er durfte mir nicht mehr sagen. Aber es machte mich wütend, dass Wonne mit diesem wildfremden Dr. Soundso darüber gesprochen hatte und nicht mit mir. Mich ließ sie in dem Glauben, dass es wirklich einen kleinen Mann oder eine kleine Frau geben würde. Ich erinnerte mich an die vielen Gelegenheiten, bei denen wir zusammen herumphantasiert hatten, wie es wohl mit einem Kind sein würde. Angefangen mit der Wandfarbe und Ausstattung des Kinderzimmers bis hin zur Zukunft unseres Nachwuchses. Wir hatten ausgerechnet, wann der oder die Kleine in die Schule kommen (2020), wann er oder sie volljährig werden würde (2032). Und dass das Jahrhundert, das ja eigentlich gerade erst begonnen hatte, schon halb vorbei sein würde, wenn er oder sie selbst eine Familie gründete. All das hatte Wonne mitgemacht, obwohl sie wusste, dass es eine Lüge war. Dass es nicht dazu kommen würde.

Ein Gefühl der Hitze schoss in mir hoch. Es war eine Mischung aus Wut und Trauer, gemischt mit Ohnmacht. Als wäre ich in einer Fessel gefangen und mühte mich ab, ihr zu entkommen. Aber jeder Versuch schnürte mich nur noch mehr ein, sodass mir fast die Luft wegblieb.

»Eine Sekunde bitte«, krächzte ich.

Ich musste die Hände frei haben. So legte ich das Telefon auf den Beifahrersitz, ballte für etwa zehn Sekunden die Fäuste, entspannte sie wieder und wischte mir übers Gesicht. Die Haut war schweißnass.

»Da bin ich wieder«, sagte ich in das Handy. »Es tut mir leid, aber ich habe das nicht gewusst. Sie denken jetzt sicher, dass wir ein riesiges Eheproblem haben und dass …«

»Herr Rott, Sie müssen sich nicht rechtfertigen«, sagte der Arzt ruhig. »In so mancher Beziehung geht alles drunter und drüber, wenn sich auf einmal Nachwuchs ankündigt. Auch wenn es sich nur um einen Verdacht handelt. Gerade dann. Ich bin sicher, Ihre Frau hatte vor, für Klarheit zu sorgen. Manchen Frauen gelingt das allerdings nicht auf Anhieb, und sie schieben es ewig vor sich her. Na ja, und dann ist es auf einmal zu spät. Oder es geschieht ein unvorhergesehenes Ereignis, wie in Ihrem Fall.«

»Aber sie hätte es mir sagen müssen«, beharrte ich, was natürlich völlig sinnlos war. Wie sollte denn Dr. Saalsteb etwas daran ändern?

»Vielleicht lag es ja an den grundsätzlichen Problemen, Herr Rott.«

»Was? Wie meinen Sie das?«

Der Arzt atmete tief durch. »Ich darf Ihnen keine Details nennen, denn ich unterstehe ja der ärztlichen Schweigepflicht. Aber nachdem Frau Freier im Moment selbst nicht mit Ihnen sprechen kann, und da Sie beide ja nun verheiratet sind …«

Verheiratet.

Gute Jutta.

Guter Schachzug.

Wenn man nicht verheiratet ist, hat der Lebenspartner keine Schnitte bei den Ärzten. Man ist streng genommen eine fremde Person. Man hat kein Recht auf Auskünfte. Aber Dr. Saalsteb hatte Jutta einfach geglaubt. Und mir glaubte er auch.

»Nur so viel«, sagte der Arzt. »Es gibt Fälle, in denen sich Frauen ganz fest ein Kind wünschen.«

Natürlich, dachte ich. Das weiß ich doch.

»Aber leider ist dieser Wunsch manchmal unerfüllbar.«

»Sie meinen, sie kann nicht schwanger werden?«

»Ich meine gar nichts, Herr Rott. Ich erkläre Ihnen nur, wie es kommen kann, dass sich eine Frau in eine Schwangerschaft, die gar keine ist, hineinsteigert. Was die Sache noch schwieriger macht, sind zum Beispiel Beziehungsprobleme. Und die Vorstellung, eine Schwangerschaft würde diese Probleme beseitigen.«

»Aber wir haben keine …« Ich stockte.

Hatten wir doch ernsthaftere Probleme, als ich gedacht hatte? Die Diskussionen über den Ort unserer gemeinsamen

Wohnung, das war meiner Ansicht nach nichts Gravierendes. Und ansonsten fiel mir gar nichts ein. Na ja, vielleicht die Tatsache, dass Wonne auf einen Heiratsantrag wartete. Aber das konnte man ja nicht unter dem Stichwort Beziehungsproblem verbuchen. Denn wenn sie auf einen Antrag wartete, hieß das doch, dass sie mit der Beziehung zufrieden war. Sonst müsste sie ja froh sein, wenn sie keinen Antrag bekam. Also konnte das nicht der Grund für Probleme sein, oder? Plötzlich war ich total verwirrt.

»Woran kann es liegen, dass eine Frau keine Kinder bekommen kann?«, fragte ich.

»Ganz allgemein?«

»Ja, sicher ganz allgemein«, sagte ich, obwohl wir beide wussten, dass wir über Wonne sprachen.

»Da gibt es viele Möglichkeiten. Eine wäre die einer Fehlgeburt in der Vergangenheit. Aber das ist wie gesagt nur ein Beispiel.« Er räusperte sich. »Eines von vielen.«

Die Bedeutung dessen, was der Arzt sagte, sickerte langsam in mein Bewusstsein.

Wonne hatte die ganze Sache verschwiegen, weil sie Angst hatte, dass wir ein kinderloses Paar sein würden.

Sie hat gesehen, wie du dich auf das Kind gefreut hast. Und je mehr du die Zukunft des Kindes ausgemalt hast, desto weniger traute sie sich, darüber zu sprechen.

Sie traute sich nicht, weil sie befürchtete, du verlässt sie.

»Ich wünsche Ihnen, dass Ihre Frau bald gesund wird und Sie mit ihr darüber sprechen können«, sagte Dr. Saalsteb. »Und dann reden wir am besten noch mal gemeinsam darüber.«

Ich bedankte mich und drückte den roten Knopf. Dann starrte ich eine Weile in dem dunklen Auto vor mich hin. Es hatte wieder leichter Regen eingesetzt. Die Tropfen verteilten sich als silberne Pünktchen auf der Scheibe und flossen in langen Linien zu eigenartig verzerrten Spinnennetzen auseinander.

Weiter, dachte ich. Du musst weitermachen.

Konzentrier dich auf den Fall.

Rede mit diesem Beiner.

Ich startete den Motor und fuhr zurück auf die A1. Dabei

wurde ich den Gedanken nicht los, dass ich mich nicht so sehr der Lösung des Falles näherte, sondern eher vor etwas auf der Flucht war. Vor dem Nichtstun. Vor der Einsamkeit. Vor der Leere in meiner Wohnung. Vor den Problemen mit Wonne.

8

Das Bergische Land ist ein Eldorado für Einbrecher. Jedes Jahr, wenn die neue Statistik präsentiert wird, zeigt sich, dass die Zahl der Fälle gestiegen ist – und das manchmal sogar um einen zweistelligen Prozentsatz. Dann wird auf den Pressekonferenzen darüber diskutiert, warum gerade das Bergische Land so attraktiv für Leute ist, die gern anderen was wegnehmen. Grund eins: weil im Bergischen Menschen leben, bei denen es richtig was zu holen gibt. Grund zwei: weil man über die Autobahn schnell Leine ziehen kann. Oder mit der Straßenbahn. Manche Einbrecher können sich nämlich kein Auto leisten.

Wer auf dem Gebiet Karriere machen will, braucht eigentlich nicht viel: etwas Geduld, um das im Fadenkreuz der Begierde befindliche Haus auszuspionieren. Kleines Werkzeug. Größere Hilfsmittel wie Akkuschrauber oder Leiter bewahren die Eigenheimbesitzer oft genug frei zugänglich im Garten auf. Oder in einem unverschlossenen Schuppen.

Bei Dr. Gerhard Beiner hatte es Brambachs Akte zufolge richtig was zu holen gegeben. Er wohnte jedoch nicht in der Nähe der Autobahn. Eine Straßenbahn fuhr auch nicht zu seinem Haus. Und ein Bus hatte sich ebenfalls noch nie dorthin verirrt.

Ich kam von der A 1 über Blecher herunter. Bald begannen die bei Motorradfahrern so beliebten Serpentinen. Im Sommer konnte man gelegentlich beobachten, wie einer halsbrecherisch hinunterraste und sich dabei in die Kurven legte, während der Kumpel mit seiner Maschine am Rand stand und die lebensgefährliche Meisterleistung filmte. Das Bergische Land ist auch ein Eldorado für Organspender.

Jetzt war die Saison vorbei. Die Scheinwerfer meines Golf tasteten die Leitplanken ab, während ich in Richtung Altenberger Dom hinunterkurvte. Die berühmte Kirche tauchte angestrahlt kurz hinter den Bäumen auf.

Abseits des alten Klostergeländes um den Dom bog ich auf die Hauptstraße ab. Dann ging es wieder in ein kleines Tal. Hier gab es eine dunkle Abzweigung in den dunklen Wald, die jetzt in der Nacht kaum zu erkennen war. Sie führte auf einen Wanderparkplatz mit Schautafeln, und ein Unkundiger hätte vielleicht gar nicht vermutet, dass dahinter noch eine längere Straße weiterging. Es war allerdings kaum mehr als ein asphaltierter Feldweg, der etwas erhöht zwischen zwei Fischteichen hindurchführte und sich dann in engen Kurven den Berg hinaufschlängelte – so steil, dass sich die Straße manchmal wie eine Wand vor mir hochzurecken schien.

Wo der Wald endete, begannen Weiden. Auf dem Hügelkamm, dem Bülsberg, lagen die Häuser. Sie bildeten ein richtiges Straßendorf – mit kleinen Fachwerkgebäuden, die vor hundert Jahren wahrscheinlich die einzigen Behausungen hier oben gewesen waren, und massiven Architektenbunkern hinter hohen geschmiedeten Zäunen mit Spitzen auf den Metallstreben.

Beiner residierte ein gutes Stück abseits davon. Ich musste die ganze Siedlung durchfahren. Hinter der letzten Straßenlaterne erwartete mich ein runder Kiesplatz. Die Steinchen knirschten unter den Reifen meines Wagens.

Der Regen gelangte nicht durch die Bäume. Die Scheibenwischer, die ich wegen des Nieselregens eingeschaltet hatte, liefen plötzlich trocken, sodass es quietschte. Durch die klare Windschutzscheibe sah ich ein geöffnetes Tor. Der Kiesplatz vor der Einfahrt zu Beiners Grundstück war größer, als ich angenommen hatte. Überall parkten Autos. Nicht gerade preiswerte Fahrzeuge. Ich sah einen Phaeton, einen Porsche Cayenne, einen Oldtimer mit H-Kennzeichen, der aussah wie ein Alfa Romeo. Ich fand ein Plätzchen, um auch noch meinen VW unterzubringen. Als ich den Motor ausgestellt hatte, wehte von Beiners Haus Musik zu mir herüber – gemischt mit Gelächter und Gläserklirren.

Ich stieg aus, und vor mir, irgendwo im tiefsten Gebüsch, ging ein Licht an. Erst jetzt sah ich, dass ich gar nicht in einer Lücke stand, sondern auf der Mündung der Einfahrt zu Beiners Nachbargrundstück.

In dem Licht wurde die schwarze Silhouette eines Menschen

sichtbar, der auf mich zustapfte. Es war eine geisterhafte Erscheinung – zumal die Person auch noch eine Taschenlampe in der Hand hielt. Das grelle Licht hinter ihr war wohl ein Bewegungsmelder. Ich blinzelte und konnte erkennen, dass die Lampe am niedrigen Dach eines Hauses befestigt war. Eines Hauses, das bei Weitem nicht so prächtig wirkte wie das von Beiner.

Jetzt sah ich neben der Einfahrt auch einen verbeulten Briefkasten. Direkt auf das silberne Aluminium hatte jemand mit schwarzem wasserfesten Edding in Großbuchstaben einen Namen geschrieben: »GROBMANN«.

Vielleicht sollte es auch »Großmann« heißen. Ein großes »ß« gab's ja nicht.

»Würden Sie bitte Ihren Wagen von meiner Einfahrt entfernen«, sagte die Silhouette, als sie bei mir angekommen war. In diesem Moment fiel mir ein, dass ich den Namen »Großmann« schon mal gelesen hatte. Und zwar in Brambachs Akte. Er hatte als Zeuge ausgesagt.

»Kein Problem«, sagte ich. »Tut mir leid, ich habe das nicht gesehen.«

»Das sagen sie alle«, erklärte die Silhouette. »Dabei haben Sie doch Lichter am Auto und Augen im Kopf.«

Ich hätte jetzt eine Diskussion darüber anfangen können, dass er ja seine Einfahrt, die hier etwas komisch lag, besser erkennbar machen konnte. Manche Leute kamen gar auf die Idee, ein beleuchtetes Schild samt der Hausnummer anzubringen – schon damit Feuerwehr und Rettungswagen im Fall der Fälle ihr Ziel fanden.

»Sie sind Herr Großmann?«, fragte ich stattdessen.

»Kennen wir uns?«

»Nein.«

»Wollen Sie etwa zu mir?«

»Das eine schließt ja das andere nicht aus.«

Ich konnte den Mann immer noch nicht richtig sehen, aber ich glaubte zu erkennen, dass er sich auf einen Gehstock stützte. Er schien schon etwas älter zu sein. Die Stimme ließ diesen Schluss ebenfalls zu.

Ich überlegte. Der Mann war ein Nachbar. Und sein Name

hatte im Protokoll gestanden. Großmann war es gewesen, der die Beamten gerufen hatte. Nicht Beiner. Obwohl bei Beiner eingebrochen worden war.

»Hier treiben sich manchmal Einbrecher herum, oder?«, fragte ich, als wollte ich bloß etwas Small Talk machen. »Und hier gab es doch auch schon mal einen richtigen Schadensfall. Drüben, meine ich.«

»Sagen Sie bloß, Sie interessieren sich für die Sache. Na ja … Sie sehen jedenfalls nicht aus wie jemand, der drüben auf die Party will.«

Klar, dachte ich. Großmann ist für mich nur als Schatten zu sehen. Ich stehe aber in voller Pracht im Licht. Er kann sich wunderbar Gedanken über mich und den Wert meiner Kleidung machen.

»Sie haben damals die Polizei gerufen.«

»Mal langsam. Wer sind Sie?«

»Ich bin Privatdetektiv. Und ich bearbeite gerade einen Fall, der mit der Sache zu tun hat. Ich arbeite für die Polizei.«

»Sie lügen«, sagte Großmann ohne die geringste Aggressivität. »Privatdetektive dürfen nicht für die Polizei arbeiten. Dass Sie einen anderen Fall bearbeiten, der mit Brambach zu tun hat, nehme ich Ihnen allerdings ab. Das passt.«

»Sie können sich an den Namen des Einbrechers erinnern?«

Er lachte. »Halten Sie mich für verkalkt? Ich war im Gerichtssaal, als sie ihn verknackt haben. Ist ein Hobby von mir. Gerichtsverhandlungen beizuwohnen. Wenn man in Rente ist, braucht man Beschäftigung. Und wenn dann schon mal was aus der Nachbarschaft verhandelt wird … Nein, war nur ein Scherz. Ich musste ja als Zeuge aussagen. Deswegen war ich bei der Verhandlung dabei. Ich wollte Sie übrigens nicht beleidigen, als ich das mit der Lüge sagte. Aber ich bin eben immer ziemlich geradeheraus.«

»Es gab heute am frühen Nachmittag eine Schießerei«, sagte ich. »Brambach war wohl darin verwickelt.«

»Ist er denn nicht mehr im Gefängnis?«

»Er ist vor Kurzem geflohen. Die Polizei wollte ihn festnehmen. Dabei wurde ein Schuss aus dem Hinterhalt abgegeben.

Eine Frau wurde schwer verletzt. Und Brambach ist weiter flüchtig.«

»Und Sie haben was mit der Frau zu tun?«

»Wieso … ich meine, wie kommen Sie darauf?«

»Irgendeinen Grund muss es ja geben, dass Sie in der Sache tätig sind. Sonst würden Sie das doch der Polizei überlassen.«

Die Musik von der Party war etwas leiser geworden. Jetzt brandete eine Welle von Gelächter und Gläserklingen auf.

»Ich möchte genauer wissen, was damals passiert ist«, sagte ich.

»Das hat die Polizei doch längst geklärt. Dieser Brambach ist drüben eingebrochen. Die Beiners haben das gar nicht gemerkt, weil sie mal wieder auf einer Reise waren oder so. Jedenfalls konnte Brambach seelenruhig ein Fenster öffnen und reingehen. Ich habe das nur mitbekommen, weil ich manchmal spätabends noch im Garten sitze und die nächtliche Atmosphäre genieße. Zu irgendwas muss Schlaflosigkeit ja gut sein. Na ja, auf einmal höre ich da so ein Knacken, und dann sehe ich diese Gestalt.«

Die Musik ging wieder an. Dazu gab es Gejohle.

»Ich habe die Polizei geholt. Bis die kamen, war Brambach natürlich weg. Es war direkt ein Wunder, dass sie ihn noch gekriegt haben. Aber ich konnte ihn beschreiben, und er war ein alter Bekannter der Behörden, haben sie gesagt.«

»Sind Sie da drüben eigentlich nicht eingeladen?«, fragte ich. »Wo Sie doch geholfen haben, dass der Einbrecher geschnappt wird?«

»Diese Leute sind nicht meine Kragenweite … Das heißt aber nicht, dass man nicht ein bisschen auf die Häuser aufpasst; wenn eingebrochen wird, ist das schon schlimm. Da sollten wir alle auf der Hut sein. Die Beiners scheinen das allerdings leicht zu nehmen. Haben noch nicht mal eine Alarmanlage.«

»Haben Sie eine?«

»Kann mir keine leisten. Andere Leute dagegen haben es so dicke, dass sie gar keine Alarmanlage brauchen.«

»Das verstehe ich nicht.«

»Na ja, ich musste Beiner damals fast überreden, dass er zur Polizei geht und den Schaden meldet. Die hatten ja nur mich als

Augenzeugen. Und natürlich das kaputte Fenster. Dabei gehört so was doch angezeigt. Um wenigstens minimale Abschreckung zu schaffen.«

»Eigentlich ist das hier doch eine ziemlich abgelegene Stelle. Passieren Einbrüche denn nicht eher dort, wo die Täter besser verschwinden können? In der Nähe von Autobahnauffahrten zum Beispiel?«

»Kann schon sein. Brambach hatte einen Rucksack dabei. Und hergekommen ist er mit dem Motorrad. Er hatte es irgendwo im Wald versteckt. Das hat die Polizei alles ermittelt, und es kam bei der Gerichtsverhandlung zur Sprache. Die haben sogar rausgekriegt, dass er die Waffe, die ihm bei seiner Festnahme abgenommen wurde, auch bei dem Einbruch dabeihatte. Wenn ich daran denke, läuft's mir jetzt noch kalt den Rücken runter. Der hätte ja einfach auf mich schießen können, wenn er mich da im Garten bemerkt hätte.«

»So, wie er später auf die Polizisten geschossen hat, die ihn festnehmen wollten.«

»Genau.«

Wir standen eine Weile da und lauschten dem heranwehenden Partylärm.

»Also gut«, sagte Großmann. »Wenn Sie diesen Brambach schnappen – ob mit oder ohne Polizei – und ihn wieder in den Knast zurückbefördern … Meinen Segen haben Sie. Nur ein eingesperrter Einbrecher ist ein guter Einbrecher. Aber bitte vergessen Sie nicht, Ihren Wagen wegzufahren.« Der Kies knirschte, als sich der schwarze Schattenriss bewegte. Offenbar wollte Großmann zurück zum Haus gehen.

»Einen Moment noch«, sagte ich, einer spontanen Eingebung folgend. »Wissen Sie etwas darüber, ob Herr Beiner in letzter Zeit mit Leuten von der Presse zu tun hatte?« Irgendwie musste die Frage, wieso Wonne heute Nachmittag an der Raststätte aufgetaucht war, doch zu klären sein.

Er blieb stehen. »Presse? Wieso Presse?«

»Es hat wohl in letzter Zeit ein gewisses Interesse von Journalisten an seiner Person gegeben.«

»Und wieso?«

»Das frage ich Sie.«
»Keine Ahnung. Wieso wollen Sie das wissen?«
»Wann haben Sie Herrn Beiner zuletzt gesehen?«
»An welchem Tag? Ich hab nicht darauf geachtet. Es ist aber schon eine Weile her. Man kriegt eigentlich nicht viel mit von denen da drüben. Wenn sie nicht gerade Partys feiern. Aber das kommt auch ziemlich selten vor.«
»Hat Beiner Geburtstag?«, fragte ich.
»Der junge Beiner, soviel ich weiß. Das ist der Sohn. Er wohnt seit einem Monat in New York. Arbeitet da bei einer Bank oder so was.«
»Wie alt ist er?«
»Anfang zwanzig oder so.«
»Und er feiert hier im Bergischen Land Geburtstag?«
»Vielleicht weil seine Freunde noch hier sind. Oder er hat in Manhattan keine passende Wohnung gefunden, in der man mit fünfzig Leuten feiern kann. Keine Ahnung, was in diesen Leuten vorgeht. Ich glaube, die kümmern sich um gar nichts. Auch nicht darum, dass sie die ganze Nachbarschaft mit ihrem Krach stören. Bin gespannt, ob das um zehn Uhr zu Ende ist. Wenn nicht, kann ich gleich wieder die Polizei holen.«
Jetzt wurde die Musik auf dem Nachbargrundstück voll aufgedreht. Dumpfe Bässe pochten in der Tiefe. Darüber lagen irgendwelche Elektroriffs. Zwischen den Bäumen pulsierte farbiges Licht.
»Und der alte Beiner?«, fragte ich noch mal. »Haben Sie den in letzter Zeit mal gesehen?«
»Der ist meist geschäftlich unterwegs. Warum interessieren Sie sich denn für die Beiners? Ich dachte, es geht Ihnen um das, was Brambach getan hat?«, fragte Großmann. »Damit Sie ihn wieder schnappen können.«
Ich ging nicht darauf ein. »Können Sie mir sagen, was für einen Wagen Beiner fährt? Ich meine, der alte?«
»Was Sie alles wissen wollen. Einen Phaeton.« Er machte eine wegwerfende Handbewegung. »Lächerlich.«
»Wie meinen Sie das?«
»Ich meine, es ist lächerlich, ein Auto Phaeton zu nennen.

Wissen Sie nicht, wer dieser Phaeton war? Er war der Sohn des Sonnengottes Helios, von dem die alten Griechen glaubten, er lenke den Sonnenwagen. Eines Tages bat Phaeton seinen Vater, diesen Wagen auch einmal über den Himmel fahren zu dürfen. Er durfte – und er brachte ihn zum Absturz, sodass die ganze Welt in Flammen aufging. Der Name steht also quasi für einen apokalyptischen Verkehrsunfall. Die Manager, die sich das ausgedacht haben, waren wohl nicht besonders gebildet.«

Ich konnte mir ein Grinsen nicht verkneifen. »Danke für die Informationen«, sagte ich, nun selbst um etwas Bildung reicher. »Dann werde ich mich mal ein bisschen auf der Party umsehen.«

Ich fuhr von dem Kiesplatz weg und fand entlang der Straße eine andere Parkgelegenheit neben einer Hecke. Als ich ausgestiegen war, zog ich den Mantel aus und legte ihn auf den Rücksitz. Dann betrachtete ich mich im Außenrückspiegel, wobei ich einige Verrenkungen machen musste. Ich trug ein glattes Sakko, ein gestreiftes Hemd, dazu eine schwarze Jeans, die allerdings an den Knien schon etwas glänzte. Meine Sneaker wären einigermaßen salonfähig gewesen, wenn sie nicht im Discounter, sondern in einem Labelladen erstanden worden wären. Für mich waren sie die einzigen Schuhe, in denen mir nicht nach kurzem Herumlaufen die Füße wehtaten. Das würde die Leute auf der Party aber nicht interessieren. Blieb zu hoffen, dass sie vorzugsweise die Gesichter der anderen Gäste studieren würden.

Ich ließ meinen Blick schweifen und erkannte, dass ich nicht allein war. Gegenüber lag ein kleines, gedrungenes Fachwerkhaus mit erleuchteten Fenstern. Gleich über dem Erdgeschoss begann das Dach, als würde sich das Gebäude ducken.

Ich konnte in eine kleine Küche blicken, wo ein Mann an einem Herd hantierte. Eine Frau mit glattem schulterlangem Haar trug Geschirr und verschwand im hinteren Bereich des Hauses. Die Szene wirkte richtig heimelig.

Warum musste ich mit Wonne eigentlich eine Wohnung in einer Großstadt mieten? Könnte man nicht in einem kleinen Haus wohnen? Irgendwo im Bergischen? Würde Wonne das gefallen?

Sie liebte doch das Kochen. Dann brauchte sie auf jeden Fall eine große Küche, oder nicht?

Viele Fragen, keine Antworten.

Und warum?

Weil du Wonne im Grunde gar nicht kennst.

Die Erkenntnis schmerzte.

Der Mann am Herd sah aus dem Fenster und lächelte mich an. Ich beneidete ihn. Ich konnte nur heißes Wasser, Fünf-Minuten-Eier und Kaffee. Und auftauen. Wenn man mir eine Mikrowelle hinstellte.

Hier war die Musik in der Beiner-Villa kaum zu hören. Nur ein fernes Pochen war noch von den Bässen übrig. Ich wandte mich von dem Haus ab und wollte gerade zurück ans Ende der Straße gehen, da kam von der anderen Seite ein kleines Auto angefahren. Kreisrunde, etwas matte Scheinwerfer blickten mich an. Der Motor röhrte. Es war ein roter Renault – ein R4, das alte Modell mit Revolverschaltung und wahrscheinlich mit dem Aroma Tausender im Inneren gerauchter französischer Zigaretten in den Polstern. Eine Frau saß am Steuer, neben ihr ein Mann mit schütterem Haar und schwarz umrandeter Brille. Sie fuhren an mir vorbei, drehten in so wenigen Zügen, wie es mit einem Auto aus einer Zeit, als eine Servolenkung noch Science-Fiction war, eben ging, und parkten vor dem kleinen Fachwerkhaus. Als sie ausstiegen, begrüßten sie winkend die Leute hinter dem Küchenfenster. Die Frau hatte eine große, mit Alufolie abgedeckte Schüssel in der Hand. Ohne mich groß zu beachten, verschwanden sie neben dem Gebäude, wo es auf einem schmalen Weg wahrscheinlich zum Eingang ging.

Dann war ich allein.

So ein Leben will ich auch, dachte ich, während ich mich der Lärmwolke näherte, die mit jedem Schritt lauter wurde.

Innerlich legte ich einen Schwur ab.

Wenn Wonne wieder gesund wird, werden wir mindestens einen Monat lang nichts anderes tun als uns kennenlernen. Unsere Wünsche kennenlernen. Und Möglichkeiten finden, unsere Wünsche zu verwirklichen. Es wird nicht gearbeitet. Es wird nicht telefoniert. Es wird nicht ferngesehen. Es wird nicht gelesen. Und wenn uns unsere Wohnungen nicht passen, gehen wir eben in ein Hotel. Oder in eines von Juttas Ferienhäusern. Das muss sie mir dann eben mal überlassen.

Ich schwöre es, ich schwöre es, ich schwöre es, hämmerte es in meinem Kopf.

Bis das Hämmern von dem Krach übertönt wurde, der von Beiners Haus aus in die Nacht schallte.

9

Hinter dem Tor verlief ein langer Kiesweg in einer Kurve zum Haus. Der Eingang mit zwei Säulen, die ein mit Schiefer gedecktes Vordach trugen, badete in indirekter Beleuchtung. In den Boden versenkte Lampen, die aus dem Rasen nach oben strahlten, markierten den Weg in den Garten.

Hinten ragte eine Terrasse aus unregelmäßig geformten Steinfliesen in die Rasenfläche hinein. Darauf stand ein weißes Zelt. Bunte Lampen schickten tanzendes Licht in die Nacht. Darunter bewegte sich Partyvolk zum Rhythmus von Elektrokrach. Etwas abseits machte ein DJ am Mischpult auf wichtig und schob irgendwelche Regler, einen fetten Kopfhörer auf dem einen Ohr, den anderen über das andere hochgeschoben.

Eine Masse asymmetrisch geformter Kleider aus changierenden Stoffen, High Heels, glitzernder Schmuck, hochgesteckte Frisuren. Männer in schwarzen, eng geschnittenen Anzügen, glänzenden Halbschuhen. Gegeltes Haar, dicke Brillen, schwere goldene Uhren, im modischen Galgenstrickstil getragene Schals. Ein Haufen Volk stand in kleinen Grüppchen am Eingang zum Wohnzimmer – einem Raum voller Kunst an den Wänden, einer riesigen Sitzgruppe, Bücherregalen und einem Büfett. Einige Gäste saßen in den Sesseln, Teller auf dem Schoß, und waren damit beschäftigt, ab und zu nach einem Glas zu greifen, das auf dem niedrigen Couchtisch stand, ohne dass der Teller mit Pasta, Soße, Salat, Weißbrotscheiben und sonstigem Sammelsurium herunterrutschte. Manchen schien es zu gelingen, sich in dem Höllenlärm zu unterhalten. Vielleicht konnten sie ja Lippenlesen.

Mich beachtete kaum jemand. Dabei war ich eindeutig underdressed. Vielleicht wollte sich ja niemand von den Gästen die Blöße geben, mich zur Rede zu stellen. Oder der Gastgeber, wer immer von dem Partyvolk das war, wusste gar nicht, wen er alles eingeladen hatte. Vielleicht war hier auch Open House oder so was. Jedenfalls ging ich zum Büfett, hinter dem weiß gekleidete Helfer standen, die einen dabei unterstützten, sich etwas von den guten Sachen auf den Teller zu laden. Einer von ihnen war für die Getränke zuständig. Er herrschte über eine ganze Batterie von Wein-, Sekt- und Saftflaschen, vor ihm standen wunderbar aufgereiht frische Gläser aller Sorten, neben ihm lockte ein Fass Früh-Kölsch.

Ich ließ mir ein Glas zapfen, und als ich es in der Hand hielt, fiel mir ein, dass ich seit dem Morgen nichts mehr gegessen hatte. So ließ ich mir einen Teller mit irgendwas Exotischem mit Reis füllen, nahm Besteck dazu, stellte wie all die anderen fest, dass ich nur zwei Hände hatte, und sah mich hilflos um. Irgendwo weit hinten am Kamin stand ein Mann von einem Hocker auf, der eigentlich als Fußstütze zu einem direkt daneben stehenden Sessel gehörte. Ich nutzte die Gelegenheit, setzte mich, stellte das Glas vor mich auf den Boden und aß. Eine junge Frau im Sessel neben mir lächelte mir zu. Ihre Lippen formten »Guten Appetit«. Ich nickte. Früher hatte man sich beim Party-Small Talk wenigstens noch hören können.

Wo war nun Beiner?

Beiner senior und/oder Beiner junior?

Beziehungsweise sonst jemand, der hier wohnte und mit dem ich sprechen konnte?

Beiners Frau?

Einfach fragen ging nicht. Schon aus akustischen Gründen. Und weil es zu blöd ausgesehen hätte.

So beschloss ich, erst einmal die Gastfreundschaft zu genießen und danach auf die Suche zu gehen. Vielleicht ergab sich ja bis dahin irgendetwas. Eine kleine Ruhepause war ganz gut. Wobei ich sie mit einer Packung Ohropax wahrscheinlich noch mehr hätte genießen können.

Das exotische Zeug schmeckte. Das Bier sowieso. Als ich fertig war, stand ich auf.

Noch immer taten alle so, als sei ich Luft. Unsichtbar. Nicht vorhanden. Obwohl – so ganz stimmte das nicht. Immerhin lächelte man mir hier und da zu, oft abwesend, da gleichzeitig ins Gespräch mit jemand anderem vertieft.

Ich ließ mir Kölsch nachfüllen, wanderte ein bisschen umher und spazierte dann mit dem Glas in der Hand durch eine breite

Flügeltür in ein weiteres Wohnzimmer, in dem sich noch mehr Bücher befanden. Vielleicht sollte das so eine Art Bibliothek sein.

Von hier gelangte ich in einen Flur und zur Haustür. Im großen Eingangsbereich führte eine mit Teppich ausgelegte Treppe nach oben. Da ich schon mal hier war, stieg ich langsam die Stufen hinauf, flankiert von gelblichen, kerzenförmigen Lampen an den Wänden. Der Lärm war hier deutlich gedämpfter. Als ich oben war und um die Ecke in einen Flur blickte, öffnete sich auf einmal eine Tür. Eine Frau trat heraus, erschrak kurz bei meinem Anblick, fasste sich aber sofort wieder und fragte: »Haben Sie sich verlaufen?« Sie rang sich sogar ein Lächeln ab.

Sie war eine Generation älter als das Volk da unten. Und auf eine gewisse Art eleganter gekleidet. Nicht so schickimickihaft, sondern mit Stil. Ein schlichtes erdfarbenes Kleid, etwas Bernsteinschmuck. Sie gehörte zu den Frauen, die kein Problem damit hatten, dass ihr Haar grau wurde. Sie trug es, als wäre es eigens so gefärbt.

»Sind Sie vielleicht Frau Beiner?«, fragte ich. Noch immer hatte ich das Bierglas in der Hand. Ich nahm einen Schluck.

»Was wollen Sie?« Sie musterte mich, und ihre Augenbrauen hoben sich misstrauisch. »Sie sind doch kein Gast meines Sohnes?«

»Nein, bitte entschuldigen Sie … Ich würde Sie gern sprechen.«

»Und wieso?«

»Es geht um den Einbruch.«

»Ein Einbruch? Wo?«

»Der Einbruch bei Ihnen vor einigen Jahren. Der Täter, Erwin Brambach, ist kürzlich aus dem Gefängnis geflohen.«

»Der Einbruch …« Sie schien endlich zu begreifen, worum es ging. »Glauben Sie, der würde sich hier verstecken? Wer sind Sie überhaupt? Kommen Sie von der Polizei? Nein, das glaube ich nicht. Ein Polizist würde sich nicht einfach so hier reinschleichen. Ich hoffe, das Bier schmeckt Ihnen wenigstens.«

»Könnten wir uns vielleicht irgendwo einen Moment in Ruhe unterhalten? Ich würde ehrlich gesagt auch ganz gern mit Ihrem Mann sprechen, wenn das …«

»Nein, das können wir nicht. Gehen Sie bitte. Sofort. Mein

Mann ist ohnehin nicht zu Hause. Und er wird auch so bald nicht zurückkommen.«

»Ist er geschäftlich unterwegs?«

»Jetzt reicht's. Ich rufe die Polizei.«

Sie war nicht die Spur ängstlich. Nur verärgert.

»Frau Beiner, warten Sie bitte einen Moment, es tut mir leid. Hier …« Ich kramte meine Visitenkarte hervor und hielt sie ihr hin. »Erwin Brambach hat sich heute Mittag seiner erneuten Festnahme entzogen. Wir fahnden nach ihm. Eine Frau ist durch einen Schuss schwer verletzt worden und liegt im …

»Privatdetektiv?« Sie hatte gelesen, was auf der Karte stand. »Und das soll ich Ihnen glauben? Na ja, wenn man den alten Kriminalfilmen ein bisschen Wahrheitsgehalt zugesteht, haben die Leute in Ihrem Beruf ja tatsächlich kaum Manieren. Also wird es wahrscheinlich stimmen.«

»Wenn Sie möchten, kann ich Ihnen auch noch meinen Personalausweis zeigen.«

Sie gab mir die Karte zurück. »Wie Sie vielleicht bemerkt haben, feiern wir hier ein privates Fest. Wenn Sie mit mir oder meinem Mann reden wollen, machen Sie bitte einen Termin, und dann sehen wir weiter.«

»Aber es ist sehr dringend. Die angeschossene Frau …«

»Was ist mir ihr?«

»Sie kannte Ihren Mann.«

Sie seufzte und wirkte wie eine ungeduldige Lehrerin, die nicht begreifen kann, dass eines ihrer Schülerlein selbst die einfachste Sache nicht in den Kopf bekommt.

»Mein Mann kennt eine Menge Frauen. Und diese eben auch, was ist schon dabei?«

»Aber das kann doch kein Zufall sein. Brambach bricht bei Ihnen ein, geht in den Knast, bricht aus …«

»Und schießt auf eine Frau, die meinen Mann kennt? Das kann es doch geben.«

»Diese Frau ist Journalistin und hat wahrscheinlich vor einiger Zeit versucht, Ihren Mann zu treffen. Sie heißt Yvonne Freier.«

»Sagt mir nichts.«

»So eine Blonde. Dreißig Jahre alt. Relativ groß. Blaue Augen.«

»Geht's nicht genauer? Für meinen Mann ist sie vielleicht ein bisschen alt. Und Journalistinnen sind auch nicht sein Typ.«

»Frau Beiner, ich habe doch nicht behauptet …«

»Wie ich schon sagte. Keine Ahnung. Fragen Sie ihn selbst. Wenn er wieder da ist.«

»Wenn er wieder da ist? Ganz genau darüber will ich ja mit Ihnen sprechen. Es wurde berichtet, er sei verschwunden.«

»So, das wurde also berichtet? In welcher Zeitung soll das denn gewesen sein?«

»Den Artikel selbst habe ich jetzt nicht, aber da gab es eine Überschrift …«

»Mein Mann ist nicht verschwunden, glauben Sie mir. Und außerdem geht Sie das nicht das Geringste an.«

Hinter mir kam jemand die Treppe herauf. Ein dunkelblonder Schnösel im hellblauen Hemd, mit zurückgegeltem Haar und Kastenbrille. Ich hatte ihn unten auf dem Sofa zwischen ein paar Frauen sitzen sehen.

»Mutter? Ich wollte gerade nach dir sehen. Was ist denn hier los?«

»Ach, nichts«, sagte sie. Eben, im letzten Teil unserer Auseinandersetzung, hatte sie noch etwas erschöpft gewirkt. Jetzt schien sie sich wieder gefangen zu haben. War ganz die kühle, strenge Aristokratin, die sich hundertprozentig im Griff hatte.

»Wer sind Sie?«, fragte er mich.

»Haben Sie mich nicht gesehen? Unten? Nettes Büfett, das Sie da haben.«

»Das ist Herr Rott«, sagte Frau Beiner. »Er ist Privatdetektiv und recherchiert in einem Fall, der mit dem Einbruch damals bei uns zusammenhängt. Er wollte aber gerade gehen. Wir sind fertig.«

»Kennen Sie eine Frau Freier?«, fragte ich den Junior.

Frau Beiner ließ ihn nicht antworten. »Mein Sohn lebt in Amerika«, sagte sie. »Er ist erst vorgestern wieder nach Deutschland gekommen.«

Mir kam eine Idee. Hatte ich vielleicht ein Foto von Wonne im Handy? »Halten Sie mal.«

Beiner junior war so verdattert, als ich ihm das Bierglas hinhielt, dass er es tatsächlich nahm, während ich im Telefon den Fotoordner öffnete. Ich wischte durch die Aufnahmen, fand aber nicht, was ich suchte.

»Das reicht, Herr Rott«, sagte Frau Beiner. »Reinald, kümmere dich bitte darum, dass der Herr geht.«

Damit rauschte sie die Treppe hinunter.

»Kommen Sie«, sagte Reinald Beiner. »Niemand will mit Ihnen reden. Ich denke, das ist jetzt klar.«

Ich hielt mich einen Moment am Geländer fest. Ich brauchte die Zeit, denn mir war etwas aufgefallen, das ich mir unbedingt genauer ansehen musste.

Er streckte die Hand aus und wollte mich am Arm packen.

»Ich kann allein gehen«, sagte ich. »Und keine Sorge, ich störe Ihre Party nicht weiter. Ich weiß ja, was sich gehört.«

Unten waren wir wieder im Sichtbereich der anderen Gäste, die am Durchgang zum zweiten Wohnzimmer standen. Beiner öffnete die Haustür und schob mich hinaus. »Einen schönen Abend noch, Herr Rott.«

Dann stand ich draußen, und die Tür fiel zu.

Ich eilte den Kiesweg entlang zur Straße. Erst als ich am Wagen angekommen war, zog ich mein Handy heraus. Der Schnappschuss, den ich vom Treppenabsatz aus gemacht hatte, war immerhin so gut geworden, dass man das Motiv erkannte. Es war das Gemälde mit dem Titel »Wupper Wut«. Die knallrote Explosion, der gezackte Stern, der auseinanderflog wie eine Bombe. Eindeutig das Bild von August Krieger.

Es hing ordentlich in der Beiner-Villa an der Treppe. Als wenn nichts gewesen wäre.

Hatte Brambach es gar nicht gestohlen? Oder hatte er es nach der Festnahme zurückgegeben? Die Polizei hatte das Bild nicht sichergestellt, das hätte in der Akte gestanden.

Vielleicht hatten sie das Bild auf dem Kunstmarkt wiederentdeckt und zurückgekauft?

So oder so, die Sache hatte einen Haken.

Großmann hatte erzählt, Brambach sei mit einem Rucksack und einem Motorrad unterwegs gewesen. Und das stand auch in den Akten.

Das Bild hatte aber eine Kantenlänge von mindestens an die zwei Meter. Konnte man so was einfach so in einem Rucksack wegbringen? Oder musste man es in der Hand tragen?

Und wenn schon, dachte ich. Du bist ein Sherlock Holmes für Arme, Rott. Als ob es darauf ankäme. Brambach ist ja nicht wegen nichts verknackt worden. Bei seiner Festnahme hatte er die Polizisten angegriffen. Das wurde als klare Tötungsabsicht ausgelegt. Vier Jahre Knast hat er bekommen.

Ich ging zurück zu meinem Wagen. In dem kleinen Fachwerkhaus brannte noch immer Licht in der Küche. Die Leute, die ich gesehen hatte, waren jedoch verschwunden. Wahrscheinlich hielten sie sich irgendwo weiter hinten im Haus auf. Ich stellte mir vor, wie sie jetzt in einem gemütlichen Wohnzimmer mit Esstisch zusammensaßen, sich irgendwas erzählten und einfach nur das Essen genossen.

Ich bekräftigte meinen Schwur.

Wenn Wonne das überlebt. Wenn sie wieder gesund wird.

Wir ruhen nicht eher, als bis wir das gefunden haben, was uns glücklich macht.

Gemeinsam glücklich macht.

Ich setzte mich ins Auto. Es war kurz nach zehn. Ziemlich spät für einen Besuch im Krankenhaus. Aber ich konnte nicht anders.

Merheim war nah, also fuhr ich noch mal hin.

Zum Glück fand ich eine verständnisvolle Nachtschwester. Sie ließ mich zwar nicht zu Wonne in den Raum, aber ich durfte mich auf dem Gang aufhalten und durch die Scheibe auf ihre von Geräten und Schläuchen umgebene Gestalt unter dem Laken sehen, während sie vollkommen still dalag.

»Herr Rott, ich sehe hier gerade eine Notiz in den Unterlagen«, sagte die Schwester.«

Ich tauchte aus meinen Gedanken auf und sah sie an. »Ja, was ist denn?«

»Ach, nur eine Formalität. Sie sind ja Frau Freiers Ehemann.«

»Ja, genau. Und?«

»Könnte ich mal Ihren Personalausweis haben? Die Polizei hat uns darum gebeten. Weil Ihre Frau ja Opfer einer Straftat ist. Wir sollen alle Besucher danach fragen. Ich muss ihn kopieren.«

Einen Moment lang hatte ich schon befürchtet, sie würde die Heiratsurkunde verlangen, die ich natürlich nicht hatte.

»Kein Problem«, sagte ich und kramte den Perso heraus. Sie nahm ihn und verschwand damit irgendwohin, wo es einen Kopierer gab.

Wieder hatte ich ein paar Minuten mit Wonne allein.

Viel zu schnell kam die Schwester zurück.

»Haben Sie nicht zusammen gewohnt?«, fragte sie, als sie mir das Dokument hinhielt.

»Wie meinen Sie das?«

»Na ja, auf Ihrem Personalausweis steht eine andere Adresse als in den Unterlagen von Frau Freier.«

»Wir haben gerade gemeinsam Wohnungen angesehen«, sagte ich. »Wir sind beide berufstätig.« Ich versuchte zu lächeln und die ganze Sache als typische Geschichte eines jungen Ehepaares hinzustellen, das zu beschäftigt ist, um zusammenzuziehen. »Wir konnten uns lange nicht einigen, ob wir in Wuppertal oder in Bergisch Gladbach wohnen wollen. Gerade als … das hier passiert ist, wollten wir uns entscheiden. Dieses Wochenende.«

Sie nickte. »Ja, das war bei meinem Freund und mir genauso. Da war's aber noch schlimmer. Ich wohnte da schon in Köln. Er in Düsseldorf. Und es kann ja wohl kein Mensch von mir verlangen, nach Düsseldorf zu ziehen.« Sie merkte, dass sie ins Plaudern gekommen war. »Ich lasse Sie jetzt allein.«

Ich blieb noch lange auf dem Gang stehen und sah zu Wonne hinein.

Was hast du mit Beiner zu tun gehabt?, fragte ich sie immer wieder stumm.

Wo bist du da nur reingeraten?

10

Irgendetwas rief nach mir, aber ich wollte es nicht hören. Wenn ich mich davon ablenken ließ, würde es mich vom Weg abbringen. Von dem Weg, an dessen Ende ein glückliches Leben mit Wonne stand. Mit einer gesunden Wonne. Aber dazu musste ich erst einmal diesen unförmigen Schatten loswerden, der hinter mir herkam, während ich über den Parkplatz rannte. Menschen schauten mich erschrocken an, als sei ich ein Zombie, der gerade einem Grab entstiegen war. Aber da war doch das andere, Schreckliche, vor dem man Angst haben musste, diese schwarze Gestalt, die auf einmal im hellen Licht vor mir stand und auf mich einredete. Und die gleich darauf nichts mehr sagte, sondern in sich zusammensank. Wonne? Wie hatte ich vor ihr Angst haben können? Es war doch meine Wonne, die da verletzt am Boden lag und sich nicht mehr rührte, deren Brust voller Blut war. Dann die Stimme der Ärztin: »Wenn sie die Nacht überlebt … wenn sie die Nacht überlebt.«

Wieder rief dieses Etwas nach mir, rief verzweifelt.

Und ich war wach.

Das Telefon!

Sicher rief das Krankenhaus an.

Wo war der Apparat?

Ich ließ mich aus dem Bett gleiten, rappelte mich auf, suchte. Dachte, ich müsse ja nur dem Klingeln nachgehen, um es zu finden. Aber es war gar nicht das Telefon, das mich aus dem Schlaf gerissen hatte, sondern die Haustür.

Ich verzichtete auf die Gegensprechanlage und drückte einfach auf den Knopf, der unten öffnete. Kommen die aus Merheim jetzt persönlich vorbei, um mich über Wonnes Zustand zu informieren?, überlegte ich, immer noch verwirrt. Dann fiel mir ein, dass ich deswegen unbedingt im Krankenhaus anrufen musste. Ich musste wissen, wie die Nacht verlaufen war. Aber jetzt erst mal schauen, wer …

»Remi, endlich. Da rufe ich stundenlang an, und du meldest

dich nicht. Also habe ich gedacht, ich komme direkt vorbei, und nun …«

Es war Jutta. Gebräunt von der karibischen Sonne, die auch ihre dunkelblonden Haare gebleicht hatte. Einen Schwall von Parfümfrische vor sich herschiebend. Für mich verband sich das Ganze mit dem Duft der großen weiten Welt, der jetzt meine Bude enterte.

»Na, hier herrscht ja ein Mief. Sag bloß, du hast noch geschlafen. Hör mal, es ist halb neun.« Sie riss die Rollläden nach oben. Das Licht traf mich wie ein Messerstich.

»Jutta, lass das bitte, ich …« Es klirrte, als ich eine Bewegung machte und gegen ein paar leere Bierflaschen stieß. Reste von gestern Abend. »Ich dachte, du bist in der Karibik«, ächzte ich.

»War ich auch. Vor gut vierzehn Stunden. Der Flug von Nassau nach Frankfurt dauert elf. Ich habe den ersten genommen. Und da bin ich. Ich dachte, ich kann dich jetzt unmöglich allein lassen.«

Sie sah mich einen Moment lang an, irgendwie unschlüssig. Dann tat sie etwas, was sie in meiner Erinnerung noch nie getan hatte: Sie nahm mich in den Arm.

»Furchtbar«, hörte ich sie neben meinem Kopf sagen, und: »Was für eine schreckliche Geschichte.« Nach zwei, drei Herzschlägen machte sie sich wieder los und drückte mich von sich weg. »Du stinkst«, stellte sie fest. »Dusch erst mal, bevor wir uns unterhalten.«

»Nein«, sagte ich. »Erst rufe ich das Krankenhaus an.«

»Sag bloß, das hast du noch nicht getan?«

»Wie denn, wenn ich schlafe?«

Als ich nach Hause gekommen war, hatte ich einfach keine Ruhe gefunden. Erst war ich noch eine Weile damit beschäftigt gewesen, im Internet das Schicksal des Gemäldes »Wupper Wut« nachzurecherchieren. Alles, was ich herausgefunden hatte, war, dass es sich in Privatbesitz befand. Und es war einzigartig. Es gab kein anderes Bild, das genauso aussah. Die übrigen Werke von diesem Krieger hatten völlig andere Motive. Wenn man bei den Farbflächen überhaupt von Motiven sprechen konnte. Ich kannte mich damit nicht aus, und ich hatte auch keine Lust, deswegen kunsthistorische Vorträge zu besuchen. Das Bild, das bei Beiners im Flur hing, war das gestohlene. Da war ich sicher.

Danach hatte ich den Fernseher eingeschaltet und zwischen Serien, Erotikwerbung und einer Wiederholung des Operettenfilmklassikers »Im weißen Rössl« hin und her gezappt. Barbusige Frauen, die sich auf Sofas wälzten. Explodierende Autos in den nächtlichen Straßen einer amerikanischen Großstadt. Der singende Peter Alexander. Und wieder die barbusigen Frauen. So war das im Prinzip immer im Kreis gegangen.

In der Küche hatten noch zwei Kästen Kölsch gestanden. Ich erinnerte mich nur daran, dass ich immer wieder rübergegangen war und eine neue Flasche geholt hatte.

Kölsch mit Zimmertemperatur.

Das knallte mehr als kaltes.

Und die ganze Zeit über hatte ich Angst, dass das Krankenhaus anrufen und mir eine schlechte Nachricht überbringen würde.

Ich ließ Jutta im Wohnzimmer zurück und nahm das Telefon mit ins Bad. Die Vermittlung stellte mich zur Intensivstation durch. Eine Schwester meldete sich. Ich verlangte Frau Dr. Rosenfeld.

»Das tut mir leid, sie hat heute frei. Worum geht es denn?«

»Wer behandelt denn meine … Frau? Yvonne Freier.«

»Einen Moment, da gebe ich Ihnen Herrn Dr. Becher.«

Dr. Becher hatte eine ruhige, tiefe Stimme.

»Ja, Herr Rott, wir wollten Sie ohnehin gleich anrufen.« Etwas raschelte. Wahrscheinlich wühlte er in Wonnes Papieren, schien etwas nachzuschauen. Sich in letzter Sekunde auf den neuesten Stand zu bringen.

»Frau Feiner …«

»Freier«, korrigierte ich. Wusste er überhaupt, wer Wonne war? Diese Krankenhäuser heutzutage. Waren das nicht richtige Gesundheitsfabriken? Völlig anonym.

»Freier, habe ich ja gesagt.«

»Die Frau mit der Schussverletzung«, fügte ich hinzu.

»Keine Sorge, ich bin im Bilde, Herr Rott«, sagte er streng. »Wenn jemand auf der Intensivstation liegt, geht das gar nicht anders. Also … heute früh gegen halb sechs hat es einen Zwischenfall gegeben.«

Ich sank auf den Klodeckel. Nein, dachte ich. Ich will keinen Zwischenfall. Ich will gute Nachrichten hören. Ich will, dass Wonne gesund wird. Damit ich meinen Schwur einhalten kann. Damit wir glücklich sind.

»Wir haben sie wieder stabilisieren können.«

»Sie haben sie … stabilisiert?«

»Es war eine Herzbeuteltamponade«, redete er weiter. »Das kann bei einer solchen Verletzung leicht vorkommen.«

»Tamponade … klingt wie ein Verband.«

»Nein, es ist etwas anderes. Einfach gesagt, läuft dabei Blut in den Herzbeutel. Dadurch wird das Herz gehemmt, es kann nicht richtig schlagen. Und das ist sehr gefährlich. Unter Umständen lebensbedrohlich. Aber wie gesagt, wir konnten sie stabilisieren.«

Ein Bild tauchte vor meinem inneren Auge auf. Wonne, von noch mehr Schläuchen umgeben. Weil in ihrem Körper das Blut ungehemmt umherfloss, wo und wie es wollte.

»Wir tun natürlich, was wir können, Herr Rott. Aber leider ist es jederzeit möglich, dass das wieder passiert.«

»Aber warum?«

»Ich will Ihnen nichts vormachen. Frau … Freiers Verletzung ist sehr schwer.«

»Ich weiß. Nein, ich meine, warum haben Sie mich nicht angerufen? Ich habe doch gesagt, Sie sollen mich anrufen, wenn etwas passiert. Egal was. Und es ist doch schließlich was passiert, oder nicht?«

»Entschuldigen Sie, aber das kann ich Ihnen nicht sagen. Ich habe hier keinen Vermerk. Und ich habe meinen Dienst erst vorhin angetreten. Manchmal geht es auf einer Intensivstation hoch her. Jedenfalls versuchen wir alles. Ich verspreche es Ihnen. Ihre Frau ist bei uns in den besten Händen.«

Klar, dachte ich. Was bringt es denn auch, wenn die ihre Zeit damit vergeuden, mit mir zu telefonieren? Sie sollen Wonne helfen. Das ist es, worauf es ankommt.

Ich bedankte mich, legte auf. Dann fiel mir ein, dass sie im Krankenhaus ja gar nicht meine Festnetznummer hatten. Nur die Mobilverbindung. Ich verließ das Bad und kam an der Küche vorbei, wo Jutta gerade damit beschäftigt war, Wasser in die Kaffeemaschine zu gießen.

»Du hast nur noch drei Löffel Kaffee im Haus«, sagte sie. »Du musst unbedingt einkaufen.«

Jutta sah durch die Küchentür zu mir rüber, in der Hand die fast leere Kaffeepackung. »Hast du nicht gehört? Ich glaube, es ist eh besser, wenn du ein paar Tage zu mir ziehst. Was hat denn das Krankenhaus gesagt?«

»Sieht schlimm aus«, sagte ich und spürte, wie meine Stimme zu versagen drohte. Mich erfasste ein Frösteln. Ich fror in meinem dünnen Schlafanzug. Also ging ich zurück ins Bad und stellte mich unter die Dusche. Ich drehte das Wasser so heiß, wie ich es gerade noch aushielt.

Als ich angezogen in die Küche kam, waren zwei Tassen in der Kaffeekanne. Jutta saß am Tisch und sah mich erwartungsvoll an.

»Und nun?«, fragte sie.

Ich goss mir Kaffee ein.

»Ich mache weiter. Ich ermittle. Was soll ich sonst tun?«

»Kann ich dir vielleicht irgendwie …«

»Nein«, unterbrach ich sie. »Danke, aber ich mache das allein.« Ich schnaufte, weil ich mir an dem brühend heißen Kaffee den Mund verbrannt hatte.

»Hast du denn eine Spur?«

»Ja, habe ich.«

Sie beugte sich vor. »Erzähl doch mal.«

Ich seufzte. Trank noch mal, langsam. Mein Magen rebellierte. Irgendwo musste doch noch etwas Brot sein. Ich stand auf, suchte im Schrank und fand eine zerknitterte Kamps-Tüte. Ich öffnete sie. Blauer Schimmel auf der Kruste. Mist.

»Remi, erzähl doch mal.«

Ich drehte mich um. »Jutta, lass mich einfach machen, ja?«

»Kannst du ja. Ich meine, ich lasse dich doch.«

Ich ging zum Mülleimer, um das Brot samt Papier zu entsorgen. Der Deckel klappte auf. Ein paar Fliegen stoben mir entgegen. Der Eimer war voll. Ich stopfte das Brot hinein.

»Was hat eigentlich Dr. Saalsteb gesagt?«, fragte Jutta.

»Ach nichts …«

Ich nippte am Kaffee. Er schmeckte nach Dreck. In mir wummerte es.

»Ist Wonne denn nun schwanger oder nicht?«

»Ist sie nicht.«

Jutta sah mich eine Weile stumm an. »Danke, liebe Jutta«, sagte sie dann in übertriebenem Tonfall. »Danke, dass du mit Dr. Saalsteb gesprochen hast. Danke, dass du deine Beziehungen hast spielen lassen. Danke, dass du deine teure Karibikreise abgebrochen hast.«

»Ist ja gut«, rief ich. »Kein Mensch hat dich darum gebeten. Außerdem wolltest du morgen eh zurückkommen.« Auf einmal ging sie mir furchtbar auf die Nerven. »Wonne ist *nicht* schwanger. Reicht das nicht?«

»Aber sie hat es dir nicht gesagt«, stellte sie fest. »Sie hat so getan, als würde sie ein Kind erwarten. Und du hast es natürlich geglaubt und dich für sie krummgelegt.«

Ich sah sie an. Unglaublich, wie fix sich Frauen so was zusammenreimen konnten und dann auch noch mitten ins Schwarze trafen.

»Für uns beide«, brummte ich.

»Das ändert nichts. Weißt du, Remi, ich war ja von Anfang an nicht so recht …«

Ich nahm meine ganze Kraft zusammen. »Nicht so recht was?«, schrie ich wütend. »Du brauchst gar nicht zu antworten. Ich weiß, was du sagen willst: Du warst von Anfang an nicht so recht von ihr überzeugt. Du hast gedacht, dass wir nicht zusammenpassen.« Meine Stimme dröhnte in dem kleinen Raum.

Eingeschüchtert von meinem Ausbruch, begann sie herumzudrucksen. »Ich meine ja nur … Eine Frau, die so was tut …« Sie sah mich an. »Remi, ich will doch nur, dass es dir …«

»Danke, darauf kann ich verzichten.«

Es dauerte nur zwei, drei Atemzüge, bis auch in Jutta der Zorn hochkochte. »Dann mach doch, was du willst«, zischte sie, stand auf und verließ die Küche. Ich hörte Getrappel auf dem Flur.

Schließlich knallte die Wohnungstür ins Schloss.

11

Eine Dreiviertelstunde später erreichte ich den Ortskern von Cronenberg. Ich hatte herausgefunden, wo der Onlinedienst »Bergisch News« seine Zentrale hatte. Sicherheitshalber hatte ich mir auch ein Foto von Beiner besorgt und auf mein Handy geladen.

Außerdem war es mir gelungen, trotz Wochenende den Anwalt zu erreichen, der Brambach vor Gericht vertreten hatte. Es war ein gewisser Trautwein. Sein Name war in den Akten nachzulesen. Trautwein war bereit, mit mir zu sprechen, allerdings erst am Nachmittag, wenn er von einem Termin in Düsseldorf zurück war.

Jetzt war erst mal der Onlinedienst dran. Was genau hatte in dem Artikel über den verschwundenen Geschäftsmann aus dem Bergischen gestanden?

Gemütlich rollte ich an schwarzen Schieferfassaden vorbei und bog in die Kemmannstraße ein, wo sich einstöckige Gebäude aneinanderreihten. Es gab eine Vertretung einer Bausparkasse, eine Lottoannahmestelle und einen kleinen rechteckigen Platz mit einem Friseursalon namens »Hair Fashion«, einem Hörgerätegeschäft und einem Bioladen.

Das Firmenlogo von »Bergisch News« war auf der Klingel gut zu erkennen – dasselbe wie auf den Seiten des Portals, das ich mir nach Juttas Abgang noch einmal genauer angesehen hatte. Es war eine Art stilisierter grüner Diamant, bestehend aus miteinander verbundenen Linien. Auf dem Klingelschild war außerdem noch der Name des Mannes daruntergeschmiert, der laut Webseiten-Impressum für alles verantwortlich war. Ein gewisser Fred Jungblut.

Wenn ich die Erklärungen zur Funktionsweise richtig verstanden hatte, konnte sich bei »Bergisch News« jeder als Journalist betätigen, dem danach war. So häuften sich auf den Seiten mehr oder meist weniger grammatikalisch und orthografisch einwandfrei formulierte Nachrichten aus der Region. Dass der neue Schützenkönig XY mit dreihundertzwölf Schuss an seinen Titel gekommen war. Dass irgendjemand dafür gesorgt hatte, dass die Brücke auf dem Wanderweg zwischen Hinterhufe und Kreckersweg bald ein Geländer erhielt. Dass die Gemeinde Odenthal zum zweiten Mal ihren beliebten Ratgeber für Senioren veröffentlichte. Dass in einem Getränkemarkt in Hückeswagen von einem Unbekannten zwei Flaschen Wodka gestohlen worden waren.

Wer wollte, konnte auch über Verkehrsunfälle und andere dramatische Ereignisse berichten. Von einem Totalschaden in der Nähe von Leichlingen hatte ich sogar Fotos gefunden. Jemand war gegen einen Baum gefahren. Wer genau, stand da nicht. In dem Text hieß es nur, derjenige sei »wahrscheinlich gerast«. Meldung und Fotos von dem schrottreifen Opel stammten wohl von einem zufällig vorbeigekommenen anderen Verkehrsteilnehmer, der genau in diesem Moment seine Berufung zum Journalismus entdeckt hatte.

Ich hatte von zu Hause aus versucht, Jungblut telefonisch zu erreichen. Aber ich war nur auf einen Anrufbeantworter gestoßen, der mir erklärte, ich würde außerhalb der Bürozeiten anrufen. Die seien werktags von zehn bis zwölf. Nachdem das schon so genau geregelt war, hielt ich es für besser, gleich persönlich vorzusprechen.

Meine Uhr zeigte zehn Uhr elf. Ich klingelte und klingelte.

Der Minutenzeiger war bis auf die vierzehn vorgestoßen, als mir endlich geöffnet wurde.

Auf dem Klingelbrett hatte ich gesehen, dass sich »Bergisch News« im ersten Stock befinden musste. Dort stand vor einer Wohnungstür ein unglaublich dicker Mann, der sich gerade mit einem Handtuch den Kopf abrubbelte. Ein weiteres Tuch hatte er sich um die Hüften geschwungen. Es musste ein Badetuch XXL sein. Oder sogar XXXL, wenn es das gab. Unten ragten nackte, behaarte Beine heraus, an denen noch Schaum vom Duschen klebte.

Sein Kopf war hochrot. Verständnislos sah er mich an. »Was wollen Sie denn, sagen Sie mal?«, rief er mit heller Stimme.

»Sind Sie Herr Jungblut?«

»Klar, wieso?« Er ging nach drinnen und griff nach einer Brille. Als er sie aufgesetzt hatte, musterte er mich, als sei er ein Forscher, dem soeben eine völlig neue Tierart untergekommen war.

»Und das hier ist das Büro von ›Bergisch News‹ – besetzt von zehn bis zwölf Uhr?«

»Ja, sicher. Aber doch nicht heute. Heute ist Samstag.«

»Ist das denn kein Werktag?« Ich reichte ihm meine Visitenkarte. »Tut mir leid, dass ich Sie stören muss, Herr Jungblut, aber ich hätte ein paar wichtige Fragen an Sie. Es geht um eine Ermittlung in einem Gewaltverbrechen.«

Einen Moment lang war er noch verdattert. Dann sah ich ein Flackern in seinen Augen. Er blickte von dem Kärtchen auf. Das Rot seiner Wangen wurde dunkler. »Gewaltverbrechen? Im Bergischen Land? Kommen Sie rein.« Er keuchte vor Aufregung. »Es geht doch nicht etwa um die Schießerei auf der Raststätte Remscheid?«

Er verschwand kurz hinter einer Tür und kam ohne Handtuch zurück, nunmehr in einen gestreiften Bademantel gehüllt. Nervös band er sich den Frotteegürtel zu. Dann drängte er mich in ein mit Papierkram vollgestopftes Zimmer. So viel zur Theorie, Computer würden für papierfreie Arbeitsplätze sorgen.

Vor einem Schreibtisch mit einem großen schwarzen Bildschirm darauf stand ein abgewetzter Bürostuhl, der aufzuschreien schien, als er sich hineinfallen ließ. Mit einem Klick holte er den Rechner aus dem Schlaf. Ein leeres Textdokument war schon geöffnet, und ehe ich irgendetwas sagen konnte, begann Jungblut loszutippen – mit zwei Fingern nach dem Suchsystem. Trotzdem stand in null Komma nichts eine Überschrift da: »Die Tote auf dem Rastplatz. Exklusives Interview«. Als würde er die Tote noch befragen können.

»Das wird eine Supergeschichte. Vielleicht zitieren uns ja die anderen Medien. Tageszeitungen. ›Tagesschau‹. ›Tagesthemen‹.« Er hob beide Finger und betrachtete die getippten Zeilen auf dem Monitor wie ein Priester eine Marienfigur. Dann drehte er sein Gesicht zu mir. »Also? Sie sind Privatdetektiv und ermitteln in dem Fall. Wie ist der Stand der Dinge?«

»Herr Jungblut …«, begann ich, aber er unterbrach mich sofort.

»Kommen Sie, verlieren wir keine Zeit. Samstagmittag ist perfekt, um was Neues hochzuladen. Am frühen Abend fangen die Leute mit dem Langeweilesurfen an. Vor allem, wenn das Wetter schlecht ist.« Als wollte er das überprüfen, schaute er aus dem Fenster. »Haben Sie Fotos von der Schießerei? Oder ein Video? Video wäre natürlich besser. Das streut mehr. Auf Facebook und so.«

»Herr Jungblut«, begann ich wieder. »Zunächst mal: Die Frau, die angeschossen wurde, ist nicht tot.« Bei dieser Erklärung verspürte ich einen Kloß im Hals und musste schlucken. »Außerdem kann ich Ihnen dazu gar nichts sagen.«

»Soll das heißen, es geht gar nicht um die Schießerei? Und weswegen stören Sie mich dann?«

Ich nahm mein Handy und rief das Foto von Wonne auf, das ich vorhin zusammen mit dem von Brambach auf mein Handy geladen hatte. Es war ein recht aktuelles Bild, das ich im Frühjahr bei einem Ausflug zur Wuppertalsperre von ihr gemacht hatte. Wir waren zum Bilstein raufspaziert – dem Rest einer uralten Befestigungsanlage, von der nur noch ein paar Steine bei einem markanten Felsen über dem Stausee übrig waren. Wonne lehnte an dem grünen Geländer. Hinter ihr schimmerte zwischen den Bäumen die Wasserfläche des Stausees.

Ich zeigte ihm das Bild. »Haben Sie diese Frau schon mal gesehen?«, fragte ich.

Er grinste breit. »Aha, Sie haben also doch ein Bild. Ist das die Frau, um die es geht? Ich meine, die angeschossen wurde?« Er betonte die erste Silbe von »angeschossen« übertrieben.

»Ich habe Ihnen eine Frage gestellt.«

»Wieso sollte ich die Frau schon mal gesehen haben? Ich hatte doch mit der Schießerei nichts zu tun.«

»Sie hat sich Notizen über Ihr Portal gemacht«, sagte ich. »Und dabei ging es um …«

»Das ist ja ein Ding!«, rief Jungblut, wandte sich zum Rechner und begann sofort wieder zu tippen: »Opfer der Schießerei las ›Bergisch News‹.« Wieder drehte er sich zu mir um, und auf einmal erinnerte er mich an einen Hund, der ein Leckerli verlangt, nachdem er eine Anweisung seines Herrchens befolgt hat.

»Jetzt passen Sie mal auf«, sagte ich.

»Ja?«

Langsam beugte ich mich hinunter. Jungblut, der nicht ahnte, was ich vorhatte, folgte meiner Bewegung mit den Augen. Als meine Hand fast auf dem Boden angekommen war, sagte ich: »Ich zeige Ihnen jetzt mal was.«

»Was denn?«

Unten neben dem Schreibtisch stand sein PC-Tower. Ich drückte kräftig auf den Ausknopf. Als ich mich wieder aufgerichtet hatte, war der Bildschirm schwarz.

»Spinnen Sie?«, rief Jungblut. »Das können Sie doch nicht …«

Ich packte ihn am Revers seines Bademantels. »Hast du diese Frau gesehen oder nicht? Ich meine persönlich. Hier in deiner Bruchbude oder anderswo. Sie heißt Yvonne Freier, wohnt in Bergisch Gladbach und ist freie Journalistin. Also?«

»Eine Kollegin, sagen Sie? Nein, ich hab sie nicht gesehen. Der Name sagt mir auch nichts.« Er wollte sich losmachen, aber ich packte den Bademantel noch fester.

»Wir sind noch nicht fertig. Nächste Frage: Sagt dir der Name Gerhard Beiner was? Dr. Gerhard Beiner? Er wohnt in Odenthal.«

Etwas flackerte in seinen Augen. »Beiner?«, rief er. »Ja, den Namen kenne ich. Aber der hat doch nichts mit der Sache an der A 1 zu tun … Ich denke …«

»Du sollst nicht denken, du sollst mir sagen, was ich wissen will. Du hast in deinem News-Dingsda über einen Geschäftsmann aus dem Bergischen berichtet. Du hast geschrieben, dass er verschwunden ist. Yvonne Freier«, ich hielt das Handy mit dem Foto hoch, »also diese Frau hier, hat den Artikel am Computer gelesen. Aber als ich ihn aufrufen wollte, war er nicht mehr da.«

Er riss sich los. »Was wollen Sie eigentlich von mir? Ich verstehe das nicht.«

»Du sollst nichts verstehen. Wo ist der Artikel? Warum ist er nicht mehr im Netz?«

Ich stieß ihn nach hinten, und sein fetter Körper wurde von dem bemitleidenswerten Stuhl abgefedert.

Plötzlich kam ihm eine Erleuchtung. »Sie haben gar nicht gesagt, dass es um die Sache an der A 1 geht.«

»Richtig, hab ich nicht, du Genie.«

»Also geht's um was anderes?«

»Es geht schon darum, aber du brauchst deinen Kopf nicht anzustrengen, um dahinterzukommen, wie alles zusammenhängt. Wenn du mir jetzt brav sagst, was ich wissen will, verrate ich es dir möglicherweise. Und vielleicht – ich meine, ganz vielleicht, eventuell, also im Sinne einer geringen, aber nichtsdestotrotz realistischen Chance – hast du dann deine Story«, sagte ich. »Wenn es so weit ist. Klar?«

Sein Gesicht war jetzt wieder knallrot. Er nickte und sah ein bisschen so aus, als wollte er gleich losheulen. Er schluckte schwer. »Ich habe gedacht, das mit dem Beiner wäre 'ne tolle Story. Dass er verschwunden ist und so.«

»Ist er denn verschwunden?«

»Keine Ahnung.«

»Also was nun?«

Er räusperte sich. »Es war so: Eine Frau kam zu mir. Sie sagte, sie sei die Freundin von Beiner. Und er sei verschwunden. Er habe sich mit ihr treffen wollen, sei aber nicht gekommen. Sie sei schon zur Polizei und so weiter, aber die hätten sie nicht ernst genommen. Ich hab das auch erst als Quatsch angesehen, aber dann hab ich den Beiner mal gegoogelt. Und es kam raus, dass der ein hohes Tier in der bergischen Industrie ist. Daraufhin hab ich die Frau genauer befragt und meine Story geschrieben. War eine gute Sache, wurde auch ordentlich angeklickt, aber ...« Er suchte nach Worten.

»Aber?«

»Ich bekam Mega-Ärger. Irgendwann rief mich die Frau von diesem Beiner an. Was mir denn einfiele, so einen Mist zu verbreiten. Und was mich das überhaupt anginge. Wer mir das überhaupt erzählt hätte. Ihr Mann sei eben oft geschäftlich unterwegs, das sei alles. Und wenn ich nicht sofort diesen Artikel aus dem Netz nehmen würde, dann würde sie mich mit ihren Anwälten in Grund und Boden klagen. Da blieb mir natürlich nichts anderes übrig.«

Klar, dachte ich. Da hatte sich der Hobbyjournalist mit unbewiesenen Behauptungen ganz schön in die Scheiße geritten. Dass die Polizei nichts unternahm, war klar. Beiner war ein erwachsener Mensch, der reisen konnte, so viel und wohin er wollte. Er musste auch niemandem Bescheid geben. Bevor die Polizei bei so etwas tätig wurde, musste schon ein klarer Hinweis auf ein Kapitalverbrechen vorliegen. Oder die Familie musste eine glaubwürdige Meldung machen. Ansonsten passte die Sache natürlich. Eine sitzen gelassene Geliebte verbreitete ein Gerücht, das der Familie übel aufstieß. Frau Beiner hatte mir gegenüber ja durchblicken lassen, dass ihr Mann was nebenbei laufen hatte.

»Na wunderbar. Geht doch«, sagte ich und klopfte Jungblut auf die massive Schulter. »Vielleicht arbeiten wir am Ende doch noch zusammen.«

Sofort flackerte in seinem Blick wieder die Gier auf. »Meinen Sie? Und die Frau auf dem Rastplatz?«

»Alles zu seiner Zeit.« Ich beschloss, wieder freundlich zu werden. »Zuerst möchte ich Sie um einen Gefallen bitten. Ich brauche Name und Adresse von Beiners Freundin.«

Er erhob sich ächzend. Der Stuhl schien sich, von seiner Last befreit, um zwei Handbreit aufzurichten.

»Eigentlich hatte ich die verdrängt«, sagte er. »Aber ich werd mal nachsehen. Kann eine Weile dauern. Wollen Sie vielleicht Kaffee?«

»Nein, danke.«

»Also, ich mach mir einen.« Er schob sich an mir vorbei und verschwand irgendwohin. Wahrscheinlich in die Küche.

»Es wäre nett, wenn Sie sich beeilen könnten«, rief ich ihm hinterher. »Ich muss heute noch eine Menge erledigen.«

»Ja, ja …«, kam es von nebenan.

Jungblut hatte mir keinen Platz angeboten. Ich stand gleich am Eingang neben einem vollgestopften Bücherregal, dessen Bretter sich unter dem Gewicht bogen. Mein Blick ging über den schwarzen Computermonitor hinaus auf die schmale Straße. Man konnte gerade so die gegenüberliegende Bordsteinkante sehen. Dahinter erhob sich eine schmutzig weiße Mauer – vermutlich die Rückseite von einem Betrieb oder Garagen. Vor dieser Mauer stand eine junge Frau mit karottenrotem Haar neben einem klotzigen Wagen und schien auf etwas zu warten. Kurz kam mir der Gedanke, dass ich diese Frau schon mal irgendwo gesehen hatte, aber ich kam nicht drauf, wo und in welchem Zusammenhang. Man traf eine Menge Leute immer wieder, wenn man durchs Bergische Land fuhr.

Jungblut kehrte zurück – in der einen Hand einen dampfenden Kaffeebecher, in der anderen einen Zettel.

Während er sich am Schreibtisch vorbeiquetschte, nahm ich ihm den Zettel ab. Der Name »Melina Hommerich« stand in Druckbuchstaben darauf. Dazu eine Telefonnummer mit Bergisch Gladbacher Vorwahl.

Ich sah wieder nach draußen. Die Frau war weg. Der Wagen stand noch da. Es war eine Art Geländefahrzeug – rostbraun mit einem Dach aus schwarzem Tuch. Ob sie da drinsaß?

»Ist Frau Hommerich rothaarig und schlank?«, fragte ich. Es war nur so eine Idee. Ich meinte es nicht ernst, aber er musste mir Beiners Freundin ja ohnehin beschreiben.

»Was? Nein, dunkles Haar. Bisschen fülliger. Wieso fragen Sie?«

»Die Adresse haben Sie nicht?«

Er schüttelte den Kopf und nahm einen Schluck Kaffee.

»Danke«, sagte ich. »Bis dann.«

»Und ich höre von Ihnen?«, fragte er

»Wie ich gesagt habe.«

»Oder ich rufe Sie an. Ich habe ja Ihre Visitenkarte.«

Als ich unten auf die Straße trat, stand da kein Geländewagen mehr. Eine rothaarige Frau erst recht nicht.

Ich stieg in meinen Wagen und wollte losfahren. Mit der Zündung ging das Radio an. Radio Wuppertal, ganz leise gedreht. Soeben begannen die Nachrichten. Ich wollte gerade aus der Parklücke herausfahren, da erzählte die Sprecherin etwas, das mich stoppen und die Lautstärke hochdrehen ließ.

»… hat gestern am frühen Morgen ein Spaziergänger an der Wupper bei Beyenburg eine männliche Leiche entdeckt. Die Polizei geht von einem Gewaltverbrechen aus. Die Identität des

Mannes ist noch unklar. Ein Sprecher erklärte, eine Sonderkommission habe die Arbeit aufgenommen.«

Eine unbekannte männliche Leiche, gestern Morgen gefunden.

Die Akte auf Opladens Schreibtisch.

Beiners mutmaßliches Verschwinden kam mir auf einmal gar nicht mehr so mutmaßlich vor.

Ich stellte den Motor wieder aus, nahm mein Handy und rief Opladen an. Obwohl ich die Durchwahl hatte, landete ich bei der Vermittlung. Als sie sich meldete, legte ich auf und probierte bei abgeschalteter Rufnummernerkennung Opladens Handy. Nach dem dritten Klingeln meldete er sich. Schwer atmend keuchte er seinen Namen ins Telefon.

»Opladen, ich bin's, Rott.«

»Hast du was auf den Ohren? Du sollst nicht …«

»Ich weiß, ich soll dich nicht anrufen. Ich tu's trotzdem, und dagegen kannst du nichts machen. Wobei habe ich dich denn erwischt? Erotische Leibesübungen? Wobei ich mich ernsthaft frage, wer so was mit dir …«

»Lass mich in Ruhe, Blödmann. Ich bin im Dienst. Hab zu tun. Wochenende ist gestrichen.«

»Lass mich raten. Du bist gerade an der Wupper unterwegs und ermittelst im Fall der unbekannten Leiche von Beyenburg. Die Akte lag doch gestern schon auf deinem Tisch.«

»Geht dich nichts an.«

»Ist der Tote zufällig etwa Anfang fünfzig und heißt Gerhard Beiner?«

»Geht dich nichts an. Welcher Beiner?«

»Jemand, der vielleicht vermisst wird.«

»Kann's ja mal aufschreiben. Beiner wie Bein?«

»Sag mir, ob er es ist, wenn er es ist, klar?«

»Hast du einen anderen Fall gefunden? Um dich von der Sache mit deiner Freundin abzulenken?«

Wenn Opladen jetzt vor mir gestanden hätte, mir wäre die Hand ausgerutscht. Ich musste mich damit begnügen, verkrampft das Lenkrad zu umfassen.

»Warte mal, hast du gesagt Anfang fünfzig?«

»Habe ich.«

»Dann ist es dein Beiner schon mal nicht.«

»Das ist nicht *mein* Beiner.«

»Der Tote ist höchstens fünfundzwanzig. So viel wissen wir schon.«

»Also ist es auch nicht Brambach.«

»Nee, auch nicht.«

»Gibt's was Neues?«

»Nein, nichts.«

»Pennt ihr oder was?«

Opladen schnaubte. Es war eine Äußerung der Verachtung. Oder es zeigte, dass er genervt war. »Wir haben anderes zu tun. Der wird schon wieder auftauchen.«

»Du meinst von selbst? Soll das ein Witz sein?«

»Ist ja nur ein kleiner Einbrecher.«

»Opladen, ich glaube langsam, euch haben sie ins Hirn geschissen. *Nur* ein Einbrecher? Der hätte fast meine Frau erschossen. Wisst ihr wenigstens, was für eine Waffe in Frage kommt?«

»Ich denke, sie war nur deine Freundin?«

Ich zählte innerlich bis drei. Eigentlich sollte man in solchen Fällen ja zehn Sekunden warten, aber so weit wäre ich nicht gekommen. »Und du verarschst mich auch nicht? Ich meine, wegen der Leiche?«

»Glaub's mir oder nicht. Deine Sache. Geht dich auch nichts an. Gibt noch mehr Mordfälle in der Gegend.«

Dann war da nur noch ein Tuten in der Leitung.

Also gut, dachte ich. Der Tote ist nicht Beiner. Mochte ja stimmen. Es war sowieso die Frage, was an der Vermisstengeschichte dran war.

Ich hatte das Telefon noch in der Hand. Also konnte ich auch gleich die Nummer von dieser Melina Hommerich probieren.

Es klingelte sehr lange. Ich hatte die Hoffnung schon fast aufgegeben, da meldete sich eine alte männliche Stimme. Ich sagte meinen Namen und was ich wollte.

»Meine Tochter arbeitet. Worum geht es denn?«

Ich konnte dem Mann nicht mit Ermittlungen oder anderen behördlichen Sachen kommen. »Wir kennen uns privat«, behauptete ich einfach. »Ich bin ein Bekannter von Gerhard Beiner«, fügte ich hinzu.

Er sprang auf den Namen nicht an.

»Und wie heißen Sie noch mal?«

Ich wiederholte meinen Namen. »Wo kann ich Ihre Tochter finden? Hat sie vielleicht eine Handynummer?«

Das mit der Handynummer überhörte er. ›Kaufland‹, sagte er nur.

»Ist das ihre Arbeitsstelle? Das ›Kaufland‹? In Bergisch Gladbach?«

»Hören Sie, wenn Sie sie kennen, müssen Sie das doch wissen. Wie heißen Sie noch mal?«

Geduldig wiederholte ich meinen Namen.

»Einen Moment, ich hole einen Zettel und schreibe es auf.« Es gab Geräusche. Offenbar war der Mann aufgestanden, um einen Zettel zu besorgen.

»Herr Hommerich, ich möchte Ihnen keine Umstände machen. Sie brauchen nichts aufzuschreiben. Ich melde mich später noch mal. Oder ich gehe gleich zum ›Kaufland‹ nach Bergisch Gladbach und frage nach Ihrer Tochter. Es war doch in Bergisch Gladbach, oder?«

»Ja, ja, ja«, rief Herr Hommerich ungehalten. »Bergisch Gladbach. Wiederhören.« Er legte auf.

Ich steckte das Handy weg und fuhr los. Ich war nicht mal fünfzig Meter gefahren, da tauchte in meinem Rückspiegel weit hinten, wo die Kemmannstraße von der Hauptstraße abzweigte, der Geländewagen auf, den ich von Jungbluts Fenster aus gesehen hatte. Als habe derjenige, der ihn fuhr, nur darauf gewartet, dass ich meine Anrufe beendete.

Ich dachte wieder an die rothaarige Frau. Von hier aus war sie nicht zu erkennen. Ich fuhr ein bisschen langsamer, was ohnehin kein Fehler war in dieser engen Einbahnstraße. An einem Stoppschild musste ich halten. Der Geländewagen schloss nicht auf, sondern fuhr rechts ran und hielt.

Eine Verfolgung sieht anders aus, dachte ich und bog in die schnurgerade Lindenallee ab, die mich zurück in die Ortsmitte brachte. Während ich meine Fahrt fortsetzte, dachte ich über die rothaarige Frau nach. Ich stellte sie in Gedanken in die Gesellschaft bei Beiners. Vielleicht hatte ich sie dort gesehen?

Ich wusste es nicht.

Es war als, ob in meinem Kopf eine Schublade klemmte. Ich konnte mich nicht erinnern.

12

Das Bergisch Gladbacher »Kaufland« befindet sich in einer Gegend, die mich an Juttas Urlaubsfotos erinnerte. Keine Bilder vom Strand oder von romantischen Altstädten, sondern von den gewaltigen suburbanen Gebieten in Los Angeles oder San Francisco. Mit großen Parkplätzen für noch größere Supermärkte und mit Fast-Food-Ketten ohne Ende. Natürlich war hier in Bergisch Gladbach alles wesentlich kleiner, aber wenn man sich mitten hineinstellte und sich einbildete, in einer amerikanischen Vorstadt zu sein, wirkte es täuschend echt. Das »Kaufland« ist umgeben von einem »Subway«, einem »McDonald's«, einem kaufhausgroßen Schuhladen und einem Elektronikmarkt.

Ich kämpfte mich durch das Publikum aus einkaufswütigen Familien, vorbei an rasselnden Einkaufswagen zwischen Autos, die aufs Parkdeck drängten. Drinnen fand ich eine Informationstheke, an der ich mich nach Melina Hommerich erkundigte.

Wie erwartet, wurde ich gefragt, worum es ging. Ich zog meine Karte. »Ich komme von der Staatsanwaltschaft Wuppertal«, sagte ich, »und habe ein paar Fragen an sie. Damit Sie mich nicht falsch verstehen: Frau Hommerich wird nicht beschuldigt. Wir brauchen nur eine Auskunft über einen ihrer Bekannten.«

Die Frau im roten Kittel hinter dem Tresen betrachtete stirnrunzelnd meine Visitenkarte. So was war ihr wahrscheinlich noch nie untergekommen. »Staatsanwaltschaft? Da steht aber Detektiv.«

»So ist es. Könnten Sie nun bitte Frau Hommerich herrufen?«

»Sie hat sowieso Mittagspause.« Sie griff nach einem schwarzen Mikrofon, und schon hallte ihre Stimme durch den Markt: »Nummer siebenundachtzig bitte zur Informationstheke. Nummer siebenundachtzig bitte.«

Es dauerte keine drei Minuten, da kam sie – eine kleine Frau, ebenfalls im roten Kittel. Ihr dunkelblondes Haar hatte sie zu einem Pferdeschwanz zusammengebunden.

»Was gibt's?«, fragte sie halb mich und halb ihre Kollegin von der Auskunft.

Ich stellte mich namentlich vor und erklärte, dass es um Beiner ging. Die Geschichte mit der Staatsanwaltschaft ließ ich weg, die erzählte ich nur auf Nachfrage. Sie öffnete einem Tür und Tor – die meisten Menschen verlangten aber gar keine solche Legitimation, wenn man nur bestimmt genug auftrat. Dasselbe schien für Melina Hommerich zu gelten. Eben hatte sie noch ein wenig mürrisch dreingeblickt, jetzt wirkte sie richtig erfreut.

»Ein Glück. Ich bin wirklich erleichtert, dass in der Sache endlich was unternommen wird.«

»Freut mich, dass Sie das so sehen. Wo können wir uns unterhalten?«

»Ich habe nur noch zehn Minuten Zeit.« Sie druckste ein wenig herum. »Ach, egal. Dann komm ich eben ein bisschen später zurück. Das werden die schon verkraften. Notfalls schreiben Sie mir eine Bestätigung, dass ich wegen einer wichtigen Polizeisache aufgehalten wurde.«

Ich folgte ihr über den Parkplatz und zur Ausfahrt hinaus bis zur zentralen Kreuzung. Hier trafen sich die Fahrzeugströme aus Refrath, Bensberg und Gladbach. An der äußeren Mauer des Supermarktgeländes warteten drei Drahtbänke auf Menschen, die sich hier niederlassen und die prächtige Aussicht auf die Gewerbelandschaft und den Stadtverkehr genießen wollten. Schräg gegenüber, auf den Mauern eines Elektronikmarktes, prangten die Logos und Schriftzüge der angesagtesten Firmen von Sony über Nokia bis Philips und wieder zurück von Yamaha bis Panasonic. Auf der anderen Seite duckte sich ein kleiner Laden, in dem man Secondhand-PCs kaufen und verkaufen konnte. Aus Neu wird ja im Computerbereich schnell Alt. Das Gebiet hier schien mir die perfekte Wertschöpfungskette zu bilden.

Melina Hommerich zog eine Zigarettenschachtel aus ihrem Kittel und bot mir auch eine an. Eigentlich hatte ich ja aufgehört. So zögerte ich einen Augenblick. Warum nicht?, dachte ich dann und griff zu. Sie lächelte, als hätte ich damit Vertrauen zu ihr bewiesen. Sie gab uns beiden Feuer.

»Sie glauben gar nicht, wie schrecklich das ist, einen geliebten Menschen zu verlieren«, sagte sie. »Ich habe von Gerhard jetzt schon über eine Woche nichts mehr gehört. Ich bin sicher, dass ihm was passiert ist.«

»Vielleicht hat er familiäre oder geschäftliche Verpflichtungen? Er scheint ja oft im Ausland zu sein.«

Sie schüttelte den Kopf und machte dabei ein Gesicht, als sei das, was ich gesagt hatte, völlig ausgeschlossen. »Aber nein. Das hätte er mir doch gesagt.« Sie sah mich an. »Herr ...«

»Rott.«

»Herr Rott. Ich weiß, dass ich es nicht leicht habe gegen Gerhards Familie. Gegen seine Frau. Ist mir alles klar. Aber das ist doch keine Ehe, was die führen. Da geht's doch nur um Geld und um das, was man darstellt. Wirklich lieben tut er mich. Und ich ihn.«

»Aber ...«

»Viele glauben, er sei ein rücksichtsloser Geschäftsmann oder so was. Wahrscheinlich muss er vor den Leuten so rüberkommen, damit man ihn ernst nimmt.«

War das Mädchen naiv? Wie alt mochte sie sein? Schwer zu schätzen. Anfang dreißig vielleicht.

Eigentlich konnte mir ja egal sein, ob sie nur Beiners Verhältnis war oder ob es eine richtige Beziehung gab. Finden musste ich ihn. Und herausfinden, was er mit Brambach und mit Wonne zu tun hatte. Ich zeigte ihr Wonnes Foto auf dem Handy. »Kennen Sie diese Frau?«

Sie runzelte die Stirn, um im Gegenlicht etwas zu erkennen. »Nein, kommt mir nicht bekannt vor. Wer soll das sein? Jemand aus Gerhards Familie?«

»Nein, sie ist eine Journalistin, die Kontakt zu ihm hatte. Oder die was über ihn schreiben wollte. Ich weiß es nicht.«

»Haben Sie sie nicht gefragt?«

»Das geht leider im Moment nicht.«

»Also, ich weiß nicht, wer das ist.«

»In Ordnung«, sagte ich. »Dann schildern Sie mir doch bitte noch mal genau, wie Sie darauf kamen, dass Herr Beiner verschwunden ist. Wann haben Sie das letzte Mal von ihm gehört?«

»Es war letzte Woche Mittwoch. Gerhard wollte mich treffen und am nächsten Tag wegfliegen. Geschäftlich. In die Schweiz, glaube ich. Vorher wollte er noch die Nacht mit mir verbringen. Am nächsten Morgen wäre er dann ganz früh zum Flughafen gefahren. Ist ja nicht weit.«

»Und wo wollten Sie die Nacht verbringen? Bei Ihnen zu Hause?«

»Klar, wieso fragen Sie?«

»Wo wohnen Sie?«

»Hier in Gladbach. In der Reuterstraße, wieso?«

»Und Sie wohnen mit Ihrem Vater zusammen?«

Sie stockte. »Ja, sicher. Ist das wichtig? Es ist mein Elternhaus. Ich habe oben eine eigene Wohnung, mein Vater wohnt unten.«

Aha, es gibt also Platz für gemeinsame ungestörte Schäferstündchen, dachte ich und sagte: »Ich will mir nur ein Bild machen. Bitte erzählen Sie weiter.«

»Da gibt es nicht viel zu erzählen. Gerhard kam nicht. Ich habe versucht, ihn anzurufen, aber sein Handy war aus. Da fing ich an, mir Sorgen zu machen. Ich weiß, was Sie jetzt denken. Sie denken, ich wäre nur so ein Verhältnis. Weil Gerhard ja verheiratet ist, Familie hat. Aber so ist es nicht. Er hätte sich auf jeden Fall bei mir gemeldet. Dass seit Tagen sein Handy aus ist, ist sehr merkwürdig. Das gibt's bei ihm eigentlich gar nicht. Schließlich muss er doch erreichbar sein.«

»Was genau macht er noch mal beruflich?«

»So genau weiß ich das auch nicht. Er berät irgendwelche Firmen, glaube ich.«

»Ich verstehe. Und dann sind Sie zu Herrn Jungblut gegangen?«

»Nein, erst war ich doch bei der Polizei. Aber die haben gesagt, sie könnten nichts machen. Also habe ich bei den ›Bergisch News‹ angerufen. Ich lese das immer auf dem Computer. Man erfährt ganz gut, wo was los ist und so.«

Sie hatte die Zigarettenkippe vor sich auf den Boden geworfen und ausgetreten. Jetzt stupste sie sie mit der Fußspitze herum.

»Und das ist die ganze Geschichte?«, fragte ich.

»Ja«, sagte sie. »Das ist die ganze Geschichte.«

»Ich habe gestern mit Frau Beiner gesprochen. Sie sagt, ihr Mann sei gar nicht verschwunden.«

Melina Hommerich schüttelte den Kopf, als wollte sie diesen Gedanken verscheuchen. »Ihm ist was passiert, da bin ich sicher. Und vielleicht hängt die Familie mit drin.« Ihr Kopf ruckte hoch, und sie sah mich erschrocken an. »Ich kann das nicht beweisen«, beeilte sie sich zu sagen. »Aber finden Sie denn nicht auch, dass das merkwürdig ist?«

Was war heutzutage schon merkwürdig? Vielleicht hatte Beiner einfach die Nase voll von der Maus aus dem Supermarkt und amüsierte sich längst mit einer anderen. Nichts gegen die wahre Liebe, schon gar nicht über soziale Grenzen hinweg. Aber wenn die Ehefrau ihn überhaupt nicht vermisste? Oder hatte die betrogene Gattin ihn beseitigt? Vielleicht sogar gemeinsam mit dem Sohn?

»Ich muss zurück«, sagte Melina Hommerich und sah auf die Uhr. »Schon fünf Minuten zu spät.«

»Einen Moment noch. Wann genau haben Sie zuletzt von Herrn Beiner gehört? Wo war er da? Hat er vielleicht irgendeine Sache erwähnt, die er noch vorhatte, bevor er zu Ihnen kommen wollte?«

»Wo er war, weiß ich nicht. Aber das Letzte, was ich von ihm hörte, habe ich hier.« Sie holte ihr Handy heraus.

»Sie haben ein Gespräch mit ihm aufgenommen?«

»Nein, er hat mir auf die Mailbox gesprochen. An dem Tag, an dem er zu mir kommen wollte. Das war am Nachmittag. Um drei.«

»Können Sie mir die Aufnahme vorspielen?«

Sie wischte und tippte auf dem Handy herum. Dann hörte ich kurz eine Männerstimme. Der Verkehr um uns herum war zu laut, als dass ich etwas hätte verstehen können.

»Kommen Sie«, sagte sie und stand auf. »Ich muss wieder rein. Auf dem Parkplatz ist es etwas leiser.«

Wir gingen zurück und suchten uns ein ruhigeres Plätzchen.

»Moment«, sagte ich und machte mein eigenes Handy startklar. »Wenn es Ihnen recht ist, nehme ich das auf.«

Sie nickte und spielte die Nachricht erneut ab. Die Männerstimme sagte: »Hallo, ich bin's, ich komme dann nachher. Nur dass du Bescheid weißt.« Irgendetwas klimperte im Hintergrund. »Ziemlich laut hier«, fügte Beiner hinzu. »Bis dann.«

Das war alles. Ich hatte es mitgeschnitten und drückte den roten Knopf.

»Er war wohl auch auf der Straße«, sagte ich.

»Ja, genau. Er war bereits auf dem Weg zu mir. Bestimmt hatte er vorher einen Termin. Vielleicht sogar hier in Bergisch Gladbach. Das ist doch das Merkwürdige, dass er trotzdem nicht aufgetaucht ist. Obwohl er so nah war.«

»Alles klar«, sagte ich. »Danke für die Informationen. Nun gehen Sie besser, damit Sie keinen Ärger kriegen.«

»Ich freue mich ja, dass die Polizei sich jetzt endlich mal richtig darum kümmert. Und ich will bestimmt keinen Ärger machen, aber Sie sind viel netter als Ihre Kollegin.«

»Kollegin?« Was für eine Kollegin? Hatte Melina Hommerich nicht gesagt, sie sei bei der Polizei abgeblitzt?

»Ja, gestern hat mich eine Kollegin von Ihnen befragt, aber viel oberflächlicher.« Sie sah mich verständnislos an. »Ich dachte, das wäre der Grund, warum Sie hier sind. Weil Sie noch Fragen hatten.«

»Wie sah die Kollegin aus? Hat sie sich mit Namen vorgestellt?«

»An den Namen kann ich mich nicht erinnern. Aber sie hatte rote Haare. Und eine Tätowierung am Unterarm.«

»Also keine Uniform?«

»Nein. Sie war in Zivil, so wie Sie. Ich habe dann noch gesehen, wie sie in ihren Wagen stieg. Der stand hier, gleich hinter dem Hähnchenstand. Sah komisch aus. Wie ein Auto vom Militär.«

Rotes Haar.

Geländewagen.

Eine Unterarm-Tätowierung.

Bingo, dachte ich und fügte noch weitere Details hinzu: Sommersprossen. Military-Look. Eine erwachsene Pippi Langstrumpf in Bombenlegerlaune.

»Erst hab ich gedacht, was will die denn von mir?«, redete Melina Hommerich weiter. »Die sah so gar nicht wie eine Polizistin aus.«

»Nein«, sagte ich. »Da haben Sie recht. So sieht sie nicht aus.«

»Ist irgendwas?«

»Nein, es ist alles in Ordnung. Haben Sie ihr dasselbe gesagt wir mir?«

»Ja, sicher.«

»Haben Sie ihr auch die Aufnahme auf dem Handy vorgespielt?«

»Nein, das nicht. Dass ich die habe, ist mir erst wieder eingefallen, als Sie danach fragten.«

»Danke, alles klar.«

Ich verabschiedete mich, ging zum Auto und sah mich dabei nach dem Geländewagen um. Weder eine rothaarige Frau noch das Fahrzeug war zu sehen, als ich mich in Richtung A 3 durchwurschtelte und den Weg nach Norden nahm.

Nach Solingen.

Genauer gesagt, nach Solingen-Ohligs.

Wo die rothaarige Frau wohnte.

13

Ich ließ den Golf am Straßenrand neben ein paar Müllcontainern stehen und ging die letzten zehn Meter zurück. Bäume säumten die Straße. In den Ästen, die weit über die Fahrbahn aus brüchigem Asphalt ragten, hingen rot-weiße Markierungen, um die Lkw-Fahrer zu warnen.

Hinter den Bäumen ging es steil einen Hang hinauf. Dahinter lag Bahngelände – die Strecke Wuppertal–Leverkusen. Wie auf Kommando rauschte dort oben gerade ein Zug vorbei. Auf der anderen Straßenseite erstreckte sich eine schmutzig braune Mauer, von der an einigen Stellen der Putz abbröckelte. Die offenen Stellen ließen die darunterliegenden roten Steine erkennen. Unbekannte hatten sich erbarmt und die Fläche zu verschönern versucht – mit einer Reihe geheimnisvoller und wahrscheinlich sinnfreier Graffiti-Buchstaben. Für meinen Geschmack hatte das aber nicht viel genutzt.

Solingen-Ohligs, Hansastraße.

Hier hatte Flame ihr Refugium.

Flame, die eigentlich Renate hieß.

Ich hatte eine ganze Weile gebraucht, bis ich mich daran erinnern konnte, wo sie ihre Zentrale hatte.

In der Mitte der Mauer, die mich um mindestens eine Kopflänge überragte, befand sich ein hölzernes Tor. Daneben gab es eine Eingangstür. Und an der hing ein Aluminiumschild: »R. Schuppenberg, Ermittlungen«.

Darunter stand eine Handynummer. Etwas tiefer ragte aus der Mauer ein Klingelknopf hervor. Ich drückte, aber es tat sich nichts.

Wie lang war das her, dass ich Flame kennengelernt hatte? Drei Jahre, vielleicht vier. Es war bei einem Routinejob gewesen. Ein Bauarbeiter hatte sich auffallend oft krankgemeldet. Der Arbeitgeber witterte Sozialbetrug. In solchen Fällen wurden gelegentlich Detektive beauftragt, die dann den Verdächtigen überwachten und unter Umständen Fotos schossen, auf denen der angeblich an einem Bandscheibenvorfall oder unter hohem Fieber Leidende irgendwo ein Tänzchen wagte oder durch die Eifel wanderte. Normalerweise war das leicht verdientes Geld.

Nicht so in jenem Fall.

Der Bauarbeiter war einer von der schlauen Sorte gewesen. Er hatte vorsorglich Gegenmaßnahmen ergriffen und eine Verwandte engagiert. Sie fand sofort heraus, dass ich ihm auf den Fersen war. Und sie drehte den Spieß um und überwachte mich – sodass ich an die Zielperson nicht ein einziges Mal herankam.

Diese Frau war Flame gewesen.

Ihretwegen hatte ich die Überwachung damals auf- und vor meinem Auftraggeber zugeben müssen, dass es mir nicht gelungen war, Betrug nachzuweisen. Obwohl die Sache auf der Hand lag. Immerhin erhielt ich mein vereinbartes Honorar. Aber das Gesicht, das der Chef machte, als er mich verabschiedete, sprach Bände. Es sagte das Wort »Versager« so deutlich, dass es noch lange in meinen Ohren nachhallte.

Danach hatte ich mich erkundigt. Hatte herausgefunden, dass Flame eine neue Mitspielerin in der bergischen Detektivszene war.

Und nun hatte sie irgendetwas mit diesem Fall zu tun.

Man traf sich eben immer zweimal im Leben. Mindestens.

Ich klingelte noch mal und noch mal.

Als immer noch keine Reaktion kam, wanderte ich ein Stück die Mauer entlang und fand schließlich eine Stelle, wo der Putz von oben bis unten abgebrochen war. Die Wand darunter hatte durch Wind und Wetter gelitten. Der Mörtel war ausgewaschen, sodass selbst ein unsportlicher Fünfzigjähriger wie ich die Nischen zum Klettern benutzen konnte. Ich sah mich um. Genau in diesem Moment kam ein Lkw die Straße herauf. Geduldig wartete ich, bis er vorbeigefahren war.

Dann wagte ich es und kletterte über die Mauer.

Ich gelangte auf einen freien, löchrig asphaltierten Platz, der nicht gerade an das Zuhause einer Detektivfirma denken ließ. Eher an ein altes Industriegelände, ein Bauunternehmen oder an ein Lager.

Im hinteren Bereich stand ein breites, niedriges Gebäude mit Flachdach. Vergitterte Fenster bildeten eine Reihe. Ganz links lag der Eingang mit einer halbkugelförmigen Lampe darüber, die zu dem ollen Ambiente einen modernen Kontrast darstellte. Sie bestand seltsamerweise aus dunklem Glas.

Die Mauer begrenzte das Grundstück nicht nur zur Straße hin, sondern auch zu den Seiten. Von dem Geländewagen war nichts zu sehen. Stattdessen lagerten an der Mauer Holz und irgendwelche Metallteile. Manches war mit Planen bedeckt. Neben dem Haus lag ein Haufen Schotter. Vielleicht Streugut, oder Flame hatte vor, den Platz ein bisschen aufzuhübschen, und schon mal Material besorgt.

Durch die Fenster konnte ich nichts erkennen. Das Glas war geriffelt, und innen war es dunkel.

Ich ging um das Gebäude herum. Es war wesentlich größer, als ich gedacht hatte. Ich war davon ausgegangen, dass es sich einfach um eine etwas größere, lang gestreckte Baubude handelte, die Flame für ihre Zwecke ausgebaut hatte. Doch nun zeigte sich, dass die Front, die man vom Hof aus sah, in Wirklichkeit die schmale Seite war. Das Haus ragte weit in den hinteren Teil des Grundstücks hinein. Es endete an einem hohen Metallzaun mit senkrechten Stäben, hinter dem ein verwildertes Grundstück lag. Schon nach zwei Metern endete die Sicht darauf in einem Dschungel aus verwachsenen Büschen, Bäumen und Unkraut – das Ganze vermischt mit Müll. Alte Plastikeimer, ein Haufen Schutt wie von einem Abbruch, ein dunkles, kantiges Etwas, das sich als eine alte dreckige Matratze entpuppte.

Und jetzt?

Ich musste ins Haus.

Ich musste rauskriegen, was Flame bei Beiners Freundin gewollt hatte. Außerdem wäre das mal eine wunderbare Gelegenheit, ihr zu zeigen, dass ich nicht der Idiot war, zu dem sie mich gemacht hatte. Es war Zeit, dass Flame unsere offene Rechnung beglich.

Ich hätte kein Problem damit gehabt, einfach eine Scheibe einzuschlagen oder eine Tür aufzubrechen. Aber sämtliche Fenster waren mit Gittern geschützt, die Tür unter der Lampe natürlich zu. Sie besaß nur einen Knauf, keine Klinke. Ich unternahm einen halbherzigen Versuch, mit meinem Einbruchbesteck weiterzukommen, aber der brachte nichts. So blöd, ihre eigene Detektei nicht zu sichern, war Flame natürlich nicht.

So untersuchte ich die andere Gebäudeseite dort, wo es in Richtung des verwilderten Grundstücks ging. Hier war alles noch unwegsamer. Es gab mehrere Schotterhaufen, über denen zum Teil schon Unkraut wuchs. Keine Fenster.

Ich hätte Flame natürlich auch einfach anrufen können. Aber da ich nicht wusste, worum es ging, setzte ich lieber auf den Überraschungseffekt. Es war besser, hier auf sie zu warten.

Ich ging zurück und stellte mir vor, wie ich breitbeinig vor dem Gebäude stand, wenn sie das Tor öffnete und hereingefahren kam. Wie wir uns gegenüberstanden wie zwei Westernhelden, die Hände nur Zentimeter über den Colts, zum Schuss bereit. Aber nicht in einer Westernstadt in der Wüste von Nevada, sondern in Solingen-Ohligs.

Ich war wieder an der Vorderseite angekommen. Auf einmal hörte ich hinter mir ein Geräusch. Es war ein leises, metallisches Knacksen. Hell und klar. Als wäre irgendwo eine Tür ins Schloss gefallen. Ich drehte mich um, sah jedoch keine Veränderung. Das Gebäude lag nach wie vor still und abweisend da.

Ein kaltes Gefühl kroch mir den Rücken herauf.

Da war doch jemand?

Hatte derjenige sich hinter einem der Schotterhaufen versteckt?

»Hallo?«, rief ich, und meine eigene Stimme kam mir fremd vor. Ich räusperte mich.

Ich blieb stocksteif stehen und lauschte. Intuitiv wollte ich zu meiner Pistole greifen, aber die lag in meiner Wohnung. Versteckt im Schrank.

Ich hörte, wie Metall auf Metall rieb. Es knirschte nicht, das Geräusch war eher ein Singen, ein Gleiten. Etwas gut Geöltes, das sich bewegte, hörte sich so an.

Ich wandte mich um und sah wieder zum Gebäude. Die Haustür stand einen Spalt offen. Hatte jemand von innen dagegengedrückt? Aber warum sollte derjenige das tun und sich dann verbergen? Da hätte die Person ja gleich rauskommen und mich begrüßen können.

»Flame? Bist du da?«

Ich packte beherzt die Tür und zog sie auf. Vor mir lag ein kurzer Gang, der zu einer weiteren Tür führte. Sie schimmerte grau. Wahrscheinlich war sie aus Metall.

Ich fand einen Lichtschalter. Als ich ihn bediente, flackerte über mir eine Neonröhre auf. Komischerweise gab es hier drin auch so eine dunkle Ballonlampe, die aber unbeleuchtet blieb. Von dem Gang zweigten seitlich weitere Türen ab. Alle ließen sich öffnen, dahinter gähnten dunkle, tiefschwarze Räume.

»Hallo?«, rief ich noch einmal. Es blieb still.

Während ich in den Räumen nach weiteren Lichtschaltern tastete, war die Eingangstür hinter mir längst wieder ins Schloss gefallen. Es war mir egal, denn ich hatte mich vergewissert, dass sie eine Klinke besaß. Ich kam hier also auf jeden Fall wieder raus.

Dann ging jedoch mit einem Schlag das Licht aus. Mir war gerade so gewesen, als hätte ich endlich einen Schalter gefunden. Aber in der totalen Finsternis verlor ich die Orientierung, ich ging ein paar Schritte und wusste sofort nicht mehr, wo ich war. Irgendwo stieß ich mir die Schulter. Gleichzeitig gab es ein rohes Krachen um mich herum. Dabei traf mich eine Kante an der Hüfte.

Die Tür, neben der ich gestanden hatte, war zugefallen. Das Türblatt hatte mich gestreift.

Von plötzlicher Panik beherrscht, ging ich mit nach vorne gehaltenen Händen dorthin, wo ich den Ausgang vermutete. Ein paar schreckliche Sekunden lang bewegte ich mich in absoluter Leere, dann fanden meine Hände endlich die glatte Fläche und schließlich die Türklinke. Ich drückte sie nach unten. Die Tür war verschlossen.

Irgendetwas rauschte und knackte. Meine Kopfhaut schien mir auf einmal zu eng zu werden. In der Dunkelheit lachte jemand leise.

»Flame?«, rief ich gegen das Türblatt. »Bist du da?«

»Hallo Rottischrotti«, sagte eine krächzende, aber durchaus

weibliche Stimme, die etwas von einer Hexe aus dem Märchen hatte. »Wie geht's, wie steht's?« Darauf folgte wieder dieses Lachen.

Na schön, ich war in die Falle gegangen. Flame war irgendwo und spielte Spielchen.

»Könntest du diesen Kinderkram vielleicht mal lassen?«, sagte ich so cool wie möglich. »Ich muss mit dir reden.«

»Du kommst aber schnell zur Sache, Rottischrotti. Hast du nicht mal ein bisschen Small Talk für eine alte Weggefährtin übrig?«

Weggefährtin? So ein Quatsch.

»Danke, ich kann auf Small Talk verzichten«, rief ich. »Wo geht denn hier das Licht wieder an?«

»Na hier.«

In diesem Moment flackerte die Neonröhre erneut auf. Ich befand mich in dem kleinen Flur. Sofort probierte ich alle Türen. Verschlossen.

»Hättest du wohl gern, was?«, sagte sie. »Einfach hier reinkommen, wenn ich nicht da bin.«

»Blödsinn. Du bist doch da. Wir reden doch, oder nicht?«

Flame ließ wieder ihr blödes Kichern hören.

Sie ist da, dachte ich, aber eigentlich doch nicht. Jedenfalls nicht in diesem Raum. Also nebenan.

Es musste so eine Art Gegensprechanlage geben. Und sie hatte per Fernsteuerung die Türen verschlossen, saß in ihrem Refugium und lachte sich eins.

Aber wo war der Lautsprecher? Die Wände waren weiß gestrichen und nackt. An der Decke gab es nur die Neonröhre und die Ballonlampe. Die wiederum steckte in einem runden Kunststoffteil, das als Wandhalterung diente, ebenfalls weiß gestrichen und daher schwer zu erkennen war. Es hatte Ritzen zur Belüftung oder … wie ein Lautsprecher.

»Ja, schau dich nur um, Rottischrotti. Hier kannst du noch was lernen.«

Darauf musste ich nicht eingehen. Ich war schon viel länger im Geschäft als Flame. Ich war auch älter. Erfahrener.

Moment mal, dachte ich. *Schau dich nur um, Rottischrotti?* Sie spricht zu mir. Sie kann mich hören. Aber nach dem, was sie eben gesagt hat, kann sie mich auch *sehen*. Oder hat sie einfach nur vermutet, dass ich mich umsehen würde, um herauszufinden, woher ihre Stimme kam?

Ich beschloss, die Sache zu testen, und legte mich auf den Fußboden. Auf den Rücken. Unter mir gab es einen einigermaßen sauberen Kunststoffbelag.

»Bist du müde, Rottischrotti? Na ja, in deinem Alter …«

Bingo.

Sie sah mich.

Und endlich wurde mir klar, was hier los war.

»Wie lange brauchst du, bis du hier bist?«, fragte ich, jetzt wieder ganz, ganz cool. Dabei blickte ich die Kugellampe an und grinste verächtlich.

»Ah, Rottischrotti hat geschaltet. Nicht schlecht. Ich hätte gedacht, dass du länger dafür brauchst. Dabei ist das heute Standard. Vor allem in unserem Job. Aber du bist ja wohl ein Vertreter der guten alten Zeit. Läufst dir die Hacken krumm und redest mit den Leuten, auch wenn es gar nicht nötig ist. Wartest drauf, dass sie dir von selbst sagen, was du wissen willst. Mit ein bisschen Technik kommt man da viel weiter, glaub mir.«

»Lass die Witze, Flame. Ich habe nicht viel Zeit.«

»Ach ja, genau«, sagte sie. »Das wollte ich dich noch fragen: Was hast du denn eigentlich von Jungblut und der Hommerich gewollt? Kommen wir uns da vielleicht wieder ins Gehege? Ich hätte nichts dagegen. Konkurrenz belebt das Geschäft.«

Ich machte es mir bequem und verschränkte die Hände hinter dem Kopf. »Keine Ahnung, wovon du redest«, sagte ich. »Aber ich hoffe für dich, dass du hier gleich mal wieder aufmachst. Was du gerade veranstaltest, ist Freiheitsberaubung. Das ist strafbar.«

Ich wusste nicht genau, wie scharf die Videokamera in der dunklen Kugel eingestellt war, aber ich ging davon aus, dass Flame mein Grinsen sah. Wo sie sich jetzt wohl aufhielt? Es gab keine Nebengeräusche, wenn sie sprach. Aber die Verbindung hörte sich nach einem Handy an. Wahrscheinlich saß sie im Wagen, und der stand irgendwo auf einem Parkplatz. Sah man davon ab, dass ich sie und ihr Fahrzeug vor Kurzem noch in der Gegend gesehen hatte, konnte sie überall auf der Welt sein. Die Schlösser und die Kamera – die *Kameras* – wurden über das Internet gesteuert.

»Ach, lass mir doch den Spaß, Rottischrotti. Übrigens bist du ja bei mir eingebrochen. Da muss ich mich doch schützen.«

»Eingebrochen? Ich bin bloß über die Mauer gestiegen. Irgendwann ging dann die Haustür auf. Ich würde eher sagen, du hast mich hier reingelockt.«

»Ach Gott, du Armer …«

»Freiheitsberaubung«, brachte ich Flame das entscheidende Stichwort in Erinnerung. »Denk dran. Ich stoppe gerade die Zeit, damit mein Anwalt auch weiß, wie lange du mich hier festhältst. Ich habe übrigens auch ein Handy. Dir ist hoffentlich klar, dass ich den ganzen Vorgang damit aufzeichne. Video und Audio.«

»Tust du nicht, Rottischrotti.« Sie klang fast mitleidig. »Und wenn du mir nicht glaubst, dass ich das ganz genau weiß und es nicht einfach nur vermute, kann ich dir ja mal sagen, welche Nummern du zuletzt gewählt hast. Moment …«

Ich griff in die Tasche, holte mein Smartphone heraus und schaltete es aus.

Jetzt kicherte Flame nicht mehr, sondern lachte lauthals. »Du bist wirklich süß. Zum Knuddeln. Als ob das was nützen würde. Ist doch alles längst bei mir gespeichert. Also … Krankenhaus Merheim. Polizei Wuppertal. ›Bergisch News‹ in Cronenberg. Ach, Rottischrotti, du bist ein offenes Buch für mich.«

»Prima«, sagte ich. »Du aber auch für mich. So weit ist es mit deinen technischen Möglichkeiten nämlich nicht her, sonst hätte ich dich kaum bei Jungblut gesehen. Dass du mit der Hommerich gesprochen hast, weiß ich auch. Was glaubst du, warum ich hier bin? Sorg doch mal für ausgleichende Gerechtigkeit. Sag mir, was *du* mit der Hommerich und Jungblut zu tun hast.«

»Vielleicht tue ich das. Vielleicht auch nicht.«

Jetzt vernahm ich ein Nebengeräusch. Papier raschelte.

»Ich brauche aber noch ein bisschen«, sagte Flame, und ihre Stimme wurde ein bisschen leiser. Dann hörte ich deutlich, dass sie aß. »Hab mir gerade am Bahnhof einen Big Mac besorgt«, nuschelte sie. »Wenn ich den mit nach Hause nehme, wird er kalt.

Keine Sorge, ich bin gleich da. Hättest du's in der Zwischenzeit lieber dunkel zum Schlafen oder hell?«

Ich grinste den halben Glasballon an und schwieg.

Wenige Sekunden später ging das Licht aus.

Mindestens eine halbe Stunde musste vergangen sein, als ich endlich etwas rattern hörte. Es klang wie ein sich öffnendes Tor. Dazu brummte ein Motor im Leerlauf. Das Rattern hörte auf, und ein Wagen kam auf das Grundstück gefahren. Erneutes Torrattern, dann erstarb der Motor. Schwere Schritte näherten sich dem Haus. Die Tür ging auf.

Flame trat ein, und das Licht ging an. In ihrer ganzen Pracht stand sie über mir. Ihr rotes Haar war hinten zusammengebunden. Obenrum trug sie ein grünlich graues T-Shirt, das ihre hellen, von Sommersprossen gesprenkelten Arme frei ließ. Passend dazu steckte ihre schlanke Figur in einer ähnlich wie das Hemd gefärbten Bombenlegerhose mit Seitentaschen an den Oberschenkeln. Knöchelhohe Boots ergänzten das Bild. Man hätte sie für eine Terroristin oder so was halten können. Oder für die Schwester von Lara Croft. Ihre Kuriertasche aus Filz fälschte den Eindruck etwas in Richtung »ausgeflippte Studentin« ab, aber sonst war alles ganz stilecht. Als sie reinkam, schob sie einen Mief nach Hamburgern und kaltem Fett vor sich her.

»Hi, Rottischrotti. Bist ein bisschen dick geworden, seit wir uns das letzte Mal gesehen haben.«

Sie drückte auf ihr Handy und ging durch die graue Tür, die jetzt offen war.

»Kannst gern reinkommen, wenn du willst«, hörte ich ihre Stimme von nebenan, wo Licht aufflackerte. »Keine Sorge, ich habe alle Fallen deaktiviert.«

Ich folgte ihr. Der Raum war riesig und musste so was wie ein ehemaliges Lager sein. Er war mit dünnen Rigipswänden in viele Einzelbereiche unterteilt. Hinzu kamen kreuz und quer aufgestellte Regale, in denen Papierkram lagerte, aber auch Plastikkisten und Kartons mit elektronischem Kram und Kabeln. Verwirrend.

»Ich bin hier drüben«, rief Flame, und ich folgte ihrer Stimme –

vorbei an einem Tisch mit eingeschaltetem Rechner. Auf dem Monitor war ein mehrfach geteiltes Bild zu sehen. Ich erkannte den Eingangsbereich vor der Eingangstür, den Vorraum und mehrere Stellen seitlich des Gebäudes, wo die Schotterhaufen lagen.

Flame war in einen Raumabschnitt gegangen, der in der Mitte dieses Labyrinths liegen musste. Mir kam sofort das Zentrum eines Spinnennetzes in den Sinn.

An den Wänden hingen Poster von irgendwelchen Black-Metal-Bands. In einer Ecke türmten sich die Geräte einer Musikanlage, in einer anderen gab es eine kleine Bar mit einer ganzen Batterie verschiedener Getränke von Whisky bis Orangensaft samt einem zwei Meter hohen Kühlschrank. Neben einem riesigen Fernseher konnte ich hinter einem Durchgang ein quadratisches Bett erkennen. Dort befand sich wohl das Schlafzimmer.

Flame saß hingefläzt auf einem Sofa, das wie ein großes U um einen quadratischen Couchtisch ragte. Auf der Tischplatte stand etwas, das wie ein Spielzeughubschrauber aussah. Er hatte jedoch nicht nur einen Rotor, sondern vier.

»Brauchst nicht so zu glotzen, Rottischrotti. Man kann auch anders leben als in einer braven Zweieinhalb-Zimmer-Wohnung wie du. Setz dich.«

»Ist das dein Hobby?«, fragte ich.

»Was meinst du?«

Ich deutete auf den Hubschrauber. »Sammelst du Modelle von Fluggeräten?«

Ihr keuchendes, görenhaftes Lachen schwappte mir entgegen. »Oh, Mann, du bist echt gut. So was hab ich noch nicht erlebt. Was machst du noch mal beruflich?«

»Ach, Renate, lassen wir das doch«, sagte ich. »Es hat doch keinen Sinn, wenn wir uns hier nur auf den Keks gehen.«

Sie stand auf und ging zur Bar. Schon an diesen wenigen Bewegungen konnte ich erkennen, dass sie verdammt sportlich sein musste. Sie nahm eine Flasche aus dem Kühlschrank und goss sich etwas in ein Glas. Soweit ich es erkennen konnte, war es Wasser.

»Du kannst mich gern Renate nennen«, sagte sie und trank

einen Schluck. »Schließlich heiße ich so. Den Spitznamen Flame hab ich mir nicht ausgesucht. Eigentlich gefällt er mir auch nicht besonders. Ich glaube, die Typen, die ihn mir verpasst haben, wollten mich damit irgendwie beleidigen.«

Ich bemühte mich um ein mitleidiges Gesicht. »Beleidigen? Ja, es ist sicher eine Beleidigung, wenn sie dich wegen deiner roten Haare Flamme nennen. Aber vielleicht ist der Name ja auch ein Kompliment. Rottischrotti dagegen ...«

»Du kapierst aber auch gar nichts, Rott. Was für eine Art von Typ bist du eigentlich? Du kapierst nichts und du merkst nichts. Flame ist eine amerikanische Pornodarstellerin. Eine Projektionsfläche für irgendwelche Männerphantasien. Eine Ausgebeutete.«

»Lass mich raten. Hat sie rotes Haar?«

»Darin liegt die Beleidigung, du Hirni.«

»Also, wenn du mir das jetzt nicht gesagt hättest ...«

»Wollen wir uns wirklich über so einen Quatsch unterhalten? Willst du mir nicht lieber sagen, was du hier willst?«

»Ich habe mit dem Quatsch nicht angefangen.«

Sie kehrte zum Sofa zurück, setzte sich und stellte das Glas auf den Couchtisch neben den Hubschrauber. Neben ihr lag die Filztasche. Sie holte ihr Handy raus und las etwas von dem Display ab. »Wie gesagt, du hast irgendwas mit der Kripo am Laufen. Du hast mit Jungblut und der Hommerich geredet. Und du warst gestern bei Beiners.«

»Du hast wirklich mein Handy überwacht? Nein, das hast du nicht. Jedenfalls nicht gestern. Da konntest du nämlich noch nicht wissen, dass ich überhaupt an etwas dran bin.«

Sie wiegte den Kopf hin und her. »Vielleicht habe ich ja schon länger einen Sender an deinem Auto befestigt und kann dir so überallhin folgen? Ja, und dein Handy kann ich auch jederzeit überwachen. Geht ganz einfach. Das kann nicht nur die NSA. So was gehört heute zur Grundausstattung für Detektive. Aber an dir ist das ja alles vorbeigegangen. Man muss dich direkt loben, dass du überhaupt ein Smartphone hast. Auch wenn du nicht damit umgehen kannst.«

»Wenn ich kein Smartphone hätte, könntest du mich auch nicht verfolgen.«

Sie steckte das Handy wieder in die Filztasche und deutete auf das seltsame Fluggerät auf dem Tisch. »Weißt du, was das ist, Rott? Nein, das weißt du nicht. Es ist eine Drohne. Die kann ich übers Internet steuern und überall hinfliegen lassen. Sie kann dabei filmen. Dein Auto zum Beispiel. Während es irgendwo hinfährt. Das ist die Zukunft, Rott.«

»Mag sein, aber wenn man keinen Grips im Kopf hat, nützt einem auch das Wissen um die Zukunft nichts.«

»Grips im Kopf? Du meinst doch wohl nicht etwa dich?« Sie lachte wieder und trank das Glas aus.

Ich entschloss mich, ebenfalls Platz zu nehmen, und suchte mir auf dem Sofa eine Stelle aus, an der ich höchstens anderthalb Meter von Flame entfernt war. Zwischen uns befand sich die Tasche. Als ich saß, klappte Flame sie zu.

»Du arbeitest im Auftrag der Beiners«, sagte ich. »Entweder hat dich der Sohn beauftragt oder seine Frau.«

»Was macht dich da so sicher?«, fragte sie, wirkte dabei aber alles andere als selbstbewusst.

»Was sollte dich sonst zu Melina Hommerich und den ›Bergisch News‹ geführt haben? Ich frage mich nur, warum sie dich beauftragt haben. Aber auch da gibt's nur eine Erklärung.«

»Und die wäre?«

»Die sage ich dir, wenn du mir was zu trinken gibst. Sei mal ein bisschen gastfreundlich. Ich bin durch die Gefangenschaft in deiner Zelle da vorne ziemlich ausgetrocknet. War das Mineralwasser im Kühlschrank?«

Sie stand auf und ging zum Kühlschrank. Während sie das Wasser eingoss, redete ich weiter auf sie ein.

»Du hast recht, wenn du sagst, dass mich technische Dinge nicht so sehr interessieren. Aber wie du siehst, kann man durch Nachdenken auch auf das ein oder andere kommen … Ach übrigens, hast du vielleicht auch Wasser, das nicht im Kühlschrank war? Die Kälte, weißt du. Mein Magen …«

Sie machte die Tür wieder zu und ging die zwei Schritte an die Bar. »Wünschen der Herr stilles Wasser oder lieber Medium?«

Sie drehte sich um, als ich gerade meine Hand aus der Filztasche nahm.

»Medium«, sagte ich.

Schließlich kam sie mit dem Glas zurück. Ich trank es in einem Zug halb leer.

»Ich habe ehrlich gesagt keine Lust mehr, mich noch länger hier aufzuhalten«, erklärte ich. »Sagst du mir jetzt, warum Beiners dich beauftragt haben, oder nicht?«

Sie ließ die Göre heraushängen und grinste. »Nö.«

»Es ist nicht vielleicht aus dem Grund, weil er wirklich verschwunden ist? Und du sollst ihn finden?«

»Ich könnte dir entgegenkommen, wenn du mir mal sagst, was du mit der ganzen Sache zu schaffen hast.«

Ich hob die Schultern und versuchte harmlos zu wirken. »Bei Beiners wurde vor längerer Zeit eingebrochen. Es wurde ein Bild gestohlen. Jetzt ist der Dieb aus dem Knast abgehauen. Ich will das Bild wiederfinden. Ein netter Auftrag von der Versicherung. Weiter nichts.«

»Und deswegen gehst du zu Jungblut? Der über Beiners Verschwinden berichten wollte? Und zur Hommerich?«

Ich stand auf und stellte mich näher an den Ausgang, bereit, mich schnell zu verdrücken.

»Man muss allen Spuren nachgehen, Flame. Sich ein Gesamtbild verschaffen. Spiel du weiter mit deinen Videokameras und deinen Drohnen. Vielleicht lerne ich das ja auch mal. Aber in der Zwischenzeit mache ich gute alte Detektivarbeit.«

»Du kannst die Sachen von mir kaufen«, sagte sie. »Eine Einweisung ist im Preis inbegriffen. Wir können uns ja mal zusammensetzen.«

»Später. Jetzt muss ich mich leider verabschieden. Danke, ich finde selbst raus.«

Der letzte Satz war leider etwas vorschnell gefallen. In dem Bemühen, nicht zu eilig oder hektisch zu erscheinen, war ich in dem Labyrinth falsch abgebogen und stand auf einmal in einem Bad mit großer, von Glasscheiben umgebener Dusche.

»Hier lang«, sagte Flame, die mir nachgegangen war. Sie betrachtete mich so misstrauisch, dass ich schon wie auf Kohlen stand. Sie begleitete mich zum Ausgang. »Mach's gut«, sagte sie. »Und viel Erfolg bei der Suche nach dem Bild.«

Ob sie mir das wirklich abgenommen hatte? Natürlich nicht. Wenn sie für die Beiners arbeitete, wusste sie, wie mein gestriges Gespräch mit Frau Beiner verlaufen war. Dass es mir um die Verbindung von Wonne und Gerhard Beiner ging.

Ich ging über den Hof und durch das sich automatisch öffnende Tor, fühlte mich auf der Straße aber immer noch beobachtet und versuchte, möglichst nicht zu rennen, sondern unauffällig zum Auto zu schlendern. Endlich saß ich hinter dem Steuer. Ich fuhr vor bis zur Sauerbreystraße, stoppte wieder und wagte endlich, in die Tasche zu greifen und Flames Handy herauszuziehen.

Ich war natürlich wirklich der Technik-Analphabet, für den Flame mich hielt, und so stellte ich mich ziemlich dämlich an, als ich auf dem Smartphone nach Hinweisen suchte. Zwar konnte ich auf die Inhalte zugreifen, ohne zuvor eine Tastensperre überwinden zu müssen, nur finden konnte ich nichts. Aber ich war sicher, dass die Informationen vorhanden waren. Mein alter Kumpel Manni, der in der Computerwelt zu Hause war, hatte mir das mal gezeigt: Man konnte alle Dateien, die einem wichtig waren, in einem Internetspeicher ablegen und von überall aus abrufen. »Cloud« nannte man das. Aber wie kam ich da ran?

Ich tippte auf dem Display herum und wurde nicht schlau aus dem, was ich sah. Nervös öffnete ich irgendwelche Apps und schloss sie wieder. Einmal stieß ich auf einen Kalender, dessen Einträge mir aber nichts sagten, dann auf das Telefon mit dem Zahlen-Tastenfeld. Während ich noch wischte und tippte, zog ich mein eigenes Smartphone hervor, um Mannis Nummer aus den Kontakten zu holen. Es dauerte ein paar Sekunden, bis ich merkte, dass ich das verdammte Ding ja ausgeschaltet hatte. So musste ich noch mal ein, zwei Minuten warten, die mir wie eine Stunde vorkamen. Das Logo tauchte auf, ich wurde nach der PIN gefragt, ich bestätigte sie, das Gerät bequemte sich, die bunten Symbole anzuzeigen – und endlich war es so weit. Ich stellte auf laut und drückte auf Mannis Kontakt.

»Hecking Computer Support«, tönte es aus dem Telefon. »Was kann ich für Sie tun?«

»Manni«, rief ich, »hör bitte mal genau zu.«

So schnell es ging, umriss ich das Problem. Wenn er nicht gerade Besuch von einer seiner Zufallsbekanntschaften hatte oder schlief, war er eigentlich ziemlich auf Zack, was akute Problemstellungen anging. Zum Glück auch heute.

»Du glaubst also, in dem Handy steckt ein ganzes Büro?«, fragte er nach.

»Die Frau, der es gehört, ist ein totaler Technikfreak. Da muss es etwas geben.«

»Weiß sie, dass du ihr das Ding geklaut hast?«

»Keine Ahnung.«

»Sie kann das Telefon online sperren, und dann geht gar nichts mehr.«

»Was glaubst du, warum ich so einen Druck mache? Ich muss irgendeine Info finden. Egal welche.«

»Ist es ein iPhone?«

»Nein, irgendwas anderes. Android, glaube ich.«

»Wir machen das Schnellverfahren. Du hast doch sicher ein Stichwort, nach dem du suchst?«

»Ja, hab ich.«

»Also pass auf.«

Manni führte mich mit genauen Anweisungen zu irgendeiner Maske, mit der ich das ganze Telefon und die Dokumente, die darauf gespeichert waren, nach einzelnen Wörtern durchsuchen konnte.

Sonnenklar, welches Wort ich wählte: Beiner.

»Und – kommt da was?«, fragte Manni.

»Ein Telefoneintrag mit Adresse. Und eine Datei mit so einem blau-weißen Symbol. Sieht irgendwie bayerisch aus.«

»Quatsch, das ist die Dropbox. Sehr gut.«

»Dropbox?«

»Das ist so was wie ein Büro zum Mitnehmen. Man kann in der Dropbox Dokumente ablegen. Sie werden gespeichert und wandern dann in ein Internetverzeichnis, auf das man überall und jederzeit zugreifen kann. Genau das, was du gesucht hast.«

»Die Dropbox ist also eine Cloud?«

»Exakt. Mach das Programm auf.«

Ich schielte zur Uhr. Seit ich mich wieder in meinen Wagen

gesetzt hatte, waren neun Minuten vergangen. Flame würde sicher jeden Moment in ihre Tasche gucken …

»Behalt den Finger auf der Datei«, erklärte Manni. »Dann geht ein Menü auf, und du kannst auswählen, was du mit dem Dokument machen willst.«

»Ich will es lesen.«

»Nein, du mailst es an dich selbst. Dann kannst du's später ganz in Ruhe anschauen.«

Ich tat, was Manni gesagt hatte. Ein Feld ging auf, und ich tippte mit zitternden Fingern meine Maildresse hinein. Im selben Moment, in dem ich auf »Senden« drückte, veränderte sich etwas auf dem Display meines eigenen Handys. Es gab ein wütendes Brummen von sich. Eine Textnachricht ploppte auf. Ich erwartete, dass es eine Meldung war, dass die Mail mich erreicht hatte, aber es war eine SMS in Großbuchstaben: »ROTTISCHROTTI, DAS BÜSST DU MIR!«

Ich drückte sie weg. Und als hätte ich damit auch etwas auf Flames Handy verändert, erlosch dessen Display.

»Was ist?«, fragte Manni.

»Ich glaube, sie hat's gemerkt und ihr Smartphone dichtgemacht«, sagte ich. »Aber ich konnte vorher gerade noch auf ›Senden‹ drücken. Hoffentlich hat's geklappt. Oder kann sie die Mail wieder von meinem Account löschen?«

»Frag die Mails lieber von woanders ab. Das ist sicherer. Und mach das Handy sofort aus.«

»Okay, danke.«

Ich schaltete mein Handy aus und überprüfte noch mal Flames Telefon. Es machte keinen Mucks mehr.

Ich ließ den Motor an und fuhr in Richtung Autobahn. Immer wieder sah ich in den Rückspiegel, in der Erwartung, den Geländewagen hinter mir zu sehen. Aber Flame schien stillzuhalten. Ob sie eine weitere Nachricht schickte, wusste ich nicht.

An der Raststätte Ohligser Heide rief ich von einem guten alten öffentlichen Fernsprecher aus bei Jutta an. Während es tutete, betrachtete ich die Lkws, die nach und nach auf die immer rarer werdenden Parkplätze um mich herumdrängten.

Geh ran, dachte ich.

Geh ran, geh ran, geh ran.

»Ahrens.«

»Jutta, hier ist Remi.«

Erst jetzt fiel mir ein, dass wir ja im Streit auseinandergegangen waren. Jutta konnte ganz schön zickig sein, wenn sie wollte.

»Ach nee«, sagte sie nur.

»Jutta, es tut mir leid.«

»Es tut dir leid?«

»Ja. Das wollte ich dir sagen.«

Ein Brummi gab genau neben mir Gas. Eine Sekunde lang schien die Welt zu zittern, und ich war in Dieselgestank gehüllt.

»Stehst du auf der Straße?«

»Ist doch egal, wo ich bin. Ich wollte dir halt sagen, dass ...«

»Dass es dir leidtut. Das hab ich schon verstanden. Aber du rufst natürlich vor allem deshalb an, weil du meine Hilfe brauchst. Hab ich recht?«

Leugnen war sinnlos. Ich hoffte nur, dass das Vorgeplänkel schnell vorbei sein würde.

»Natürlich hast du recht, aber ...«

»Hast du nicht klipp und klar gesagt, du kannst auf meine Hilfe verzichten?«

»Ach Jutta, ich hab das doch nicht so gemeint. Ich war nur so sauer, weil du gesagt hast, dass du glaubst, dass Wonne und ich ... Na ja, weil ich das Gefühl hatte, du hast was gegen sie.«

Das musste gesagt werden.

Ich sah den nächsten Brummi kommen und redete los, bevor der Krach mich erreichte. »Jutta, ich habe es sehr eilig. Du müsstest mal was im Computer nachsehen.«

»So, so, du brauchst meine Hilfe also doch?«

»Ja, verdammt noch mal, ich ...«

Der Dieselmotor, der soundso viele Tonnen Fahrzeug und Frachtladung antrieb, verschluckte, was ich sagen wollte. Als die Lärmwolke vorüber war, hörte ich Jutta reden.

»... bin ich vielleicht doch ein bisschen zu weit gegangen.«

»Na ja ...«

»Doch, doch. Weißt du, Remi. Du bist eigentlich ein sehr sensibler Typ. Viel zu sensibel für deinen Job. Ich habe ja mittlerweile sehr viele Menschen kennengelernt, und das hat mir gezeigt, dass du damals vielleicht doch lieber dein Studium hättest beenden sollen. Eigentlich bist du als Privatdetektiv überfordert. Und du verfügst auch gar nicht über die technischen Möglichkeiten, die man da heutzutage nutzen kann.«

»Jutta …«

Jetzt hatte sie ein Thema für einen Monolog gefunden, und ich bekam keine Chance, sie zu unterbrechen.

»Was glaubst du, mit welchen Mitteln heutzutage Verbrechen aufgeklärt werden? Und damit meine ich nicht die Polizei. Nein, Remi, es sind Privatermittler, die heute mit Überwachungskameras, mit Computerüberwachung, mit Drohnen und was weiß ich was allem arbeiten. Und du läufst immer noch von Spur zu Spur wie Kommissar Maigret oder Inspektor Columbo. Es ist schon eine maximale Errungenschaft, dass du überhaupt ein Handy besitzt.«

Meine Güte, dachte ich. Hatte Jutta etwa Flame kennengelernt? Die beiden würden sich bestimmt hervorragend verstehen.

»Jutta, bitte tu mir den Gefallen und schau mal in den Computer.«

»Und wieso?«

»Tu's einfach. Es ist wichtig.«

»Du wirst schon wissen, was das soll.«

»Natürlich. Sonst würde ich dich nicht darum bitten.«

»Ist ja gut. Schon dabei. Worum geht's denn nun genau?«

»Du musst meine Mails abrufen. Direkt über die Webseite. Ich gebe dir das Passwort.«

»Deine Mails? Mannomann, dir ist schon klar, dass du im Handy auch einen Mailaccount einrichten kannst?«

»Ja, das weiß ich«, sagte ich, und ich klang wieder gereizter, als ich es vorgehabt hatte. Ich riss mich zusammen und schaltete auf freundlich. »Jutta, ich kann mein Handy gerade nicht einschalten, weil ich überwacht werde. Bitte schau auf die Liste. Die oberste Mail ist es. Ich habe sie an mich selbst geschickt. Sie enthält ein Dokument. Öffne es, speichere es ab. Lies mir vor, was da drinsteht.«

»Ja, ja, ich hab schon verstanden. Ich bin ja nicht blöd.« In der Leitung entstand Stille. Jutta ließ sich Zeit. »Also, hier ist eine Mail … wow, die kommt von der Wuppertaler Kripo. Eine ganze Akte …«

»Darum geht es nicht. Da muss noch eine neuere Nachricht sein.«

»Von dir selbst? Ah, hier, info@remigiusrott.de – nobel, der Herr. Hat sich eine eigene Domain zugelegt. Dabei hast du nicht mal eine Website.«

»Doch, habe ich«, sagte ich. »Mensch, Jutta – es ist wirklich dringend. Was steht in dem Dokument?«

»Jetzt chill mal, Kleiner, ich hab's ja schon. Es ist eine ganz normale Textdatei.«

Chill mal.

Mir wurde übel. Jetzt fing Jutta auch schon an, diesen blöden Kinderslang zu benutzen. Lächerlich für eine Frau von Anfang sechzig.

»Soll das was mit deinem aktuellen Fall zu tun haben? Ich meine …«, sie betonte die Worte so, dass ich den Unterton von Vorwurf auf keinen Fall überhören konnte, »den Fall, von dem du mir bisher ja nur verraten hast, dass Wonne angeschossen wurde? Und dass es ein gewisser Brambach war, der aus dem Knast geflohen ist. Worum geht's hier?«

Okay, ich wusste, Jutta würde nicht lockerlassen, bis ich sie aufgeklärt hatte. Das war auch so was, was mich in den Wahnsinn treiben konnte. Einerseits wollte sie mir immer bei meinen Fällen helfen. Andererseits war sie nicht bereit, etwas einfach ohne Wenn und Aber zu tun. Sie wollte immer erst mal ganz genau wissen, warum sie dies oder jenes tun sollte. Sie wollte über den Gesamtzusammenhang informiert werden. Und wenn ich ihr diesen Gefallen dann getan hatte, begann sie über die Dinge, die meiner Meinung nach getan werden sollten, zu diskutieren. Manchmal stellte sie sie so lange in Frage, bis es zu spät war.

Jutta war unberechenbar und auch ziemlich wankelmütig in ihren Interessen. Alle fünf Minuten änderte sie ihre Meinung. Im Frühjahr zum Beispiel hatte sie sich in den Kopf gesetzt, dass alles Digitale des Teufels sei und dass man endlich wieder zu einer analogen Welt zurückfinden musste. Typisch war auch, dass sie bei so was immer sofort Gleichgesinnte traf. Mit denen hatte sie dann die »Gesellschaft zur Ent-Digitalisierung der Welt« gegründet. Mittlerweile war natürlich keine Rede mehr davon. Außerdem hatte Jutta Erfahrungen in vielen anderen Dingen gesammelt: Sie war mal für einen Monat Meisterin der Haiku-Dichtung gewesen, hatte drei Klavierstunden genommen – und sich dafür einen Steinway-D-Flügel in die Riesenwohnung auf dem Brill gestellt –, und sie hatte als Journalistin gearbeitet. Als freie Mitarbeiterin bei Radio Berg.

Wenn man sie mit dem Vorwurf konfrontierte, dass das doch alles ziemlich unausgegoren sei und dass sie lieber mal eine Sache richtig machen solle als viele Sachen nur so ein bisschen, sagte sie nur: »Das Leben ist kurz, Remi. Zu kurz, um sich mit irgendwas länger aufzuhalten.«

Und dann wurde wieder in die Karibik gefahren. Oder zum Shoppen nach New York.

Ich erklärte ihr also alles, fasste mich dabei aber so kurz, wie es eben ging. »Die Datei heißt ›Beiner‹. Beiner ist ein Geschäftsmann, der verschwunden ist. Er ist derjenige, bei dem Brambach damals eingebrochen ist. Das Bild, das Brambach gestohlen haben soll, hängt aber noch in der Wohnung.«

»Und du suchst jetzt Beiner statt Brambach? Obwohl Brambach auf Wonne geschossen hat?«

»Wonne hatte Kontakt zu Beiner. Und obwohl er anscheinend wirklich verschwunden ist, hat die Familie keine Vermisstenanzeige gestellt.«

»Woher weißt du, dass er wirklich verschwunden ist?«

»Die Familie hat eine Privatdetektivin beauftragt, ihn zu finden. Ihr habe ich diese Datei geklaut.«

Jutta lachte kurz auf. »Wie hast du das denn geschafft? Okay, ich glaub's dir ja. Wahrscheinlich hat dir dieser zwielichtige Manni dabei geholfen.«

»Jetzt lies schon vor, was da steht.«

»Nicht viel. Namen.«

»Zum Beispiel?«, drängte ich.

»Melina Hommerich.«

»Das ist Beiners Geliebte. Bei der war ich. Steht da noch mehr?«

»Eine Geliebte? Hör mal, Remi, kann es sein, dass es da um eine Eifersuchtsgeschichte geht? Wenn Wonne was über Beiner wusste … Wenn Beiner verschwunden ist … Wenn er vielleicht Opfer eines Verbrechens wurde … Vielleicht wusste Wonne etwas. Vielleicht hat dieser Brambach auch Beiner …«

»Du sagst es. Aber ich muss es eben erst noch rauskriegen. Weiter.«

»Du warst doch in Wonnes Wohnung. Hast du ihren Kalender gecheckt? Ihren Computer? Ihr Handy?«

»Was glaubst du, wie ich darauf gekommen bin, dass sie Beiner kannte?«

»Und du hast sonst nichts gefunden?«

Ich konnte mich nicht mehr beherrschen. »Jetzt lies schon, was da noch steht, verdammt noch mal!«

Ein Brummifahrer in schwarz-weißer Jogginghose, der gerade auf dem Weg zum Rasthaus war, sah mich erschrocken an und beschleunigte seine Schritte, dass sein Bauch schwabbelte.

Jutta blieb brav. »Da steht nur noch ein Name. Marlene Meurer.«

»Und das war's?«

»Das war's.«

»Wer soll das sein?«

»Woher soll ich das wissen, du Meisterdetektiv? Ich habe allerdings vergessen zu sagen, dass hier auch Adressen stehen.«

»Na super, dann her damit.«

Sie nannte die Adresse von Melina Hommerich, die mir Beiners Freundin selbst gesagt hatte. Bergisch Gladbach, Reuterstraße.

»Und diese Frau Meurer?«

»Da steht nur ›Gut Landscheid‹.«

»Hm … wo könnte das sein?«

Jutta klapperte mit der Tastatur.

»Kann ich dir sagen. Gut Landscheid ist ein Hotelrestaurant. Die Website sieht ziemlich nobel aus. Historisches Ambiente. Weinkeller. Oh, die haben sogar eine Golf Short Game Area.

Habe ich dir erzählt, dass ich in meinem Urlaub angefangen habe, Golf zu spielen?«

Aha, das war also der neueste Spleen. Von mir aus.

»Glaubst du, diese Marlene Meurer wohnt da?«

»Remi, noch mal: Kann ich hellsehen? Aber irgendwas wird sie mit diesem Beiner zu tun haben. Vielleicht ist sie noch eine Freundin oder so was. Frag doch mal seine Frau. Oder die bewusste Detektivin. Wahrscheinlich solltet ihr lieber mal zusammenarbeiten. Oder soll ich vielleicht mit dir da hinfahren, und wir reden dann mit dieser Marlene Meurer?«

Nein, das wollte ich auf keinen Fall. Aber ich musste Jutta irgendwie beschäftigten. Sonst würde sie keine Ruhe geben.

»Du musst was anderes übernehmen«, sagte ich.

»Schieß los.«

»Ich muss mehr über Beiner wissen.« Ich gab ihr den kompletten Namen durch. Dann sagte ich ihr, was ich aus Wonnes Notizen über ihn erfahren hatte.

»Gut«, sagte sie. »Aber vergiss diesen Brambach nicht. Er ist dein Ziel.«

»Ich bin sicher, dass die beiden irgendwie zusammenarbeiten«, sagte ich. »Der Einbruch war doch eine Finte. Vielleicht hat es was mit Versicherungsbetrug zu tun. Finde ich raus, was hinter der Sache mit Beiner steckt, finde ich auch Brambach.«

»Und diese Detektivin? Ich meine …«

»Sie steht auf der Seite der Familie. Ich arbeite lieber allein. Du hast doch über deinen verstorbenen Mann sicher noch Kontakte in der bergischen Geschäftswelt? Das könnte helfen, mehr über Beiner zu erfahren.«

»Ich werde mal schauen, was sich machen lässt.«

»Danke«, sagte ich und legte so viel von dem hinein, was ich in diesem Moment tatsächlich empfand. Ich war ehrlich froh, dass Jutta mir half. Ich verabschiedete mich. Dann rief ich noch mal schnell im Krankenhaus an.

»Wer ist da?« Diesmal war eine männliche Stimme dran. Wahrscheinlich die Wochenendbesetzung.

»Ich bin der Mann von Frau Freier. Ich wollte wissen, wie es ihr geht.«

»Es tut mir leid, wir dürfen keine Auskunft geben.«

»Ja, ich weiß, am Telefon geht das eigentlich nicht, aber ich war ja schon zweimal da – und meine Handynummer dürfte Ihnen auch bekannt sein. Ich habe doch sogar schon telefonische Informationen bekommen.«

»Aber nicht von mir. Tut mir leid, am Telefon geht das nicht.«

»Soll ich vorbeikommen, damit Sie mir etwas sagen?«

Im Hintergrund raschelte etwas. »Oh, ich sehe gerade, es gibt eine neue Anordnung.«

»Was für eine neue Anordnung?«

»Frau Freier hat keine Angehörigen. Das wurde ganz klar hier in ihrer Akte hinterlegt. Und es dürfen nur Angehörige zu ihr. Also niemand.«

»Ja, ich weiß, dass sie keine Angehörigen hat. Ich meine, außer mir, und …«

»Hier steht ganz klar, dass Frau Freier nicht verheiratet ist. Das zeigen auch die Krankenkassendaten. Es ist wohl jemand hier gewesen, der sich als ihr Mann ausgegeben hat.«

»Aber …«

»Ich muss das Gespräch jetzt leider beenden. Es ist nicht in Ordnung, dass Leute sich als Angehörige, Ehemänner oder sonst jemand ausgeben, um an Informationen zu kommen. Die Anweisungen der Polizei sind deutlich. Auf Wiederhören.«

Es klickte, und die Verbindung war weg.

Das durfte doch nicht wahr sein.

Opladen. Ich musste ihn noch mal anrufen. Er wusste doch, dass ich Wonnes Freund war. Wenn auch nicht ihr Ehemann. Fast unbewusst hatte ich seine Handynummer gewählt.

»Rott, nicht schon wieder.«

»Opladen, jetzt wird es wirklich ernst.«

»Jetzt erst?«

»Die wollen mich nicht mehr zu Wonne lassen. Im Krankenhaus. Was ist da los? Ich meine, sie ist meine Freundin.«

»Hör auf damit.«

»Die sagen, das wäre eine polizeiliche Anordnung. Aber sie ist meine Freundin. Kannst du das denen nicht sagen? Sie müssen bei mir eine Ausnahme machen.«

»Ich bin nicht involviert. Ich muss mich mit der Männerleiche befassen. Weißt du doch.«

»Ich muss aber doch erfahren, wie es ihr geht. Wenn sie stirbt … die sagen mir noch nicht mal das.«

»Wenn sie stirbt, erfährst du's schon.«

14

Der Golf fraß den Asphalt in sich hinein wie ich meinen Ärger. Am liebsten hätte ich irgendwen zusammengeschlagen. Opladen zum Beispiel.

Auf der Höhe von Blecher hatte ich mich wieder einigermaßen im Griff. Das Zittern, mit dem meine Hände mir signalisierten, dass sie eine Beschäftigung suchten, hatte fast aufgehört.

Ich fuhr etwas langsamer und konzentrierte mich auf die Abzweigung, die bald kommen musste und die wahrscheinlich sehr schmal war. Laut Karte würde die Strecke, die hinunter ins Tal führte, kaum mehr als ein asphaltierter Weg sein.

Aber Gut Landscheid war so dick ausgeschildert, als wäre es ein eigener Stadtteil. Ich bog ab und rollte einen Hügel hinunter – rechts an Wiesen, links an Wald vorbei. Zwischen den Bäumen verlief ein tiefer Graben. Da unten floss wohl ein Bach. Dann erreichte ich den Talgrund, wo mich ein Gebäude erwartete – auf der einen Seite historisch original und romantisch, gekrönt von steilem Dach und Türmchen, auf der anderen ein moderner beigefarbener Anbau mit geraden Linien und strengen rechten Winkeln. Vor dem Anwesen lag ein Parkplatz für die Gäste.

Ich stieg aus. Es roch nach Wald, feuchten Wiesen und Erde. Als ich die kühle Luft auf meinem Gesicht spürte, wurde mir erst bewusst, dass ich geschwitzt hatte. Ich suchte ein Papiertaschentuch und wischte mich ab. Dann war ich so weit wiederhergestellt, dass ich das Hotel betreten konnte.

Vor einer kleinen Fußgängerbrücke, die an die Zugbrücken mittelalterlicher Burgen erinnerte, informierte eine hoch aufgerichtete Tafel über die Wellness-Angebote des Hauses. Auf der anderen Seite der Brücke erstreckte sich neben dem Eingang eine Terrasse. Das Personal war gerade dabei, Hand an ein paar Stehtische zu legen.

Die Empfangshalle lag genau zwischen dem historischen und dem modernen Teil. Man hatte die weiß getünchte ehemalige Außenmauer des Hauptgebäudes in den Raum integriert. Die alten Fenster schauten samt bergisch grüner Läden auf einen herab.

An der Rezeption stand so eine Klingel in Form einer Klangschale, der man mit der flachen Hand einen Schubs geben konnte. Kaum war das helle »Pling« verklungen, kam eine junge Dame, ganz in Schwarz gekleidet, aus einem schmalen Raum hinter der Wandverkleidung.

Ich stellte mich vor und erklärte, dass ich auf der Suche nach einer Frau namens Marlene Meurer war. »Ich weiß allerdings nicht, ob sie bei Ihnen Gast ist oder es vielleicht kürzlich war. Könnten Sie mir da weiterhelfen?«

»Sind Sie von der Polizei?«, fragte sie.

Ich schüttelte den Kopf. »Ich bin Privatermittler. Es geht um eine Zeugenaussage. Eine Formalie.«

Die Rezeptionistin konsultierte den Computer, der hinter dem Tresen stand.

»Könnten Sie den Namen bitte buchstabieren?«

»Meurer mit eu, nehme ich an. Oder äu. Ich weiß es nicht.«

Ein paar Servicekräfte kamen vorbei und trugen auf großen Tabletts kleine Blumenvasen nach draußen. Sie trugen schwarze Hosen, weiße Blusen mit dunkelroten Kragen und Knopfleisten, dazu schwarze Schürzen. Gut gekleidete Angestellte heben die Noblesse eines Etablissements. Ich fragte mich, warum Jutta googeln musste, um mehr über das Hotel zu erfahren. Das hier war doch ganz und gar ihr Kaliber. Und nachdem sie jetzt auch noch Golf spielte … Beim Reinkommen hatte ich abseits des Hauses blendend grünen Rasen gesehen. Da lag wohl die Spielwiese.

»Einen Gast dieses Namens haben wir nicht. Weder in der einen noch in der anderen Schreibweise. Ich fürchte, da kann ich Ihnen nicht helfen.«

»Kann es denn sein, dass sie vor einer Woche oder so hier war?«

»Ich weiß nicht, ob ich das einfach so preisgeben darf.«

»Das geht in Ordnung. Ich muss der Dame nur ein paar Fragen stellen. Ich brauche eine Adresse oder eine Telefonnummer. Wenn sie dann nicht mit mir reden will, kann sie es mir sagen. Oder fragen Sie sie einfach, ob sie mit mir sprechen will.«

Sie überlegte kurz. »Nehmen Sie bitte einen Moment Platz«,

sagte sie dann und deutete auf eine Sitzecke aus bequemen Möbeln neben dem Eingang. Von dort aus konnte ich das Treiben auf der Terrasse beobachten.

»Ist hier heute was Größeres los?«, fragte ich sie.

»Gleich kommt eine Hochzeitsgesellschaft.« Sie hatte das Telefon in der Hand, wahrscheinlich, um in der Chefetage anzurufen. »Man kann auf Gut Landscheid auch heiraten. Es gibt sogar ein Trauzimmer. Der Standesbeamte kommt dann her …« Schlagartig brach sie ab und senkte ihre Stimme, weil sie wohl jemanden erreicht hatte. Ich setzte mich und hörte sie murmeln. Sah, wie sie den Kopf schüttelte, ab und an zu mir herüberäugte. Dann nickte sie auf einmal. Sie legte auf, wählte noch eine Nummer und begann ein neues Gespräch.

Ich wandte mich ab und betrachtete die Stehtische draußen, auf denen nun kleine Blumensträuße thronten und Schleifen angebracht waren. Gläser standen bereit. Es fehlte nur noch das Paar mit seinen Gästen.

Es gab mir einen Stich, denn ich musste natürlich wieder an Wonne denken. Sie war nicht meine Frau, aber irgendwie war sie es doch. Sie würde es werden. Sie würde von mir einen Heiratsantrag kriegen, den die Welt noch nicht gesehen hatte. Wenn sie wieder zu sich kam …

Vielleicht kam der Standesbeamte ja auch ins Krankenhaus?

Ich verrannte mich innerlich in diese Phantasie, aber sie überdeckte die Gewissheit, dass das alles Blödsinn war, nur schwach.

Wonne kämpft um ihr Leben. Und du musst in eurer Beziehung erst mal einiges klären. Da geht's nicht um romantische Heiratsanträge oder Hochzeitsvorbereitungen.

Es ging ums Leben.

Um ein möglichst gutes Leben.

Noch nicht mal darum.

Es ging ums *Über*leben.

Ich lenkte mich ab, indem ich der Bildschau auf dem hochmodernen Monitor folgte, der an der ursprünglich belassenen Wand mit den Fenstern einen interessanten Kontrast abgab. Ich sah nobel eingerichtete Zimmer, Nahaufnahmen von appetitlichen Speisen auf weißem Porzellan, die Hände eines Pianisten über der Tastatur, das Haus von außen in herrlichstem Sonnenschein unter blauem Himmel, und irgendwann fing alles wieder von vorne an.

»Herr Rott?«

Die junge Dame in Schwarz rief mich. Ich sprang reflexartig auf und drehte mich um.

Als hätten meine Gedanken eine seltsame Spur auf meinem Gesicht hinterlassen, sah sie mich skeptisch an. »Geht's Ihnen gut? Kann ich Ihnen was anbieten? Einen Kaffee vielleicht?«

»Mir geht's prima«, brummte ich und schob noch ein »Danke« hinterher. »Was ist nun mit Frau Meurer?«

»Entschuldigung, ich bin erst nicht drauf gekommen. Dass sie ein Gast ist oder war, das hat sich gewissermaßen als falsche Fährte erwiesen.« Sie lächelte, als hätte sie mir mit dem kleinen Vergleich aus dem Detektivjargon einen Gefallen getan. Oder als wollte sie mich damit etwas aufmuntern.

Es war immer wieder faszinierend, was Frauen für Antennen hatten. Ich lächelte zurück.

»Marlene Meurer arbeitet hier. Sie wird gelegentlich als Servicekraft eingesetzt. Zum Beispiel, wenn wir zusätzliches Personal benötigen.«

»Bei besonderen Anlässen? So wie heute?«

»So wie heute. Sie ist im Hause. Ich habe gerade nach unten telefoniert.«

»Nach unten?«

Sie kam hinter dem Tresen hervor. »Folgen Sie mir bitte.«

Wir gingen eine Treppe hinunter – vorbei an Fotos von Golfern und einer entsprechend gekleideten Schaufensterpuppe, die einen Schläger im Anschlag hielt. Ein gelb gestrichener Flur führte durch das Untergeschoss. Die Wände hier unten wurden von asiatischen Motiven geschmückt – Schriftzeichen, die Zeichnung einer Berglandschaft. Wir befanden uns im Wellnessbereich. Schließlich kamen wir an eine weiße Tür mit der Aufschrift »Kein Durchgang«. Die Rezeptionistin öffnete sie. Dahinter lag eine andere Welt. Kaltes Licht, einfache Fliesen. Weiße Wände. Direkt am Eingang hing eine Liste, über die jemand mit Edding »Unsere Events« geschrieben hatte.

Ich wurde in einen kleinen Raum geführt. »Personalaufenthalt« stand direkt auf dem Eingang. Die Rezeptionistin forderte mich auf, Platz zu nehmen. Ich quetschte mich an ein Aluminiumtischchen vor einem Fenster, das aber nur auf einen mit Betonelementen gestützten Hang hinausging.

»Frau Meurer kommt gleich. Bitte machen Sie es kurz. Wir erwarten die Hochzeitsgäste, und sie muss beim Empfang bedienen.«

Ein paar Sekunden später kam eine kleine Frau herein. Sie war genauso gekleidet wie ihre Kollegen, die ich oben gesehen hatte. Jetzt kam es mir sogar so vor, als sei sie dabei gewesen.

»Guten Tag«, sagte sie und stellte sich vor mich hin. »Worum geht es denn?«

»Frau Meurer, mein Name ist Rott.« Ich wies auf den anderen Stuhl. »Setzen Sie sich doch bitte.«

»Ach, das ist so unbequem in diesen Kleidern. Und die Schürze schlägt Falten. Ich bleibe lieber stehen.«

Ich stand ebenfalls auf. »Gut, es wird nicht lange dauern. Ich bin Privatermittler und versuche, die Verbindungen eines Mannes zu überprüfen, den Sie vielleicht kennen.«

Sie zog die Stirn kraus. Schon als sie hereingekommen war, hatte sie verschüchtert gewirkt. Jetzt verstärkte sich dieser Eindruck noch.

»Wie heißt der Mann?

»Dr. Gerhard Beiner.«

»Sagt mir nichts.«

Ich rief auf dem Handy Beiners Foto auf und zeigte es ihr. »Soll das heißen, Sie kennen ihn nicht?«

»Doch, ich glaube, ich kenne ihn. Sozusagen. Flüchtig.«

»Was heißt das?«

»Na ja … er isst hier gelegentlich zu Mittag. Ich glaube, er spielt auch Golf.«

»War er allein hier? Oder in Begleitung?«

»Allein.«

»Wie oft ist er in den vergangenen Wochen und Monaten hier gewesen?«

Sie überlegte. »Nicht oft. Ich glaube, ich habe ihn überhaupt nur zwei- oder dreimal gesehen.«

»Wann denn zuletzt?«

»Das ist noch nicht so lange her.«

»An welchem Tag?«

Sie dachte nach. »Es muss gewesen sein, als ich zuletzt Dienst hatte. Am Mittwoch. Mittwoch vor einer Woche.«

»An diesem Tag hat Herr Beiner also hier zu Mittag gegessen?«

»Ja. Draußen auf der Terrasse.«

»Sie haben ein gutes Gedächtnis. Um wie viel Uhr war das?«

»Mittags, wie gesagt. Ein Uhr. Vielleicht auch halb zwei.«

War das der Grund, warum Flame sich die Notiz über Marlene Meurer gemacht hatte? Weil Beiner hier gegessen hatte? Da hätte sie doch auch jeden anderen Kellner befragen können. Einen, der nicht nur aushalf.

»War es das?«, fragte sie »Ich muss wieder an die Arbeit.«

»Einen Moment noch.« Mir war etwas aufgefallen.

Marlene Meurer war ein ähnlicher Typ wie Melina Hommerich. Eher klein. Schlank. Das Gesicht püppchenhaft. Vom Wesen her gutmütig. Mehr oder weniger naiv. Herzlich. Ich konnte mich irren, aber …

»Ich glaube, Sie können mir noch besser weiterhelfen«, sagte ich und senkte die Stimme ein wenig. Die Tür zum Gang stand offen. Während unseres Gesprächs war ab und zu jemand vorbeigekommen. Ich quetschte mich an Frau Meurer vorbei und schloss sie. »Sie können mir alles sagen«, erklärte ich. »Niemand wird etwas erfahren.«

»Was meinen Sie denn damit?«

»Haben Sie Herrn Beiner wirklich nur *gesehen*, wenn er zum Essen herkam? Bitte sagen Sie mir die Wahrheit, es ist sehr wichtig.«

»Nur gesehen? Na sicher … Was …«

»Ich glaube, Sie wissen, was ich meine.«

Sie senkte kurz den Blick und sah mich dann schüchtern an. »Was ist denn überhaupt mit ihm? Ist ihm etwas passiert?«

»Das weiß ich nicht. Es kann sein, es kann nicht sein. Vielleicht ist er verschwunden, vielleicht ist er auch einfach nur auf Geschäftsreise. Jedenfalls wird er dringend gesucht, unter anderem deshalb, weil er ein wichtiger Zeuge ist.«

»Ein Zeuge?«

»Es geht um einen Einbruch, der mal bei ihm zu Hause stattgefunden hat. Das ist schon eine ganze Weile her. Frau Meurer, eben haben Sie gesagt, Sie hätten es eilig. Ich kann Ihnen jetzt nicht den ganzen Fall erklären. Bitte antworten Sie auf meine Frage. Was für ein Verhältnis hatten Sie zu Herrn Beiner?«

»Also gut. Sagen Sie aber bitte niemandem etwas davon. Schon gar nicht hier im Haus. Ich brauche diesen Job, verstehen Sie? Ich bin verwitwet, mein Mann ist früh gestorben. Und so schlage ich mich mit Aushilfsjobs durch.«

Ich versuchte zu schätzen, wie alt sie war. Anfang vierzig, vielleicht älter.

»Dieser Herr …« Sie bewegte den Kopf kurz in Richtung meines Handys. »Er hat immer mal mit mir geflirtet. Nichts Ernstes. Aber er kann das gut. Na ja, und ihn umgibt ja auch so was wie … ein gewisser Glamour.«

»Sie meinen, man merkt, dass er Geld hat.«

Sie nickte.

»Haben Sie sich woanders mit ihm getroffen?«

»Er wollte immer. Ich nicht.«

»Das heißt, Sie haben danach nichts mehr von ihm gehört oder gesehen?«

»Nein.«

Ich überlegte. »Ist er dann nach dem Mittagessen direkt wieder aufgebrochen? Wann war das? So gegen halb zwei?«

»So ungefähr. Genau weiß ich es nicht mehr.«

»Okay, letzte Frage. Hat Sie schon mal jemand danach gefragt?«

»Nein. Niemand.«

»Auch nicht eine rothaarige Frau?«

»Niemand.«

Ich versicherte ihr noch einmal, niemandem etwas über ihren Kontakt zu Beiner zu verraten, und verabschiedete mich.

Die Rezeption war nicht besetzt. Im Hinausgehen sah ich auf die Uhr. Ich musste mich sputen. Der Termin bei Brambachs Anwalt stand an.

Als ich den Parkplatz überquert hatte und an meinem Wagen angekommen war, stand plötzlich jemand neben mir.

»Hallo Rottischrotti. Ich glaube, du hast etwas, was mir gehört.«

Mit einer einzigen Bewegung riss Flame meinen Arm nach hinten, nahm den Autoschlüssel und drückte auf den Knopf. Die Zentralverriegelung meines Golfs klackte auf, und während sie mich mit der einen Hand noch immer im eisernen Griff hielt, öffnete sie mit der anderen die Tür. Es wirkte, als hätte sie das schon tausendmal gemacht. Hatte sie wahrscheinlich auch.

Ihr Griff schmerzte. »Bist du bescheuert?«, ächzte ich. »Du brichst mir den Arm.«

»Ich schätze es ganz und gar nicht, wenn man mir mein Handy klaut. Wo hast du es?«

»Wenn du mich netterweise loslassen würdest ... Ich will es ja gar nicht behalten.«

Sie hielt weiter fest. »Wegen dir Arschloch musste ich die Daten löschen und darf die ganzen Apps jetzt alle neu aufspielen. Eigentlich sollte ich dir diese Arbeit in Rechnung stellen.«

»Der Fluch der Technik, die du so liebst«, sagte ich und erntete eine solche Verschärfung des Griffs, dass mir die Tränen in die Augen schossen.

Aus der Einmündung zur Straße durch den Wald rollte ein Wagen und kam zum Parkplatz heruntergefahren. Flame drehte sich ein bisschen, damit niemand sehen konnte, was hier abging. Dann versetzte sie mir einen Stoß, der mich gegen meinen Wagen knallen ließ. Ich war wieder frei, aber es fühlte sich an, als hätte ich keinen linken Arm mehr.

»Warum hast du Marlene Meurer nicht befragt, wo sie doch auf deiner Liste steht?«, fragte ich.

»Ich mache alles, was nötig ist, glaub mir.«

»Offenbar nicht. Sie ist die Letzte, die Beiner vor seinem Verschwinden gesehen hat.«

»Was bist du doch schlau, Schrotti. Jetzt gib das Handy her.«

»Du bist nicht sehr kooperativ.«

»Das sagt der Richtige.«

Ich setzte mich ins Auto und holte das Telefon aus dem Handschuhfach. Als ich es Flame in die Hand drückte, sah ich in ihrer Faust ein Messer aufblitzen. Ich erschrak, aber sie steckte es gleich wieder weg. Offenbar war sie besänftigt, da sie ihr elektronisches Spielzeug wiederhatte.

Ohne noch irgendwas zu sagen, ging sie weg. Ihr Geländewagen stand gleich an der Einmündung der Straße. Sie stieg ein, startete den Motor und fuhr los.

Ich beschloss, ihr zu folgen. So einfach ließ ich mich nicht abspeisen.

Sie war schon im Wald verschwunden, als ich endlich vom Parkplatz gekurvt war. Egal. Oben, wo es auf die Bundesstraße ging, war ein Stoppschild. Da würde sie anhalten müssen.

Ich gab Gas. Der Golf preschte den Berg hinauf wie ein angespornes Pferd. Nach etwa fünfzig Metern schüttelte mich ein Holpern, als wäre ich auf einen Acker geraten. Die Lenkung lief unruhig. Der Wagen kam ins Schlingern.

Was war da los?

Ich hielt an und öffnete die Fahrertür. Ein lautes Zischen fauchte mich an. Der vordere linke Reifen verlor Luft. Die Felge sank nach unten.

Flame und ihr Messer! Sie hatte zugestochen, als ich ihr Handy aus dem Handschuhfach geholt hatte.

Ich stieg aus und besah mir das Malheur. Der Wagen stand schräg, mit der Schnauze in Richtung der Weide, die sich neben der schmalen Straße hinzog.

Im Kofferraum hatte ich ein Reserverad – zum Glück nicht nur die Notversion, mit der die Autos heutzutage ausgestattet waren. Das Profil war etwas stärker abgefahren als bei denen, die ich drauf hatte, aber wen scherte das.

Auf jeden Fall war Beeilung angesagt. In einer halben Stunde hatte ich den Termin bei Brambachs Anwalt. Das würde ich wahrscheinlich nicht schaffen. Ich holte mein Telefon und schaltete es wieder ein, um ihn anzurufen. Ich war nicht besonders verwundert, als das Handy eine neue Textnachricht anzeigte.

»ROTTISCHROTTI, JETZT SIND WIR QUITT.«

Flame hatte eine seltsame Einstellung zum Thema Gerechtigkeit. Hatte ich vielleicht ihren Wagen kaputt gemacht? Oder auch nur ihr Handy?

Es dauerte ein bisschen, bis ich Trautwein erreichte.

»Ich bin nur noch eine Dreiviertelstunde im Büro, Herr Rott.«

»Es wäre mir aber sehr wichtig, dass wir uns heute noch treffen. Es dauert auch nicht lange.«

»Worum geht es denn überhaupt genau?«

»Das sage ich Ihnen, wenn wir uns sehen. Es tut mir leid, dass ich unseren Termin nicht einhalten kann, aber ich habe eine Autopanne.«

»Was Ernstes? Ein Unfall?«

»Nein, nein. Nichts, was sich nicht beheben ließe. Es dauert nur leider eine Weile.«

»Wissen Sie was? Kommen Sie doch einfach zu mir nach Hause. In anderthalb Stunden bin ich auf jeden Fall da.«

»Das ist sehr nett von Ihnen, Herr Trautwein.«

Er gab mir eine Adresse in Overath. Zeitlich musste es zu schaffen sein.

Ich verabschiedete mich und begann mein Werk. Eigentlich kannte ich mich mit Autos nicht besonders gut aus. Aber Radwechsel konnte ich. Genauso wie Öl und Wasser nachfüllen, Reifendruck prüfen und Reifen aufpumpen. Und Tanken natürlich.

Der linke Vorderreifen war jetzt vollkommen platt.

Es gab zu wenig Platz, um den Schlüssel anzusetzen. Also ließ ich den Golf ein Stück zurückrollen. Dann kramte ich im Kofferraum erst mal den Wagenheber heraus. Als ich ihn ansetzte, kamen mir Zweifel, ob das Auto auf der abschüssigen Straße sicheren Stand haben würde. Irgendwo hatte ich mal gehört oder gelesen, dass man im Zweifelsfall lieber Bretter unterlegen sollte. Oder eine Schicht Steine. Beides hatte ich nicht.

Da half nur, das Auto quer über die Straße zu stellen.

Bei meinem letzten Reifenschaden hatte ich gelernt, dass man erst die Muttern lösen musste, bevor man den Wagenheber ansetzte. Wenn das betreffende Rad erst mal in der Luft schwebte, kam man mit dem Schlüssel nicht weit.

Natürlich musste ich ein bisschen kämpfen, bis sich die Muttern lösten. Aber bald hatte ich sie frei. Alle vier.

Jetzt der Wagenheber. Ich kurbelte und kurbelte, bis sich das Gummi des Reifens vom Asphalt löste.

Klasse, wenn die Sachen mal so richtig funktionierten, wie sie sollten.

Meine Hände waren dreckverschmiert. Man müsste sich Arbeitshandschuhe ins Auto legen, dachte ich – und nahm mir vor, daran zu denken.

Gerade wollte ich das Ersatzrad aus dem Kofferraum wuchten, da hörte ich von Ferne wildes Gehupe, das schnell näher kam. Ich stand immer noch mit dem Reifen in der Hand da, als eine schwarz glänzende Limousine auftauchte, langsamer wurde und schließlich vor mir zum Stehen kam.

Das Hupen kam von der Karawane weiterer Autos, die dem Nobelwagen folgte.

In der Limousine saßen vorne zwei Männer in weißen Hemden und schwarzen Anzügen. Hinter ihnen steckte eine Frau den Kopf zwischen den Sitzen hindurch, um zu sehen, warum der Tross anhielt. Sie hatte etwas Weißes auf dem Kopf und war eindeutig die Braut. Der Fahrer machte ein verärgertes Gesicht und hob missmutig die Hände. Dann öffnete er die Tür und stieg aus.

»He, Meister, was wird denn das?«, rief er.

»Was glauben Sie wohl?«, fragte ich und bückte mich, um das Rad auf die Achse zu stecken.

»Hättest dir aber auch einen anderen Ort aussuchen können, um einen Platten zu haben. Mach mal Platz, aber schnell.«

»Sieht es so aus, als könnte ich Platz machen?«

Jetzt stieg auch der andere aus. Fahrer und Beifahrer kamen auf mich zu. Der Krach hinter ihnen war inzwischen erstorben. Ich konnte nicht genau sehen, wie viele Wagen da standen, aber es waren mindestens fünf oder sechs.

»Also, wenn ihr dreht und oben an der Hauptstraße links abbiegt und dann nach einer Weile wieder links – da führt noch ein anderer Weg nach Landscheid«, erklärte ich.

Alle wollten jetzt wissen, was los war. In null Komma nichts wurde ich von einer ganzen Phalanx von Männern in schwarzen Anzügen umrundet. Sie hatten auch Frauen dabei – ziemlich aufgebrezelt mit hochhackigen Schuhen und luftigen Kleidchen –, aber die Damen hielten sich zurück. Die Braut auch, die im Wagen sitzen geblieben war. Ihr Bräutigam dagegen stand neben der Autotür. Ich erkannte ihn an der Blume am Revers. Er lächelte gequält und trat fast unmerklich von einem Fuß auf den anderen, als müsste er dringend aufs Klo. Ein Mann drängte sich nach vorne, eine Riesenkamera im Anschlag. Bald folgten andere Gäste mit ihren Handys. Einer, der in seinem schwarzen Anzug aussah wie eine Zweitbesetzung aus »Men in Black«, baute sich vor mir auf.

»Pass mal auf, Junge.« Er deutete nach hinten. »Ist doch wohl logisch, dass wir mit den Limos auf der Straße nicht wenden können. Also mach hinne.«

Unter Gelächter und Geknipse wechselte ich das Rad. Irgendjemand sagte was von »Facebook«, und mir wurde klar, dass die Filmchen, die hier gedreht wurden, gerade um die Welt gingen. Als ich fertig war, holte ich eine Visitenkarte heraus und hielt sie in die nächstbeste Kamera.

Wer nicht wirbt, der stirbt.

Dann quetschte ich meinen Golf an der Hochzeitsgesellschaft und ihren Limousinen vorbei in Richtung Hauptstraße.

15

Die Straße, wo Trautwein wohnte, hieß »An der Sonne«. Eine schöne Adresse für einen verregneten Sommer.

Nach der Autobahnabfahrt musste ich erst durch das Industriegebiet, das mich ähnlich wie der Gronauer Kreisel in Bergisch Gladbach an »Little America« erinnerte. Ich grüßte im Vorbeifahren den Metten-Apfel, und bevor ich in den eigentlichen Ort kam, ging es links rauf. Hier wurde es wieder idyllisch.

Der Anwalt bewohnte ein großes, prächtig restauriertes Fachwerkhaus im bergischen Stil, das etwas abseits in der Natur stand, aber schon von der Straße aus zu sehen war. Die weißen Flächen zwischen den Balken strahlten blendend weiß. Die grünen Fensterläden glänzten frisch lackiert. Der Farbton war genauso schreiend wie das Rot der Geranien, die vor jedem Fenster aus breiten Blumenkästen heraushingen. Da wollte jemand eine Botschaft in die Gegend hinausposaunen. Sie lautete: Wir wissen, wie ein bergisches Haus aussieht, und das hier ist eins! Postkartenfotografen, kommet zuhauf!

Keine schlechte Einstellung. Auf jeden Fall besser, als überall nach und nach Vorstädte im amerikanischen Stil anzulegen.

Kaum war ich in den kleinen Weg eingebogen, der zwischen eingezäunten Obstwiesen hindurch zu dem Anwesen führte, wurde ich zum Anhalten gezwungen.

Ein blau-silbernes Fahrzeug stand im Weg. Ein Streifenwagen.

Als ich stoppte, begann sich wie auf Kommando das Blaulicht zu drehen, und das Martinshorn ertönte.

Die Beamten in dem Wagen beachteten mich nicht. Ein männlicher Polizist saß am Steuer. Er gab Gas und fuhr in Richtung Haus.

Ich hatte ja schon einige Erfahrung mit der Polizei machen können, aber ich hatte noch nie erlebt, dass sie vor mir Reißaus nahm.

So folgte ich dem Polizeiwagen. Die beiden Uniformierten, ein Mann und eine Frau, stiegen vor dem Haus aus. Beide hatten ihre Pistolen gezogen und gingen langsam auf ein knallrotes BMW Cabrio zu, das quer vor dem Eingang stand. Darin saß auf der Fahrerseite eine blonde Frau in zitronengelbem Mantel. Ihr Beifahrer, ein alter Mann mit Filzhut und Strickjacke, hielt ihr eine Waffe an den Kopf. Besonders ängstlich wirkte sie aber nicht.

»Waffe weg«, brüllte der Polizist, dass es über den ganzen Hof schallte. »Mann, Mann, Mann«, fügte er hinzu, als würde er sagen: Menschenskind, womit man sich hier alles befassen muss. Er bewegte den Kopf, und dabei verlor er komischerweise seine Mütze, was einerseits ein bisschen nach Slapstick aussah und andererseits seine Hinterkopfglatze sichtbar machte.

Erst jetzt merkte ich, dass da noch mehr Leute waren. Irgendwelche Typen in schwarzen Klamotten standen im Hintergrund. Der eine hielt etwas Technisches wie an einer Angel. Ein anderer stand hinter einer Kamera.

»Was machen Sie denn hier?«, rief ein Mann mit Kastenbrille und Dreitagebart.

Er meinte mich.

»Aus!«, schrie der Typ. »Aus, aus, aus! Wie oft sollen wir das Ding denn jetzt noch drehen? Immerzu ist irgendwas los. Dauernd kommt einer um die Kurve. Ich dachte, das wäre eine ruhige Gegend. Und ein Privatgrundstück.«

Er fuchtelte mit dem Klemmbrett, das er in der Hand hielt, in der Luft herum und kam zu mir rüber. Seine Leute mit den technischen Geräten hielten sich zurück. »Sie können hier nicht einfach durch das Set latschen. Ist das so schwer zu verstehen?«, moserte er.

Der barhäuptige Uniformierte sah mich neugierig an, sagte aber nichts. Dann machte er sich auf den Weg zu seiner Mütze.

»Stellen Sie doch unten ein Schild auf«, schlug ich vor und ging auf die Haustür zu. »Ich habe jedenfalls einen Termin. Hier wohnt doch Herr Trautwein, oder?«

Der Mann seufzte. »Ja, das ist sein Haus.« Er drehte sich zu dem Filmteam um. »Einer stellt sich jetzt dahinten hin und passt auf, klar?«

Ich wollte zur Eingangstür gehen.

»Moment noch«, sagte er. »Sie müssen den Wagen woanders abstellen. Der steht hier im Weg. Rechts ums Haus rum.«

Ich stieg in den Wagen. Die ganze Crew einschließlich der blonden Frau, ihres angeblichen Angreifers und der beiden uniformierten Beamten beobachtete mich, wie ich den Wagen über den Vorplatz zur Garage lenkte. Mittlerweile kamen mir die Leute auch bekannt vor. Die blonde Frau war im Film eine Kripokommissarin, die beiden Kollegen ihre Untergebenen. Das Ganze gehörte zu einer Heimatkrimiserie, in die ich mal reingezappt hatte. Irgendwas stimmte aber nicht daran. Ich kam gerade nicht darauf, was es war.

Auf der schattigen Seite des Hauses befand sich eine Doppelgarage. Ich stellte mich einfach vor das geschlossene Tor. Als ich ausgestiegen war, überlegte ich, wie ich zur Haustür kommen sollte, ohne wieder durch das Filmset zu latschen.

Da trat zwischen Garage und Haus ein Mann hervor. Graues Haar, ein kantiges Gesicht wie ein Bernhardiner, buschige Augenbrauen. Über seinem dicken Bauch spannte sich ein T-Shirt mit der Aufschrift »I love NY«, wobei ich mir das Wort »love« dazudenken musste, denn es war durch ein Herz dargestellt. Ansonsten trug er Shorts und Sandalen.

»Herr Rott?«

»Ja. Sind Sie Herr Trautwein?«

Er nickte, begrüßte mich kurz und wies auf den schmalen Durchgang. »Wir gehen besser hintenrum rein. Ich hatte völlig vergessen, dass heute Drehtag ist. Unsere Tochter hat das schon vor Monaten angeleiert. Und weil es heute endlich mal nicht regnet …«

»Was für eine Serie ist das noch gleich, die da gedreht wird?«

»Kennen Sie die nicht? Diese Krimiserie aus der Eifel.«

Jetzt wusste ich, was mich an dem Bild eben gestört hatte. »Die Eifel ist fast hundert Kilometer entfernt«, sagte ich. »Das heißt, je nachdem, wo …«

»Ach, das ist denen doch egal. Die drehen ihre Eifelkrimis auch auf dem Mond, wenn's nur irgendwie ländlich aussieht. Und wenn sie dann bergische Häuser zeigen, wird einfach so getan, als sei das die Eifel. Kommen Sie.«

Von der Auffahrt her war wieder das Martinshorn zu hören. Dann quietschten die Bremsen, und die Stimme des Beamten rief wieder: »Waffe weg! Mann, Mann, Mann …«

Trautwein und ich gingen nach hinten.

Wir gelangten auf eine freundliche Terrasse mit Blick auf gemähten Rasen – begrenzt von Unterholz, das weiter hinten in Wald überging. Ein Tisch war mit Getränken gedeckt. Kaffeekanne, Wasserflaschen, Saft. Auf einem der noblen Terrassenstühle saß eine Frau – eine schlanke, damenhafte Erscheinung, vor sich ein Glas Orangensaft. Wahrscheinlich Trautweins Gattin.

»Das ist Herr Rott«, sagte der Anwalt.

»Der Privatdetektiv?«, fragte seine Frau und lächelte. Neben ihr auf einem Beistelltischchen sah ich ein Buch liegen, aus dem ein hübsch gestaltetes Lesezeichen aus Messing herausragte. Es hieß »Kirchen und Klöster im Bergischen Land«.

Trautwein bot mir einen Stuhl an. Die Auflagenpolster waren im selben bergischen Grün gehalten wie die Fensterläden vorne und wunderbar dick. Als ich saß, kam ich mir vor, als schwebte ich auf Wolken. Vorher konnte ich noch einen Blick ins Wohnzimmer werfen. Die Wände waren über und über mit gefüllten Bücherregalen bedeckt.

Trautwein bot mir etwas zu trinken an. Ich nahm ein Wasser. Medium. Er nahm die Flasche, schenkte mir sorgfältig ein. Als alles perfekt dastand und wir in unseren saubequemen Sesseln saßen, als er mir ein paar Sekunden gewährt hatte, um das Grün des Gartens zu genießen, in dem ich nun auch noch ein paar künstlich verwitterte, auf griechisch-antik gemachte Skulpturen entdeckte und feststellte, dass irgendwo ein Brünnlein plätscherte, da fragte er mit klarer, fordernder Stimme: »Könnten Sie mir jetzt bitte mal sagen, was Sie eigentlich von mir wollen?«

Als würde sie einer geheimen Choreografie gehorchen, stand Frau Trautwein auf, nahm ihr Buch und ging ins Haus. Von innen schloss sie die Terrassentür bis auf einen Spalt. Als gebe es die klare Ansage, dass sie bei solchen Gesprächen nichts zu suchen hatte.

Von der anderen Seite des Hauses schallte erneut der Ruf des als Polizisten verkleideten Schauspielers zu uns herüber. »Waffe weg. Sofort. Mann, Mann, Mann.«

Das »sofort« war neu. Wahrscheinlich hatte es sich der Regisseur ausgedacht, oder der Schauspieler hatte improvisiert. Außerdem fehlte das Martinshorn.

»Ich bin hier wegen Erwin Brambach«, sagte ich. »Sie wissen sicher, dass er geflohen ist.«

»Und?«

»Ich muss ihn finden. Und zwar schnell.«

Trautwein hob eine seiner buschigen Augenbrauen und sah mich skeptisch an. »*Sie* müssen ihn finden? Das ist doch wohl eher Sache der Polizei.«

»Haben Sie Kontakt zu ihm gehabt in letzter Zeit? Wie ist denn das eigentlich? Ich meine, Sie haben ihn damals vor Gericht vertreten. Dann ist er in den Knast gegangen. Hört in dem Moment das Geschäftsverhältnis zwischen Mandant und Anwalt auf?«

»Herr Rott, dazu kann ich Ihnen nichts sagen. Erstens habe ich eine Schweigepflicht gegenüber meinem Mandanten und zweitens – warum sollte ich?«

Ja, warum sollte er? Das würde ich ihm gleich sagen, aber vorher musste ich ihn noch etwas mehr aus der Reserve locken.

»Haben Sie die heutige Zeitung?«, fragte ich.

Er wirkte überrascht. »Natürlich. Das heißt, es kommt drauf an, welche. Wir lesen den ›Stadt-Anzeiger‹. Bergische Ausgabe.«

»Könnte ich die mal sehen?«

»Sie machen's ja spannend. Aber wenn es sein muss.«

Er ging ins Wohnzimmer und kam kurz darauf mit der Zeitung zurück. Als er wieder auf der Terrasse war, schloss er die Glastür sorgfältig hinter sich.

Ich hatte heute Morgen, nachdem ich Trautwein kontaktiert und die Adresse von »Bergisch News« rausgesucht hatte, im Internet noch schnell einige Artikel über den Vorfall an der Autobahnraststätte überflogen. Die Presse war offenbar nicht darüber informiert worden, dass die Sache mit Brambachs Flucht zu tun hatte und dass er verdächtig war. Aus irgendeinem Grund hielt die Polizei diese Information zurück.

Die Frage war, warum.

Vielleicht sollte Brambach denken, die Polizei wisse gar nichts davon, dass er auf dem Rastplatz war. Aber ergab das einen Sinn? Sie mussten den Flüchtigen doch finden. Sie brauchten Zeugen. Eigentlich hätte jede verdammte Zeitung mit Brambach-Fotos vollgeknallt sein müssen.

Ich suchte den Artikel im »Stadt-Anzeiger«. Er war nicht besonders lang, aber mit Bildmaterial gestreckt. Die Redakteure hatten sogar eine Luftaufnahme des Rastplatzes benutzt und die Stelle, wo Wonne angeschossen worden war, mit einem Pfeil markiert.

»Um diese Sache geht es?«, fragte Trautwein, als ich ihm die Seite mit dem Artikel hinlegte. »Ich habe das gelesen. Und es kam ja auch im Radio.«

»Das war vermutlich Brambach«, sagte ich. »Und die Frau, die angeschossen wurde, ist meine Freundin. Sie liegt schwer verletzt im Krankenhaus. Ich war dabei, als der Schuss fiel.«

Den Rechtsanwalt schien das nicht zu erschüttern. Obwohl er diese alberne Freizeitkleidung trug, wirkte er sehr souverän, sogar charismatisch.

»Ich glaube Ihnen das einfach mal«, sagte er. »Ich glaube Ihnen, dass Sie kein dahergelaufener Journalist sind, der von mir irgendwas an Informationen bekommen will, um sich daraus dann ein schiefes, aber sensationslüsternes Bild zusammenzuzimmern.«

Während er redete, hatte ich meine Visitenkarte herausgeholt. Ich legte sie ihm hin und meinen Personalausweis gleich daneben.

»Sie haben gesagt, Sie glauben mir. Können Sie mir denn unter diesen Umständen nicht doch etwas über Brambach sagen?«

»Eher nicht. Ich stehe bei ihm selbst vor so manchem Rätsel. Er ist geflohen, obwohl er seine Strafe fast abgesessen hatte.«

»Ja, seltsam, oder? Was glauben Sie, warum er das getan hat?«

»Das weiß ich nicht. Wir hatten natürlich beantragt, dass die Strafe verkürzt wird. Wir waren damit ja sogar erfolgreich. Brambach hat sich gut geführt. Und nun das. Damit hat er sich alles versaut.«

»Bei wem könnte er sich verstecken? Welche Kontakte hat er?«

»Das kann ich Ihnen nicht sagen.«

»Sind Sie nicht daran interessiert, dass er wieder gefasst wird?«

»Schon, aber …«

»Herr Trautwein, Brambach hat versucht, jemanden zu ermorden.«

»Das ist nicht erwiesen.«

»Die Polizei war auf dem Rastplatz, um ihn festzunehmen. Sie haben einen Hinweis bekommen, dass er sich dort aufhält. Doch dann fiel ein Schuss – und eine Frau wurde fast getötet. Wer sonst sollte geschossen haben, wenn nicht Brambach?«

»Egal, wie naheliegend Ihre Schlussfolgerung auch sein mag – es ist kein Beweis. Und für mich kein Anlass, Ihnen Auskunft über vertrauliche Informationen zu geben.« Er sah mich einen Moment lang an, und seine Augen schienen kleiner zu werden. Sein Gesichtsausdruck bekam etwas Verschlagenes. »Was hatten Sie denn überhaupt dort zu tun? Sie und Ihre Freundin? Sie hatten doch mit der Festnahme oder mit Brambach selbst überhaupt nichts zu schaffen. Das Ganze ging Sie gar nichts an. Was macht denn Ihre Freundin beruflich?«

»Herr Trautwein …«

»Sie ist nicht zufällig Journalistin? Hat sie auf der Suche nach einer aufsehenerregenden Story nicht vielleicht unbedingt dabei sein wollen, wenn Brambach verhaftet wird? Oder eben nicht verhaftet wird, weil er nämlich gar nicht an der Raststätte war? Womöglich wollte sie bloß mal über einen Polizeigroßeinsatz berichten. Oder über den Misserfolg der Polizei, so was macht sich schließlich immer gut. Vielleicht wollte sie damit aber auch unterstreichen, wie gefährlich Brambach ist. Der Bevölkerung durch ein bisschen Sensationsjournalismus Angst einjagen. Was meinen Sie? Weil jetzt doch mal wieder ein Sommerloch herrscht …«

Der Anwalt musste mit Kriminaldirektor Günther gesprochen haben. Ich hätte es wissen sollen.

»Aber darum geht es doch gar nicht«, widersprach ich. »Herr Trautwein …«

Er ließ sich nicht stoppen. »War es nicht vielleicht sogar so, dass ein anonymer Anruf von einer Frau die Polizei dorthin gelockt hat?«

»Woher wissen Sie das?«

»Ich weiß es eben. Und können Sie ausschließen, dass diese Frau Ihre Freundin war?«

»So was würde Wonne niemals … Und warum sollte sie überhaupt?«

»Können Sie es ausschließen oder nicht?«

»Ja. Das heißt, nein … aber ich bin mir sicher …«

»Dann beschuldigen Sie meinen Mandanten nicht länger. Jedenfalls nicht, ehe er vor einem ordentlichen Gericht gestanden hat und seine Schuld erwiesen wurde. Wovon wir derzeit noch weit entfernt sind. Es ist doch völlig klar, dass er sich versteckt hält, wenn man ihm so was hier anhängen will.«

»Man will es ihm nicht anhängen. Er war es, und ich weiß, dass er es war.« Ich spürte, wie Ärger in mir aufstieg. Trautwein wusste mehr, als er zugab. Hatte nur so getan, als sei er überrascht. Hatte brav die Zeitung geholt und vorgegeben, etwas Neues zu erfahren.

Er schien in meinen Gedanken zu lesen wie in einem offenen Buch. »Ich habe so meine Verbindungen, Herr Rott«, sagte er.

»Ihre Verbindungen sagen Ihnen nicht zufällig, wo Brambach steckt?«

Er hatte sein Glas genommen und getrunken. Jetzt stellte er es wieder hin. Es wirkte, als wollte er eine Schachfigur positionieren. »Solche Verbindungen meine ich nicht.«

»Sind Sie da sicher?«

»Ich glaube, es ist das Beste, wenn Sie jetzt gehen. Das mit Ihrer Freundin tut mir sehr leid. Ich kann Ihnen jedoch nicht weiterhelfen.«

Eine kleine Pause entstand. Wieder hallte über das Haus der Ruf: »Weg mit der Waffe.« Gefolgt von: »Aber dalli, verdammt noch mal. Mann, Mann, Mann.« Wieder eine andere Variante. Der Regisseur war einfallsreich. Oder der Schauspieler. Das »Mann, Mann, Mann« musste offenbar bleiben. Vielleicht hatte der Drehbuchautor Urheberrechte darauf eintragen lassen.

»Ich hätte da noch einen Vorschlag zu machen«, sagte ich.

Die buschige Augenbraue hob sich wieder. »So?«

»Allerdings müssten Sie mir dann auch ein bisschen entgegenkommen.«

Er schüttelte den Kopf. »Herr Rott, ich habe keine Ahnung, wo Herr Brambach steckt. Sie haben anscheinend ein ganz falsches Bild von der Zusammenarbeit zwischen Mandant und Anwalt.«

»Das glaube ich Ihnen ja. Aber ich brauche Informationen aus dem Umfeld. Freunde, ehemalige Kollegen, Verwandte.«

Ich wusste absolut nichts über Brambach. Ich hatte keine Ahnung, was er von Beruf war. Obwohl – da hatte etwas in der Akte gestanden. Kfz-Monteur oder so was.

Er lehnte sich zurück. »Sagen Sie mir doch erst mal, was für ein Vorschlag das sein soll.«

»Ich glaube, dass mit Brambachs Einbruch damals etwas nicht gestimmt hat.«

»Nicht gestimmt? Da müssen Sie schon deutlicher werden.«

»Aus den Akten geht hervor, dass Brambach ein Bild gestohlen haben soll.«

»Sie kennen die Akten?«

Ich räusperte mich. »Auch ich habe so meine Verbindungen. Also, dieses Bild, es heißt ›Wupper Wut‹. Hat Brambach es nach der Tat zurückgegeben?«

»Nein.«

»Ganz sicher?«

»Ganz sicher. Er hat es nämlich gar nicht gestohlen. Beiners hatten das zwar behauptet. Mein Mandant hat aber gar keine Beute gemacht, weil er gestört wurde und vom Tatort geflohen ist, bevor er etwas mitnehmen konnte. Er hat immer abgestritten, das Bild gestohlen zu haben, und man konnte ihm letzten Endes auch nichts anderes nachweisen. Verurteilt wurde er wegen des Einbruchs und weil er auf einen der Polizisten geschossen hat. Was ist denn mit dem Bild?«

»Es hängt bei Beiners zu Hause an der Wand. Ich habe mich informiert. Es ist das Originalbild.«

Trautwein wirkte ehrlich überrascht. Ich nutzte die Gelegenheit und holte das Foto des Gemäldes auf mein Handydisplay. »Ich bin selbst dort gewesen«, sagte ich. »Das Bild hängt an genau der Stelle, wo es laut Akte auch bei Brambachs Einbruch hing.«

Trautwein beugte sich vor, um das Gemälde besser sehen zu

können. »Vielleicht hat es jemand anders gestohlen, und sie haben es wieder zurückgekauft, nachdem sie es auf dem Schwarzmarkt entdeckt haben. So was gibt's. Manchmal hängt auch die Versicherung mit drin. Die haben ja eigene Detektive. Fragen Sie mal die Beiners, wie sie wieder an das Bild gekommen sind. Mein Mandant hat damit jedenfalls nichts zu tun.«

»Kann sein, kann nicht sein«, sagte ich. »Es könnte auch bedeuten, dass man Brambach für einen Versicherungsbetrug missbraucht hat.«

Ich hatte Trautwein zum Nachdenken gebracht. Er saß da, knetete seine Lippe und starrte vor sich hin. Nach ein paar Sekunden merkte er, dass er mir etwas von seinem Innenleben dargeboten hatte, und riss sich zusammen.

»Ich glaube, Herr Rott, es ist uns allen gedient, wenn Sie Herrn Brambach finden.«

»Soll das ein Angebot sein?«

Er ging nicht darauf ein. »Hören Sie gut zu, Herr Rott. Ich kann Ihnen nicht viel über Erwin Brambachs Umfeld sagen, aber ein paar Dinge weiß ich doch.«

»Ich bin ganz Ohr.«

»Herr Brambach hatte zum Zeitpunkt seiner Verhaftung eine Freundin namens Tina Kamprath.«

Ich ließ mir nicht anmerken, dass ich das schon wusste.

»Außerdem gibt's da noch einen Kumpel namens Harry. Mit ihm hatte Brambach mal eine Autoreparaturwerkstatt. In Wuppertal.«

Das musste der Harry sein, den Tina Kamprath erwähnt hatte.

»Wo kann ich ihn finden?«, fragte ich.

»Nirgends. Er sitzt ebenfalls im Knast.«

»Hatte er auch was mit dem Einbruch zu tun?«

»Nein, aber als wir damals die Verhandlung führten, ist er gerade wegen einer anderen Sache festgenommen worden. Wie war noch mal sein Nachname … Willrath, ja genau.«

Ich holte einen Zettel und einen Stift aus der Tasche und schrieb auf, was mir Trautwein erzählte.

»Wissen Sie, ich habe einen alten Ford Taunus in der Garage stehen«, sagte er.

Ich sah von meinem Geschreibsel auf. »Hat das etwas mit unserem Fall zu tun?«

»Ein schönes Stück, Baujahr 1962.« Er sah versonnen drein, dann bemerkte er meine Verwirrung. »Was? Doch, doch, das hat was mit dem Fall zu tun. Ich suchte damals eine Werkstatt, die den Wagen ein bisschen aufmöbeln sollte. Und so kam ich auf die beiden. Erwin Brambach und Harry Willrath. Das Gelände, auf dem sich die Werkstatt befand, gehörte seiner, also Harrys, Schwägerin. Und die wiederum hat meine Frau im Konzert in Wuppertal kennengelernt. Ja, da staunen Sie – eine kultivierte Dame, die einen kriminellen Schwager hat. So was gibt's. Sie hatte den beiden das Werkstattgelände verpachtet. Und nun sitzen beide im Knast. Das heißt, Brambach im Moment ja nicht. Aber bald wieder.«

»Weswegen sitzt dieser Harry?«

»Einbrüche. Diebstahl von Autoteilen. So ein typischer Kleinkrimineller, bei dem sich alles irgendwann mal zu einer großen Strafe aufaddiert.«

»Könnte es sein, dass Brambach sich bei der Schwägerin versteckt hält?«

»Glaube ich nicht. Wie Sie sich vorstellen können, verstehen die sich nicht besonders. Und die Zeiten, in denen die zwei in Barmen ihre Werkstatt hatten, sind vorbei.«

»Wuppertal-Barmen? Wo genau?«

Trautwein musste wieder ins Haus gehen, um die Information zu holen. Als er zurück war, gab er mir zwei Adressen. Die von dem Werkstattgelände, das hinter dem Berliner Platz lag, und die von Hermine Willrath. Sie wohnte auf der Hilgershöhe, Windhukstraße.

»Wenn Sie Brambach finden und wir das Ganze noch mal neu aufrollen können, haben Sie was gut bei mir«, sagte er.

Trautwein in meiner Schuld? Keine schlechte Sache. Aber daraus wurde nichts. Er wusste ja nicht, welche Phantasien mir durch den Kopf gingen, wenn ich mich nicht mittels Arbeit ablenken konnte. Was ich mit Brambach machen würde, wenn ich ihn erst mal hatte. Erwin Brambach, hilflos vor der Mündung meiner Beretta. Keine Chance zu fliehen.

»Wussten Sie eigentlich, dass Beiner seit etwa zehn Tagen verschwunden ist?«, fragte ich. »Ihn suche ich auch. Ich habe wegen des Einbruchs damals bisher nur mit seiner Frau und seinem Sohn sprechen können. Kann sein, dass er einfach nur auf einer Geschäftsreise ist. Offenbar kommt das öfter vor. Trotzdem würde ich natürlich gern mit ihm reden.«

Ich wollte das Handy einstecken, da kam mir eine Idee. Vielleicht wollte ich auch einfach nur Eindruck auf Trautwein machen. Ihm zeigen, welche Ermittlungsergebnisse ich schon vorzuweisen hatte. Falls Flame hier auftauchen und ihm ihre Dienste anbieten würde. Jedenfalls spielte ich ihm die Aufnahme von Beiners Stimme vor, die auf Melina Hommerichs Mailbox gewesen war.

»Das ist doch Beiner, oder?«

»Ich weiß es nicht«, sagte Trautwein. »Das ist so lange her. Aber Sie haben sich ganz schön reingehängt, das muss ich schon sagen.«

Ich nickte.

»Sagen Sie mal ...«, fuhr er fort. »Da ist doch was im Hintergrund? Ich meine, hinter der Stimme des Anrufers. Da klingelt etwas.«

Das war mir auch schon aufgefallen. Ich spielte die paar Sekunden noch mal ab.

Beiner sagte: »Hallo, ich bin's, ich komme dann nachher. Nur dass du Bescheid weißt. Ziemlich laut hier. Bis dann.«

»Das ist ein Glockenspiel«, sagte Trautwein. »So was gibt's doch an manchen Rathäusern oder so.« Unvermittelt rief er nach drinnen: »Brigitte, kommst du mal?« Er wandte sich wieder mir zu. »Meine Frau kennt sich mit so was aus.«

Frau Trautwein erschien. Der Anwalt erklärte kurz, worum es ging. Sie sagte nichts, nickte nur, und ich spielte Beiners Anruf noch mal ab.

»Das ist das Glockenspiel von Bergisch Gladbach«, sagte sie. »Am ›Bergischen Löwen‹. Am Konrad-Adenauer-Platz.«

Ich staunte. »Das haben Sie so genau erkannt?«

Trautweins Frau sprach weiter, als wäre das Wissen um die Glockenspiele des Bergischen Landes für sie so normal wie die

Kenntnis, welcher Tag heute war. »Es spielt Lieder des bergischen Dichters und Volksliedsammlers Anton Wilhelm von Zuccalmaglio. Soweit ich das hören konnte, handelt es sich in Ihrer Aufnahme um das Lied ›Kein schöner Land in dieser Zeit‹.«

»Diese Lieder sind doch sicher nicht andauernd zu hören, oder?«, fragte ich. »Sondern nur zu bestimmten Uhrzeiten?«

»Das kann ich Ihnen gleich sagen.« Sie verschwand im Haus.

Trautwein lächelte mich an. »Sehen Sie? Ich habe Ihnen nicht zu viel versprochen.«

Seine Frau kam zurück. »Dieses Lied wird um zehn und um fünfzehn Uhr gespielt.«

Das passte. Ich bedankte mich. Trautwein gab mir seine Visitenkarte. Dann brachten sie mich zur Tür.

Das Filmteam war vom Vorplatz verschwunden.

»Bin ich froh«, sagte Trautwein. »So können wir den Rest vom Wochenende noch in Ruhe genießen.«

Ich setzte mich in meinen Wagen und fuhr hinunter zur Hauptstraße. Dort schlug ich den Weg in Richtung Bergisch Gladbach-Zentrum ein.

Dorthin, wo Beiner seine letzte Spur hinterlassen hatte.

16

Neuerdings gab es im Parkhaus in der Bergisch Gladbacher Innenstadt eine Schranke, und man musste eine Karte ziehen, wenn man reinwollte. So selbstverständlich das in den meisten Parkhäusern der Welt war, so neu war es für die Kreisstadt von Rhein-Berg.

Früher war der unterirdische Abstellplatz wie ein gewöhnlicher kostenpflichtiger Parkplatz behandelt worden. Man fuhr unbehelligt die Rampe hinunter, suchte sich ein schönes Täschchen für sein Auto, schätzte die Wahrscheinlichkeit, ob eine Kontrolle kommen würde oder nicht, und handelte danach. Wie auf der Straße eben.

Wahrscheinlich war den Stadtoberen irgendwann aufgegangen, dass es einträglicher war, das Ganze zu automatisieren. Oder die Politessen wollten sich nicht mehr in den hässlichen Untergrund zwingen lassen.

Jetzt war das Parkhaus mit Schranken an den Ein- und Ausfahrten bestückt, und im Moment stand es voller Fahrzeuge, die wie schlummernde große Haustiere still und stumm darauf warteten, dass ihre Besitzer zurückkamen. Das konnte nur eines bedeuten: Nebenan im »Bergischen Löwen«, der Gladbacher Stadthalle sozusagen, lief eine Veranstaltung. Manchmal gastierten hier reisende Operntruppen, oder es gab Auftritte von rheinischen Comedians, die von Köln aus das Umfeld bereisten.

Ich musste weit nach hinten durchfahren, bis zu der Stelle, wo es von der Tiefgarage aus zu einem Freiluftdeck ging. Ganz allein wanderte ich durch den Parkhausmief zurück zum Ausgang Richtung Innenstadt.

Oben erwarteten mich hochgeklappte Bürgersteige. Auf dem Adenauerplatz herrschte eine geradezu überwältigende Leere zwischen dem »Löwen«, dem Rathaus mit der historischen Kalksteinfassade und dem Türmchen auf dem Dach, der alten Zandersvilla mit dem kleinen Park davor und der Kirche, deren Portal den Platz anzugähnen schien. Ein Blick zur Uhr auf dem Rathausturm zeigte mir, dass es zwanzig vor neun war.

Ich geriet in einen feinen, fast herbstlich anmutenden Nieselregen. Der Himmel hatte sich zugezogen, dicke Wolken trieben von Köln her über die Stadt hinweg. Die Straßenlampen waren schon angegangen, und das machte alles nur noch trister. Ins Grau mischte sich ein schmutziges Gelb.

Das sollte nun Sommer sein. Solche Temperaturen hatten wir auch schon zu Weihnachten gehabt.

Fröstelnd schlug ich den Kragen meines Mantels hoch und spazierte über den Platz. Ich wusste, dass sich gelegentlich Obdachlose in dem kleinen Park neben der Fabrikantenvilla trafen, aber auch die hatten wohl vor der Nässe Reißaus genommen. Etwas Leben gab es hinter den Fenstern des Brauhauses »Am Bock« neben dem Rathaus. Licht strahlte nach draußen. Es saßen Gäste an den Tischen. Von dort, wo ich stand, wirkte das wie eine fremde Welt.

Hier irgendwo hatte Beiner sich nach dem Mittagessen aufgehalten. Er hatte seine Freundin angerufen. Hatte ihr gesagt, dass er bald käme. Er hätte auch sofort hinfahren können. Die Reuterstraße, wo Melina Hommerich mit ihrem Vater wohnte, war nur Minuten entfernt.

Was hatte Beiner hier gewollt? Blumen kaufen? Oder ein anderes Geschenk? Oder hatte er sich mit jemandem getroffen?

Und wenn ja – wo? Mit wem?

Das Glockenspiel, das zu bestimmten Zeiten am »Bergischen Löwen« erklang, war sicher weit zu hören. Und hier gab es eine Menge Adressen. Quer über den Adenauerplatz verlief die Hauptstraße – eine Fußgängerzone mit Geschäften in den Erdgeschossen der Häuser. Darüber gab es Büros und Wohnungen. Dann war noch das Stadthaus mit den Verwaltungsbehörden. Sehr viele Möglichkeiten.

Mir fiel ein, dass ich Jutta ja damit beauftragt hatte, mehr über Beiner herauszufinden.

Ich war bis in die Mitte des Platzes spaziert, hatte mich dann in Richtung eines gläsernen Schrankes bewegt, der von Weitem wie ein frei stehendes kleines Schaufenster wirkte. Beim Näherkommen sah ich jedoch, dass es eins dieser öffentlichen Bücherregale war, die es jetzt in so vielen Städten gab. Man konnte gelesene

Bücher reinstellen und sich andere mitnehmen. Das Ding war vollgestopft mit Konsalik, Simmel und Ähnlichem. Außerdem gab es ein paar Taschenbuchkrimis.

In derselben Sekunde, in der ich mein Handy herausholte, um Jutta anzurufen, begann der Vibrationsalarm. Etwas verzögert kam das Klingeln, und auf dem Display stand in großen Buchstaben: Jutta.

Ich meldete mich.

»Ich wollte dich gerade anrufen«, sagte ich. »Das muss Gedankenübertragung gewesen sein.«

»Remi …«

Ihre Stimme klang seltsam. Wie erstickt. Sie weinte.

»Remi … es ist so furchtbar.«

»Was ist los?«

Sie schniefte. »Hast du es nicht gehört?«

»Was soll ich gehört haben?«

»Haben sie dich nicht angerufen?«

Sie? Etwas Heißes schoss durch meine Adern. Und gleichzeitig überzog sich mein Körper mit Eis.

»Na, das Krankenhaus.«

»Jutta, was ist los? Sag schon.«

Sie schluckte, musste sich räuspern. Dann brachte sie es heraus: »Wonne ist tot.«

Das eisige Gefühl hüllte mich komplett ein, drohte mir den Atem zu nehmen. Mein Herz begann zu hämmern.

»Das kann nicht sein. Wieso sollten sie dich anrufen? Ich habe versucht, etwas zu erfahren, aber sie sagen mir nichts. Sie haben rausgekriegt, dass wir nicht verwandt sind, und deswegen …« Ich merkte, dass ich wie ein Maschinengewehr redete.

»Remi, hör mir zu.«

»Aber …«

»Remi, es kam im Radio. Gerade eben, um halb.«

Alles um mich herum schien zu schwanken. Ich griff nach der kalten Scheibe des öffentlichen Bücherschranks, mein Blick fiel auf ein uraltes Buch mit dem seltsamen Titel »Schneller als der Tod«. Ein paar Sekunden lang atmete ich tief durch. So frisch die Luft gewesen war, als ich die Tiefgarage verlassen hatte, so abgestanden und eklig kam sie mir jetzt vor. Und das eisige Gefühl war weg. Ich schwitzte unter meinem Mantel.

»Remi, bist du noch da?«

»Ja, aber bist du ganz sicher?«

Es starben so viele Menschen, es kamen dauernd welche um, in den Nachrichten wurde immer wieder berichtet, dass jemand gestorben war.

Jutta weinte immer noch. Ich sah auf die Uhr. Kurz vor neun. Ich musste zum Wagen zurück. Radio hören. Zwei Minuten hatte ich noch.

»Ich melde mich wieder«, sagte ich, legte auf und rannte los. Glockenschläge zur vollen Stunde aus dem Kirchturm und vom Rathaus hallten über den Platz.

Ich hastete an der Front des »Löwen« vorbei und hinunter in die Tiefgarage. Durch den schrecklichen warmen Mief, der mich noch mehr schwitzen ließ. Vorbei an Autos, die mich stumm anblickten. Vorbei an einer Stelle, an der es furchtbar stank. Das war mir vorhin schon aufgefallen, aber ich hatte nicht darüber nachgedacht. Wahrscheinlich hatte sich das Publikum aus dem Villenpark hier vorübergehend ein Refugium gesucht und den Ort als öffentliche Toilette benutzt.

Mein Golf kam in Sicht. Es klackte, als ich die Zentralverriegelung entsperrte. Reinsetzen, Schlüssel reinstecken, bis Ladung kommt. Radio anmachen.

Die ersten Meldungen der Nachrichten rauschten vorbei. Dann kam es.

»… teilte die Polizei mit, dass die Frau, die gestern auf der Autobahnraststätte Remscheid angeschossen wurde, ihren Verletzungen erlegen ist. Nach wie vor tappen die Behörden im Dunkeln …«

Nein!

Der Schmerz drohte meinen Brustkorb zu sprengen. Als es ihm zu eng wurde, schoss er mir in den Kopf. Wie ein Messer, das in meinem Körper herumwütete.

Für eine endlose Zeit hatte ich das Gefühl, keine Luft zu bekommen.

Ich verkrampfte die Hände zu Fäusten.

Die Nachrichten waren vorbei. Das Radio dudelte Totschlagmusik. Ich schaltete es aus, und die einsetzende Stille brachte so viel Erleichterung, dass ich wieder einen klaren Gedanken fassen konnte.

Das Denken hielt den Schmerz im Zaum.

Ihr tappt nicht im Dunkeln, dachte ich. Ihr sucht Brambach. Brambach war es. Warum lasst ihr das verdammte Radio keine Beschreibung von dem Arschloch vorlesen? Sucht ihn!

Nein, berichtigte ich mich, *ich* suche ihn.

Das Messer, das in mir herumzufuhrwerken schien, drohte wieder die Oberhand zu gewinnen.

Ich war beim hektischen Einsteigen mit dem Kopf an den Rückspiegel geschlagen. Jetzt war er verstellt, und ich sah mein Gesicht in der diffusen Innenbeleuchtung. Meine Haut war gerötet, meine Augen blickten mich müde an.

Wieder ging mein Handy los.

»Ja, Jutta«, sagte ich. »Ich hab's gehört.«

Sie weinte immer noch. Ein paar Sekunden lang war da nur dieses Schluchzen in der Leitung.

»Lass uns später darüber reden«, sagte ich. »Ich habe zu tun.«

»Zu tun?«

»Na ja, ich muss herausfinden ...«

Sie wurde böse. »Du willst doch wohl nicht etwa weitermachen? Das macht Wonne auch nicht wieder lebendig.«

Ich schluckte etwas Riesiges hinunter und holte Luft. Der Schmerz hatte sich in ein quälendes dumpfes Glimmen verwandelt.

»Was hat Beiner hier gewollt? Hast du etwas über ihn herausgefunden, was ich noch nicht weiß? Kannte er noch jemanden in Bergisch Gladbach? Vielleicht in der Nähe des Adenauerplatzes?«

»Remi, das ist jetzt nicht dein Ernst.«

»Hast du was rausgefunden oder nicht?«

»Nein ... das heißt, du hattest mir ja auch schon einiges erzählt. Dass er Geschäftsführer von irgendeiner Firma für Autoteile war. Das stimmt alles so. Das kann ich bestätigen.«

»Das kannst du bestätigen? Jutta, ich brauche neue Fakten. Dinge, die uns weiterbringen. Und die hast du nicht?«

Ihre Trauer schlug in Wut um. »Nein, die habe ich nicht«, rief sie. »Stell dir vor. Ich bin nicht deine Angestellte, die du herumkommandieren kannst. Ich habe auch meine Grenzen.«

»Ich muss wissen, was Beiner am Konrad-Adenauer-Platz wollte. Hier verliert sich seine Spur.«

»Wenn es dir wirklich hilft, auf Ermittler umzuschalten, nachdem so was Schreckliches passiert ist, dann soll's mir recht sein.« Jutta schien gar nicht mit mir zu sprechen, sondern mehr mit sich selbst. »Ich hätte dir das mit meinem Mann und dem Schaumbad und dem Champagner nicht erzählen sollen.«

Ich wollte das alles nicht hören. Aber auflegen wollte ich auch nicht. »Hast du nun was über Beiner oder nicht?«

»Hab ich nicht«, brüllte sie. »Hörst du schlecht?«

»Jutta, ich muss jetzt weiterarbeiten. Es geht nicht anders.«

»Ich hab's schon verstanden.«

Ich brachte noch einen halben Abschiedssatz zustande und legte auf. Die Enge im Auto machte mich plötzlich verrückt. So stieg ich aus.

Reiß dich zusammen, sagte ich mir. Konzentrier dich auf das, was Trautwein gesagt hat. Du hast Ansatzpunkte, denen du nachgehen kannst. Und wenn es nur ein paar Kleinigkeiten über Brambachs Vergangenheit sind. Über seine Familie. Irgendwie wird dich das weiterbringen. Du musst nur mit viel Geduld alles aufdröseln.

Das bist du Wonne schuldig.

Auf einmal fühlte ich mich furchtbar müde. Ich wollte nicht in Brambachs Vergangenheit herumstochern. Ich wollte, dass das Schwein zum Vorschein kam. Sofort. Damit ich …

Damit ich es abknallen konnte. So wie er Wonne abgeknallt hatte.

Fahr nach Hause, sagte ich mir. Hol deine Waffe. Sei bereit. Nutze alles, was du nutzen kannst, um Brambach zu finden. Halt dich an die Polizei. Und wenn du ihn dann vor dir hast, dann …

Während die Gedanken in mir wüteten, war ich mit geballten Fäusten ziellos durch die Tiefgarage gelaufen. Ich war immer noch allein hier unten, allein mit den vielen Autos. Wieder war ich dorthin geraten, wo dieser eigenartige Gestank herrschte. Ich machte, dass ich weiterkam. Die Schnauzen und Rückseiten der Autos wanderten an mir vorbei.

Auf einmal kam mir ein Gedanke.

Es war nur eine Vermutung, aber wenn ich Glück hatte …

Wenn Beiner wirklich verschwunden war. Wenn er nach dem Telefonat mit Melina Hommerichs Mailbox nicht mehr irgendwohin aufgebrochen war. Wenn ihm was passiert war. Wenn er sein Auto hier abgestellt hatte.

Dann … ja dann …

Wieder klingelte das Handy.

Jutta.

»Remi, es tut mir leid.«

»Ja, ja, ist schon gut.«

»Kann ich dir irgendwie helfen?«

»Ich weiß es nicht. Ich weiß nur, dass ich weitermachen muss, Jutta. Vielleicht ist es Beschäftigungstherapie oder so was, aber ich muss weitermachen. Ich muss Brambach kriegen.«

»Die kriegen den doch sowieso.«

»Dann wandert er in den Knast.«

»Und was passiert, wenn du ihn kriegst?«

Ich antwortete nicht, sondern lief langsam die Reihen der parkenden Autos ab. Keine Chance, zu erkennen, wie lange die Fahrzeuge schon hier standen. Mit einem Mal wünschte ich mir die Parktickets von früher zurück. Wenn ich nur wüsste, was Beiner für ein Auto fuhr.

Aber das wusste ich doch!

Nach ein paar Sekunden war bei Jutta der Groschen gefallen.

»Remi, soll das heißen, du willst diesen Brambach … Das kann doch nicht dein Ernst sein.«

»Nicht Ernst, Jutta. Erwin.«

»Lass die blöden Witze. Remi, du machst einen Fehler.«

»Den größeren Fehler hat Brambach gemacht.«

»Na und? Du kannst dich doch nicht auf so was einlassen. Arbeite mit der Polizei zusammen. Allein kriegst du das doch gar nicht hin. Jetzt, wo es um Mord geht, werden die ganz andere Geschütze auffahren.«

Beiner fuhr, was Großmann einen apokalyptischen Verkehrsunfall genannt hatte, einen VW Phaeton. Wie viele solche Nobelkarossen mochten hier unten stehen?

»Remi, sag doch was.«

Ich kam mir vor wie ein irre gewordener Fließbandarbeiter. Gucken, gucken, gucken. Ziemlich oft VW Golf, ein paarmal Volvo Kombi, ein protziger Pseudo-Geländewagen, noch einer …

»Jutta, lass mich machen. Ich will Brambach finden. Ich bin dir nicht böse. Ich melde mich wieder.«

Damit drückte ich sie weg und steckte das Handy ein. Ein seltsames Geräusch lenkte mich ab. Ein Rauschen. Es war Regen, der draußen vom Himmel fiel.

Niemand kam in die Tiefgarage, niemand fuhr hinein oder hinaus. Ich konnte weiter die Autoreihen ablaufen.

Da.

Ein VW Phaeton. Silberfarben. Kennzeichen GL-GB.

GB wie Gerhard Beiner.

Das Auto stand rückwärts eingeparkt direkt neben einer Betonsäule. Gar nicht so weit von meinem Auto entfernt.

Der Gestank war wieder da. Ein Blick ins Innere zeigte mir, dass das Fahrzeug leer war.

Ich überlegte einen Moment. Dann ging ich zu meinem VW und holte Werkzeug aus dem Kofferraum. Einen Schraubendreher. Den Wagenheber, den ich heute schon mal benutzt hatte. Etwas Draht.

Hinter dem Kofferraum war der Gestank am schlimmsten. Ich blickte auf eine blanke Lackfläche mit dem VW-Logo aus Chrom. Kein Kofferraumschloss. So was gab's ja bei den modernen Autos gar nicht mehr!

Schlagartig verlor ich die Geduld. Ich nahm den Wagenheber, holte aus und knallte ihn gegen die hintere Scheibe. Sofort ertönte ohrenbetäubender Lärm. Ich hielt mir die Ohren zu und sah auf einmal, wie vom Zugang am »Bergischen Löwen« her Leute in das Parkhaus strömten. Anscheinend war die Vorstellung gerade zu Ende gegangen.

Das rhythmische Jaulen der Alarmsirene riss nicht ab. Ein

älterer Herr sah mich voller Schreck an. Ein anderer griff zu seinem Telefon.

Weitere Leute drängten nach. Jemand schrie: »Stehen bleiben!«

Dabei rührte ich mich nicht vom Fleck.

Ich stand da und ertrug das Heulen.

Bis die Polizei kam.

17

»Sie haben also gewusst, dass sich ein Toter in dem Wagen befand?«

Der uniformierte Polizist, der vor mir saß, war schlecht rasiert. Ein Schleier aus Bartstoppeln überzog sein Kinn. Er schien sich dessen bewusst zu sein, denn er knetete die Stelle, während er mit der anderen Hand einen Kugelschreiber über einem Formular schweben ließ.

»Das habe ich Ihnen doch jetzt schon drei Mal erklärt«, sagte ich.

Er sah mich an. »Den Eindruck habe ich nicht. Mir kommt es eher so vor, als würden Sie uns etwas verschweigen. Methode heißer Brei, verstehen Sie?«

»Wieso uns?«, fragte ich. »Ich sehe hier sonst niemanden.«

»Kommen Sie mir nicht so. Also? Ich höre.«

Er lehnte sich in seinem Stuhl zurück. Das blaue Uniformhemd spannte sich über seiner Brust. Ihm entfuhr ein leichtes Ächzen. Vielleicht hatte er es am Rücken. Oder er hatte einfach keine Lust auf Wochenenddienst. Dabei brachte ich mit meinem Fund doch mal etwas Abwechslung in den Laden.

»Im Zusammenhang mit einem Fall, an dem ich gerade arbeite, wollte ich mit Herrn Beiner sprechen«, wiederholte ich. »Ich traf ihn aber zu Hause nicht an, und da habe ich nachgeforscht, wo er sich aufhalten könnte.«

»Was für einen Fall meinen Sie?«

»Einen Fall eben. Hat was mit einem Einbruch zu tun, der vor einigen Jahren in Herrn Beiners Haus in Odenthal verübt wurde. Nichts Besonderes.«

Während der Fahrt hierher in die Bergisch Gladbacher Polizeibehörde hatte ich darüber nachgedacht, ob ich den Bullen den Zusammenhang zwischen Beiner, dem Einbruch und dem flüchtigen Brambach erklären sollte. Schließlich hatte ich mich dagegen entschieden. Ich wollte Brambach selbst finden. Vor der Polizei. Die Behörden sollten so wenige Hinweise wie möglich bekommen. Ich machte es also wie ein Politiker, der in einen Skandal verwickelt war: Nur das Offensichtliche zugeben. Alles andere verschweigen oder im Nebel lassen. Bis einen die Umstände zur Anpassung der Fakten zwingen.

»Eine Versicherungsgeschichte?«, fragte mich der Beamte.

»Ich darf darüber nicht reden«, sagte ich und versuchte, einen kollegialen Ton anzuschlagen. »Sie wissen doch, wie das ist.«

»Nein, das weiß ich nicht. Erklären Sie es mir.«

Zeit, ein bisschen zu phantasieren.

»Es geht um Opfer von Einbrüchen. Vor allem in Odenthal. Das ist ja allgemein ein Problem hier in der Gegend. Und es haben mich eben Leute beauftragt, mich mal umzuhören. Bestimmte Wertgegenstände zu finden.«

»Also doch Versicherungen?«

»Eher Privatleute.«

»Die aber die Einbrüche, deren Opfer sie geworden sind, ordentlich gemeldet haben?«

»Aber sicher. Darum geht's doch auch gar nicht. Es geht einfach darum, dass die Beute verschwunden ist.«

»Was hätte Ihnen denn Herr …«, er musste auf sein Blatt schauen, »Herr Beiner dazu sagen können?«

Keine Ahnung, dachte ich. Aber dann fiel mir etwas ein.

»Ihm wurde bei dem Einbruch in sein Haus ein Bild gestohlen, soweit ich weiß. Ich wollte wissen, ob er es jemals wiederbekommen hat. Und wenn ja, auf welche Weise. Wissen Sie, das Ganze ist auch recht neu für mich. Ich meine diesen ganzen Bereich. Kunstraub und so.« Ich versuchte, ein möglichst harmloses Gesicht zu machen.

»Und da gehen Sie einfach in die Gladbacher Tiefgarage und öffnen mit Gewalt ein Auto?«

»Ich habe mit einigen Leuten gesprochen, die Herrn Beiner kennen. Dabei kam heraus, dass er zuletzt vor zehn Tagen nachmittags um drei Uhr vom Konrad-Adenauer-Platz mit seinem Handy jemanden angerufen hatte. Ich war heute eh in der Gegend. Als ich zu meinem Auto zurückkehrte, fiel mir sein Wagen auf.«

»Sie wussten also, welchen Wagen er fährt?«

»Gewissermaßen. Ich kannte das Modell«, erwiderte ich. »Und das Kennzeichen hatte Herrn Beiners Initialen.«

»Sie sind ja ein ganz schön cleverer Detektiv. Und sehr fleißig.«

»Und dann kam noch dieser furchtbare Gestank dazu. Da habe ich eins und eins zusammengezählt.«

»Hätten Sie uns nicht erst mal holen können?«

Ich tat betreten. »Ich war mir ja nicht hundertprozentig sicher.«

»Also gehen Sie das Risiko ein, einen Wagen eventuell völlig unnütz zu beschädigen? Oder dachten Sie, Herr Beiner sei vielleicht noch am Leben?«

»Keine Ahnung. Ich war ja selbst ziemlich geschockt. Ich habe vielleicht auch nicht so richtig nachgedacht.«

Der Beamte schrieb etwas auf.

»Ist der Tote denn nun Herr Beiner, oder nicht?«, wollte ich wissen.

Immer noch schreibend, erwiderte er: »Wir gehen davon aus. Aber genau wissen wir es natürlich nicht, solange er nicht eindeutig identifiziert wurde. Spätestens die rechtsmedizinische Untersuchung wird es ans Licht bringen. Bis wir Gewissheit haben, kann es allerdings Tage dauern.«

»Wissen Sie, seit wann er tot ist?«

»Auch das muss die Rechtsmedizin klären. Aber wenn der Wagen seit zehn Tagen dort steht und man kurz danach zuletzt von ihm gehört hat …« Er sah mich stolz an. »Ich würde sagen, frühestens seit jenem Mittwochnachmittag.«

Ich sah ihm zu, bis er sein Textwerk von wenigen Zeilen vollendet und den Stift hingelegt hatte.

»Haben Sie Herrn Beiner jemals persönlich gesprochen?«, fragte er dann. »Oder gesehen?«

»Nein. Ich traf nur seine Frau und seinen Sohn. In seinem Haus in Odenthal. Wo die Beiners wohnen.«

»Das heißt, Sie können die Leiche nicht identifizieren?«

»Ich glaube nicht.«

»Sie glauben? Haben Sie ihn nun schon mal gesehen oder nicht?«

»Ich habe ein Foto«, sagte ich.

»Warum sagen Sie das nicht gleich?«

»Sie haben mich nicht danach gefragt.«

Er bat mich, ihm das Bild zu zeigen. Ich holte das Handy heraus und suchte.

»Ich finde es nicht.«

»Wie bitte? Haben Sie es doch nicht?«

Ich wischte auf dem Smartphone herum. Das Bild war nicht da.

»Na, sicher habe ich es … Oder besser, ich hatte es. Verdammt.«

Er sah mir eine Weile zu, dann lehnte er sich wieder zurück. Das Hemd spannte sich.

»Wie gesagt: Ich glaube, Sie verschweigen uns etwas, Herr Rott.«

»Ich verschweige Ihnen gar nichts, ich …«

Das Bild war weg. Eindeutig. Und das Foto von dem Gemälde in Beiners Haus auch.

»Also noch mal von vorne. Kannten Sie den Toten oder nicht? Und was genau haben Sie in der Tiefgarage gemacht?«

18

Drei Stunden später durfte ich das Gebäude endlich verlassen. Es lag auf einer kleinen Anhöhe über der Durchgangsstraße, gar nicht weit von Klein-Amerika, wo jetzt, am späten Abend, die Leuchtreklamen des Burgerrestaurants und des Elektronikmarktes den nächtlichen Himmel erhellten. Mein Wagen stand noch in der Tiefgarage, und ich musste den ganzen Weg die nächtlich ausgestorbene Hauptstraße entlang zu Fuß zurückgehen.

Zum Glück hatte der Regen aufgehört. Die Lichter spiegelten sich glänzend auf dem nassen Asphalt. Aber die Beine wurden mir schwer. Es war, als hätte ich eine gewaltige Last zu tragen. Hatte ich ja auch.

Als ich die Tiefgarage wieder betrat, war von der Aufregung, die hier noch vor Stunden geherrscht hatte, nichts mehr übrig. All die vielen Fahrzeuge waren verschwunden. Mein Golf stand einsam und allein da und schien auf mich zu warten.

Ich holte den Schlüssel heraus und drückte den Knopf für die Zentralverriegelung. Als ich die Tür öffnen wollte, hörte ich hinter mir Schritte.

Schlagartig war ich hellwach, wirbelte herum und ging sofort in Abwehrstellung. Verdammt, ich musste endlich meine Pistole holen.

»Na, na … nicht so ängstlich. Ich tu dir schon nichts«, sagte eine bekannte Stimme.

Meine Haltung gefror. Langsam senkte ich die Fäuste.

»Hast du immer so viel Angst vor Frauen?«

Vor mir stand Flame.

»Du hast die Fotos auf meinem Handy gelöscht, oder?«, fragte ich, weil mir das als Erstes in den Sinn kam. Dabei war die Sache ja wohl klar.

Flame ließ mit einem Grinsen ihre Sommersprossenarmeen nach links und rechts marschieren. »Was glaubst du denn?«

Ich wandte mich ab. »Lass mich in Ruhe«, sagte ich. »Ich hab die Schnauze voll. Von allem.«

Der Fußmarsch hatte mich ermüdet. Ich wollte nur noch nach Hause. Wobei mir die Einsamkeit meiner Wohnung auch keine schöne Aussicht war. Und eigentlich gab es ja, was Flame betraf, noch ein paar Fragen zu klären. Trotzdem hatte ich keine Lust, mich von ihr irgendwie vorführen zu lassen, und stieg in mein Auto.

Ich machte mir nicht die Mühe, dem aufgemalten Weg zur Ausfahrt zu folgen, sondern lenkte den Golf quer über die eingezeichneten Parktaschen. Vor der Schranke musste ich stoppen. Im Rückspiegel sah ich, wie Flame gemütlich hinter mir hergeschlendert kam und immer noch grinste. Ich seufzte und ließ den Motor weitertuckern. Flame kam an die Fahrerseite und klopfte. Ich ließ die Scheibe runter.

»Ist ja schon gut«, sagte ich. »Hab vergessen, am Automaten zu bezahlen, na und? Kann ja mal vorkommen.«

Ich würgte den Motor ab. Der Wagen machte einen Satz. Meine Beine zitterten.

Ohne mich um Flame zu kümmern, machte ich mich auf den Weg zum Automaten. Gleichzeitig suchte ich in meinen Taschen nach Kleingeld und fand keins. Die Münzen waren alle fürs Telefonieren draufgegangen.

Wieder kam Flame mir nach.

»Na, Geld vergessen?«

In meiner Hosentasche befanden sich noch drei Geldstücke. Insgesamt zweiundzwanzig Cent. Damit kam ich nicht weit.

»Offensichtlich«, sagte ich. »Hast du das auch über deine Fernüberwachung erkannt?«

»Nö, ich habe Augen im Kopf.«

Ich suchte weiter mein Geld, fand es aber nicht. Gleichzeitig versuchte ich mich zu erinnern. Mein Portemonnaie lag immer an der Wohnungstür auf einer Ablage. Heute Morgen hatte ich mich nach dem Aufstehen mit Jutta gestritten …

Es kam mir vor, als sei seitdem eine Woche vergangen.

Was hatte ich dann gemacht?

Ich hatte ein bisschen im Internet recherchiert und war voller Tatendrang nach Cronenberg zu diesem Jungblut aufgebrochen. Das Geld hatte ich einfach daheim liegen gelassen. Alles, was ich dabeihatte, waren mein Führerschein und mein Perso. Mir fiel ein, dass ich außerdem den ganzen Tag nichts gegessen hatte.

»Ach Rottischrotti«, sagte Flame. »Es nimmt kein gutes Ende mit dir. Wenn du mich nicht hättest.«

Sie nahm mir die Parkkarte aus der Hand.

Für einen Moment dachte ich, sie hätte wieder irgendwas vor und würde sie zerreißen oder so was, damit ich hier endgültig festsaß. Ich überlegte schon, was ich dann tun würde. Jutta anrufen natürlich.

Aber sie steckte die Karte brav in den dafür vorgesehenen Schlitz, kramte nach Münzen und warf Geld ein. »Du brauchst sicher einen Beleg für die Steuer«, erklärte sie und drückte den Quittungsknopf. Dann gab sie mir beides.

Ich nahm die Kärtchen, immer noch darauf gefasst, dass sie sie wieder wegziehen und so ein blödes Spiel anfangen würde – wie pubertierende Schüler, die einem anderen was wegnehmen und es dann herumwerfen.

»Danke«, sagte ich. »Ich gebe dir das Geld bei Gelegenheit zurück.« Ich wandte ich mich zu meinem Auto um.

»Ich weiß, was passiert ist«, sagte sie, und ihre Stimme hallte hinter mir durch das Parkhaus. »Und ich weiß auch, dass es dir jetzt so richtig scheiße geht. Ich hab's in den Nachrichten gehört. Mir ist außerdem klar, dass du jetzt alles dransetzen wirst, den Typen zu finden. Du weißt schon.«

Ich blieb stehen, drehte mich aber nicht um. »Du bist bestens informiert«, sagte ich. »Wie immer.«

»Ach komm, Rotti, du bist doch als Detektiv auch nicht von schlechten Eltern. Wir haben eben verschiedene Methoden. Aber eins kann ich dir versichern: So weit ist das mit meinem technischen Kram auch wieder nicht her. Alles nur Show. Das kann wirkliche Arbeit nicht ersetzen. Und was wirkliche Arbeit bedeutet, weißt du sehr gut.«

Jetzt drehte ich mich um. Sie stand immer noch neben dem Automaten. Ich auf halber Strecke zum Auto. Wo hatte sie eigentlich ihr Fahrzeug geparkt? Offenbar nicht hier unten.

»Was willst du eigentlich hier?«, fragte ich. »Was willst du von mir?«

»Ich habe Beiner gesucht. Du hast ihn gefunden.«

»Das ist keine Antwort auf meine Frage. Außerdem ist dein Auftrag dann doch erfüllt. Was willst du noch?«

»Ich wüsste auch gern, wo dieser Brambach steckt.«

»Ach nee. Und warum?«

Sie schüttelte langsam den Kopf. »Ach Schrotti, sei doch nicht so misstrauisch. Eigentlich setze ich seit einer Viertelstunde alles daran, dir zu zeigen, dass das nicht nötig ist.«

»Dann sag's mir doch einfach. Warum suchst du Brambach?«

»Du hast es selbst auch herausgefunden. Dass Beiner und Brambach etwas gemeinsam haben.«

»Den Einbruch?«

»Richtig.«

»Geht's um das Bild?«

»Auch.«

Ich drehte mich um. »Tut mir leid, aber wenn du mir nicht mehr sagst, kann ich dir nicht helfen.«

Ich stieg in meinen Wagen, zückte die Karte, mit deren Hilfe sich die Schranke öffnen würde. Aber bevor ich losfahren konnte, war Flame auf der rechten Seite, hatte die Tür geöffnet und sich auf den Beifahrersitz gesetzt.

»Jetzt kannst du fahren«, sagte sie.

»Was wird denn das?«

»Fahr, hab ich gesagt. Ich hab dir einen Gefallen getan, Schrotti. Und ich denke, dafür könntest du mich ruhig nach Hause bringen. Vielleicht kommen wir ja unterwegs in der ganzen Sache weiter.«

»Nach Hause bringen? Bist du zu Fuß da?«

»Nein, aber ich habe keine Lust, meinen Wagen zu nehmen. Den hol ich bei Gelegenheit ab. Außerdem habe ich mehrere Autos. Nun fahr schon.«

Ich reagierte nicht. Stattdessen dachte ich nach. Ich vertraute Flame kein bisschen. Sie schien zu begreifen, was in mir vorging, und schwieg.

»Wenn du noch länger wartest, kommst du mit der Karte bald nicht mehr raus«, sagte sie schließlich. »Dann musst du nachzahlen. Und ich weiß nicht, ob ich dir noch mal was gebe.«

Ich seufzte, steckte die Karte in den Schlitz und fuhr aus dem Parkhaus. Draußen hielt ich wieder an.

»Der kürzeste Weg ist der rauf in Richtung Burscheid. Zur A 1. Bieg nach links ab.«

»Durchgezogene Linie«, sagte ich.

»Hier ist kein Schwanz unterwegs. Wen juckt das, ob man hier links abbiegen darf? Du hast Sorgen …«

Ich fuhr entgegen der Vorschrift nach links. Gleich darauf standen wir an der nächsten Linksabbiegung zur Odenthaler Straße. Sie würde uns aus der Stadt bringen, dann an Altenberg vorbei, hinauf zur Autobahn, wo es nach Remscheid ging. Zur Raststätte, wo …

Auf einmal konnte ich nicht mehr. Etwas Heißes bahnte sich seinen Weg in mir nach oben.

Flame legte mir die Hand auf die Schulter.

»Richtig scheiße, oder?«

Ich nickte nur und suchte nach einem Taschentuch, fand aber keins. Flame hielt mir ein Tempo hin, als habe sie sich auf diesen Moment vorbereitet.

»Ob du's glaubst oder nicht – ich kann das verstehen. Und ich versteh auch, dass du Schiss hast, jetzt nach Hause zu fahren.«

Wieder nickte ich. Es geschah automatisch. Ohne meinen Willen.

»Dagegen hilft nur eins: Du darfst die Nacht nicht allein verbringen.«

Ich musste zusammengezuckt sein.

»Nicht, was du denkst. Aber ich habe eine Idee. Tu einfach, was ich dir sage.«

Ich putzte mir die Nase.

»Grüner wird's übrigens nicht.«

Ich schwieg und fuhr. Als wir auf der A 3 waren, etwa auf Höhe Leverkusen, brach ich mein Schweigen.

»Sagst du mir jetzt endlich, was du willst? Woran du arbeitest? Worum es in der ganzen Geschichte mit Beiner und Brambach überhaupt geht?«

Flame hatte sich seitlich in den Sitz geflätzt, den Oberkörper gegen die Autotür, die Stiefel gegen den Schalttunnel gelehnt.

»Mir tut das mit deiner Freundin leid«, sagte sie.

»Ich glaube, ich wiederhole mich. Das ist keine Antwort auf meine Frage.«

»Doch. Es geht mir jetzt erst mal darum, dass du auf andere Gedanken kommst. Alles andere kommt später.«

»Später? Ich muss diesen Scheißkerl finden, der Wonne erschossen hat. Ich darf keine Zeit verlieren. Ich muss ihn vor der Polizei finden.«

»Du meinst, du *willst* ihn vor der Polizei finden. Das ist was ganz anderes.«

»Flame, sag mir eins. Klipp und klar. Hast du eine Ahnung, wo Brambach stecken könnte?«

»Nein.«

»Hast du irgendeinen Hinweis? Irgendein Indiz? Irgendetwas?«

»Absolut nicht. Da bist du mir sicher um einiges voraus.«

»Und das sagst du nicht nur, weil du Angst hast, ich würde Brambach einfach abknallen?«

»Von mir aus kannst du abknallen, wen du willst. Das ist ganz allein dein Problem. Und das des Abgeknallten natürlich. Solange du mir nur die Chance gibst, Brambach vorher was zu fragen. Sobald er mir die richtige Antwort gegeben hat, gehört er dir.«

»Und was ist es, was du ihn fragen willst?«

»Das erfährst du dann.«

»Aber es hat nichts mit meiner Freundin zu tun? Ich meine, es ist nichts, was ich jetzt wissen müsste?«

»Nein. Du musst es nicht wissen. Vielleicht erzähle ich es dir trotzdem. Mal sehen.«

Also gut, dachte ich. Damit waren wir ja wenigstens einen kleinen Schritt weiter. Auch wenn Flame so eine große Geheimniskrämerei daraus machte, konnte ich mit dem, was sie gesagt hatte, leben.

Wenn es denn stimmte.

»Fahr hier ab«, sagte sie, als wir das Dreieck Langenfeld erreichten. Ich gehorchte, und sie dirigierte mich weiter in Richtung Ohligs. Schließlich erreichten wir die Hansastraße. Nur ein paar Meter von Flames Anwesen entfernt ließ sie mich anhalten.

Wir stiegen aus. Flame ging jedoch nicht zu ihrem Tor, sondern in die andere Richtung – zur Unterführung unter der Bahntrasse. Ich folgte ihr.

»Wolltest du nicht zu dir?«, fragte ich.

Sie sah mich an, lächelte. Wieder verzogen sich die Sommersprossen. »Wer hat das gesagt? Ich dachte nur, es ist besser, hier zu parken. Da, wo wir hinwollen, ist um die Zeit alles vollgestellt. Und man kann leicht zu Fuß hin.«

Wo *wir* hinwollten? Ich wollte nur dahin, wo Brambach war. Und vorher nach Hause. Meine Beretta holen.

Flame hatte einen flotten Schritt drauf, es war gar nicht so einfach, mit ihr mitzuhalten.

»Schrotti, ich hab doch gesagt, dass du auf andere Gedanken kommen musst. Und da ist ein kleiner Ausflug in die Jugend ganz nett.«

Ausflug? In die Jugend? Was meinte sie?

»Kennst du das ›Exit‹?«

»Exit«. Ja, das kam mir bekannt vor.

»Die alte Diskothek unter der Müngstener Brücke«, sagte ich. »Die haben sie irgendwann abgerissen. Bevor der Brückenpark entstand. Willst du da hin? Aber wenn es das doch nicht mehr gibt …«

»Die ›alte Diskothek‹, so kann man es natürlich auch nennen. Das ›Exit‹ war *die* Diskothek im Bergischen Land. Eine Legende unter den Diskotheken. Mensch, Rottischrotti, was hast du eigentlich in deiner Jugend gemacht?«

Keine Ahnung. Jedenfalls kannte ich das »Exit« nur aus Erzählungen. Und der Gedanke an die Müngstener Brücke sorgte für einen weiteren Stich in meiner Brust. Dort hatte ich meinen letzten Fall gelöst. Es war erst wenige Monate her. Ich hatte Wonne aus der Hand eines Mörders gerettet. Diesmal war mir das jedoch nicht gelungen …

Flame bekam von meinen Gedanken nichts mit. Wir hatten die Unterführung hinter uns gelassen und waren in die Bahnstraße eingebogen. Die Gegend wirkte um diese Zeit ziemlich öde. Allerdings näherten wir uns etwas, das Lärm in die Nacht hinausschickte. Einer Festmeile oder so.

»Das ›Exit‹ gibt's nicht mehr«, sagte Flame. »Aber es gibt das ›Getaway‹. Das ist nicht in Müngsten, sondern gleich hier um die Ecke. Und da wiederum gibt es ›Exit‹-Revivalpartys. Wer sich früher im ›Exit‹ in Müngsten getroffen hat, trifft sich nun hier.«

Links kam jetzt ein Parkplatz in Sicht, dahinter mehrere Gebäude. Dann machte die Straße eine scharfe Kurve, und nur ein kleines Stück weiter erwartete uns ein einsamer dunkler Riese – ein Backsteingebilde, das höher als alles andere in der Umgebung in den Himmel ragte. Als wäre es seine Aufgabe, den Stolz vergangener Zeiten in die Welt zu tragen. Und alle Erinnerungen, die damit verbunden waren. Gegenüber lag ein schickes Autohaus, aber das »Getaway« stand über diesen neumodisch-sterilen Ansprüchen und blickte auf die gedrungenen Showrooms und bunten Flaggen an den Masten eher mit Häme herab. Am Dachfirst prangte ein Schriftzug, der auf die Vergangenheit des Gebäudes hindeutete. Die Lettern bildeten die Wörter »Aktien Brauerei Beckmann«. Aber hier ging es längst nicht mehr um die Herstellung von Bier, und schon gar nicht um Wertpapiere.

Entlang der Straße stand ein Auto am anderen. Wo es über einen Hof zum Eingang ging, drängte sich das Volk. Manche hatten Getränke in der Hand, andere standen nur so zusammen und quatschten. Wieder andere waren mit ihren Handys beschäftigt. Ab und zu brach eine kleine Gruppe in Gelächter aus. Dumpfe Bässe untermalten die Szenerie.

»Na?«, fragte Flame.

»Du willst doch wohl nicht etwa tanzen gehen? Flame, wir haben zu tun. Wir müssen …«

Sie packte mich am Arm. Ihr Griff war fest, fast eisern.

»Brauchst dich nicht zu genieren, Rottischrotti. Da drin sind viele, die sogar älter sind als du. Eigentlich müsste ich mir in Sachen Altersklasse viel eher komisch vorkommen. Als das ›Exit‹ abgerissen wurde, war ich ja noch in der Grundschule. Jetzt komm schon.«

Sie zog mich einfach mit. Ich ließ es geschehen. Wir tauchten in die Menschenmenge in der Einfahrt ein, wo es auf den gepflasterten Hof ging. Irgendwann ließ sie mich los. Ich folgte ihr noch ein paar Schritte, dann hatte ich sie schon verloren. Wahrscheinlich war sie irgendwo in Richtung Eingang verschwunden, aber das war mir auch egal.

Ein paar Minuten trieb ich mich so herum. Flame fand ich nicht mehr, und das war auch gut so.

Traue keinem, sagte ich mir.

Auch Flame nicht.

Ihr am besten ganz besonders nicht.

Sie hatte mich eingewickelt. Ich vergewisserte mich, dass mein Handy ausgeschaltet war. Dann machte ich mich auf den Rückweg. Sollte sie hier bleiben. Ich war lieber für mich.

Bevor ich um die Kurve bog, sah ich mich noch einmal um. Aber alles, was mich beobachtete, war das finstere, ernste Gebäude. Niemand folgte mir.

Im Laufschritt lief ich in die Hansastraße zurück, fieberhaft überlegend, was ich tun konnte.

Flames Geheimnis lösen. Etwas herausfinden. Irgendetwas.

Mir fiel auf, dass ich mich wie ein Roboter bewegte. Oder wie ein Zombie.

Als ich an meinem Wagen ankam, hatte ich eine Idee. Der Wagenheber hatte mir ja heute schon mehrfach gute Dienste geleistet. Ich holte ihn aus dem Kofferraum, lief bis zu der Stelle, wo ich die Mauer zu Flames Anwesen überqueren konnte, und warf ihn hinüber. Ich hörte, wie es in den Zweigen der kleinen Büsche krachte, kletterte selbst auf die andere Seite, fand ihn in dem Unkraut erst nicht wieder. Doch dann bekam ich ihn zu fassen und schritt auf das Gebäude zu.

Bis auf die Lampen von der Straße, deren Licht matt herüberschien, war das Gelände unbeleuchtet. Meine Augen gewöhnten sich langsam an die Dunkelheit. Die helle Fassade schälte sich heraus. Die Videokamera in der Halbkugel über dem Eingang würde mich wahrscheinlich kommen sehen und meine Ankunft sicher auch aufzeichnen. Allerdings musste sie dafür mit einem Nachtsichtgerät ausgestattet sein. Ich hatte keine Ahnung, ob das der Fall war.

Als ich an der Tür angekommen war, schwenkte ich das längliche, schwere Metallteil hoch über meinen Kopf. Mit einem hässlichen Splittern brach das Glas. Die Kamera dahinter war nur zu erahnen. Sicherheitshalber schlug ich ein zweites Mal zu. Und dann noch mal und noch mal, bis nur noch ein trauriges Stück Elektronik an einem Kabel heraushing.

Gegen die Tür kam ich nicht an. So stapfte ich um das Haus herum, den Wagenheber schlagbereit in der Hand. Mir war warm geworden. Ich spürte Schweiß auf dem Gesicht.

Endlich fand ich ein Fenster, dessen Scheibe ohne Gitter nackt und schutzlos im spärlichen Mondlicht glänzte. Ein Schlag, und ein helles Spinnennetz durchzog das Glas. Ein zweiter Schlag, und ein riesiges Loch entstand. Seelenruhig stieg ich bei Flame ein, tastete mich an den Wänden entlang und suchte einen Lichtschalter.

Neonröhren flammten auf. Ich fand den Weg in das Innere des großen Raumes, fand das U-förmige Sofa, auf dem Flame gesessen hatte. Ich ließ mich darauf nieder und starrte auf die Drohne auf dem Couchtisch, betrachtete die Poster von den Bands. Die Bar brachte mich auf die Idee, etwas zu trinken, aber ich war auf einmal so müde, dass ich sitzen blieb.

Der Wagenheber rutschte polternd auf den Boden. Am liebsten hätte ich mich auf dem Sofa ausgestreckt und geschlafen.

Endlich meldete sich eine leise Stimme in mir. Mahnend. Und sozusagen mit dem Zeigefinger drohend.

Rott, was machst du hier für einen Scheiß?

Wenn du schon hier reinmarschierst wie Rambo persönlich, sollte es auch zu was nütze sein.

Such nach Hinweisen. Finde heraus, warum Flame Beiner gesucht hat und nun mit Brambach reden will.

Mach deinen Job.

Ich erhob mich mühsam und durchstreifte die mit Rigipswänden abgeteilten Räume. Als ich auf einen Computer stieß, schaltete ich ihn an. Er war sofort startklar, hatte wohl nur auf Stand-by gestanden. Es kam die Aufforderung, ein Passwort einzugeben, das ich natürlich nicht kannte.

Ich versuchte es mit Flame, Ohligs, Renate, Schuppenberg, Renateschuppenberg und sogar Rottischrotti.

Ohne Erfolg.

Ich kehrte zum U zurück und gönnte mir erneut eine Ruhepause auf der Couch.

Dann suchte ich weiter alles ab.

Ruhte mich wieder aus.

Suchte. Fand nichts.

Mein Herzschlag beruhigte sich. Der Schweiß auf meinem Gesicht war kalt geworden.

Und dann, auf einmal, war ich ganz klar im Kopf. Tiefe Ruhe breitete sich in mir aus.

Ich suchte einen Zettel. Einen Kuli hatte ich in der Tasche.

Ich schrieb: »Sorry! RR«.

Den Zettel legte ich vor den Eingangsbereich, kletterte wieder aus dem Fenster, dann über die Mauer und ging zum Wagen.

Den Wagenheber nahm ich natürlich mit. Ordnung muss sein.

Ich fuhr nach Hause.

Ich konnte nicht einschlafen. Also ging ich an den Kühlschrank und trank vor dem laufenden Fernseher ein paar Flaschen Bier. Keine Ahnung, was ich da sah. Irgendeine Liebesromanze, die angesichts der nachtschlafenden Zeit von »Ruf!-Mich!-An!«- und »Nimm!-Mich!-Jetzt!«-Werbespots unterbrochen wurde. Dann ein Zeichentrickfilm. Eine alte Folge »Buffy – im Bann der Dämonen«.

Irgendwann legte ich mich hin, aber der Schlaf kam immer noch nicht.

Meine Gedanken rasten.

Musste ich jetzt doch noch mal im Krankenhaus anrufen?

Oder würde man mich nur wieder abwimmeln?

Wer kümmerte sich um Wonnes Beerdigung?

Sie hat keine Verwandten außer dir.

Jutta. Ich konnte Jutta anrufen. Sie würde mir sicher helfen.

Meine Gedanken rotierten. Ich sah mich immer wieder in der Szene an der Raststätte. Sah, wie Wonne getroffen wurde. Sah mich zu ihr eilen. Doch es war nicht meine Perspektive, sondern die des Schützen, des Mörders. Aus der Deckung der Bäume heraus.

Dann war ich wieder ich selbst. Ich sah mich herumlaufen,

Leute befragen, mit Brambachs Foto in der Hand, sah sie die Köpfe schütteln. Sah die Menschen, die erschrocken zur Seite sprangen, ebenfalls aufgeschreckt von dem Geknatter.

Ach ja, der Hubschrauber, der Wonne geholt hat. Aber es ist zu spät gewesen. Sie wird uns niemals mehr sagen können, was sie an dem Rastplatz wollte, warum sie dort oben auftauchte. Irgendwer musste sie dorthin bestellt haben. Ein Treffen.

Mit Beiner?

Mit Brambach?

War Beiner auch dort oben gewesen? Niemand hatte sich an der Raststätte nach ihm erkundigt. Alle hatten nur nach Brambach gesucht. War das ein Fehler?

Quatsch, das konnte ja gar nicht sein. Der war da ja längst tot gewesen …

Ab diesem Punkt begann die Schleife von Neuem: Wonne taumelt, ich stürze zu ihr. Alles gut zu sehen von hinten im Wald.

Wonne, was wolltest du dort oben?

Mit wem hast du gesprochen?

Peng! Mit einem Schlag erwachte ich aus dem leichten Duseln, das man kaum als Schlafen bezeichnen konnte.

Ich schwang mich aus dem Bett. Eine Flasche fiel um, es kollerte. Licht. Alles hell.

Mein Rücken schmerzte, als ich mich erhob. Ich trug noch immer meine Klamotten. Mein Mund war trocken. Als ich mich räusperte, schmeckte ich etwas Bitteres.

Das Telefon. Ich wählte. Es klingelte lange.

Endlich meldete sich jemand. Sehr verschlafen.

»Ja?«

»Opladen.«

Pause. »Rott … bist du das?«

»Opladen, du musst mir noch mal helfen.«

Der Kripomann wurde etwas wacher. »Ich glaub, du spinnst, Rott. Sag mal …« Er unterbrach sich, sah vermutlich auf die Uhr. »Weißt du eigentlich …«

»Ich weiß, wie spät es ist. Oder wie früh. Und es ist mir scheißegal. Hör zu. Du hilfst mir jetzt noch einmal. Ein einziges Mal.«

»Den Teufel werd ich.«

»Du wirst. Meine Freundin ist tot.«

»Ja, aber … Ich hab nichts mit dem Fall zu tun. Günther hat ihn zur Chefsache …«

»Du sollst mir zuhören. Ich brauche Wonnes Handy. Hast du verstanden?«

Opladen seufzte. Ich hörte Geraschel vom Bettzeug. »Lass mich doch einfach in Ruhe«, sagte er.

»Hilf mir, Opladen. Dann hast du was gut bei mir. Ich schwör's. Es wird der Tag kommen, an dem du meine Hilfe brauchst.«

»Ich kann dir ihre Sachen nicht einfach so geben. Das muss alles noch ausgewertet werden.«

»Ich rede nicht von den Sachen, Opladen. Ich rede von ihrem Handy. Ich muss wissen, mit wem sie telefoniert hat.«

»Rott, das geht nicht.«

»Und ob das geht. Melde dich bei mir. Sobald du im Büro bist. Nimm meine Handynummer. Ich sag sonst alles. Alles, verstehst du? Ich sage, dass du mir seit Jahren Kripomaterial zukommen lässt.«

Es knackte in der Leitung. Opladen hatte aufgelegt. Ich wählte noch mal. Besetzt. Ich probierte seine Handynummer. Nicht erreichbar.

Ein Stich in meinem Nacken erinnerte mich daran, wie verkrampft ich war. Ich ließ mich zurück auf mein Bett fallen. Gerade wollte ich das Licht ausmachen, da jodelte die elektronische Melodie meines Telefons auf. Ich griff danach.

»Opladen.«

»Du Riesenarschloch«, schrie mir Flame ins Ohr. »Du Riesenriesenriesenarschloch!«

»Hör mal, ich habe doch schon auf den Zettel geschrieben …«

»Was für ein Zettel? Hier einfach alles kaputtzuschlagen. Ist es das, was du brauchst, wenn es dir schlecht geht? Gewaltphantasien ausleben? Ich wollte dir helfen. Ich hab's nur gut gemeint.«

Ich wusste nicht, was ich sagen sollte. Sie hatte ja recht. Aber ich konnte mich jetzt nicht mit Flame unterhalten. So tat ich dasselbe, was Opladen getan hatte. Ich legte auf. Kurz darauf klingelte es wieder.

Ich zog das Kabel aus der Wand.

Löschte das Licht.

Mir war, als hörte ich das Klingeln immer noch.

Immer wieder wurde ich wach.

Und lag, halb schlafend, benommen da und wartete auf den neuen Tag.

19

Gegen sieben hielt ich es nicht mehr aus und stand auf. Kaffee gab's keinen.

Das Festnetztelefon ließ ich ausgestöpselt. Stattdessen schaltete ich mein Handy an.

Diverse Meldungen über Anrufe in Abwesenheit ploppten auf. Einige Nummern kamen aus Wuppertal. Keine Ahnung, von wem die waren. Eine andere hatte eine Solinger Vorwahl. Ich konnte mir denken, wem sie gehörte.

Ich stellte ich mich unter die Dusche, und es gelang mir sogar, sie auf eiskalt zu stellen und so lange darunter zu bleiben, bis ich bis fünfzig gezählt hatte. Danach fühlte ich mich wie von einem Eispanzer umgeben, aber hellwach.

Als ich aus dem Bad kam, klingelte das Handy. Die Nummer kannte ich.

»Na, Opladen, hast du's dir überlegt?«

»Das letzte Mal, Rott.«

»Und?«

»Halb zehn, Laurentiuskirche.«

Das war ganz bei mir in der Nähe, höchstens zweihundert Meter entfernt. Aber ziemlich weit weg vom Polizeipräsidium und von Opladens Wohnung in Barmen. Das machte mich stutzig.

»Opladen, ich freue mich ja, dass du mir so weit entgegenkommst, aber ist das nicht ein bisschen aufwendig? Ich meine, ich kann das Handy auch irgendwo abholen.«

»Ich bestimme den Ort.«

»Ist ja schon gut.«

»Sei pünktlich.«

Es blieben mir gut anderthalb Stunden, in denen ich die Adresse von Hermine Willrath überprüfte – der Schwägerin von diesem Harry, der gerade im Knast saß und mit dem Erwin Brambach eine Autowerkstatt betrieben hatte. Auf der Karte sah ich mir an, wo besagte Autowerkstatt genau lag. Dann telefonierte ich mit Jutta und brachte sie mit meinem Bericht über den Fund von Beiners Leiche auf den neuesten Stand. Ich setzte mich dazu in mein Büro, wo mir wieder der Kuli mit dem fehlerhaften Werbeaufdruck in die Hände fiel. »Refugius Rot« in vorgetäuscht goldenen, aber in Wirklichkeit einfach nur gelben Buchstaben.

»Und es ist ganz sicher, dass es Beiners Leiche ist?«, fragte sie. Dass wir uns gestern Abend gestritten hatten, ignorierten wir beide.

»Es war sein Auto, er hat sich zuletzt genau dort, in Bergisch Gladbach, aufgehalten. Und das wenige, was ich von der Leiche zu Gesicht bekam, sah ihm auch ähnlich.«

»Glaubst du, Brambach hat ihn umgebracht?«

»Wer sonst?«

»Wie ist er denn umgekommen?«

»Weiß ich nicht. Erschlagen. Erschossen. Da gibt's viele Möglichkeiten.«

»Sehr gute Mordmethoden.«

»Ja, finde ich auch.«

»Remi, ich meine das ironisch. Überleg doch mal. In Gladbach. Am Nachmittag. Stell dir vor, du erschlägst oder erschießt jemanden mitten im Trubel in der Tiefgarage. Glaubst du nicht, dass das jemandem auffällt?«

»Nicht, wenn man es geschickt anstellt.«

Sie unterbrach mich. »Remi, du klingst so komisch.«

Ich gab ein gequältes Lachen von mir. »Ist das ein Wunder?«

»Na ja, ich versteh's ja, aber …«

»Ich hoffe nur, dass ich jetzt noch ein paar polizeiliche Informationen kriege. Zum Beispiel wüsste ich gern, mit welcher Waffe auf Wonne geschossen wurde.«

»Wo du gerade Polizei sagst … Die haben hier heute Morgen angerufen.«

»Was? Bei dir? Worum ging's?«

»Keine Ahnung, ich hab ja noch geschlafen. Es ist Sonntag, Remi. Ein gewisser Herr Günther von der Kripo hat auf den AB gesprochen. Er wollte dich erreichen. Die denken, du wärst hier bei mir.«

»Und das sagst du mir jetzt erst?«

»Ich bin gerade eine halbe Stunde auf. Ich hab noch nicht mal geduscht. Ruf halt zurück, dann weißt du, was sie von dir wollen. Ich frage mich nur, warum sie dich nicht zu Hause anrufen.«

»Ich kann's mir denken«, sagte ich. »Ich habe heute Nacht das Kabel rausgezogen. Jedenfalls werde ich einen Teufel tun und mich da melden. Die wollen mich doch nur fertigmachen. Sie wollen nicht, dass ich Brambach auf eigene Faust finde. Wahrscheinlich ist endlich von Bergisch Gladbach bis nach Wuppertal durchgedrungen, dass Beiner und Brambach irgendwie zusammenhängen.«

»Ich bin ja schon der Ansicht, dass du mehr mit der Polizei zusammenarbeiten solltest.«

»Ich nicht«, sagte ich und verabschiedete mich kurz angebunden.

Dann ging ich an meinen Wäscheschrank. Hinter den Unterhosen, sehr weit nach hinten geschoben, lag meine Beretta neun Millimeter in einem Lederholster.

Ich nahm mir viel Zeit, die Munition herauszunehmen, sie zu überprüfen und die Waffe wieder zu laden. Ich sicherte sie und wog sie in der Hand. Denn steckte ich sie zurück in das Leder und schnallte es mir um.

Nach einem Blick aus dem Fenster, der mir sagte, dass ich heute meinen Mantel nicht brauchen würde, verließ ich um Viertel nach neun meine Wohnung und spazierte in Richtung Laurentiusplatz.

Ich schlenderte zwischen den sonntäglichen Spaziergängern das kurze Stück die Friedrich-Ebert-Straße entlang, bis sich auf der rechten Seite das Areal öffnete, das meiner Meinung nach einer der schönsten Plätze Wuppertals war. Man konnte sich einbilden, im Süden zu sein – vielleicht in einer italienischen Kleinstadt. Nur die beiden Pavillons mit Fachwerkmuster an den vorderen Ecken setzten einen bergischen Akzent.

Von den Markisen des »Café Engel« aus überquerte ich den Platz und ging hinüber zum Portal von St. Laurentius. Die ockerfarbene Fassade leuchtete in der Sonne. Einige Menschen in Sonntagskleidung hatten sich vor den Stufen zur Kirche versammelt. Als ich näher kam, löste sich ein Mann aus der Gruppe und kam auf mich zu. Erst als er vor mir stand, erkannte ich Opladen. Eigentlich weniger an seinem Aussehen. Er trug einen schwarzen Anzug, ein weißes Hemd und eine graue Krawatte, aber der Schweißgeruch war trotzdem nicht zu ignorieren. Außerdem war der Versuch einer perfekten Rasur an irgendwas gescheitert.

»Gottesdienst?«, fragte ich. »Ich wusste gar nicht, dass du so ein gläubiger Mensch bist.«

Opladen schüttelte den Kopf. »Hochzeit. In einer halben Stunde.«

»Oh, da gratuliere ich aber«, sagte ich ohne Begeisterung.

»Nicht ich. Eine Nichte. Komm.«

Er sah sich nach den Leuten vor der Kirche um, die uns aber nicht beachteten. Wir gingen um die nächste Ecke in die Kolpingstraße. Vor dem Schaufenster eines Secondhandladens, der sich sogar Schaufensterpuppen leistete, blieb Opladen stehen und griff in die Innentasche seiner Anzugjacke. Zum Vorschein kam Wonnes Handy, es steckte in einer Plastiktüte. Ich wollte danach greifen, aber er zog die Hand vor mir zurück.

»Nichts da. Du kannst gucken. Rausholen ist nicht. Mitnehmen auch nicht.«

»Opladen, das kannst du nicht machen. Das dauert eine Weile.«

»Wir haben Zeit.«

Ich nahm die Tüte. Das Telefon war ausgeschaltet. So drückte ich durch die Plastikfolie auf den Knopf an der Oberseite, um es hochzufahren. Zum Glück kannte ich Wonnes PIN. Während nach und nach die Symbole auf dem kleinen Bildschirm erschienen, fragte ich Opladen, was ich sonst noch wissen wollte.

»Gibt's denn was Neues bei den Ermittlungen?«

Opladen sah sich wieder um, als fürchtete er, beobachtet zu werden.

»Weiß nicht. Hab mit dem Fall nichts zu tun. Hab ich doch schon gesagt.«

»Du konntest mir immerhin das Telefon bringen.«

Das Smartphone war startbereit. Ich öffnete das Menü mit

den zuletzt gewählten Verbindungen und zog einen Zettel und einen Stift heraus.

»Hier, halt mal«, sagte ich. Ich brauchte freie Hände zum Schreiben. Opladen nahm das Gerät.

»War doch einfach«, sagte er. »Die Kollegen haben's analysiert. Es liegt längst bei den Asservaten. Da guckt keiner rein.«

»Wisst ihr denn inzwischen, aus welcher Waffe auf Wonne geschossen wurde?«

»Ich nicht. Günther weiß alles. Er will dich anrufen.«

»Ja, ich weiß, ich soll meine Finger aus dem Fall lassen.«

»Die glauben nicht mehr, dass das Brambach war.«

»Ach nee? Wer denn sonst? Der Weihnachtsmann?«

Ich schrieb die Nummern ab, die Wonne angerufen hatte. Etwas machte mich stutzig. Eine Telefonnummer lautete wie Wonnes Festnetzanschluss – allerdings mit einer anderen Vorwahl. Wonnes Wohnung befand sich in Bergisch Gladbach, wo man 02202 vorwählen musste. Sie war mit derselben Rufnummer verbunden gewesen, aber mit 0202 davor, also der Vorwahl von Wuppertal.

Hatte das eine Bedeutung, oder war es ein Zufall?

»Bist du bald fertig?«, fragte Opladen.

»Ich denke, wir haben Zeit?«

Ich suchte noch die SMS-Nachrichten durch, außerdem das Notizprogramm, fand aber nichts, was mir weitergeholfen hätte. »Okay, alles klar«, sagte ich schließlich.

Er schaltete das Handy aus und ließ es in seinem Jackett verschwinden.

»Bis dann.« Damit ging er.

Als ich allein über die Kolpingstraße nach Hause schlenderte, fiel mir ein, dass ich ja eigentlich gleich mal ausprobieren könnte, wem diese seltsame Nummer gehörte, die ich abgeschrieben hatte.

Ich wählte. Es klingelte drei Mal. Dann meldete sich eine Frau und sagte sehr freundlich: »Willrath«.

Mein Herz machte einen Sprung.

Schau mal einer an, dachte ich, drückte das Gespräch weg und lief hastig weiter.

Neuerdings war ich Mieter einer Garage in der Luisenstraße. Völlig außer Atem erreichte ich sie. Es kam mir richtig erholsam vor, als ich endlich im Golf saß und losfuhr. Ich war auf der richtigen Spur. Jetzt ging es darum, sie nicht mehr zu verlieren.

20

Stellt man sich die Ortsteile der Stadt an der Wupper wie eine doppelreihige Perlenkette vor, bei der der Fluss den verbindenden Faden darstellt, liegt die Hilgershöhe ganz am rechten oberen Rand – noch östlich von Oberbarmen, fast schon in Schwelm.

Es gibt nicht wenige, die sich auch heute kaum vorstellen können, dass diese Gegend und das immerhin etwa acht Kilometer im Südwesten gelegene Elberfeld zu ein und derselben Gemeinde gehören. Und doch wurde 1929 mit der Verbindung von Elberfeld und Barmen der Grundstein zu genau dieser Verbindung gelegt. Als ich meine wenigen Semester Germanistik in Köln absolvierte, gab es einen Professor, der aus Elberfeld stammte und nicht müde wurde zu betonen, dass die beiden äußersten Grenzen Wuppertals nicht nur politisch, geografisch, topografisch und historisch nicht unter einen Hut zu bringen waren, sondern noch viel weniger sprachlich. Dies unterstrich er in jeder seiner Lehrveranstaltungen, ob es nun um Schillers Dramen, »Effi Briest«, die Literaturgeschichte der Weimarer Republik oder die Minnelyrik des 13. Jahrhunderts ging. Der thematische Schlenker war immer Teil der Show.

Niemand hat bis heute auf ihn gehört. Stattdessen strebten wir mit großen Schritten dem hundertsten Jubiläum dieser Städtevereinigung entgegen. Vielleicht ließ man ihn ja bei den Feierlichkeiten einen Vortrag halten. Wenn es ihn überhaupt noch gab. Schon während meines Studiums in den Achtzigern war er mir furchtbar alt vorgekommen.

Es war wenig Verkehr an diesem Sonntag. Ohne Stau und andere Behelligungen nahm ich meinen Weg am Berliner Platz vorbei, ließ die Wupper rechts liegen und folgte der B 7 den Berg hinauf. Beim Abbiegen in die Kohlenstraße oberhalb des Containerbahnhofs erwischte ich die grüne Welle, und ich gab vor lauter Ungeduld so viel Gas, dass ich die Reifen zum Quietschen brachte.

Die Windhukstraße führte weiter den Berg hinauf – als schier endlose Reihe von auf verschiedensten architektonischen Prinzipien entworfenen Mietshäusern.

Das Haus, das ich suchte, war eher unscheinbar. Es präsentierte sich als eine breite graue Front mit einer Fläche aus Glasbausteinen in der Mitte über dem Eingang. Es gab nur das Erdgeschoss und den ersten Stock. Wahrscheinlich lagen auf jeder Etage zwei Wohnungen einander gegenüber.

Ein Blick auf das Klingelschild zeigte mir, dass ich richtiglag. »H. Willraths« Unterkunft befand sich oben rechts. Ich klingelte.

»Na, da bist du ja endlich«, sagte eine Stimme aus dem Lautsprecher, und der Türöffner summte.

Drinnen roch es penetrant nach Zitrone. Das Aroma war so streng, dass es nur künstlich sein konnte. Auf den Etagen hatten die Bewohner das Treppenhaus geschmückt. Unten hingen zwei ungelenk gemalte Kinderbilder – mit einer lächelnden Sonne, blau gewelltem Wasser und einem aus roten Strichen gestalteten Schiff, auf dem zwei grinsende Männchen standen. Im ersten Stock erwarteten mich Fotos, die von Fernreisen zu stammen schienen. Wüstenlandschaften. Schwarze Menschen auf einem Markt, vermutlich in Afrika. Dazu gebasteltes Zeug aus braunen Fasern, das an der Wohnungstür hing. Die Fußmatte sandte mir ein eingeknüpftes »Welcome«. Die Tür war nur angelehnt. Ich nahm das Wort, das ich las, nicht wörtlich und entschloss mich, erst mal zu klopfen.

Drinnen klapperte Geschirr. »Komm ruhig rein«, rief die Frauenstimme, die ich schon vom Telefon und von der Gegensprechanlage kannte. »Es ist offen.« Sie schlug in eine Art Flöten und Gurren um. Ich schob die Tür ein Stück weit auf und räusperte mich.

»Frau Willrath?«, sagte ich – nicht sonderlich laut, aber offenbar doch so überraschend, dass die Dame mit den kurzen grauen Haaren, die daraufhin in dem kleinen Flur auftauchte, fast das Tablett in ihren Händen hätte fallen lassen. Das wäre zu schade gewesen, denn ein Brotkorb mit Brötchen und zwei Croissants, ein Marmeladen- und ein Honigglas, eine duftende Kaffeekanne und aufgeschnittener Lachs hatten sich darauf versammelt.

»Wie kommen Sie denn hier rein?« Die Frau zitterte plötzlich so stark, dass die Sachen auf dem Tablett zu klappern begannen.

»Es tut mir leid, ich wollte Sie nicht erschrecken.«

»Bitte gehen Sie aus meiner Wohnung.«

»Sie haben mir eben selbst aufgemacht. Sie sind doch sicher Hermine Willrath? Ich würde gern kurz mit Ihnen sprechen.«

Sie wusste augenscheinlich nicht, wohin mit dem Tablett. Sicherlich hatte sie es zu dem hübsch gedeckten Tisch tragen wollen, den ich im Hintergrund im Wohnzimmer sah. Dorthin drängte es sie noch immer. Aber andererseits musste sie auch den Eingang bewachen. In ihren Augen war ich ein Eindringling, der hier nichts zu suchen hatte. Sie wirkte ängstlich. Dabei war ich ordentlich gekleidet und freundlich.

»Mein Name ist Rott. Ich ermittle in einem Fall, bei dem Sie mir vielleicht weiterhelfen könnten.«

»Polizei?« Die Angst im Blick von Frau Willrath wurde größer. Wahrscheinlich fürchtete sie sich jetzt nicht mehr vor mir, sondern davor, bei den Nachbarn in schlechtes Licht zu geraten. »Kommen Sie herein«, sagte sie nach einer kurzen Phase des Zögerns. »Aber machen Sie nichts schmutzig.«

Ich trat einen Schritt vor und schloss die Wohnungstür hinter mir. Das hatte sie nicht erlaubt, und einen Moment lang dachte ich, dass ich damit einen Fehler machte. Andererseits war es eine Methode, das Thema Polizei und so weiter von den Nachbarn fernzuhalten. Und meine Einschätzung war richtig. Mit einem Ausdruck der Erleichterung im Gesicht brachte sie das Tablett ins Wohnzimmer. Ich nutzte die Zeit, um noch ein paar Schritte in die Wohnung hineinzugehen und mich ein wenig umzusehen.

An allen möglichen Stellen an den Wänden hingen Fotos von der Art, wie ich sie auch schon draußen gesehen hatte. Auf manchen war Frau Willrath auch abgebildet. Vor weitem Wüstengebirge, an einem exotisch aussehenden Fluss. Mit Sonnenbrille, Baumwollkleid und Sandalen, manchmal umgeben von anderen Touristen, gelegentlich auch von Einheimischen.

»Sie reisen gern?«, fragte ich, als sie wieder vor mir stand. Ein bisschen Small Talk würde vielleicht helfen, die Atmosphäre aufzulockern. Natürlich hatte ich nicht vor, ihren Irrtum über meine Beziehung zur Polizei zu korrigieren.

»Ja, hin und wieder«, sagte sie und wirkte ein wenig verwirrt, weil sie wahrscheinlich erwartet hatte, ich würde sofort zum Kern der Sache kommen und ihr erklären, was ich von ihr wollte. »Davon habe ich mein ganzes Leben geträumt.« Sie lächelte. »Wenn ich mal pensioniert bin, habe ich mir gesagt, dann …« Sie unterbrach sich. »Aber Sie sind doch sicher nicht wegen meiner Reisen hier, Herr …«

»Rott«, wiederholte ich. »Mein Name ist Rott. Nein, ehrlich gesagt geht es um Ihren Schwager, Harry Willrath.«

Jetzt ging in ihr eine Verwandlung vor. Aus der unsicheren, etwas ängstlichen Frau wurde eine verhärtete, böse Oma.

»Ich habe keinen Schwager«, sagte sie.

»Nicht? Ich dachte, Harry …«

»Herr … Rott, richtig? Herr Rott, ich habe schon damals in der Gerichtsverhandlung gesagt, dass ich mit Harry nichts mehr zu tun haben will.« Sie schüttelte den Kopf, als könnte sie selbst nicht glauben, was sie da Dummes gesagt hatte. »In *der* Gerichtsverhandlung? Ja, schön wär's, wenn es nur eine einzige gewesen wäre. Aber Harry stand ja andauernd vor dem Kadi. Er ist eine Schande für die Familie.«

»Dann machen wir's kurz, Frau Willrath. Haben Sie in letzter Zeit Erwin Brambach gesehen? Oder von ihm gehört?«

»Erwin Brambach?«

»Ihr Schwager hatte mit ihm eine Autowerkstatt. Hier in Wuppertal. Unten in Barmen. Soweit ich weiß … ich meine, soweit wir wissen, gehörte Ihnen die Immobilie, in der sie die Werkstatt betrieben haben.«

»Ach, lassen Sie mich doch damit in Ruhe. Das interessiert mich alles nicht mehr.«

»Aber die Werkstatt …«

»Ja, die habe ich noch. Das ist nicht mehr als eine Halle und ein Keller. Seit Jahren heißt es, ein Investor würde das mal übernehmen, weil da unten hinter dem Berliner Platz was Neues entstehen soll. Aber inzwischen glaube ich, es wird nie was draus. Sie wissen doch, wie das heutzutage ist. Auf der einen Seite ist kein Geld da, um die Städte wirklich lebenswert zu machen. Auf der anderen wird Geld für Sachen verschleudert, bei denen die Kosten explodieren, und der Steuerzahler darf es dann richten. Gleichzeitig siedeln sich in den heruntergekommenen Gebäuden finstere Elemente an.«

»Finstere Elemente?«

»Leute, die dort nichts zu suchen haben. Irgendwelche Obdachlosen. Arbeitslose. Ausländer. All die Flüchtlinge. Na ja, für die ist es hier ja immer noch besser als zu Hause.« Sie hatte sich ein wenig in Rage geredet.

Ich schwieg und betrachtete stattdessen noch mal die Bilder, die Hermine Willrath mit den Ausländern zeigten, deren Heimat sie besucht hatte, die sie aber nicht so gern in unserem Land zu sehen schien. Auf einem Foto, das einzeln in einem Rahmen quer im Bücherregal vor einer Reihe von Bestsellern stand, war sie zusammen mit einem jungen Mann schwarzer Hautfarbe abgebildet. Sicher war dieses Foto auch auf einer Afrika-Reise entstanden. Beide lächelten.

»Sie haben Herrn Brambach also nicht gesehen?«, hakte ich nach.

»Seit Jahren nicht. Das ist alles lange her. Und Harry … den habe ich zuletzt vor seiner letzten Gerichtsverhandlung getroffen. Er sitzt ja jetzt schon seit ein paar Jahren im Gefängnis. Und das ist auch richtig so.«

»Das ist uns bekannt, Frau Willrath. Dann will ich nicht weiter stören.«

Sie nickte. »Einen Moment noch, Herr Rott.« Streng sah sie mich an. Wie eine Lehrerin, aber keine von den netten. Eher wie eine von jenen, vor denen man sich als Schüler fürchtet.

»Wo kann ich anrufen?«, fragte sie.

»Was meinen Sie?«

»Neulich stand in der Zeitung, dass sich Polizisten, die zu einer Befragung kommen, unaufgefordert ausweisen. Oder sie geben eine Nummer an, bei der man anrufen und sich über sie erkundigen kann.«

Mit einem Mal hatte sie ein örtliches Telefonbuch in der Hand, das wohl auf einer Ablage neben der Wohnungstür gelegen haben musste. Sie blätterte darin, fand den Abschnitt mit dem Buchstaben P und ließ ihren Zeigefinger über die Spalten gleiten.

»Ich glaube, hier liegt ein Missverständnis vor«, entgegnete ich. »Ich habe nicht gesagt, dass ich Polizist bin.«

Der Finger wanderte weiter. »Doch, das haben Sie.«

Von einer Sekunde auf die andere kotzte mich das alles an. Ich riss ihr das Buch aus der Hand. Sie quittierte das mit einem leisen Aufschrei.

»Ich glaube, Sie hören mir nicht zu, Frau Willrath«, sagte ich scharf. »Erstens: Wenn Sie schon solche Angst vor Ausländern oder anderen ›finsteren Elementen‹, wie Sie es nennen, haben, dann sollten Sie nicht jedem die Tür öffnen. Sie sollten Ihre Gegensprechanlage dazu benutzen, wozu sie da ist: zur Kontrolle, wer unten steht. Das kann ich Ihnen als jemand, der mit Verbrechen zu tun hat, ganz klar empfehlen.«

»Aber …«

»Zweitens sollten Sie keine voreiligen Schlüsse ziehen und Ihre unbekannten Besucher *vor* dem Gespräch genauer befragen, wenn Sie nicht sicher sind, wen Sie vor sich haben.«

»Aber ich …«

»Ich bin noch nicht fertig.« Jetzt hatte ich die Frau so weit eingeschüchtert, dass ich mit einer dicken Lüge kommen konnte. Ich kramte in meiner Tasche.

Erinnerungen an meine Schulzeit kamen mir in den Sinn.

Ich habe die Hausaufgaben nicht machen können, weil unser Hund von einem Leckerli einen Erstickungsanfall bekommen hat und wir dringend zum Tierarzt mussten. Beinahe wäre er gestorben.

Natürlich hatten wir gar keinen Hund.

Ich habe die Hausaufgaben nicht machen können, weil sich meine Mutter aus der Wohnung ausgesperrt hat. Mein Vater ist auf einer Fortbildung im Schwarzwald, und wir haben den ganzen Nachmittag damit verbracht, einen Schlüsseldienst zu finden, der nicht so teuer ist. Meine Mutter hat geweint und gesagt, sie habe das ganze Haushaltsgeld für diesen Monat schon ausgegeben. Wenn mein Vater das erfährt, gibt es richtig Ärger.

Mein Vater ging nie auf Fortbildungen. Er arbeitete bei der Polizei im Innendienst. Unsere Nachbarin bewahrte stets einen

Zweitschlüssel für uns auf. Und außerdem verstanden sich meine Eltern viel zu gut, um wegen so was in die Krise zu geraten.

Phantastisch, was einem in den paar Sekunden, die man brauchte, um eine Visitenkarte hervorzuholen, alles einfallen konnte.

»Drittens«, fuhr ich fort, »arbeite ich tatsächlich für die Polizei. Wenn auch nicht als Beamter, sondern als Privatdetektiv. Bitte schön.«

»Aber was ist denn passiert? Ich meine, Harry ist doch schon so lange im Gefängnis.«

»Es geht nicht um Harry, Frau Willrath. Es geht um Erwin Brambach. Das habe ich Ihnen doch gerade gesagt. Wenn Sie Brambach sehen, wenn Sie von ihm hören, wenn Sie eine Ahnung bekommen, wo er sich aufhalten könnte, rufen Sie mich bitte sofort an. Egal, um welche Uhrzeit. Und jetzt möchte ich Sie noch etwas fragen. Sagt Ihnen der Name Yvonne Freier etwas? Sie muss in letzter Zeit mit ihnen telefoniert haben.«

»Freier? Was … Nein, eine Frau Freier kenne ich nicht.«

Ein lautes Dingdong ertönte. Die Türklingel. Klar, Frau Willrath erwartete ja Besuch. Sie war sofort abgelenkt.

»Oh, da kommt mein Kollege. Ich meine, mein ehemaliger Kollege – aus der Zeit, als ich noch Lehrerin am Gymnasium war.«

Ich fühlte mich, als habe mich eine Ohrfeige getroffen. »Am Dörpfeld-Gymnasium?«, fragte ich, und sie nickte.

Am Wilhelm-Dörpfeld-Gymnasium war ich zur Schule gegangen.

Zwischen 1972 und 1981.

Und auf einmal fiel mir ein, dass ich den Namen Willrath kannte. Sie war nicht meine Lehrerin gewesen, aber sie hatte bei uns mal eine Vertretung übernommen. In Deutsch. Und ich hatte meine Hausaufgaben nicht gemacht. Ich hatte nach vorne vor das Pult kommen und vor einer viel jüngeren Frau Willrath, die damals wahrscheinlich gerade aus dem Referendariat gekommen war, laut und deutlich erklären müssen, warum ich meine Hausaufgaben nicht gemacht hatte.

Ich lenkte mich von dem Gedanken ab, indem ich mich noch

ein wenig in der Wohnung umsah. Bei genauerer Betrachtung entdeckte ich noch mehr Einrichtungsgegenstände, die auf ihre Reisen hinwiesen. In einer Ecke hing eine afrikanische Maske aus dunklem Holz. Den Boden zwischen dem gedeckten Tisch und dem Bücherregal mit dem Foto, auf dem Frau Willrath so schön mit dem jungen Schwarzen in die Kamera lächelte, schmückte ein Teppich aus rostroter Naturfaser, der mir auch irgendwie afrikanisch vorkam. Wie aus einem Nomadenzelt entliehen. Natürlich nicht so groß. Wahrscheinlich die Souvenirvariante für Touristen aus Deutschland, die in einer Vorstadtwohnung lebten.

Das Klingeln wiederholte sich. Seltsamerweise schien Frau Willrath darauf zu warten, dass ich ihr erlaubte, die Tür zu öffnen.

»Was ist denn mit diesem Herrn Brambach?«, fragte sie.

»Er hat jemanden erschossen«, sagte ich und ging mit einem kurzen Abschiedsgruß hinaus.

Auf der Treppe machte ich einem älteren Herrn mit glatt rasierten Wangen und Spitzbart Platz, der ganz in Beige gekleidet war: Jacke, Cordhose, Wildlederschuhe – sogar die Socken waren beige.

»Guten Morgen«, sagte ich, aber er sah mich nur überrascht an und setzte seinen Weg in Richtung Frau Willraths Wohnung fort.

War das auch ein Lehrer von mir?

Ich wollte nicht darüber nachdenken.

21

Die trostlosen Ecken von Wuppertal wirken an Sonntagvormittagen noch trostloser. Wenn man sich ihnen nähert, betteln sie geradezu um Aufmerksamkeit. Aber die Bevölkerung meidet diese Gegenden natürlich gerade an ihren freien Tagen und läuft bei schönem Wetter lieber im Wald herum oder besucht den Botanischen Garten. Oder den Zoo.

So kam ich mir vor wie in einer Geisterstadt, als ich von der Berliner Straße abbog, zuerst die ausgedehnten Gleisanlagen und dann die Wupper überquerte und schließlich am »Bauhaus«-Gebäude vorbei zur Einmündung der Straße »Auf der Bleiche« rollte. Der Blick in die Straße zeigte grob verputzte Mauern, hinter denen graubraune Gebäude aufragten. Ganz weit hinten begann eine Reihe aneinandergebauter Mietshäuser, und noch viel weiter hinten, fast wie auf einem anderen Stern, erhoben sich die bewaldeten Hügel des Bergischen Landes.

Ich fuhr beim Einbiegen in die Straße über einen in leuchtendem Rot auf den Asphalt gemalten Hinweis, dass ich mich in einer Dreißigerzone befand, und suchte die Adresse, die Trautwein mir gegeben hatte. Es war nicht ganz einfach, denn hier machte sich offenbar kaum jemand die Mühe, die verwinkelten Eingänge und Einfahrten ordentlich mit Hausnummern zu beschriften.

Schließlich war ich mir sicher, dass die alte Werkstatt von Willrath und Brambach hinter einem grauen Tor liegen musste, das irgendjemand völlig vergeblich mit Graffiti aufzuhübschen versucht hatte.

Ich parkte gegenüber im Schatten einer Backsteinmauer, hinter der ein grüner Gasbehälter aufragte, und stieg aus.

Neben dem grauen Tor, das sich nicht öffnen ließ, verlief eine Waschbetonwand. Ein Stück weiter kam eine Zufahrt zu weiter hinten gelegenen Grundstücken. Hier war nichts abgesperrt, aber ein Schild wies den Weg als Privatstraße aus: Zufahrt nur für Anlieger. Auch hier hatte der Sprayer zugeschlagen. Lesen konnte man die Anweisung trotzdem. Und ich hielt mich dran. Ich fuhr ja nicht hinein. Ich ging zu Fuß.

Nach hinten hin wurde die Mauer um das Werkstattgelände höher, und sie hatte ziemlich weit oben liegende Fenster. Sie mussten zum Hauptgebäude gehören. Ich entdeckte eine Metalltür mit einen Vordach aus Wellplastik, wahrscheinlich so eine Art Hintereingang. Das Schloss sah ziemlich modern aus. Das Einbruchbesteck, das ich in der Tasche hatte, würde hier nichts ausrichten.

Ich checkte den Rest des Anwesens. Auf der rechten Seite lag ein moderneres Bürohaus. Ein Schild erklärte, dass es zu irgendeinem Bauunternehmen gehörte. Die Parktaschen vor dem weißen Gebäudeklotz waren leer. In einer Ecke standen mehrere Mülltonnen. Zwei davon waren Großraumbehälter mit Schiebedeckel. Ich sah mich um und überlegte eine Weile. Was ich vorhatte, war riskant, aber wahrscheinlich war es die einfachste Möglichkeit, auf das Gelände zu kommen.

Ich rollte eine der beiden Tonnen über den schmalen Weg zur Werkstattfassade mit den Fenstern. Dort fixierte ich die Räder des Müllbehälters mit ein paar Steinen, die netterweise neben den Parkplätzen der Baufirma gelegen hatten. Als ich das ganze Ding ordentlich verkantet hatte, suchte ich ein bisschen die Umgebung ab und fand zwischen Bauschutt ein paar flache Metallteile. Eins davon steckte ich mir in die Tasche und kletterte auf die Mülltonne hinauf. Es dauerte keine fünf Minuten, bis ich das Fenster aufgehebelt hatte und hindurchsteigen konnte. Ich warf einen letzten Blick auf die Mülltonne, die ganz harmlos unten an der Mauer stand. Dann schloss ich das Fenster so weit, dass niemand, der zufällig vorbeikam, Verdacht schöpfen würde.

Ich stand in einem lange verlassen wirkenden Büro mit grauem Fußboden. Zwei Resopalschreibtische waren in der Mitte des Raumes zusammengeschoben. In der einen Ecke häuften sich Kartons, in der anderen lagen ein paar verdreckte Aktenordner. Ich schaute kurz hinein. Es waren irgendwelche Rechnungsdurchschläge. An der Wand neben der Tür hing ein Kalender, von dem mich eine barbusige Blondine ansah. Sie war für den Monat September 2009 zuständig. Der war seit fast fünf Jahren Geschichte.

Die Bürotür war verschlossen, aber hier kam ich mit meinem Besteck endlich mal voran. Nach ein paar Minuten trat ich auf den Absatz einer Treppe aus Gitterrost, die hinunter in die Werkstatthalle führte. Die Halle war verlassen und fast leer. Hier hatte schon lange niemand mehr Autos repariert. Aber es roch noch immer nach Öl und Gummi, sogar nach Auspuffgasen, die sich wahrscheinlich in den Mauern festgesetzt hatten.

Nur ein paar Metallteile lagen herum – wahrscheinlich Reste der längst abgebauten Hebebühne. Irgendwelcher Schrott vermoderte in alten, mit der Zeit dunkel gefärbten Regalen. Ausrangiertes Werkzeug, alte Lappen, Farbdosen, undefinierbarer Kram. In der einen Ecke häuften sich Reifen.

An der Wand gegenüber der Treppe gab es ein heruntergelassenes Rolltor, daneben auf der einen Seite ein Fenster, durch dessen schmutziges Glas etwas Licht hereinkam. Auf der anderen Seite befand sich eine Metalltür.

Vorsichtig, weil ich nicht wusste, wie intakt die Treppe noch war, ging ich nach unten. Es hatte hier nicht nur eine Hebebühne gegeben. Die Werkstatt verfügte auch über eine Grube, mit deren Hilfe man Autos von unten betrachten konnte. Jemand hatte sie als Müllhalde benutzt. Verpackungen von Keksen, Knäckebrot und Konserven lagen darin.

Ich ging auch diese paar Stufen hinunter und durchsuchte den Müll. Leere Dosen und Einweggetränkeflaschen, Verpackungen von Keksen. Ein paar leere Milchtüten mit Ablaufdaten Juni 2014. Man hätte die Milch noch vor einer Woche trinken können.

Ich stieg wieder aus der Grube, zog meine Pistole, entsicherte sie und sah in die Runde. Die Regale, der Schrott, die Reifen – alles schien mich stumm anzublicken. Ein kaltes Gefühl erfasste mich, als mir klar wurde, dass ich hier wie auf dem Präsentierteller stand. Wenn sich jemand irgendwo versteckte und aus seiner Deckung heraus auf mich schießen wollte, war ich das perfekte Ziel.

Aber hier war kein Versteck. Es gab nur die paar Überreste und die Treppe hinauf in das alte Büro. Mit vorgehaltener Pistole prüfte ich, ob vielleicht jemand hinter den Reifen lag oder sich zwischen den Regalen verbarg. Ich fand nichts.

Es musste noch mehr Gebäude geben. So eine Werkstatt hatte ja auch Lager. Garagen. Und das Grundstück war recht groß.

Die Metalltür neben dem Tor ließ sich öffnen. Helles Sonnenlicht kam herein. Ich konnte über den Hof blicken. Geradeaus lag das grau gestrichene Tor. Rechts reihten sich drei Carports aneinander. Eigentlich waren es eher einfache Unterstände, mit Wellplastik gedeckt. Es standen keine Fahrzeuge darin. Nur ein paar Metallteile, die wie die Überbleibsel eines Motorrads aussahen. Und wieder Reifen.

Vorsichtig drückte ich mich an der Werkstattwand entlang. Links hatte das Gebäude, aus dem ich kam, einen Anbau. Unten gab es eine Metalltür. Daneben führte eine Freitreppe zu einem weiteren Eingang. Ich beschloss, erst einmal hinaufzugehen.

Neben der Tür befand sich ein Fenster, hinter dem eine alte Jalousie schief herunterhing. Natürlich war die Tür verschlossen, aber das Schloss machte keine Probleme. Kurz darauf war ich drin.

Der Raum war so was wie ein Ein-Raum-Apartment, allerdings sehr, sehr einfach eingerichtet. Auf dem Boden lag eine Matratze, darauf häuften sich ein paar Decken. Neben einer Steckdose standen ein verdreckter Radiator und eine Stehlampe. Auch hier lagen Reste von Verpackungen herum. Und es gab ein Waschbecken, neben dem an einem angelaufenen Metallhalter ein paar Handtücher hingen. Ich probierte den Hahn. Es gurgelte kurz. Dann kam kaltes Wasser. Klar und nicht abgestanden. Die Leitung musste vor Kurzem noch benutzt worden sein. Ich betätigte den Schalter an der Lampe. Sie ging an.

Der Boden war mit einfachen Teppichfliesen ausgelegt. Wahrscheinlich hatte diese Auslegware schon eine Menge mitgemacht. Ich untersuchte die Decken, die muffig rochen, mit einer unverkennbaren Schweißnote. Ein fadenscheiniges hellblaues Spannbettlaken bedeckte die Matratze. Ich musste es unter den Decken erst einmal freilegen, aber dann sah ich an der unteren Seite deutlich einen großen dunkelroten Fleck. Das war eindeutig Blut.

Immer noch die Beretta in der rechten Hand, ging ich zurück zur Tür, checkte mit einem kurzen Blick den Hof, der immer noch in völliger Unschuld dalag. Ich hatte auch kein Geräusch gehört. So leise ich konnte, machte ich mich wieder an den Abstieg über die Treppe.

Unten vermied ich es, genau vor die Öffnung der Tür zu kommen. Ich pirschte mich seitlich heran und lauschte. Es war fast unnatürlich still. Noch nicht mal die Stadt um mich herum machte ein Geräusch. Es wirkte, als habe ganz Barmen den Atem angehalten.

Vorsichtig zog ich an dem Türblatt. Die Tür ließ sich leicht öffnen, doch sie quietschte ein bisschen. Wenn Brambach da drin war, wusste er jetzt, dass ich von meinem Erkundungsgang in den oberen Schlafraum zurückgekehrt war. Das Versteckspiel hatte keinen Sinn mehr, also gab ich es auf.

Mit der Linken fischte ich mein Handy aus der Tasche und schaltete die Taschenlampenfunktion ein.

»Brambach«, rief ich. »Ich weiß, dass Sie da drin sind. Kommen Sie raus. Ich weiß alles.«

Was wusste ich?

Ich wusste, dass sich jemand hier drin versteckte. Brambach natürlich, wer sonst?

Ich wusste auch, dass Brambach jemanden getötet oder verletzt hatte. Daher das Blut.

Moment mal, dachte ich. Das ergibt keinen Sinn. Auf Wonne hat er aus der Entfernung geschossen. Und wenn er Beiner auf dem Gewissen hat, hat er ihn nicht hier umgebracht, sondern in Bergisch Gladbach.

Aber woher kam dann das Blut? Hatte sich Brambach beim Mord an Beiner verletzt?

Ich würde es gleich erfahren.

»Brambach? Hören Sie mich? Kommen Sie raus. Ich bin bewaffnet. Ich rufe die Polizei. Es hat keinen Zweck, sich weiter zu verstecken.«

Kein Ton kam aus dem Raum im Erdgeschoss des Anbaus. Im Vorbeigehen vorhin hatte ich sehen können, dass ein paar Stufen hinunterführten. Es war ein Souterrain. Wo Licht durch die Tür fiel, sah ich bräunlich gesprenkelte Fliesen.

Jetzt erst erkannte ich zwei verblasste Ziffern, die jemand

anscheinend per Hand und etwas ungelenk mit schwarzer Farbe auf die Tür gemalt hatte. Mittlerweile waren sie kaum mehr zu erkennen. Es waren zwei Nullen. Das hier war das Klo.

Ich wagte es. Mit dem zur Lampe umfunktionierten Handy in der einen und der Waffe in der anderen Hand stürmte ich hinein. Ich fand mich in einem kleinen Vorraum mit Waschbecken wieder. Dort erwarteten mich zwei weitere Türen. Ohne zu zögern, trat ich sie auf. In der einen Kabine gab es ein Urinal, in der anderen eine Kloschüssel.

Niemand hier. Erst recht kein Brambach.

Aber hinter dem Urinal lagerte ein Haufen blauer Müllsäcke. Einige waren nicht richtig verschlossen. Textilien hingen heraus. Das Zeug musste ich untersuchen.

Ich drehte mich um. Die Eingangstür stand offen, und der Blick auf den Hof war frei. Falls Brambach doch auf dem Gelände war, saß ich hier drin in der Falle. Daran konnte ich im Moment nichts ändern, aber ich musste wenigstens dafür sorgen, dass ich von draußen nicht ins Visier genommen werden konnte. So machte ich die Tür zum Pinkelraum zu und drückte auf den Lichtschalter. Eine Lampe ging an. Da es keine Fenster gab, war das Licht von draußen nicht zu sehen.

Ich zog die Müllsäcke auseinander. Es waren die verschiedensten Kleidungsstücke darin. Eine zerschlissene Hose, starr vor Dreck. T-Shirts. Ein einzelnes blaues, das viel größer war als die übrigen und sich als Fußballtrikot entpuppte. Von welchem Verein, wusste ich nicht, aber auf der einen Seite prangte groß und in Weiß die Ziffer 12. Weiter unten im Müllsack fand ich irgendwelche abgegriffenen Zettelchen, darunter eine Visitenkarte von einem Hotel in Rabat. »Hotel Admiral«. Jemand hatte mit Kugelschreiber etwas auf der Karte notiert. Die Telefonnummer von Hermine Willrath. Mit der deutschen Vorwahl 0049. Was hatte das nun wieder zu bedeuten?

Vor lauter Durchsuchen wurde mir viel zu spät klar, dass draußen etwas laut schepperte. Dann hörte ich einen Motor. Ein Wagen schien auf den Hof zu fahren. Schnell löschte ich das Licht und öffnete die Tür einen Spalt.

Ein glänzender Mercedes in Silbermetallic war vorgefahren. Den

Wagen hatte ich vorhin schon in der Windhukstraße gesehen. Er musste dem Typ in Beige und mit Spitzbart gehören, der Hermine Willrath besucht hatte. Wie zur Bestätigung stieg der Mann jetzt auf der Fahrerseite aus. Ganz Gentleman, ging er um das Heck herum zur Beifahrertür und öffnete sie für seine Begleiterin. Hermine Willrath verließ den Wagen und sah sich um.

Sie unterhielten sich, und ich bekam ein paar Gesprächsfetzen mit.

»Siehst du, hier ist niemand«, sagte der Beigefarbene. »Dieser Herr Rott, der bei dir war, wollte dir sicher nur Angst machen.«

»Aber Siegmund, du verstehst nicht«, entgegnete sie. »Er ist verschwunden, und ich weiß nicht, wo er sonst sein soll. Das gefällt mir nicht. Wenn ihm nun etwas passiert ist.«

Der Mann winkte ab. »Er ist doch ein zäher Bursche. Wenn man sich überlegt, was er schon alles hinter sich hat.«

Hermine Willrath war weitergegangen und hatte mein Blickfeld verlassen. »Und wie es hier aussieht«, rief sie. »Alles runtergekommen.«

Die Schritte der beiden entfernten sich. Ich blieb sicherheitshalber in der Dunkelheit stehen.

Hermine Willrath war also entgegen ihrer Aussage davon ausgegangen, dass sich Brambach hier aufhielt. Aus irgendeinem Grund deckte sie ihn.

Irgendwo schepperte etwas. Dann kamen Schritte sehr schnell heran, und auf einmal stand der Mann in Beige direkt vor der Tür, hinter der ich mich versteckte. Nur weil es hier drinnen dunkel war, bemerkte er mich nicht.

»Hier sind die Toiletten«, sagte er. »Ich glaube, ich gehe mal gerade …«

Ich legte mir schon mal eine Erklärung für meine Anwesenheit zurecht. Allerdings war fraglich, ob sich der liebe Siegmund von meinen kleinen Lügen bezüglich Staatsanwaltschaft, Zeugensuche und Ähnlichem beeindrucken lassen würde. Vielleicht sollte ich ihn besser mit einem freundlichen Gespräch über beigefarbene Mode auf meine Seite ziehen. Ihn fragen, zu welchem Herrenausstatter er ging. Ihm signalisieren, dass ich mich freuen würde, auch mal so gut beraten zu werden.

Gerade noch rechtzeitig entgegnete Hermine Willrath: »Das ist doch viel zu dreckig da drin. Am Ende sind da noch Ratten. Komm, wir fahren lieber wieder zu mir nach Hause. Meinst du, die Zeit reicht?«

»Ja sicher«, antwortete der Gentleman. »Aber Ordnung muss sein. Gib mir bitte mal den Schlüssel.«

Etwas klimperte. Auf einmal knallte die Tür zu, und es wurde dunkel. Der Schlüssel drehte sich im Schloss, und Siegmunds Schritte entfernten sich. Die beiden sagten etwas, das ich aber nicht mehr verstehen konnte. Ich rannte nach vorne, stieß mir in der Dunkelheit irgendwo den Arm an und hämmerte gegen die Metalltür.

»Hallo?«, schrie ich. »Hallo! Ich bin hier drin.«

Ich hätte genauso gut auf der Deutschschweizer Seite des St. Gotthard anklopfen und rufen können, um jemanden im Tessin auf mich aufmerksam zu machen.

Der Wagen wurde angelassen.

»Hallo? Hören Sie mich?«

Ich hämmerte weiter. Natürlich vollkommen ergebnislos.

Die Reifen brachten den Kies zum Knirschen. Es donnerte noch einmal metallisch, als das Tor geschlossen wurde. Dann herrschte wieder sonntägliche Ruhe.

Ich seufzte, tastete mich zum Lichtschalter und drückte ihn.

Also gut, das war schiefgegangen. Aber es gab keinen Grund zur Panik. Ich hatte mein Einbruchbesteck und jede Menge Phantasie.

Also setzte ich erst mal die Untersuchung der Müllsäcke fort. Aber alles, was ich fand, waren weitere mehr oder weniger dreckige Klamotten und eine abgeschabte Plastikmappe, in der ein paar Papierchen steckten. Der Kunststoff an der Vorderseite war eingerissen. Ich war sicher, dass in der Mappe ursprünglich noch mehr Unterlagen gesteckt hatten. Jetzt waren nur noch Reste darin – mit handschriftlichen Kulinotizen. Die Schrift war schwer entzifferbar.

Ich las »Route«, »Téléphone«, »Hôtel«.

Französische Wörter.

Auf Wonnes Schreibtisch hat ein französisches Wörterbuch gelegen.

Es war nicht Brambach, der sich hier versteckt gehalten hatte. Es war jemand anders. Jemand, der Französisch sprach.

Hatte das alles denn trotzdem etwas mit Brambach zu tun?

Egal, dachte ich. Es hat etwas mit Wonne zu tun. Und das reicht mir schon.

Wieder betrachtete ich die Visitenkarte mit der Telefonnummer. Hatte diese Ähnlichkeit zwischen Frau Willraths und Wonnes Nummer etwas zu bedeuten?

Ich steckte die Zettelchen und die Karte ein und wühlte weiter. Ganz unten stieß ich wieder auf Kleidung, die fest zusammengepresst war. Wahrscheinlich, weil sie so lange darin gewesen war. Als ich das Bündel herausziehen wollte, merkte ich, dass die Kleider mit dem Plastik des Müllsacks verklebt waren. Ich musste die blaue Folie zerreißen, um sie freizulegen.

Mich packte ein plötzliches Ekelgefühl, als ich die roten Schlieren auf dem Kunststoff sah. Die Textilien waren nicht durch Druck verklebt, sondern weil sie blutgetränkt waren. Das Blut war geronnen und hatte den Packen aus einem T-Shirt, einer Shorts und anderen Teilen in einen harten Klotz verwandelt.

Höchste Zeit, zu verschwinden.

Bis zu der Tür, die hinaus zum Hof führte, waren es nur ein paar Schritte. Ich konnte das Schloss nicht gut erkennen, denn ich warf einen Schatten, sobald ich mich darüberbeugte. Ich stellte das Telefon auf die Taschenlampe und legte es auf den Boden. Doch der Lichtschein fiel nicht auf das Schloss, sondern in mein Gesicht. Also nahm ich es wieder hoch und leuchtete mit dem Handy in der Hand unter den Türgriff.

Da wurde mir siedend heiß klar, dass ich ein ernstes Problem hatte. Diese Tür hatte ich nicht mit dem Einbruchbesteck geöffnet. Sie hatte offen gestanden, als ich auf den Hof gekommen war. Und wäre dem nicht so gewesen, hätte ich daran kaum etwas ändern können. Dieses Schloss war mit meinen bescheidenen Mitteln nicht zu knacken.

Warum mussten die eine Klotür so gut sichern?

Ich kannte die Antwort: Weil die Toiletten irgendwann nachträglich eingebaut worden waren. Davor hatte sich hier vermutlich die Schatzkammer befunden, ein Raum, in dem man die

Schlüssel und Papiere der Reparaturwagen aufbewahrte. Oder Geld.

Mit der Linken hielt ich das Smartphone, mit der Rechten stocherte ich in dem Schloss herum. Nur, um sicher zu sein, alles versucht zu haben. Nach ein paar Minuten gab ich es auf.

Was nun?

Frau Willrath anrufen und sie bitten, mich hier rauszuholen?

Oder lieber Jutta Bescheid sagen? Doch was sollte die schon machen? Sie konnte vielleicht über die Mauer klettern, aber auch ihr war es nicht gegeben, in einen verschlossenen, fensterlosen Raum einzudringen. Vielleicht, wenn sie Werkzeug mitbrachte.

Ich musste lange nachgedacht haben, denn das Smartphone hatte sich abgestellt, und der Schein der virtuellen Taschenlampe war erloschen.

Mit dem Daumen wischte ich über das Handy. Doch das Display blieb schwarz. Ich wischte noch einmal. Nichts änderte sich.

Mir ging auf, dass die Benutzung der Taschenlampenfunktion eine Menge Akkuleistung benötigte. Wann hatte ich das Ding zuletzt aufgeladen?

Das durfte nicht wahr sein!

Ich drückte wie wild auf dem Handy herum, aber alles, was kam, war ein Batteriesymbol, das in der Mitte einen roten Strich zeigte.

Das Smartphone war tot. So tot wie ich, wenn sie mich irgendwann einmal hier fanden – wahrscheinlich bis aufs Skelett verwest. Lebendig begraben.

Ich lief zurück in die Toilettenräume. Gab's hier wirklich kein Fenster, keine Lüftung? Nein. Es gab auch keine Kabeltunnel oder irgendwelche anderen Versorgungsverbindungen, durch die die Helden in amerikanischen Filmen immer entkamen. Es gab nur Mauern und die Metalltür.

Dann kam die Panik. Verspätet, wie eine Tsunamiwelle, der ja auch erst mal ein Absenken des Meeresspiegels vorangeht, wie ich aus einem berühmten Bestseller wusste.

Die Angst packte mich, und während sie mich in ihrem Griff hielt, lieferten sich meine Gedanken einen munteren Dialog – als hätte ich mich in zwei Personen verwandelt, die miteinander diskutierten.

Das kann ja nun wirklich nicht sein. Mitten in der Stadt eingesperrt, und niemand findet einen. Es muss doch mal einer vorbeikommen. Kann gar nicht so lange dauern. Hier wohnt doch auch einer.

Hier wohnt einer? Wohl eher das Gegenteil: Hier wurde jemand umgebracht. Und das ist bestimmt nicht geschehen, weil das so ein belebter Ort ist, sondern weil nun mal leider kein Aas vorbeikommt.

Ich rüttelte an der Tür. Natürlich half das nichts, und ich probierte wieder das Handy. Nichts.

Mir fiel ein, dass ich mal irgendwo gehört hatte, mit Wärme könne man den letzten Rest Akkuenergie mobilisieren. Man sollte das Handy dafür auf die Heizung oder sogar in den Backofen legen, bei geringer Wärme, versteht sich. Leider gab es hier weder das eine noch das andere. Man hatte sich zwar die Mühe gemacht, ein Klo einzubauen, war aber nicht auf die Idee gekommen, für eine Heizung zu sorgen.

Ich drehte den Wasserhahn an dem Waschbecken im Vorraum auf. Es gab noch nicht mal heißes Wasser, mit dem ich das Handy irgendwie hätte wärmen können.

Bald taten mir die Beine weh.

Immerhin hatte ich ja eine Sitzgelegenheit, die Kloschüssel. Als ich dort saß, fiel mir ein zerfledderter Kalender auf, der an der Kabinenwand hing. Mich starrte dieselbe barbusige Dame an, die ich schon oben in dem Büro gesehen hatte. Oder war es gar nicht dieselbe? Egal, die sahen ja eh alle gleich aus.

Ich hatte noch keine drei Sekunden darüber nachgedacht, da ging das Licht aus. Ich hatte gar nicht mitbekommen, dass es mit einer Zeitschaltuhr verknüpft war.

22

Es waren immer genau fünfzehn Minuten, die ich im Hellen verbringen durfte, bevor ich wieder auf den Schalter drücken musste.

Vielleicht konnte ich die Kloschüssel rausreißen und mir mit den freigelegten Rohren einen Weg ins Freie stemmen? Oder mit ihrer Hilfe einen Notruf mit geklopften Morsezeichen übermitteln? Angeblich trugen Wasserleitungen den Schall ja kilometerweit. Und mir würde schon das nächste Wohnhaus reichen. Wenn da gerade einer duschte oder auf dem Klo saß, und es kamen auf einmal SOS-Signale aus der Leitung. Was würde derjenige dann tun – vorausgesetzt, er erkannte die Zeichen überhaupt?

Irgendwann gab ich es auf, immer wieder Licht zu machen, saß auf der Kloschüssel und starrte einfach in die Dunkelheit. Nach und nach zeigte sich, dass es gar keine totale Finsternis war, die mich umgab. Meine Augen gewöhnten sich dran, und ich erkannte schemenhaft die Konturen der offenen Klotür vor mir. Es gab Licht. Sehr wenig, aber es kam von draußen. Es gab also eine Verbindung.

Ich stand auf, ging in den Vorraum und erkannte, dass seitlich des Urinals ein winziges bisschen Helligkeit zwischen ein paar Lamellen hervorsickerte. Wenn ich mir den Grundriss der Gebäude vorstellte, musste das die Mauer sein, die auf die hintere Gasse hinausging. Wo ich die große Mülltonne an die Mauer gerollt hatte.

Ich drückte auf den Lichtschalter und sah mir die Stelle genauer an. Das Belüftungsgitter war mal weiß gewesen. Mittlerweile hatte es sich mit Dreck zugesetzt – genauso wie die Wand drum herum. Deswegen hatte ich es nicht bemerkt. Viel anfangen konnte ich mit der Erkenntnis nicht. Der Durchmesser betrug vielleicht zwölf Zentimeter, der Belüftungsschacht dahinter war eher noch schmaler. Die Kinderbücher meiner Jugend fielen mir ein. »Fünf Freunde« und Konsorten. In diesen Geschichten hätten die Kinder jetzt wahrscheinlich ein dressiertes Eichhörnchen gehabt, das durch den engen Schacht passte und irgendwem eine Botschaft überbringen konnte. So ähnlich wie Flipper oder Lassie. Und wenn sie kein Tier dabeihätten, wäre da immer noch die Möglichkeit, das Lamellenteil abzureißen und die Botschaft auf einem gefalteten Zettel selbst durchzuschieben. Das Papier würde dann auf der anderen Seite auf die Straße fallen.

Das konnte ich auch versuchen, aber was würde es bringen?

Das hier war nun mal kein Kinderbuch. Jemand würde das Papier zur Seite kicken. Sicher gab es keinen aufmerksamen Hausmeister, der sich die Mühe machte, alles, was da draußen im Dreck herumlag, genau zu untersuchen. Und selbst das würde frühestens Montagfrüh stattfinden. Wenn überhaupt.

Aber was, wenn ich irgendwas durch das Loch schob, das auf der anderen Seite mehr Aufmerksamkeit erregen konnte? Einen Stock mit einer Fahne zum Beispiel? Und auf der Fahne standen die Worte: »Helft mir, ich bin eingesperrt!«

Gar keine schlechte Idee. Nur: Woher sollte ich eine Fahne nehmen? Ich hatte ja noch nicht mal einen Stock.

Was hatte ich denn überhaupt? Eine Pistole. Munition. Irgendwelchen Kram, den ich hier drin abmontieren konnte.

Auf einmal kam mir eine phantastische Idee: Ich konnte einen Wasserrohrbruch simulieren. Einfach den Hahn vom Waschbecken aufdrehen, den Abfluss irgendwie verstopfen und warten, bis das Becken überlief …

Nein, das war nichts. Das Wasser würde einfach in den Hof laufen, und dort würde es keinen interessieren, denn da war ja niemand. Und es würde auch niemand kommen. Alles, was ich damit erreichen würde, war, dass meine erzwungene Unterkunft ein gutes Stück ungemütlicher wurde.

Dann eben die Rambo-Methode. Ich hatte meine Beretta und konnte versuchen, damit das Schloss aufzuschießen. Den Gedanken verwarf ich natürlich ebenfalls wieder. Das ging nicht, schon gar nicht mit einer Metalltür. Ich würde nur einen Querschläger produzieren, der dann womöglich mich traf. Woraufhin ich kläglich und ohne jede Hilfe verbluten würde.

Längst war die Lampe wieder erloschen. Ich stand in der Dunkelheit und wartete darauf, dass meine Augen sich daran gewöhnten und ich durch das wenige Licht von draußen erneut etwas erkennen konnte.

Verdammte Scheiße.

Jetzt sank mir wirklich der Mut.

Ich war so weit gekommen, hatte mich wirklich bemüht. Und nun das.

Ich musste an Wonne denken. Und es gab nichts mehr, was meine Gedanken an sie davon abhielt, wie ein Rudel Wölfe über mich herzufallen. Nichts, womit ich mich ablenken konnte. Ich war schutzlos. Ohnmächtig. Und das würde ich bleiben. Bis ich hier vermodert war.

Da knirschte auf einmal etwas irgendwo weit weg, und eine entfernte Stimme rief: »Rottischrotti, bist du da drin?«

Ich halluzinierte. Das war die einzige Erklärung. Wie sollte denn Flames Stimme beziehungsweise Flame selbst hierherkommen?

Jemand rüttelte an der Klinke.

Die Schritte auf dem Kies entfernten sich wieder.

Das war keine Einbildung!

Ich rannte nach vorne zur Tür und trommelte dagegen. »Flame, ich bin hier drin. Hörst du mich? Bist du da draußen?«

Für ein paar Sekunden, in denen ich fast wieder dachte, doch einer Halluzination zum Opfer gefallen zu sein, herrschte Stille. Dann hörte ich wieder die Schritte auf dem Kies. Und – oh Wunder – sie kamen näher. Jemand klopfte von draußen an die Tür.

»Rottischrotti?«

»Ja, hier drin.«

»Warum hast du dich eingeschlossen? Musstest du mal?«

»Flame, was machst du hier?«

»Ich dachte, du wärst vielleicht in Schwierigkeiten. Vor allem, als plötzlich dein Handysignal weg war.«

Ja, ja, dachte ich. Alles klar. Frau Oberermittlerin hat wieder ihre technischen Zauberkünste eingesetzt.

»Jetzt komm endlich raus«, rief sie. »Und sag mir mal, was *du* hier machst.«

Die Freude über Flames Auftauchen war mit einem Schlag

wie weggeblasen. Dass sie hier war, nützte mir ja nichts. Sie hatte bloß eine Handyüberwachung, aber keinen Schlüssel, um mich rauszulassen.

»Ich kann nicht, ich wurde eingesperrt«, sagte ich.

»Ach? Und von wem?«

»Von der Person, der das Grundstück gehört. Ich hatte mich ein bisschen umgesehen, dabei wurde ich von ihr überrascht. Und dann war's zu spät.«

Flame lachte. Als ob das so wahnsinnig lustig wäre. »Na, das ist mal echtes Künstlerpech für einen Detektiv.«

»Allerdings.«

»Aber jetzt ist hier keiner mehr. Und es sieht auch nicht so aus, als würde so bald einer auftauchen.«

»Das hast du richtig erfasst«, sagte ich. »Gratuliere.«

»Dann wärst du also in dem Loch da verrottet, wenn ich nicht gekommen wäre?« Sie pfiff durch die Zähne. »Ach du Schande.« Sie lachte wieder, als hätte ihr jemand einen richtig guten Witz erzählt. »Weißt du, woran ich gerade denken muss? Rott wäre beinahe verrottet – hihi. Da könnte man einen Zungenbrecher draus machen. Wenn Rott verrottet, verrottet Rott. Ach nee, so schwierig ist der gar nicht.«

»Und auch nicht besonders lustig.«

»Ja, ja, ist schon klar. Was ist denn mit deinem Handy? Kannst du keinen anrufen?«

Flame machte mich fertig. Ein Missgeschick nach dem anderen kam ans Licht. »Nein, kann ich nicht. Ich habe die Leuchtfunktion verwendet, da habe ich wohl zu viel Akku verbraucht.«

»So was. Doppeltes Detektivpech. Ich muss allerdings zugeben, dass ich meinen Teil dazu beigetragen haben könnte.«

»Wieso das denn?«

»Ach Rottischrotti, du weißt aber auch gar nichts. Meine kleine Fernbeobachtung hat ziemlich viel Saft aus deinem Phone gelutscht, verstehst du?«

»Das heißt, du bist schuld, dass ich hier in der Scheiße stecke?«

»Schuld bist du selbst. Weil du so blöde warst und dich hast einsperren lassen. Aber weißt du was? Ich könnte dich ja vielleicht rauslassen. Auch wenn ich eigentlich sauer auf dich sein müsste.«

Sie hatte recht. Im Grunde war sie dafür, dass ich bei ihr einiges zerdeppert hatte, verdächtig gut gelaunt. Warum, war mir ein Rätsel.

»Es tut mir wirklich sehr leid, Flame. Aber gestern Abend war ich nicht ich selbst.«

»Ja, ja, das verstehe ich. Und es ist ja auch gut, dass du die ganze Aggression mal rausgelassen hast. Ich glaube, du bist so ein Typ, der das viel zu selten macht. Du frisst zu viel in dich hinein. Das ist nicht gesund.«

»Mag sein. Aber wie willst du das machen?«

»Was?«

»Mich hier rauslassen. Dieses Klosett muss mal die Schatzkammer der Werkstatt gewesen sein. Das Schloss ist ziemlich gut.«

»Ziemlich, aber nicht sehr. Lass mich mal machen. Das heißt, wenn du mir erzählst, was du hier gesucht hast.«

»Was soll ich schon gesucht haben? Brambach natürlich.«

»Und weiter? Klär mich auf, Rottischrotti. Sonst rühr ich keinen Finger.«

»Wie wär's denn, wenn du *mich* aufklärst? Schließlich weiß ich immer noch nicht, was du mit der ganzen Sache zu tun hast. Geht es um das Bild, das angeblich bei dem Einbruch bei Beiner gestohlen wurde? Hast du geholfen, es wiederzukriegen?«

»He, Moment mal. Wer sitzt denn hier in der Scheiße? Wer braucht Hilfe, weil er sonst elendiglich verhungert?«

»Ich denke trotzdem, dass du mir auch eine Erklärung schuldest.«

»Ich schulde dir gar nichts, Rottischrotti. Du mir aber schon, eine Kamera und sonst noch alles Mögliche. Ich schick dir dann die Rechnung. Tschühüss.«

Sie bluffte nicht. Ich hörte, wie sie wegging.

»Die Rechnung werde ich nicht kriegen«, schrie ich. »Und bezahlen werde ich sie auch nicht. Ohne Handy geht noch nicht mal Onlinebanking.«

Die Schritte verklangen. Es hörte sich an, als würde jemand langsam einen Lautstärkeknopf nach links drehen. Schließlich waren sie weg.

Das durfte doch nicht wahr sein. Diese blöde …

Mich übermannte die Wut. Wenn schon untergehen, dann wenigstens voller Adrenalin.

Ich hämmerte. Ich schrie. Ich trat gegen die Wand. Ich schrie weiter. Meine Fäuste schmerzten wie nach einem Kampf gegen Henry Maske in dessen besten Zeiten. Egal, ich schrie, hämmerte und trat weiter, bis ich nicht mehr konnte. Es schien endlos viel Zeit zu vergehen.

»Ganz ruhig, Rottischrotti. Ich bin ja wieder da.«

Sie hatte mich verarscht. Sie hatte mich wirklich verarscht. Sie wollte mich ganz am Boden sehen, bevor sie mir half. Aber was hieß schon helfen? Wie wollte sie mich denn überhaupt hier rausholen? Wie …

Etwas klackte in der Tür. Flame stieß einen Fluch aus. Dann ruckelte sie an der Klinke. Und auf einmal strömte helles Licht zu mir herein. Die Tür war offen. Flame grinste mich an.

Sofort ging ich nach draußen, badete im Sonnenschein. Dann drehte ich mich um und sah etwas in dem Schloss stecken.

»Du hast einen Schlüssel?«, keuchte ich, noch immer angestrengt von der Hämmer- und Tretaktion. »Verdammt noch mal, wo hast du den her?«

Flame zog den Schlüssel ab, und ich riss ihn ihr aus den Händen. Sie war so perplex, dass sie nur wenig Gegenwehr aufbrachte. Der Schlüssel war nicht glänzend, sondern schwarz. Er bestand auch nicht aus Metall, sondern aus Kunststoff. Flame hielt noch etwas anderes in der Hand, das aussah wie ein kleines Metallkästchen. Es hatte etwa die Größe einer Zigarettenschachtel, und hinter einem verglasten Loch leuchtete es rot.

»Ganz ruhig, Rotti«, sagte sie und hob die Hände. »Bitte beruhige dich. Alles ist gut.«

»Wie hast du das gemacht?«, fragte ich.

»Mann, du hast aber auch gar keine Ahnung.« Sie hielt mir das Kästchen hin. »Das hier ist ein Laserscanner. Den bringt man am Schlüsselloch an. Der Laser misst das Innere aus und rechnet alles in Daten um. Du verstehen?«

»Ja und?«

»Mit den Daten stellt man dann den Schlüssel her. Das macht ein 3-D-Drucker. Ich hab so ein Ding im Auto.«

Laser? 3-D-Drucker? Von so was hatte ich schon gelesen. Ab und zu kam es auch in amerikanischen Krimis vor. Das gab es wirklich?

»Ist leider nicht ganz billig«, sagte sie. »Der Schlüssel da kostet etwa achtzig Euro. Setz ich dir auch auf die Rechnung.«

Ungläubig sah ich das schwarze Plastikteil an. Es war nur vorne im Schließbereich sehr differenziert gearbeitet. Hinten war das Plastik grob und klotzig. Das war wohl der Rest von dem Rohling.

»Du kannst ihn behalten, wenn du willst«, sagte sie. »Als Erinnerung. Oder falls du in Oberbarmen mal ein Klo suchst.«

Ich drehte das Ding in der Hand und merkte auf einmal, dass sie schwieg.

»Danke«, sagte ich.

Sie nickte gnädig. »Na endlich. Das Zauberwort. Bitte sehr, Herr Meisterdetektiv. Du schuldest mir was. Und klärst mich jetzt endlich mal auf, worum es hier überhaupt geht.«

Langsam steckte ich den Schlüssel ein. »Das tue ich. Versprochen. Wenn du mir sagst, warum du nach Beiner gesucht hast. Und was es mit dem Bild auf sich hat.«

Sie seufzte. »Es geht nicht um das Bild.«

»Sondern?«, fragte ich.

Sie zögerte. »Also gut«, sagte sie dann. »Es ist sicher das Beste, wenn wir von nun an mit offenen Karten spielen.« Sie ließ kurz den Blick über das Anwesen streifen. »Zumal ich deine Hilfe brauchen werde.«

»Wobei?«

Ein paar Sekunden druckste sie noch herum. »Ich suche etwas, das Beiner gehörte.«

»Etwas, das bei dem Einbruch gestohlen wurde?«

»Das *Einzige*, was bei dem Einbruch gestohlen wurde. Das mit dem Bild haben die Beiners der Polizei einfach nur gesagt. Und wahrscheinlich haben sie auch die Versicherung betrogen, keine Ahnung. Oder sie wollten vom Eigentlichen ablenken. Damit habe ich nichts zu tun.«

»Und was ist dieses Einzige, Flame? Dieses Eigentliche?«

Sie zögerte wieder. »Rottischrotti, schwörst du, dass du es niemandem erzählst? Und vor allem nicht der Polizei?«

»Ich schwöre es, aber …«

»Aber?«

»Du weißt, dass ich rausfinden muss, wo Brambach steckt.«

»Und wo ist jetzt das Aber?«

»Nur das ist mir wichtig: Brambach zu finden. Das steht für mich an erster Stelle. Und wenn das, was du mir erzählst, etwas mit Wonnes Tod zu tun hat … *Ich* entscheide, welche Maßnahmen ich ergreife. Ich allein. Was auch immer es sein mag.«

Ich musste unbewusst die Wölbung meines Sakkos berührt haben. Die Stelle, wo sich meine Beretta befand.

Sie hatte es gesehen. »Du willst ihn wirklich abknallen, oder?«

Ich antwortete nicht. »Kannst du mein Aber akzeptieren?«, fragte ich stattdessen.

»Kann ich. Ich glaube nicht, dass das eine mit dem anderen zusammenhängt. Brambach hat auf deine Freundin geschossen, um sich selbst in Sicherheit zu bringen. Weil er nicht festgenommen werden wollte. Ich erzähle dir also, worum es bei dem Einbruch ging. Und dann mach, was du für richtig hältst.«

»Also los.«

Sie sah mich ernst an. »Gib mir erst dein großes Privatdetektiv-Ehrenwort.«

»Ganz großes.« Als wären wir tatsächlich in einer »Fünf Freunde«-Geschichte oder vor einem amerikanischen Gericht, hob ich dazu feierlich die Hand.

»Dr. Beiner war im Besitz einiger CDs«, sagte sie. »Sie wurden bei dem Einbruch gestohlen. Von Brambach. Diese CDs suche ich.«

»CDs? Musik? Oder Daten?«

Sie grinste. »Ach, Rottischrotti, du unschuldiges Engelchen. Nein, keine CDs mit Lady Gaga oder den Berliner Philharmonikern. Auch keine Computerspiele. CDs mit Bankdaten aus der Schweiz.«

»Du meinst so was wie diese Daten-CDs, von denen man immer in der Presse liest? Die von den Finanzämtern gekauft werden, damit sie Steuerhinterziehern auf die Spur kommen?«

»Nein. Nicht *so was. Genau die* meine ich.«

Ich hatte mich oft mit Jutta darüber unterhalten. Die meisten

Politiker und wohl auch die meisten Deutschen waren der Ansicht, dass es in Ordnung war, solche CDs zu kaufen. Jutta nicht. Wenn sie davon hörte, schimpfte sie immer darüber. Sie war der Ansicht, dass der Staat Verbrecher nicht entlohnen durfte, um dadurch anderen Verbrechern auf die Spur zu kommen. Vielleicht hing Juttas Meinung aber auch damit zusammen, dass sie selbst sehr viel Geld hatte, das an den verschiedensten Orten in der Welt angelegt war. Und ob sie dem Finanzamt alles so korrekt meldete, wie man das eigentlich tun musste, wagte ich zu bezweifeln.

»Hast du dir schon mal überlegt«, fragte Flame, »wie die Finanzämter an diese CDs kommen? Das sind geheime Daten, und die Leute in der Schweiz, die bei den Banken arbeiten und darauf zugreifen können, riskieren eine hohe Strafe und natürlich ihren Job, wenn sie Bankdaten kopieren. Dr. Beiner hat ein Geschäft daraus gemacht, diese Risiken für die Verkäufer zu minimieren. Dabei halfen ihm seine guten Geschäftskontakte, die er in der Schweiz besitzt.«

»Du meinst, er war so eine Art Zwischenhändler?«

»Genau. Er trat den Bankern gegenüber als Käufer der CDs auf und brachte sie dann in Deutschland an den Mann. Die Kaufsumme für so eine CD kann ohne Weiteres mehrere Millionen Euro betragen. Der Schweizer Lieferant erhält nur einen Bruchteil davon, aber er hat ja auch ein geringeres Risiko. Brambach sind bei dem Einbruch vier von diesen CDs in die Hände gefallen.«

»Und seitdem suchst du danach?«

»Nein, erst seit ein paar Wochen. Beiner hatte die Dinger eigentlich längst als Verlust abgeschrieben und angenommen, Brambach habe die CDs ans Finanzamt verkauft. Aber dann hat er sich doch noch mal schlaugemacht und festgestellt, dass die Daten in der ganzen Zeit nirgends aufgetaucht sind. Brambach wusste vielleicht gar nicht, was er damit anfangen sollte.«

»Du meinst, er hat die CDs gestohlen, ohne zu wissen, dass manch einer ein Heidengeld dafür bezahlen würde? Kann ich mir nicht vorstellen. Er hat doch sonst nichts mitgehen lassen. Er muss gewusst haben, wonach er sucht.«

»Und wenn es ihm jemand gesagt hat? Ein Tippgeber? Er

wusste, wonach er sucht, da stimme ich dir zu, Rottischrotti. Aber vielleicht war ihm nicht klar, was auf den CDs drauf ist oder wem er sie andrehen sollte. Wie gesagt, die Daten sind bisher nirgends aufgetaucht.«

»Aber er hätte doch nur mal nachsehen müssen. Ich meine, im Computer schauen, was da drauf ist.«

Sie schüttelte den Kopf. »So läuft das nicht. Die CDs sind verschlüsselt. Man kann die Verzeichnisse und Daten darauf nur mit Passwörtern sichtbar machen. Wenn man sie einfach in den Rechner schiebt, sieht man bloß irgendwelche Bilder. Man kann gar nicht erkennen, dass auf der CD noch mehr gespeichert ist. Kopieren kann man sie auch nicht. Brambach hätte den Code knacken müssen, um zu sehen, was drauf ist. Oder, wenn er darüber Bescheid wusste, die CDs an jemanden verkaufen, der es kann.«

Irgendwelche Bilder.

Ich hätte eigentlich schon hellhörig werden müssen, als Flame die CDs erwähnte, aber erst jetzt wurde mir die Verbindung klar. Ich erinnerte mich an meinen Besuch in Wonnes Wohnung, bei dem ich herauszufinden versucht hatte, was sie an der Raststätte gewollt hatte.

Es hatten vier CDs in der Ablage gelegen. Und als ich sie in den PC geschoben hatte, zeigten sie genau das, was Flame gerade beschrieben hatte: *irgendwelche Bilder.*

Flame bemerkte nicht, dass mir gerade ein Licht nach dem anderen aufging. »Es gibt dabei sogar ein ganzes System von Verschlüsselungen«, redete sie weiter. »Mit dem einen Code kann man das eine Verzeichnis öffnen, mit dem anderen das andere. So lassen sich einzelne Chargen der Daten verkaufen, ohne dass man die CDs groß herumschicken muss. Wenn man ein Verzeichnis geöffnet hat, weiß man immer noch nicht, wie viele sich noch auf dem Datenträger befinden. Alles andere ist komplett unsichtbar.«

»Um was für Banken geht's da? Kennst du die Namen?«

»Na ja … so genau weiß ich das nicht. Aber als Beiner verschwand und seine Frau und der Sohn nicht wussten, wo er steckt, habe ich die beiden mal genauer gefragt. Ich hatte mir nämlich überlegt, in die Schweiz zu fahren und dort nach ihm zu suchen.

Hätte ganz gut Spesen gebracht.« Sie grinste. »Aber das hast du mir ja vermasselt, indem du ihn gefunden hast.«

»Und? Welche Bank?«

»Vor allem die von Thun. Und natürlich die SBSK.«

Ich verstand nicht viel vom Geldmarkt, aber die SBSK, das wusste ich, war eine der größten Banken der Schweiz. Immer wieder war sie in der Zeitung, weil sie angeblich Leute dahin gehend beriet, wie man sein Geld auf die sichere Seite der Welt brachte.

Ich musste hier weg. Ich musste möglichst schnell in Wonnes Wohnung. Und zwar ohne Flame im Nacken zu haben.

»Das war es also, was Brambach bei dem Einbruch mitgehen ließ: Beiners nettes Nebengeschäft«, schloss sie ihren Bericht. »Am liebsten wäre es Beiner ja gewesen, wenn die Polizei von dem Einbruch gar nichts erfahren hätte. Seine größte Angst war die, dass Brambach gefasst wird, woraufhin man die CDs findet und die richtigen Schlüsse zieht.«

»Du meinst, dass er Geschäfte mit den Finanzbehörden macht, die an sich illegal sind, von den Behörden aber dennoch in Anspruch genommen und zudem teuer bezahlt werden?« Ich unterbrach mich. Mir wurde klar, dass ich schon genauso redete wie Jutta.

»Dass die Sache an sich völlig unlogisch ist, weiß ich auch. Aber soll ich dir mal was sagen, Rottischrotti? Mir ist das wurscht. Ich will die CDs finden. Die Beiners können sie auch jetzt noch versilbern. Ich kriege einen großen Anteil des Gewinns. Und du hilfst mir dabei.«

»Brambach muss gewusst haben, was er da stiehlt. Sonst hätte er es doch der Polizei gesagt – schon um sich zu verteidigen. Glaubst du, dass er auch Beiner ermordet hat? In der Gladbacher Tiefgarage?«

»Ich denke schon. Vielleicht wegen der Passwörter. Umso dringender müssen wir ihn finden. Wir haben eine reelle Chance. Er kann ja nicht so einfach zum Finanzamt gehen und den Deal machen. Entsprechende Kontakte aufzubauen dauert eine Weile. Allerdings sind wir vielleicht nicht die Einzigen, die von der Sache wissen.«

»Wer denn noch?«

»Brambach hatte in der Vergangenheit bei einigen Brüchen einen Partner, der ebenfalls im Knast sitzt. Noch.«

»Meinst du etwa Harry Willrath?«

»Ja, genau. Woher weißt du das? Egal. Jetzt bist du dran. Erklär mir, was das hier ist.« Sie beschrieb mit erhobenem Zeigefinger einen Kreis.

Ich berichtete, was es mit dem Grundstück auf sich hatte. Dass Brambach und Willrath hier ihre Werkstatt gehabt hatten.

»Nicht schlecht, Rottischrotti. Das hast du prima rausgekriegt. Damit ist doch schon eine Menge klar. Ich klär dich jetzt mal auf, warum Brambach so kurz vor Haftende geflohen ist: Er wollte seinem alten Partner Harry zuvorkommen. Bevor der an die Beute gelangt. Harry wird nämlich exakt morgen früh entlassen. Wenn der Tag anbricht, spaziert er aus dem Tor der JVA in Remscheid. Da staunst du, was?«

Sie wartete, bis meine Überraschung angesichts dieser Neuigkeit etwas gesackt war. »Schauen wir uns doch mal um«, sagte sie dann. »Für Brambach ist dieses Areal vermutlich das ideale Versteck. Für ihn und seine Beute. Was bedeutet: Wahrscheinlich sind die CDs hier irgendwo.«

»Ganz sicher«, behauptete ich. »Es gibt eindeutige Hinweise, dass hier vor Kurzem jemand untergekrochen ist. Und viele Möglichkeiten, etwas zu verstecken …«

Und es gibt Blut, dachte ich. Blut, auf das ich mir noch keinen Reim machen konnte. Aber das war mir jetzt egal. Darüber konnte ich später nachdenken. Zuerst musste ich einen Weg finden, ohne Flame von hier zu verschwinden. Ich spürte den dicken Plastikschlüssel in der Tasche.

Flame war durch die Tür zur Werkstatt in die große Halle gegangen. Ich folgte ihr. Sie hatte den Müll in der Wagengrube ins Auge gefasst und stocherte mit dem Fuß darin herum. »Was ist denn da oben?«, fragte sie und ging los, die Treppe hinauf.

»Da ist nichts«, rief ich ihr nach. »Aber drüben, über dem Klo – ich meine, da ist …«

Flame war bereits im Büro verschwunden. Ich hörte, wie sie oben in dem Raum umherlief. Pappe schabte aneinander. Sie untersuchte wahrscheinlich die Kartons.

Ich eilte die Stufen hinauf.

»Was für ein Dreck«, rief Flame. Sie hatte den Inhalt einiger Kisten auf dem Boden verteilt. Es war nichts als Papierkram. Jetzt wandte sie sich den beiden Schreibtischen zu. Die Schubladen hatten sich verkeilt. Schließlich bekam Flame eines der Fächer auf. Sie zog die Lade ganz heraus und kippte sie um, sodass alles Mögliche auf das Zeug, das schon dalag, herunterregnete. Büroklammern, Stifte, ein Lineal. Flame bückte sich und hob etwas auf. Es war ein Lippenstift. »Aha, hier hat also eine Frau gearbeitet«, sagte sie.

Ich deutete auf das Kalenderblatt von 2009. »Das wird sie allerdings nicht aufgehängt haben.«

Flame hob die Schultern. »Wohl kaum. Da hast du auch wieder recht. Als Frau so was den ganzen Tag ansehen zu müssen grenzt an Körperverletzung.« Sie riss die anderen Schubladen heraus. Auch die hatten keinen spektakulären Inhalt vorzuweisen. »Hier ist nichts. Was nun? Hast du irgendwo einen abschließbaren Schrank gesehen? Oder sonst etwas, das wie ein richtiges Versteck aussieht?«

Ich musste mir was überlegen. Und mir fiel auch etwas ein. »Das Klo, in dem ich eingesperrt war«, sagte ich. »Die Tür stand zwar offen, als ich hier ankam, aber ich glaube, es ist kein Zufall, dass sie über ein so besonderes Schloss verfügt.« Das war reine Theorie, passte aber ganz gut zu dem, was ich vorhatte.

»Stimmt, du hattest vorhin schon was in der Richtung gesagt.«

»Wenn Brambach seine Beute hier irgendwo versteckt hat, dann sicher dort.«

Ich fand das, was ich sagte, sehr plausibel. Und Flame merkte nicht, dass es mir nicht darum ging, herauszufinden, wo die CDs waren. Das wusste ich ja schon.

»Warum nicht? So ein Klo kann ein gutes Versteck sein. Jedenfalls würde man dort weniger Wertvolles vermuten als in einem Büro. Drück mal die Daumen, dass die offene Tür nicht bedeutet, dass er sie schon geholt hat.« Sie marschierte in ihren hart besohlten Springerstiefeln an mir vorbei die Treppe hinunter. Ich folgte ihr. Draußen steuerte sie die Toilette an.

»'ne Menge Müll hier, Rotti. Hast du das nicht durchsucht, als du eingesperrt warst?«

Flame war weit hinten, wo die alten Textilien lagen. Ich zog den Schlüssel aus der Tasche und steckte ihn ins Schlüsselloch.

»Kein Schrank oder so. Oder gibt's hier ein verstecktes Fach?«

Rumms, die Tür war zu. Der Schlüssel hakte etwas, als ich ihn drehen wollte. Wahrscheinlich waren diese 3-D-Drucker doch nicht so exakt. Aber als Flame von innen dagegenschlug und hektisch die Klinke bediente, hatte ich abgeschlossen.

»Spinnst du?« Sie schrie, aber ihre Stimme klang dumpf.

»Sorry, Flame. Bei dem, was ich vorhabe, kann ich dich nicht gebrauchen.«

Es knallte. Wahrscheinlich trat sie gegen das Türblatt.

»Hast du ein Rad ab? Mach sofort auf.«

»Ich habe dir gerade gesagt, warum das nicht geht.«

»Wir haben eine Abmachung. Du hast geschworen.«

Der Schlüssel steckte noch. Ich packte ihn.

»Reg dich ab. Ja, ich habe geschworen. Und ich werde den Schwur nicht brechen.«

»Wieso habe ich da jetzt nur einen völlig anderen Eindruck?«

Sie trat und hämmerte.

»Wenn du Ruhe gibst, erkläre ich es dir.«

»Warum sollte ich mir das wohl anhören?«

»Weil dir ohnehin nichts anderes übrig bleibt?«

Es wurde still hinter der Tür.

»Also gut«, rief sie. »Ich höre.«

So leise ich konnte, drehte ich den Schlüssel. Ich wusste, dass man meine Schritte drinnen hören konnte. Deswegen bewegte ich mich auf Zehenspitzen zur Tür nebenan. Als ich in der Werkstatt war, rannte ich nach oben. Das würde sie nicht mitbekommen. Ich lehnte mich aus dem Fenster des Büros und bekam einen Schreck. Aus dieser Richtung sah der Weg bis zum Müllcontainer da unten richtig weit aus.

Die Zeit drängte. Nachdenken konnte ich später.

Ich hangelte mich hinaus, ließ mich hinunter und ließ los. Ein stechender Schmerz blitzte durch mein Knie. Ich ignorierte ihn. Einen Moment lang überlegte ich noch, ob ich den Container wegrollen sollte, um es Flame schwerer zu machen. Aber ich ließ alles, wie es war, und rannte zum Wagen.

Wenn sie nur ein bisschen schlau war, würde sie sich bald befreit haben. Sie war ja gar nicht eingesperrt. Sie musste eben nur drauf kommen.

Bis wir uns das nächste Mal trafen, würde sie auch verstehen, dass ich das große Privatdetektiv-Ehrenwort nicht gebrochen hatte. Ich hatte geschworen, niemandem von den CDs zu erzählen, solange das, was sie mir erzählte, nichts mit Wonnes Tod zu tun hatte.

Aber es hatte was damit zu tun. Eine Menge sogar.

Vielleicht kam Flame ja sogar selbst drauf, wenn sie wie ich eine Weile in dem Klo saß und nachdachte. Ich wünschte es ihr.

Im Wagen vergewisserte ich mich, dass ich das Handy ausgeschaltet hatte. Mir fiel ein, dass es ja sowieso keinen Strom mehr hatte. In diesem Zustand würde wohl noch nicht mal die NSA in der Lage sein, es zu überwachen. Obwohl man sich dabei lieber nicht so sicher sein sollte. Für Flame war es jedenfalls tot.

23

Ich machte mich auf den direkten Weg nach Bergisch Gladbach. Als ich an Wonnes Wohnung den Schlüssel herausgenestelt hatte und nach oben rannte, rechnete ich insgeheim damit, dass während meiner Abwesenheit alles durchsucht worden war – von irgendwem, der wusste, dass die CDs hier waren. Im Zweifelsfall Brambach. Oder sonst jemand, der scharf auf die Dinger war. Wer könnte das sein? In Beiners Familie gab es eine Menge Verdächtige. Und erst die Leute, deren Daten auf den Silberlingen gespeichert waren. Hatten die nicht auch ein Interesse daran, dass das Zeug auf Nimmerwiedersehen in irgendeinem Orkus verschwand? Und hätte nicht auch einer von denen Beiner umbringen können?

Wer wusste überhaupt, dass es bei Beiner solche CDs zu stehlen gab?

Wie war Brambach darauf gekommen?

Ich betrat die Wohnung.

Niemand war hier gewesen. Die vier CDs lagen noch dort, wo ich sie hingelegt hatte.

Zuerst kümmerte ich mich um mein Smartphone. Irgendwann würde ich es brauchen. So hängte ich es an Wonnes Ladekabel, ließ es aber ausgeschaltet. Dann startete ich wie beim letzten Mal Wonnes Notebook und checkte den Inhalt der Datenträger.

Alpenlandschaften, Wiesen, Kühe, Bergpanorama.

Irgendwelche Bilder.

Einerseits.

Andererseits waren die Motive ein doch sehr deutlicher Hinweis auf die Schweiz, wo diese Fotos wahrscheinlich entstanden waren. Allerdings war nirgendwo eine Schweizer Flagge zu sehen. So weit waren die Leute, die diese falschen Fährten legten, nun doch nicht gegangen.

Ich versuchte, mir über den Dateimanager den Inhalt der CDs anzeigen zu lassen. Aber es war genau, wie Flame gesagt hatte. Bis auf die Bilder waren die Dinger angeblich leer. Ungefähr sechshundert Megabyte freier Speicherplatz pro Silberling. Aber in Wirklichkeit steckte unter der sichtbaren Oberfläche das Potenzial für einen Millionendeal.

Ich musste es genau wissen. Und ich wusste auch schon, wer mir dabei helfen konnte.

In der Küche fand ich eine Lidl-Tüte und steckte die CDs hinein. Wo ich schon mal hier war, konnte ich gleich das Telefon benutzen. Mein Handy war ja tabu.

Ich checkte den Ladezustand. Drei Prozent waren erreicht. Besser als nichts.

Dann rief ich über Wonnes Anschluss Jutta an.

»Remi hier.«

»Du? Was ist das denn für eine komische Nummer? Ach, ich verstehe, du bist bei Wonne. Versteckst du dich da? Hast du ihren Tod gerächt?«

»Ich bin weitergekommen«, antwortete ich vage.

Jutta hörte mir nicht zu. »Ich hab so oft versucht, dich anzurufen«, sagte sie. »Es ist alles furchtbar kompliziert.«

»Ich weiß inzwischen, was hinter dem Einbruch bei Beiner steckte. Und ich habe CDs gefunden, auf denen …«

»Sag mal, hörst du mir überhaupt zu?«

»Jutta, es geht um Bankdaten. Aus der Schweiz. Beiner hat damit gehandelt. Er hat die Daten aus der Schweiz bekommen, und er macht Geschäfte mit dem Finanzamt.«

Eigentlich war Jutta bei diesem Thema immer schnell auf hundertachtzig. Diesmal nicht.

»Und deswegen musste Wonne sterben?«, fragte sie.

»Nein, aber … Ich meine, nicht direkt, aber ich glaube …«

»Hör mir mal zu, Remi. Das wird noch eine ziemlich schwierige Sache. Und irgendwas stimmt da nicht …«

»Aber ich komme doch voran. Ich meine, ich finde wirklich was raus.«

»Remi, ich meine doch nicht deine Ermittlung. Ich meine, was mit Wonne wird.«

»Was mit Wonne wird?«

»Ja. Weißt du, ich hab mir gedacht – sie hatte doch keine Verwandten mehr. Sie hatte nur dich und dadurch natürlich auch mich. Irgendjemand muss sich doch um die ganzen Angelegenheiten kümmern.«

»Du meinst …«

»Die Beerdigung und so weiter. Ganz genau.«

Ich wollte daran nicht denken.

»Die letzte Beerdigung, die ich erlebt habe, war die meiner Eltern«, sagte ich. »Das ist bald vierzig Jahre her. Ich weiß aber immer noch, wie furchtbar das war.«

»Keine Sorge«, sagte Jutta. »Wir kriegen das schon hin. Ich habe mich jedenfalls erkundigt.« Sie räusperte sich. »Die Leiche … also, Wonne ist noch nicht freigegeben«, fuhr sie fort. »Das dauert noch. Und ehrlich gesagt habe ich das Gefühl, dass die Polizei uns etwas verschweigt.«

»Die Polizei? Uns? Wann hätten wir denn mal mit der Polizei ausführlich über das alles gesprochen?«

»Na, du natürlich nicht. Ich habe das getan.«

»Jetzt am Sonntag? Mit wem denn?« Schon während ich fragte, wurde mir klar, wie blöd diese Frage war. Jutta hatte alle möglichen Verbindungen. Wenn sie wollte, konnte sie zum Beispiel jederzeit den Polizeipräsidenten anrufen. Es hatte irgendetwas damit zu tun, dass dessen Frau in irgendeinem Förderverein für irgendetwas Kulturelles war. Genau wie Jutta, und da konnte man sich schon mal hintenrum über bestimmte Dinge austauschen. Wie oft hatte ich versucht, diese Kontakte für meine Fälle zu nutzen, aber immer, wenn es darauf ankam, ließ sich Jutta lang und breit darüber aus, dass das ja juristisch nicht einwandfrei sei und dass man so eine Beziehung nicht über Gebühr strapazieren dürfe.

»Ich habe mit Josefine darüber gesprochen«, sagte sie. »Und sie hat Alfred danach gefragt.«

Josefine, die Frau des Polizeipräsidenten, der mit Vornamen Alfred hieß.

»Dabei kam was Komisches heraus. Josefine konnte mir nicht viel sagen, weil sie von Alfred natürlich auch kaum was erfahren hat, aber es sieht so aus, als glaube die Polizei nicht, dass Brambach auf Wonne geschossen hat. Sie haben herausgefunden, dass Wonne in irgendeiner Sache etwas wusste. Dass sie eine Zeugin gewesen sein könnte, auf die aus einem bestimmten Grund geschossen wurde ... Es war ganz seltsam. Es klang so, als glaubten sie, dass Wonne selbst im Krankenhaus noch in Gefahr gewesen sein könnte. Als hielten sie es für möglich, dass jemand versuchen würde, sie doch noch zu ermorden.«

»Was? Hat es etwa einen zweiten Anschlag auf Wonne im Krankenhaus gegeben?«

Sie seufzte. »Ich weiß es nicht, Remi. Jedenfalls hat es was damit zu tun, dass sie ihre Leiche nicht freigeben, und deshalb kann sich keiner um die Beerdigung kümmern.«

Jutta brach jetzt in Tränen aus, schniefte, putzte sich die Nase. Und ich saß da, wo Wonne immer gearbeitet hatte. War umgeben von dem Leben, das sie hier geführt hatte – einem Leben, an dem ich viel weniger Anteil gehabt hatte, als es mir lieb gewesen wäre. Und auf einmal wurde mir klar, dass es ja sowieso zu spät war. Alles vergeblich. Der heiße Wunsch nach Rache, nach Vergeltung, danach, Brambach endlich vor den Lauf meiner Pistole zu bekommen, schien in sich zusammenzufallen.

Ich kämpfte gegen das Gefühl der Sinnlosigkeit an, indem ich mich auf das konzentrierte, was ich hatte. Und damit ich nicht wieder den Faden verlor, sprach ich es aus. Jutta schniefte etwas leiser weiter und hörte mir zu.

»Natürlich war Wonne eine Zeugin«, sagte ich. »Das weiß ich schon. Wie ich eben sagte: Hier in ihrer Wohnung liegen CDs mit Bankdaten aus der Schweiz. Wie sie da drangekommen ist, weiß ich nicht. Aber sie wusste etwas darüber. Wenn die Polizei Wonnes Leiche nicht freigibt, heißt das, es muss im Krankenhaus zu einem weiteren Mordversuch gekommen sein.« Ich schluckte.

Nicht Mord*versuch*.

Mord.

Es fiel mir schwer, diese Dinge auszusprechen. Sie wurden dabei furchtbar real.

Sie *sind* real, hämmerte ich mir ein. Sie sind real, und deswegen musst du weitermachen. Du darfst nicht aufgeben.

»Und Brambach«, redete ich weiter, »muss auch hinter diesem zweiten Anschlag stecken. Oder jemand, der Angst hat, dass sein

Name auf den CDs zu finden sein könnte. Aber der würde doch eher nach den CDs suchen, ehe er Wonne umbringt …«

»Was sind das denn für CDs?«, fragte Jutta.

»Na ja, wie ich schon sagte …«

»Ich meine, von welcher Bank sind die Datensätze?«

Was hatte Flame noch mal gesagt? »Von Thun. Gibt's die? Und diese große.«

»SBSK«, sagte Jutta.

»Genau.«

»Hast du die Kundenliste?«

»Nein, die Dinger sind verschlüsselt. Aber ich weiß, wer mir da helfen kann.«

»Manni?«

»Klar.«

»Meinst du nicht, das übersteigt ein wenig seine Fähigkeiten?«

»Keine Ahnung. Wird sich zeigen.«

»Und was hilft dir das bei deiner Suche nach Brambach? Glaubst du, dessen derzeitiger Aufenthaltsort ist ebenfalls in den Daten zu finden?«

»Nein, aber ich muss dafür sorgen, dass die Daten gesichert und noch woanders gespeichert werden. Wenn die CDs wegkommen, haben wir gar nichts. Vielleicht ist ja jemand, der in den Datensätzen zu finden ist, der Mörder. Vielleicht beinhaltet die Liste einen Namen, der mir in dem ganzen Fall schon mal begegnet ist. Keine Ahnung. Und dann ist da ja noch die Frage, was in der alten Autowerkstatt passiert ist.«

»Alte Autowerkstatt?«

Stimmt, das hatte ich Jutta noch gar nicht erzählt. Wie gut es tat, dass ich alle Gedanken von Beerdigung und Trauer und Friedhof beiseitedrängen konnte, indem ich ihr erzählte, was ich in Barmen entdeckt hatte. Ich erwähnte auch Flame, ließ aber die ganze Geschichte von meinem unfreiwilligen Aufenthalt in der Toilette weg.

»Da hängt doch was viel Größeres dran«, sagte Jutta, als ich fertig war. »Und diese Flame – die verarscht dich.«

»Das hat sie am Anfang getan. Inzwischen weiß ich aber ja, worum es ihr geht. Sie ist hinter den CDs her. Und ich glaube, es ist das Beste, wenn ich mich jetzt mal schnell zu Manni auf den Weg mache.«

»Sei bloß vorsichtig. Wer immer Wonne auf dem Gewissen hat, wird bestimmt rauskriegen, dass du jetzt ebenfalls Bescheid weißt.«

»Ist mir klar.«

Ich verabschiedete mich.

Die Handyladung betrug nun acht Prozent. Das musste für den Notfall reichen.

Die Tüte mit den CDs in der Hand, verließ ich Wonnes Wohnung. Leise ging ich die Treppe hinunter. Bevor ich aus dem Haus trat, beobachtete ich das Treiben auf der Mülheimer Straße. Ein Bus fuhr vorbei. Nur wenige Autos.

Bis zu meinem Golf waren es nur ein paar Schritte. Juttas Worte hallten in meinem Kopf wider. Überwachte mich jemand? Wurde ich beobachtet? Ich blickte in alle Richtungen, bevor ich einstieg. Als ich saß, fiel mir ein, dass ich etwas vergessen hatte. Ich hätte Manni anrufen sollen.

Was machte ich, wenn er nicht zu Hause war?

Sollte ich noch mal hochgehen? Nein, nur weg hier.

Mein alter Kumpel Manni hatte als Inhaber einer Computerreparaturklitsche angefangen, war dann auf den Handel mit illegal runtergeladenen Daten umgestiegen, hatte damit eine Menge Geld verdient, sich aber auch ein paar saftige Geldstrafen eingefangen. Trotzdem war noch genug übrig geblieben, dass er sich ein etwas abseits gelegenes Haus an der Landstraße zwischen Mettmann und Wülfrath hatte kaufen können.

Schon ein gutes Stück vor der Auffahrt zum Haus empfing mich ein Schild, groß wie eine Kinoleinwand, das rechts neben der Straße auf einem Acker stand. In knallroter Schrift stand dort: »Manfred Hecking – Computersupport. Zweihundert Meter rechts«. Und als ob das nicht schon genug Verschandelung gewesen wäre, war dahinter in gigantischer Größe Mannis Nerd-Visage abgebildet. Eigentlich musste das Schild jeden dazu verleiten, sofort Gas zu geben und für immer aus der Gegend zu verschwinden. Ein Starenkasten direkt dahinter hätte sich vermutlich gelohnt. Aber auf solche Wege der Zusammenarbeit von Ordnungsbehörden und Privatwirtschaft kam natürlich keiner.

Es war mehr eine Art ausgebauter Feldweg, der zum Haus führte, das sich hinter einer Baumreihe verbarg. Als ich auf dem kleinen Platz vor der Haustür ankam, erschrak ich. Ein Haufen Sperrmüll lag herum. Ein umgekipptes fleckiges Sofa, ein altes Fahrrad. Vor dem geschlossenen Garagentor stapelten sich vom Regen durchweichte Kartons. Und das Unkraut spross einen Meter hoch.

Wohnte Manni gar nicht mehr hier?

Aber dann hörte ich von irgendwoher ein rhythmisches Stoßen. Das heißt, ich spürte es mehr, als dass ich es hörte. Es war wie der Takt eines Erdbebens, irgendwo tief im Bergischen Land unter mir.

Ich klingelte, starrte eine Weile auf das Schild, auf dem Manni wie draußen an der Straße, nur kleiner, seine Firma anpries. Es geschah nicht das Geringste. Nur das seltsame dumpfe Schlagen war jetzt etwas deutlicher zu vernehmen.

Ich trommelte gegen die Tür. Ebenfalls sinnlos.

Also gab ich es auf und ging ums Haus herum. Hinter dem Gebäude erstreckte sich bis zur Baumgrenze in etwa fünfzig Meter Entfernung eine Rasenfläche, die mehr einer Wiese glich. Auch hier lag alles Mögliche herum. Ein verrosteter Grill, ein Stapel Autoräder. Ganz weit hinten duckte sich ein Gartenhäuschen, auf dessen Dach allerlei Grünzeug wuchs. Das war garantiert keine angelegte Dachbegrünung. Manni hatte alles einfach sich selbst überlassen.

Das Pochen wurde noch lauter, und jetzt wurde mir klar, dass es sich dabei um die Bässe von diesen Lärmattacken handelte, die Manni fälschlicherweise für Musik hielt.

Eine schmale Betontreppe am Haus führte hinunter zu einem kleinen Austritt aus Waschbetonplatten im Souterrain. Es gab eine Terrassentür, durch die ich ins Innere schauen konnte. Und da saß Manni – mit nacktem Oberkörper, in Shorts und barfuß. Er starrte auf einen Computermonitor und tippte wie besessen auf einer Tastatur herum. Mich sah er nicht. Die Wolke aus Krach machte ihn auch gegen mein Geklopfe gegen die Glasscheibe immun.

Was sollte ich tun, um an die Dienste der Firma »Manfred Hecking Computersupport« zu gelangen? Sollte ich vielleicht eine Mail schreiben? Die würde Manni auf seinem Bildschirm wahrscheinlich sehen. Oder sollte ich ihn trotz des Lärms anrufen? Wurden eingehende Telefonate auch angezeigt?

Ich hämmerte noch ein bisschen. Dann wurde es mir zu bunt. Ich ging die Treppe wieder hinauf. Hinten bei dem Gartenhäuschen hatte ich einen Stapel Ziegelsteine gesehen. Vielleicht kam man ja nur an Manni heran, indem man einfach eine Scheibe einschlug.

Aber ich sollte mich irren.

Ich hatte das Häuschen gerade erreicht, da wurde hinter mir der Lärm auf einen Schlag viel lauter. Dann erstarb er, zerplatzte abrupt wie ein Luftballon. In der wiederkehrenden Stille konnte ich hören, wie ein Vogel irgendwo hinten im Wald zeternd davonflog. Und weiche, sehr schnelle Schritte, die sich durch das Gras näherten.

»Was machen Sie da auf meinem Grundstück?«, schrie Manni.

Ich hatte mich gerade nach einem der Ziegel bücken wollen und erhob mich wieder. Langsam drehte ich mich um.

Mein Kumpel stand da – immer noch nur mit Shorts bekleidet – und sah mich überrascht an.

»Mund zu«, sagte ich. »Ja, ich bin's.«

»Remi? Was machst du denn hier? Warum hast du nicht geklingelt? Aua, verdammt …« Er hob sein rechtes Bein und betastete den Fußballen. Allem Anschein nach hatte er soeben schmerzhaft zu spüren bekommen, dass er mitten in einer Brennnesselstaude stand, und begann herumzuhüpfen. »Scheiße, tut das weh. Und kalt ist es auch hier draußen.«

»Bergischer Sommer«, sagte ich. »Dafür blühen dann zu Weihnachten die Blumen. Ich glaube übrigens, du musst hier mal mähen oder so. Sieht alles ziemlich runtergekommen aus.«

Er gab Spucke auf einen Finger und betupfte damit seinen Knöchel. »Das hat Anita auch gesagt.«

Keine Ahnung, wer Anita war. Ich machte mir nicht die Mühe

zu fragen. Manni hatte andauernd irgendwas am Laufen, was dann aber nur ein paar Wochen hielt. Mit kurzen frauenfreien Phasen dazwischen. Wahrscheinlich hatten wir gerade wieder eine.

»Ich habe geklingelt«, informierte ich ihn. »Bei dem Krawall hörst du ja nichts. Aber wenn ich hier hinten auf das Grundstück gehe, bemerkst du mich. Wie das?«

Er deutete auf den überwucherten Giebel des Gartenhäuschens. Da glänzte etwas zwischen den Halmen. Flame war anscheinend nicht die Einzige, die so was zu Hause hatte. Wie war man eigentlich früher ohne Überwachungskameras ausgekommen?

»Du bist ein Genie«, sagte ich.

»Da sagst du was.« Er strahlte. »Ich muss mich ja vor Einbrechern schützen. Schließlich habe ich eine Menge teures Equipment da drin. Komm, wir gehen rein. Ich habe die Einliegerwohnung unten zu meinem Arbeitsbereich umgebaut und ...«

»Du bist natürlich *kein* Genie, sondern ein Blödmann«, sagte ich. »Wenn hier hinten einer rumlungert, merkst du's. Wenn er am Haus steht, merkst du's nicht. Und wenn sich vorne einer an der Tür zu schaffen macht, kriegst du erst recht nichts mit. Wie bescheuert ist das denn?«

»Na ja, da muss ich noch was dran tun«, gestand Manni kleinlaut. »Bin bisher nicht dazu gekommen.« Er deutete auf die Lidl-Tüte, die ich in der Hand hielt. »Warst du einkaufen? Hast du was zu essen mitgebracht? Oder Bier?«

»Nein«, sagte ich. »Arbeit für dich.«

In Mannis »Arbeitsbereich«, wie er es nannte, stank es nach dreckiger Wäsche, ausgedünstetem Alkohol und kaltem Rauch. Mir brach schlagartig der Schweiß aus, so heiß war es.

»Sag mal, hast du die Heizung an?«, fragte ich.

»Na klar. Wenn's keinen Sommer gibt, mach ich mir eben selbst welchen. Ich kann am besten arbeiten, wenn ich mich wie am Strand fühle.«

Sorgfältig schloss er die Terrassentür, damit bloß keine frische Luft reinkam. Dann nahm er eine Zigarettenschachtel, öffnete sie und bot mir eine an.

»Danke, ich hab aufgehört.« Zumindest seit der Zigarette mit Melina Hommerich.

Er hob die Schultern, entzündete die Kippe und deutete auf eine alte, fleckige Wildledercouch. Ich nahm Platz. Er setzte sich auf seinen Bürostuhl, der vor dem größten der insgesamt fünf Monitore stand. Sie waren im Halbkreis aufgestellt, und man kam sich ein bisschen vor wie in einer amerikanischen Krimiserie, wo sie von so einer Zentrale aus ruck, zuck an die tollsten Dokumente kamen. Man brauchte nur den Namen eines Verdächtigen einzugeben, und schon hatten die Ermittler dessen Abschlusszeugnisse, Jugendfotos, den Führerschein und die ersten Liebesbriefe auf dem Schirm.

Allerdings sah die Kommandozentrale bei Manni erstens viel unordentlicher aus. Zweitens schien er sich mit etwas ganz anderem zu beschäftigen. Die kleinen Monitore zeigten irgendwelche Internetfenster, in denen dauernd Schriftzeilen nach unten rutschten. Auf dem größten in der Mitte war eine Landschaft zu sehen. Die Optik erinnerte mich an ein Computerspiel. Vorne gab es eine Wiese, dahinter einen See und auf einem Berg ein Schloss. Alles in ziemlich guter grafischer Qualität.

»Das ist eine virtuelle Welt«, sagte Manni.

Ich hatte keine Ahnung, was er damit meinte, aber es musste was besonders Tolles ein.

»Das ist die Zukunft, sage ich dir. Menschen aus allen Ländern treffen aufeinander, tauschen sich aus und so weiter.«

»Ach, du meinst so was wie Facebook?«

Er pustete Rauch in meine Richtung und winkte ab. »Facebook – uninteressant. Da schreiben die Leute doch nur irgendwelchen Quatsch. Oder sie schicken sich Links mit Videos von süßen Kätzchen, spektakulären Unfällen oder so was. Kinderkram. Hier in ›Twin World‹ kann jeder seine eigene Identität und sogar Welten innerhalb der virtuellen Welt kreieren«, sagte er mit Stolz in der Stimme. »Kann phantastische Umgebungen programmieren, kann sein, was er will. Totale Freiheit, verstehst du? Ein anderes Leben führen als das, welches zu führen man gezwungen ist.«

»Eins, wo man nicht Rasen mähen muss, meinst du? Und wo man nicht aufzuräumen braucht?«

»Ha, du wirst staunen. Schau dir das mal an.«

Er stand auf, ging an den großen Monitor und bewegte die Maus. Eine Figur in künstlich anmutender Grafik begann, auf der Wiese vor dem Schloss im Kreis herumzulaufen. Es war ein junger Mann mit braunem Haar, weißem T-Shirt und Jeans, aus der unten braune Schuhe herauslugten.

»Das ist noch ein Prototyp«, sagte Manni. »Der Avatar sieht nicht sehr echt aus. Das geb ich zu. Kann man noch ändern. Darum geht's jetzt nicht.«

Er tippte etwas ein, und vor dem Männchen erschien ein Rasenmäher. Manni bewegte wieder die Maus, und die künstliche Figur begann, das Gefährt in geraden Bahnen auf dem Grün entlangzuschieben. Seitlich flog sogar der Rasenschnitt heraus.

»Toll, was?«, sagte Manni. »Das hat mich eine Menge Programmierarbeit gekostet. Tage, wenn nicht sogar eine Woche.«

Eine Woche, in der du deinen Rasen selbst hättest mähen können, dachte ich. Oder aufräumen. Den Sperrmüll wegbringen. Ich sagte aber nichts. Wer war ich, dass ich Manni Vorschriften zu machen versuchte? An chronischer Unordnung litt ich selbst. Außerdem brauchte ich seine Hilfe.

»Du, das ist alles sehr interessant«, sagte ich, griff nach der Lidl-Tüte und holte die CDs heraus. Sofort war Manni von seinem komischen Twin-Spiel abgelenkt. »Aber ich hab's etwas eilig.«

»Worum geht's?«, fragte er.

Ich erklärte es ihm in knappen Sätzen. Das heißt, ich versuchte, einigermaßen zusammenzukriegen, was Flame mir erklärt hatte.

»Ja, ich verstehe schon«, sagte Manni. »Verschlüsselung einzelner Ordner.« Er griff nach einer der CDs. »Bist du dir eigentlich sicher, dass ich mir damit nicht den Megavirus des Jahrhunderts einfange?« Er schüttelte den Kopf. »Natürlich bist du dir *nicht* sicher. Wie auch?«

Neben dem Schreibtisch, auf dem seine Monitore im Halbkreis standen, gab es ein Regal. Darin befand sich eine schwarze Tasche, der Manni nun ein Notebook entnahm. Es war ein ziemlich klobiges Ding, bei dem sogar ich erkannte, dass es relativ alt sein musste.

»Linux«, sagte er, während er es startete.

»Ja, davon habe ich gehört«, erklärte ich.

»Hier kann ein Virus nicht so viel Schaden anrichten.« Er wartete ein paar Sekunden, bis bunte Grafiken und Schriftzüge auf dem Bildschirm vorbeigewandert waren und ein Desktop erschien. Dann schob er die CD in das Laufwerk.

»Ich habe mir das schon angesehen«, sagte ich. »Offiziell sind nur Bilder drauf.«

Im selben Moment, in dem ich das sagte, öffnete sich eines der Fotos. Die Berglandschaft.

Manni beugte den Kopf vor, bis seine Augen nur noch ein paar Zentimeter vom Bildschirm entfernt waren. Gleichzeitig fuhr er mit dem Finger über das Touchpad und bewegte den Cursor. »Das könnte ein Osterei sein«, sagte er.

»Ein was?«

»Ach, egal. Mal sehen …«

Wir schwiegen beide, während er den Cursor langsam über das Bild wandern ließ. Es war absolut still im Raum – bis auf Mannis leises Atmen, hinter dem ein leises Rasseln zu hören war. Raucherlunge, vermutete ich.

»Na komm schon«, feuerte er das Gerät vor sich an. »Normalerweise nehmen sie für so was immer einen markanten Punkt auf so einem Bild«, fügte er erklärend hinzu. »Die Spitzen an dem Berg vielleicht. Oder irgendwas an der Kante unten. Klappt aber alles nicht. Ich muss das ganze Bild abchecken.«

Er ließ den Cursor am unteren Bildrand langsam waagrecht von rechts nach links wandern, dann ging es ein Stück darüber denselben Weg zurück, dann wieder von rechts nach links. Es erinnerte mich an einen Bauern, der seinen Acker in Furchen pflügt, in Luftaufnahme. Ich hatte keine Ahnung, was dieses Geduldsspiel sollte. Aber ich wollte auch nicht fragen. Es sah so aus, als sei Manni klar, was er da tat.

»Wie geht's eigentlich Wonne?«, fragte er beiläufig.

Nein, dachte ich. Frag nicht. Ich will nicht darüber reden.

Was sollte ich sagen? Ich spürte die stickige Hitze im Raum mit einem Mal viel stärker.

»Ach …«, begann ich, doch in diesem Moment stieß Manni neben mir einen Freudenschrei aus.

»Hast du das gesehen?«, rief er.

»Was denn?«

»Hier.« Er fuhr mit dem Cursor sehr langsam ein Stück zurück. Als er eine bestimmte Stelle mitten im Grau des Bergmassivs erreichte, wurde der Pfeil zu einer Hand.

»Das ist keine zufällige Stelle«, sagte er. »Siehst du den Schatten an der Felswand? Da steht eine einzelne Tanne. Schwer zu erkennen, aber wenn man sich Mühe gibt …«

Ich kniff die Augen zusammen. Tatsächlich, jetzt sah ich die dunklen Umrisse.

»Die Tanne ist der Eingang«, erklärte Manni stolz. Er fuhr auf dem Schatten herum. Die Hand als Mauszeiger blieb. »Sesam, öffne dich!«

Manni klickte, und ein Fenster öffnete sich über dem Bild. Es war nicht mehr als eine weiße Zeile.

»So, und jetzt brauchen wir das erste Passwort.«

Plötzlich verstand ich, worum es ging. Das war ja wirklich raffiniert.

»Ich kenne das Passwort aber nicht«, sagte ich. »Genau dabei sollst du mir ja helfen.«

Manni lehnte sich in seinen Stuhl zurück und kratzte sich am Kopf. »Das kann schwierig werden.«

»Aber deswegen bin ich hier.«

Er klickte irgendwo ins Bild. Das Eingabefenster verschwand. Jetzt war wieder nur der einsame Berg da. Der Berg, in dessen Innerem unvorstellbare Schätze auf uns warteten. Wer das programmiert hatte, besaß einen gewissen Sinn für Symbolik.

»Sag mir doch bitte noch mal genau, woher diese CDs stammen. Was sind das für Daten, um die es dabei geht?«

Eigentlich hatte ich Manni darüber im Unklaren lassen wollen. Andererseits hätte er es bei erfolgreicher Entschlüsselung ja sowieso erfahren. Und wenn ich es ihm sagte, würde ihn das vielleicht motivieren, sich mehr anzustrengen.

»Auf den CDs sind Daten von Kunden einer Schweizer Bank. Steuersünder.«

»Du meinst, es ist die Art von CD, über die in letzter Zeit andauernd in den Medien berichtet wurde?« Manni sah mich erschrocken an. »Hat dich jemand hierher verfolgt? Weiß irgendwer, dass du hier bist?« Instinktiv blickte er zur Terrassentür.

»Beruhige dich, Manni.«

»Du bist gut. Das ist ein Riesending. Weißt du, um wie viel Geld es hierbei geht?«

»Ja, das weiß ich.«

Manni nahm die Tüte, holte die drei anderen CDs heraus und legte sie vor sich auf den Tisch.

»Ich kann die Daten erst kopieren, wenn ich sie entschlüsselt habe«, sagte er. »Vorher sind sie ja für den Rechner gar nicht vorhanden. Es gibt zwar sehr wahrscheinlich ein Programm, um das zu umgehen, aber dann kann ich die Passwörter immer noch nicht lesen. Die Frage ist natürlich, was wichtiger ist, sichern oder dekodieren. Was soll ich zuerst machen? Erst kopieren und die Daten später lesbar machen? Oder umgekehrt? Hmmm …«

»Wenn ich was dazu sagen dürfte«, warf ich ein. »Mir wäre es am liebsten, ich könnte so schnell wie möglich einen Blick auf die Listen werfen. Ich muss wissen, wer in den Datensätzen genannt ist. Und ob das, was ich über die CDs erfahren habe, überhaupt stimmt.«

»Wo hast du die Scheiben eigentlich her?«

»Das wäre jetzt eine etwas längere Geschichte. Zu lang. Manni, wie viel Zeit brauchst du dafür?«

Er sah auf den Bildschirm und schüttelte nachdenklich den Kopf. »Ich hab nicht die geringste Ahnung. Erst mal muss ich es mit ein paar Dechiffrierprogrammen versuchen, die ich schon habe. Obwohl ich fast sicher bin, dass die nichts bringen.«

»Dann lass es doch, und …«

»Nein, ich muss sehen, wie die reagieren. Die zweite Stufe wäre, im Netz zu schauen, ob es was Besseres gibt. Das mache ich am besten gleich parallel.«

»Und wenn das auch nicht klappt?«

Er hob die Schultern. »Dann muss ich selbst was programmieren. Was aber echt schwierig wäre.«

»Okay, dann fang an. Ich warte so lange.«

Er sah mich an. »Hast du sie noch alle? Das dauert. Selbst wenn ich irgendwann ein Programm habe, das funktioniert, rödelt es unter Garantie die ganze Nacht. Und dann haben wir bestenfalls ein einziges Passwort geknackt. Wie viele es insgesamt sind, weiß ich ja gar nicht. Es können zwei sein, vier, zwanzig oder hundert. Mal vier CDs.« Er begann, an einem anderen Rechner zu hantieren. »Wir machen aber halbe, halbe, oder? Ich meine, wenn du das Geld vom Finanzamt kriegst.«

»Es geht mir nicht ums Geld, Manni.«

»Seit wann das denn?«

Er ließ sich von meiner Reaktion – Schweigen – nicht stören. Offenbar baute er sich gerade eine ganz neue Station zusammen. Er schob den Laptop zur Seite und stöpselte den großen Monitor um. Es ging ihm wohl darum, mehrere Rechner gleichzeitig nutzen zu können.

»So, jetzt kann's losgehen«, sagte er, schob die CD aus dem tragbaren Computer in den Tower, drückte eine Taste, woraufhin Zeilen von irgendwelchem Systemtext sichtbar wurden. »Ich muss mich konzentrieren. Du kannst tun, was du willst. Hol dir was zu trinken. Oben im Kühlschrank.«

Damit tauchte Manni ab. Den Blick starr auf die über den Bildschirm sausenden Zeilen vor ihm gerichtet, tippte er, fluchte, wenn er sich verschrieb, tippte weiter. Es hatte ihn gepackt.

Ich dachte unterdessen über den Fall nach.

Irgendeine Person, die in diesem Spiel aktiv war, konnte auf der CD genannt sein. Wonne hatte vielleicht gewusst, wer demnächst ganz oben auf der Liste bei den Finanzbehörden stehen würde. Womöglich gab es ja so was wie einen bergischen Hoeneß.

Wenn der wusste, dass er auf der Liste stand, hatte er Wonne erschossen, um an die CDs zu kommen.

Aber wer auf so einer Steuerliste stand, würde doch nicht einfach jemanden erschießen, ohne dadurch in den Besitz der CDs zu gelangen oder zumindest nach ihnen zu suchen. Er wäre doch garantiert in ihre Wohnung eingedrungen und hätte gefunden, was er suchte. Aber so was hatte nicht stattgefunden.

Nein, es musste doch anders abgelaufen sein. Nur wie?

Zum Beispiel so: Brambach hatte die CDs geklaut, hatte sie in der Werkstatt versteckt, war in den Knast gegangen. Weil sein Kumpel Harry, der davon wusste, vor ihm entlassen werden würde, war er kurz vor seiner eigenen Entlassung getürmt. Er wollte unbedingt verhindern, dass Harry die CDs fand. Denn so weit, zu riskieren, dass der sich damit aus dem Staub machte, ging die Freundschaft dann doch nicht.

Deswegen hatte er sich seiner neuen Verhaftung entzogen.

Deswegen hatte er auf der Autobahnraststätte geschossen.

Und er hatte Beiner umgebracht, weil …

Ja, warum?

Weil Beiner ihm irgendwie auf den Fersen gewesen war.

Und Wonne hatte die CDs, weil …

Keine Ahnung.

War sie etwa in der Werkstatt gewesen und hatte sie dort gefunden?

Das Blut.

War Wonne dort Zeugin eines Mordes geworden? Aber dann wäre sie doch zur Polizei gegangen. Oder hätte zumindest mir davon erzählt.

Mannis Getippe wirkte einschläfernd. Ich stand auf und ging im Raum umher. Ein kleiner Monitor stand etwas abseits. Dort war eine Website geöffnet, auf der andauernd die Meldungen wechselten. So ein banales regionales Zeug, das man auf Neudeutsch »News« nennt.

Ein Unfall bei Leichlingen. Ein Traktor war mit einem Motorrad kollidiert.

Eine kaputte Gasleitung in Wermelskirchen.

Irgendein Gemeindefest in Burscheid.

»Du machst mich nervös mit deinem Rumgelaufe«, sagte Manni, ohne von seiner Arbeit aufzusehen. »Ich glaube, du gehst besser. Dauert eh alles noch.«

»Wie weit bist du denn?«

Er nahm kurz die Hände von der Tastatur. »Die Programme, die ich habe, funzen natürlich nicht. Warum, erkläre ich dir nicht. Ist eh zu kompliziert für deine analoge Denke.«

»Ich hol mir was zu trinken«, sagte ich. »Dann fahre ich.«

Er nickte nur und machte weiter – womit auch immer.

Ich wollte zur Tür gehen und kam auf dem Weg dorthin

wieder an dem Monitor mit den Nachrichten vorbei. Erst jetzt sah ich, was das für eine Seite war, die Manni da geöffnet hatte.

»Du liest die ›Bergisch News‹?«, fragte ich.

»Ich hab auf der Seite eine Anzeige geschaltet«, sagte Manni ohne aufzusehen. »Aber dieser Typ, dieser …«

»Jungblut«, half ich nach.

»Genau, dieser Jungblut … der ist so blöd, dass er ständig irgendwelche HTML-Codes reinsetzt, und dann fliegt die Anzeige wieder raus. Ich hab einen Riesenärger mit ihm deswegen. Neulich hab ich als Konsequenz die Gebühr nicht bezahlt, und daraufhin hat er mir versichert, dass jetzt alles so läuft, wie wir das vereinbart haben. Um das zu überprüfen, macht das Maschinchen da alle zehn Minuten automatisch einen Screenshot. Eigentlich wär's besser, wenn er mich einfach engagieren würde, um das ganze Ding am Laufen zu halten. Ich hab ihm auch ein Angebot gemacht, aber der Idiot ist so kniepig …«

Manni verstummte, er war wieder mit Getippe beschäftigt. Ich hatte ihm sowieso nicht mehr richtig zugehört. Denn eine Meldung auf der »Bergisch News«-Seite hatte meine Aufmerksamkeit voll in Beschlag genommen.

Es ging um die männliche Leiche, die bei Beyenburg an der Wupper gefunden worden war. Die Sache, an der Opladen jetzt arbeitete.

… hat die Polizei weitere Informationen über den Toten bekannt gegeben, der vorgestern in den frühen Morgenstunden am Ufer der Wupper gefunden worden war. Bei der Leiche wurden Dokumente entdeckt, die darauf schließen lassen, dass der Mann aus der Zentralafrikanischen Republik stammt.

Mir war, als wäre in mir ein Ballon geplatzt. Schlagartig wurde mir einiges klar.

Ich las mir noch mal Wort für Wort die ganze Meldung durch, damit ich sicher sein konnte, nichts übersehen zu haben. Aber alles passte zusammen.

Zentralafrikanische Republik.

Ich ging an einen der Rechner, öffnete den Internetbrowser und suchte eine Information.

»He, was machst du da?«, fragte Manni.

»Muss was nachsehen.« Da hatte ich es schon. In der Zentralafrikanischen Republik sprach man Französisch.

Die Bilder und Andenken in Hermine Willraths Wohnung fielen mir ein.

Die Überreste von einem Schlaflager im Wohnraum auf dem Werkstattgelände.

Das Blut.

Und: die Notizen und das französische Wörterbuch auf Wonnes Tisch.

»Ich fahre«, sagte ich zu Manni. »Mach weiter und halt mich auf dem Laufenden.«

Er sah nicht auf, sondern tippte eifrig weiter.

»Okay, deine Handynummer habe ich ja.«

Ich verließ das Haus durch die Terrassentür.

Das Handy würde ich erst wieder anmachen, wenn ich in Wuppertal war. Im Fall, dass Flame mich immer noch überwachte, sollte sie nicht wissen, wo ich zwischenzeitlich gewesen war.

24

Ich gab dem Golf die Sporen, erreichte hinter der Wülfrather Innenstadt endlich die A535, kam jedoch nicht in freier Fahrt runter zum Sonnborner Kreuz, weil sich alles auf eine Spur verengte. Sommerbaustelle. Langsam, in Reih und Glied, gleichmäßig wie eine Entenfamilie auf dem Bauernhof, rollte die Kette der Fahrzeuge in Richtung Süden. Viele Pkws, durchmischt mit Wohnwagen. Viele davon besaßen ein holländisches Kennzeichen. Was würde wohl passieren, wenn die Pläne der Bundesregierung durchgingen und man die Ausländer zwang, für das Staustehen auch noch Autobahngebühren zu bezahlen? Würden sie dann erboste Briefe nach Berlin schreiben und ihr Geld zurückfordern? Oder würde man so was Ähnliches wie bei Flugreisen oder bei der Bahn einführen? Bei soundso viel Verspätung Rückerstattung von soundso viel Prozent?

Es fiel mir schwer, meine Ungeduld im Zaum zu halten. Um mich abzulenken, schaltete ich das Radio ein. Das war ohnehin eine gute Idee. Es konnte ja neue Informationen geben.

Ich hatte das Autobahnkreuz erreicht und bog auf die A46, als auf WDR 2 die Nachrichten anfingen. Es wurde genau dasselbe wiederholt, was ich auf Jungbluts Seite gelesen hatte. Es war sogar dieselbe Formulierung. Wahrscheinlich hatte der Meisterjournalist die Meldung einfach mitgeschrieben und auf seine Seite gesetzt.

Die Sonne senkte sich bereits, als ich die Windhukstraße erreichte. Aus dem Haus mit den Glasbausteinen über dem Eingang trällerte Schlagermusik auf die Straße. Helene Fischer oder so was. Oben rechts war ein Fenster offen. Als ich vor der Haustür stand und klingelte, witterte ich Bratkartoffeln.

Niemand öffnete. Ich klingelte noch mal und noch mal. Schließlich wurde es mir zu blöd, und ich klingelte überall.

Der Türsummer blieb stumm, dafür hörte ich eine Stimme über mir. »Ja?«, rief sie herunter.

Ich ging einen Schritt zurück und sah nach oben. Aus dem

Fenster, durch das die Musik nach draußen schallte, beugte sich eine dicke Frau mit roten Wangen, eine bunte Schürze vor der Brust.

»Ich wollte zu Frau Willrath«, rief ich.

»Moment …«

Das Gesicht verschwand, die Musik wurde leiser. Dann kam die Frau zurück. »Zu wem wollen Sie?«

»Frau Willrath«, schrie ich ein, zwei Dezibel lauter.

»Die ist nicht da.«

Ich griff in die Tasche und holte meinen Ausweis heraus. Die Frau konnte ihn sowieso nicht lesen, deswegen konnte ich sonst was behaupten.

»Ich komme von der Kripo Wuppertal. Ich muss Frau Willrath sehr dringend sprechen. Wissen Sie, wo sie ist?«

»Heute wird sie im Konzert sein«, sagte die Frau.

»Und wo?«

»Na, in der Stadthalle.«

Ich packte den Ausweis ein. »Danke, alles klar.«

Wann fing denn so ein Konzert an?

Wahrscheinlich um acht.

Jetzt war es kurz vor halb.

Was würde ich tun, wenn ich Frau Willrath nicht mehr erwischte?

Keine Ahnung, aber während ich mit überhöhter Geschwindigkeit über die B 7 Richtung Elberfeld raste, wurde mir klar, dass ich auf keinen Fall warten würde, bis die Musik vorbei war. Wenn es sein musste, würde ich reinstürmen, auf die Bühne gehen, den Dirigenten, oder wer auch immer da vorne gerade auftrat, stoppen und Frau Willrath ausrufen.

Blödsinn, meldete sich die Stimme in mir, die mich immer kritisierte, mir stets Paroli bot, die immer an mir zweifelte, und die komischerweise im Moment denselben Klang wie Wonnes Stimme hatte. Das machst du nie im Leben.

Doch, das mache ich, erwiderte ich innerlich.

Nein, das machst du nicht. Weil du genau weißt, dass du damit nicht weit kommst. Wenn du die Veranstaltung störst und sie dich rausschmeißen und eventuell die Polizei holen, hast du gar nichts gewonnen. Du wirst nicht mit Frau Willrath reden können. Im schlimmsten Fall stecken sie dich in die Klapse oder eine Ausnüchterungszelle.

Okay, dachte ich. Es hat ja auch keinen Zweck, so durch die Stadt zu rasen und einen Unfall zu riskieren. In der Ruhe liegt die Kraft. Frau Willrath läuft dir nicht davon.

Rote Ampel vor dem Hauptbahnhof.

Es war zehn vor acht.

Nicht Brambach hatte sich in der alten Werkstatt versteckt.

Sondern jemand, der illegal in Deutschland war.

Jemand, der Frau Willrath angerufen hatte.

Frau Willrath, die durch ihre Reisen einen Bezug zu Afrika hatte.

Wahrscheinlich hatte er sich bei der Städtevorwahl vertan. Wenn er nämlich aus Versehen statt 0202 die 02202 gewählt hatte, hatte er nicht Frau Willrath, sondern Wonne am Draht gehabt.

Aber hätte Wonne dann nicht einfach gesagt, dass er falsch verbunden war? Dass sie nicht Hermine Willrath war? Dass er noch mal wählen sollte?

Es kam drauf auf, was der Anrufer gesagt hatte.

Vielleicht war es ja zu einem Gespräch gekommen. Wonne hatte verstanden, dass der Mensch, der da anrief, Hilfe brauchte.

Neunundneunzig Komma neun Prozent aller Deutschen hätten vielleicht einfach aufgelegt. Hätten dem Anrufer klargemacht, dass er falsch verbunden war. Hätten die ganze Angelegenheit vergessen.

Aber nicht Wonne.

Denn Wonne war neugierig. Wonne interessierte sich für Menschen. Und sie war Journalistin.

Grün. Energisch gab ich Gas. Während ich zum Parkplatz neben der Stadthalle hinaufkurvte, verfolgte ich den Gedankengang weiter.

Wonne hatte also mit dem Menschen, der sie da anrief, gesprochen. Sie hatte verstanden, was sein Problem war.

Und sie musste sich mit ihm getroffen haben.

Bei dieser Gelegenheit bekam sie die CDs.

Die CDs, die der Flüchtling in dem Werkstattlager gefunden hatte und von denen er wusste, dass sie wertvoll waren. Weil Brambach in dem Versteck aufgetaucht war und sie gesucht hatte.

Das Konzert hatte noch nicht begonnen. Ich parkte, sprang aus dem Wagen. Vor mir erhob sich die einhundertundvierzehn Jahre alte Fassade der Historischen Stadthalle am Johannisberg. Ich kannte auch das Innere des Gebäudes. Vor vielen Jahren hatte es in dem prächtig geschmückten Konzertsaal einen spektakulären Todesfall gegeben. Daraus hatte sich einer meiner ersten großen Fälle ergeben.

Ich tauchte in das Gedränge ein, das im Foyer herrschte. Die Menschenmengen, die darauf warteten, durch die Kartenkontrolle in den Großen Saal gelassen zu werden, schoben sich zwischen schwarzen Steinsäulen hindurch. Über ihnen spannten sich die golden verzierten Bogen des Deckengewölbes. Milchige Jugendstillampen verbreiteten weiches Licht. Ich quetschte mich durch das meist ältere Publikum, erntete ab und zu eine Zurechtweisung, entschuldigte mich schnell und drängelte weiter.

Dann sah ich sie. Hermine Willraths Freund Siegmund stand am Ende des lang gestreckten Raumes, wo es durch eine Tür ins Treppenhaus ging, und las in einem Programmheft. Er trug immer noch sein kleidsames Beige. Hermine Willrath hingegen, die sich ein Stück entfernt mit einer gleichaltrigen, in schrilles Lila gekleideten Dame unterhielt, hatte sich in ein schwarzes Kleid geschmissen. Neben dem exotisch bunten Vogel sah sie aus wie ein hässliches Entlein.

»Entschuldigung, ich muss mit Ihnen sprechen«, ging ich einfach dazwischen.

Die beiden Damen und Siegmund sahen mich überrascht an. Es dauerte ein paar Sekunden, bis Hermine Willrath mich wiedererkannte.

»Ach Sie? Wir gehen aber jetzt hinein …«

»Daraus wird nichts. Wir müssen reden. Sofort. Es ist wirklich sehr wichtig.«

Der Paradiesvogel schwieg. Von irgendwoher ertönte ein Signal. Wahrscheinlich die Aufforderung, die Plätze einzunehmen. Und Siegmund entdeckte seine Ritterlichkeit. »Junger Mann, was fällt Ihnen ein?«, begann er, aber ich beachtete ihn gar nicht.

»Frau Willrath, es geht um das Werkstattgrundstück. Das heißt – um jemanden, der sich bis vor Kurzem dort versteckt gehalten hat. Und der jetzt tot ist.«

Eben hatte die alte Lehrerin noch weich und freundlich wie eine sanfte Großmutter ausgesehen, jetzt wechselte ihr Gesichtsausdruck. »Ich kenne Sie«, sagte sie und sah mich böse an. »Sie waren doch bei uns auf der Schule. Ich vergesse nie ein Gesicht. Und jetzt arbeiten Sie bei der Polizei?«

»Polizei?«, rief Siegmund dazwischen. »Dann können Sie sich doch sicher ausweisen.«

Das Foyer der Stadthalle leerte sich. Die Menschen drängten in den Großen Saal. Auch der lila Paradiesvogel war gegangen. Die Bediensteten der Halle schauten zu uns herüber. Sie wussten wohl nicht, ob wir Nachzügler waren oder gar nicht in das Konzert wollten.

»Ganz recht«, sagte Frau Willrath. »Zeigen Sie mir doch bitte mal Ihren Ausweis.«

Sie hatte es immer noch nicht begriffen.

»Ich bin kein Polizist, das habe ich Ihnen doch schon erklärt. Als Detektiv arbeite ich aber trotzdem an einem Fall von mehrfachem Mord. Und ich fürchte, Ihr Gast in der Werkstatt ist unter den Opfern.«

»Jetzt hören Sie mal zu«, rief Frau Willraths Begleiter, aber die alte Dame machte eine Handbewegung und brachte ihn damit zum Schweigen.

Sie suchte nach Worten, ich half ihr aus.

»Als Sie heute Mittag auf dem Grundstück waren, habe ich Sie belauscht«, sagte ich.

»So ein Unsinn«, rief Siegmund, »da war doch niemand.«

In diesem Moment sah ich, dass ich gewonnen hatte. Nun galten Frau Willraths eisige Blicke ihm und nicht mir. Siegmund schien zu verstehen und ging zu den Platzanweiserinnen hinüber, die vor der offenen Tür standen, und sprach leise mit ihnen.

»Sie haben dort jemanden vermutet«, sagte ich. »Und erwähnt, dass dieser jemand verschwunden ist. Erst dachte ich, Sie meinten Erwin Brambach. Aber das stimmt nicht. Sie meinten einen jungen Mann aus der Zentralafrikanischen Republik.«

»Also ich lasse mir den Bruckner unter Kamioka nicht entgehen«, rief Siegmund pikiert herüber, als habe man ihm gerade die größte Zumutung seines Lebens bereitet. Mit der Geste eines Beau wischte er sich durchs Haar und verschwand im Großen Saal. Hinter ihm schloss sich die Tür.

»Er heißt … oder er hieß Joseph«, sagte Frau Willrath und blickte nach unten. Als sie mich wieder ansah, fügte sie hinzu: »Ist er wirklich tot?«

Ich nickte. »Und ich glaube, Brambach hat ihn ermordet.«

»Aber warum? Warum muss man einem armen Flüchtling das antun? Meinen Sie, die Polizei wird deswegen auch noch zu mir kommen?«

»Ich denke schon. Wenn meine Theorie stimmt. Ich kann Ihnen das jetzt nicht alles im Einzelnen erklären. Doch es ist wichtig, dass Sie mir ein paar Fragen beantworten. Lassen Sie uns rausgehen. Ich verspreche, es kurz zu machen.«

Sie nickte. »Also gut. Der Bruckner kommt ohnehin erst nach der Pause.«

Wir gingen durch den gläsernen Windfang nach draußen, die paar Stufen hinunter auf den Vorplatz und schlenderten weiter bis zur Straße, wo die Autos, die an der Ampel gestanden hatten, gerade lärmend losfuhren.

»Gehen wir nach hinten in den Garten«, sagte Frau Willrath.

Der »Garten« war ein winziges Stückchen Park auf der Rückseite des gründerzeitlichen Gebäudes. Wir erreichten es, indem wir den Bau auf der Parkplatzseite umrundeten. Die eiserne Gittertür zu der Treppe, die in den Garten führte, war allerdings verschlossen. So blieben wir neben dem Seiteneingang des Stadthallenrestaurants stehen. Mir fiel auf, dass ja auf dem Nachbargrundstück meine alte Schule lag.

»Ich verpasse nur eine frühe Mozart-Sinfonie«, erklärte Frau Willrath. »Aber das wissen Sie bestimmt nicht. In der Schule hatten Sie jedenfalls keinen Sinn für so was.«

»Bitte lassen Sie uns über Joseph sprechen. Wer war er? Woher kannten Sie ihn? Und wie lange ist er auf dem Werkstattgelände gewesen?«

»Ich habe ihn auf einer Reise kennengelernt. In Marokko. Vor ein paar Jahren. Er arbeitete in dem Hotel, in dem ich war. Als Gärtner. Außerdem brachte er den Müll weg. Manchmal musste er auch frische Handtücher an den Pool bringen oder das Eis in den Sektkühlern austauschen. Dabei kam ich mit ihm ins Gespräch. Er sprach gut Französisch. Und ich beherrsche die Sprache ja auch.«

»Er stammt aus der Zentralafrikanischen Republik«, erklärte ich. »Dort ist Französisch die Amtssprache.«

»Ganz recht. Jedenfalls erzählte er mir, dass er versucht hatte, nach Europa zu kommen. Über Gibraltar. Man habe ihn aber erwischt und zurückgeschickt. Er schwor mir, dass er es wieder versuchen würde. Er sagte, er habe seine ganze Familie zurückgelassen, und er sei es seinen Leuten nun schuldig, eine anständige Arbeit zu finden. Als ob es nur ums Geld ginge. Ich versuchte ihm klarzumachen, dass das alles nicht so einfach ist, wie es sich viele, die in Afrika vom europäischen Wohlstand leben, vorstellen. Aber er hat mir keine Ruhe mehr gelassen.«

»Es geht nicht nur ums Geld, Frau Willrath. Es geht ums nackte Überleben. Wo Joseph herkommt, gibt es Bürgerkrieg und Massenmorde.«

»Ach, das wissen Sie so genau? Sind Sie auch durch Afrika gereist? So wie ich?«

»Nein, das bin ich nicht.« Und ich reiste schon gar nicht in irgendwelche Clubs, wo man die Handtücher an den Pool gebracht bekam und das Eis im Sektkühler ausgetauscht wurde, während man sich in der Sonne räkelte.

»Sie wissen gar nichts«, sagte Frau Willrath. »Joseph ließ jedenfalls nicht locker. Bis ich ihm meine Telefonnummer auf eine Visitenkarte schrieb.«

»War es vielleicht diese Karte hier?« Ich holte das Kärtchen von dem Hotel in Rabat hervor. Frau Willrath betrachtete es wie ein Relikt aus uralten Zeiten.

»Und stellen Sie sich vor, anderthalb Jahre später rief er mich plötzlich an«, sagte sie.

»Aus Marokko?«

»Ich glaube, ja. Er sagte, er habe jetzt eine Idee, wie er es schaffen könne. Und ich sollte mich schon mal auf seine Ankunft in Deutschland freuen. Ich habe das natürlich nicht ernst genommen. Aber es vergingen keine zwei Monate, und er stand auf einmal vor meiner Tür. Können Sie sich das vorstellen? Joseph in Wuppertal. Unglaublich.«

»Was soll daran unglaublich sein? Sie hatten ein Foto mit ihm in Ihrer Wohnung. Ich gehe jedenfalls davon aus, dass er das war auf dem Bild neben Ihnen. Sie haben ihn persönlich auf seinem Kontinent getroffen. Die Welt ist klein. Das sollten Sie als ehemalige Lehrerin eigentlich wissen.«

»Herr Rott, Sie brauchen mich nicht zu verspotten. Es geht doch um was ganz anderes.«

»Ach? Um was denn?«

Sie holte tief Luft. »Darum, dass er nicht hierhergehört. Darum, dass er nicht von hier ist. Da steht ein Schwarzer vor meiner Tür und denkt, ich wäre reich. Er denkt, ich könnte ihm ein Zimmer geben, Essen und Arbeit. Diese Leute gehen doch von völlig falschen Annahmen aus.«

»Aber Sie haben genug zu essen. Sie leben in Sicherheit und im Wohlstand.«

»Wohlstand? Wissen Sie, wie wenig Pension ich bekomme? Ich musste aus gesundheitlichen Gründen zwei Jahre früher in den Ruhestand gehen. Das hat mir große Einbußen beschert. Im zweistelligen Prozentbereich.«

Na, immerhin waren die gesundheitlichen Probleme nicht so groß, dass du nicht noch weite Reisen machen kannst, dachte ich. Und leisten kannst du es dir auch.

»Sie haben Joseph dann sicher an die Ausländerbehörde verwiesen«, mutmaßte ich. »Da Sie selbst ihm doch angeblich nicht helfen konnten.«

»Er wollte das nicht. Er war ja illegal hier und hatte außerdem seine Papiere irgendwo verloren. Er hatte große Angst, zurückgeschickt zu werden. Und ich wäre ein großes Risiko eingegangen, wenn ich ihm geholfen hätte. Am Ende hätte ich mich noch strafbar gemacht. Schließlich habe ich ihm angeboten, in die alte Werkstatt zu gehen. Ich wusste ja, dass sie verlassen war. Ich habe ihm manchmal etwas Geld und alte Kleidung gebracht. Aber in letzter Zeit habe ich ihn dann nicht mehr gesehen und mich gefragt, wo er bloß steckt. Er konnte doch sonst nirgends hin.« Sie schüttelte den Kopf. »Eigentlich hätte er mir noch den Schlüssel zurückgeben müssen, den ich ihm überlassen habe. Na ja, jetzt muss ich halt die Schlösser austauschen. Auf den Kosten bleibe ich natürlich sitzen.«

Ich atmete tief durch, um die Übelkeit zu vertreiben, die sich bei ihren Worten in meinem Bauch bemerkbar machte. Da hatte der junge Mann jahrelang versucht, in den Norden zu kommen, hatte alles zurückgelassen und auf dem Weg hierher vermutlich mehr als einmal sein Leben aufs Spiel gesetzt. Und dann schickte man ihn auf diesen Müllplatz – in einer Stadt, die er nicht kannte, in einem Land, dessen Sprache er nicht konnte, wo es kalt war und wo es keine Unterstützung, nicht einmal medizinische Versorgung für ihn gab.

»Ich verstehe diese Leute nicht«, sagte Frau Willrath, mehr den Mülltonnen neben dem Hintereingang zugewandt als mir. »In Afrika sind sie so freundlich und scheinen zufrieden mit sich und ihrer Umwelt zu sein. Aber im Innern sehnen sie sich alle in unser kaltes Land. Ohne es zu kennen, ohne zu wissen, welche Probleme wir hier haben.«

»Ja«, sagte ich. »Riesenprobleme. Vor allem im Vergleich zu den Menschen aus diesen Ländern.«

Sie war zwar meine ehemalige Deutschlehrerin, aber sie besaß nicht die geringste Antenne für Ironie.

»Nicht wahr, Herr Rott? Das ist das Schwierige mit den Träumen. Jeder hat doch was, wovon er träumt. Aber Träume sind nun mal nicht die Realität. Als ich jung war, wollte ich unbedingt Musikerin werden. Ich machte sogar eine Aufnahmeprüfung an der Musikhochschule. Aber ich scheiterte. Ich war nicht gut genug. Als ich all die anderen Prüflinge sah, begriff ich, dass ich schlicht und einfach keine von denen war. Das war nicht meine Welt. So ist das auch bei den Afrikanern mit dem Traum von Europa. Sie sind nicht von hier, sie wissen gar nicht, wovon sie da träumen. Und trotzdem setzen sie ihr Leben aufs Spiel, um herzukommen. Dabei sollte doch jeder lernen, mit dem auszukommen, was er hat. Das müssen wir schließlich auch. Und was hätte ich denn machen sollen? Ihm etwa mein Gästezimmer anbieten? Damit er sich hier zu Hause fühlt?«

»Nein, das wäre wirklich zu viel verlangt. Gehen Sie lieber rein und hören Sie sich Ihren Bruckner an, oder was auch immer da jetzt kommt«, sagte ich. »Sie haben ja für die Karte sicher einen Großteil Ihrer schmalen Pension hinblättern müssen.«

Jetzt fiel bei ihr der Groschen. Sie schwieg und wollte gehen. Dann drehte sie sich aber doch noch einmal um.

»Warum hat Erwin Joseph getötet? Haben Sie das schon herausgefunden?«

»Das werden Sie früh genug erfahren«, sagte ich.

Sie spürte, dass ich nicht mehr mit ihr sprechen wollte, warf mir einen traurigen Blick zu und ging davon.

Was konnte ich tun?

Vielleicht sollte ich doch mit der Polizei zusammenarbeiten?

Und eine Ohrfeige riskieren, weil ich mich in ihre Arbeit eingemischt hatte? Nein. Wobei die Ohrfeige sicher milde ausfallen würde. Angesichts der Fortschritte, die ich zu verzeichnen hatte.

Auf einmal kam mir alles völlig sinnlos vor.

Mannis Datenentschlüsselung. Völlig sinnlos, weil auf den CDs sicher nicht verzeichnet war, wo sich Brambach befand.

Die ganze Geschichte mit dem armen Schwein Joseph. Der Junge war völlig sinnlos durch eine jahrelange Flüchtlingshölle gegangen, nur um dann im gelobten Land Bundesrepublik Deutschland ermordet zu werden. Von Brambach, der in sein Beuteversteck gekommen war.

Ich musste mit Jutta sprechen. Falls sie vergessen hatte, über Beiner weitere Nachforschungen anzustellen, musste ich sie jetzt daran erinnern.

Beiner hatte sich mit Brambach getroffen. Mindestens ein Mal, nämlich zu dem Zeitpunkt, als Beiner von ihm ermordet worden war. Wahrscheinlich auch früher. Wenn es nur einen kleinen Hinweis gab, wo ein solches Treffen stattgefunden haben könnte … Vielleicht würde mir das helfen, Brambach zu finden?

Wer konnte davon wissen?

Beiners Frau. Sein Sohn. Ich würde sie noch mal besuchen. Und ihnen notfalls mit Waffengewalt alles entlocken.

Wirst du nicht, Rott, sagte die Stimme in mir. Die beiden werden einfach schweigen und die Bullen holen. Und dann bist du wieder am Arsch. Die haben das Recht auf ihrer Seite. *Alle* haben das Recht auf ihrer Seite. Außer dir. Und Brambach. Aber den darfst du trotzdem nicht abknallen. So viele Rechte hat er dann doch wieder. Obwohl er drei Menschen auf dem Gewissen hat.

Beiner, Joseph, Wonne.

In dieser Reihenfolge.

Ich holte das Handy heraus und schaltete es ein, um Jutta anzurufen. Das Ding fing sofort an, eine ganze Reihe von Signaltönen von sich zu geben.

Man hatte versucht, mich anzurufen. Allerdings war die Sprachbox deaktiviert. Mich hatten diese ewigen Nachrichten auf dem AB immer genervt. So hatte ich jetzt nichts als Telefonnummern.

Ein Anruf kam von Manni. Drei andere von einer unbekannten Nummer. Ein Handy.

Wer konnte das sein? Jeder und keiner. Vielleicht hatte Brambach ja endlich mitbekommen, dass ich ihn suchte, und versuchte, mit mir Kontakt aufzunehmen.

Das wäre doch mal was.

Ich probierte die Nummer einfach aus. Was konnte schon passieren?

Mittlerweile war ich auf dem Vorplatz angelangt. Während es klingelte, beobachtete ich, wie Leute aus der Stadthalle durch den Haupteingang ins Freie kamen. Offenbar hatte die Konzertpause begonnen. Sie zündeten sich Zigaretten an.

Ich ging weiter zum Parkplatz.

»Hallo?«

Eine Männerstimme meldete sich inmitten eines hellen Rauschens. Wahrscheinlich saß der Mann gerade im Auto.

»Ja, hallo, hier Rott. Wer ist da bitte?«

»Rott, Sie? Na endlich. Gut, dass Sie zurückrufen. Hören Sie, Sie dürfen auf keinen Fall …« Der Rest ging im akustischen Nebel unter. Die Verbindung hatte Aussetzer.

»Hallo? Wer ist denn da überhaupt?«

»Kriminaldirektor Günther«, sagte die Stimme jetzt sehr klar. »Ich habe schon mehrfach versucht, Sie übers Festnetz zu erreichen. Und bei Ihrer Tante. Wir müssen uns unbedingt unterhalten. Sie dürfen nicht auf eigene Faust weiterermitteln, wir …«

»Wissen Sie, wo Brambach ist?«, unterbrach ich ihn.

»Nein, aber …«

»Dann lassen Sie mich in Ruhe.«

Ich drückte das Gespräch weg. Wie hatte ich vorhin auch nur eine Sekunde daran denken können, mit der Polizei zusammenzuarbeiten? Sinnloser als sinnlos. Ich ging zum Kassenautomaten und bezahlte. Heute hatte ich an mein Geld gedacht.

Mein Handy hatte nur ein paar Prozent Batterieladung. Ich konnte mit dem letzten Rest Jutta anrufen. Oder gleich hinfahren. Das war sicher besser. Ich wollte das Handy gerade einstecken, da jodelte es los. Mannis Nummer erschien.

»Mensch, Remi, endlich. Ich krieg das nicht hin.«

»Du kriegst was nicht hin?«

»Die Entschlüsselung.«

»Bei allen vier CDs oder nur bei einer?«

»Nur bei einer. Ich hab mir dann gedacht, bei den anderen drei brauche ich es gar nicht erst probieren. Scherzkeks. Natürlich bei allen.«

»Kennst du jemanden, der das machen kann?«

»Nein.«

»Kannst du wenigstens herausfinden, ob überhaupt Bankdaten auf den CDs sind? Ich meine, ohne die Daten selbst lesbar zu machen? Nur damit man nachweisen kann, dass es eben nicht nur diese Fotos sind, verstehst du?«

»Sicher verstehe ich das. Aber das eine schließt das andere mit ein.«

»Du meinst, wenn man sieht, dass es Bankdaten sind, dann weiß man auch ganz konkret, was da drauf ist? Und dazwischen gibt es nichts?«

»Ganz genau.«

»Also gut. Ich komme irgendwann und hole die Dinger ab. Vielleicht versuchst du's ja doch noch mal zwischendurch.«

»Alles klar.«

Wir verabschiedeten uns. Noch ein Prozent Akku. Dann kam von der Seite eine Hand und nahm mir das Handy weg.

»He«, rief ich und spürte gleichzeitig etwas Hartes, das sich in meinen Rücken bohrte.

Es musste der Lauf einer Pistole sein.

25

»Schön locker stehen bleiben«, sagte Flame.

Mir stockte noch immer der Atem von dem Schreck. »Wo kommst du denn her?«, ächzte ich.

»Ach, weißt du, Rottischrotti, ich bin das jetzt langsam leid. Du verarschst mich ja auf Schritt und Tritt. Das kann ich mir unmöglich noch länger bieten lassen.«

Sie rammte die Waffe fester in meinen Rücken.

»Aha, und deswegen willst du mich jetzt abknallen, oder was?«

»Mal sehen. Vielleicht auch später. Wenn du mich dahin gebracht hast, wo die CDs sind.«

»Welche CDs?« Ich tat, als würde ich mich ganz plötzlich erinnern. »Ach, du meinst die von den Schweizer Banken. Du, die interessieren mich nicht die Bohne. Mich interessiert ausschließlich Brambach.«

Sie packte mich im Nacken und schob mich vorwärts. »Jetzt reicht's endgültig, Schrotti. Mach dein Auto auf. Na los.«

Gehorsam holte ich den Schlüssel raus und schloss auf. Sie dirigierte mich auf den Fahrersitz und setzte sich selbst nach hinten. Die Waffe spürte ich kalt im Genick.

»Und jetzt fährst du los.«

Ich startete den Motor, und dann rollten wir vom Parkplatz.

»Du bist ein solcher Dilettant, Schrotti, das ist nicht zu glauben. Dir kann ja wirklich jeder Depp folgen. Obwohl, ich muss zugeben, ich hatte mich eigentlich an Hermine Willrath gehalten. Ich dachte, sie könnte mir was über die Vorgänge auf ihrem Grundstück erzählen. Da muss doch ziemlich was passiert sein, bei all dem Blut, das ich da gefunden habe. Und wie es der Zufall will, läufst du mir auf dem Parkplatz über den Weg und quatschst dann auch noch lautstark über die CDs. Haben wir's weit bis dahin?«

»Wohin?«

»Jetzt hör endlich auf damit.«

»Wülfrath«, sagte ich.

Der Druck von dem Eisen hinten am Kopf verschwand. Flame hatte es sich wohl bequemer gemacht.

»Na, dann unternehmen wir eine kleine Fahrt durchs Bergische, auch nett. Wieso hast du sie gerade da versteckt?«

Es hatte keinen Zweck, ihr was vorzumachen.

»Ein Kumpel von mir ist Computerspezialist. Ich habe gedacht, er könnte sie vielleicht entschlüsseln. Aber wie du vielleicht gehört hast, ist es ihm nicht gelungen.«

»Anfänger unter sich«, sagte Flame, und jetzt klang sie direkt fröhlich. »Hättest du dich mal an mich gehalten. Ich kenne nämlich eines der Passwörter.«

»Tatsächlich?«

»Tatsächlich. Von Beiners Frau. Sie gab mir das Passwort der allerersten Verschlüsselungsstufe. Damit ich checken kann, ob ich auch die richtigen CDs gefunden habe und keine gefakten Kopien.«

»Ist okay«, sagte ich. »Du kannst die Dinger haben. Werde glücklich damit.«

»Wo hast du sie eigentlich gefunden? Das muss ja passiert sein, nachdem du mich in der Werkstatt gelassen hast.«

»Hast du lange gebraucht, bis du wusstest, dass die Tür offen war?«

Sie schwieg einen Moment. »Viel zu lange«, gab sie dann zu. »Das ist auch nicht gerade professionell. Muss ich zugeben.«

Der Golf arbeitete sich die Katernberger Straße rauf. Ich wollte das Sonnborner Dreieck mit dem Otto-Hausmann-Ring und der B 7 abkürzen.

»Nun sag schon, Schrotti«, kam es von hinten. »Wo waren die Dinger?«

»Erst mal eins vorweg, Flame. Ich habe meinen Schwur nicht gebrochen. Es hat sich nämlich rausgestellt, dass die CDs doch was mit dem Tod meiner Freundin zu tun haben. Und unsere Abmachung in der Werkstatt war ja …«

»Ich weiß, wie unsere Abmachung war. Aber beantworte bitte meine Frage.«

»Wonne hatte die CDs. Sie waren mir schon aufgefallen, als ich nach der Schießerei in ihrer Wohnung war, aber ich konnte damit nichts anfangen. Als du mir dann gesagt hast, dass da irgendwelche Bilder drauf sein sollten, kam ich drauf.«

»Aber was hat deine Freundin damit zu tun? Ich dachte, sie ist zufällig angeschossen worden? Von Brambach, der auf der Autobahnraststätte nicht festgenommen werden wollte?«

Wir kreuzten die Autobahn, und dann kam die Landstraße, die über die Dörfer führte. Wieden, Schöller-Dornap, zwischen Düssel und Schlingensiepen hindurch. Die Sonne war untergegangen, aber ihr letzter Schein lag noch im Westen hinter Düsseldorf. Die Schatten der Bäume waren lang und querten die Straße. Langsam versank die Natur in der Dämmerung.

Ich erzählte Flame von Joseph, von dem Zufall mit den Telefonnummern und von Frau Willraths Reaktion.

»Was für ein armes Schwein«, sagte Flame.

Schweigend rollten wir weiter. Die Landstraße führte uns nach Wülfrath hinein. Hier hatten sie die Gehsteige schon hochgeklappt. Ich hielt mich in Richtung Mettmann, und als wir wieder auf die Landstraße kamen, wurde es richtig dunkel.

»Ist es noch weit?«, fragte Flame von hinten.

Die Scheinwerfer rissen Mannis gewaltiges Werbeschild aus der Dunkelheit. Von Wülfrath aus gab es auch eins.

»Sag bloß, das da ist dein Kumpel?«

»Ist er.« Ich nahm Gas weg, um die Einfahrt nicht zu verpassen.

»Manfred Hecking … Au Mann.«

»Kennst du ihn etwa?«

»Nicht persönlich. Aber ich hab von ihm gehört. Der hat einige Leute betrogen und saß doch auch im Knast, oder?«

»Sie haben ihn wegen Raubkopiererei verknackt. Aber letztlich gab's nur eine Geldstrafe. Knast auf Bewährung, glaub ich.«

»Und dem hast du die CDs gegeben? Weißt du, was er gemacht hätte, wenn ihm die Entschlüsselung gelungen wäre?«

»Na, er hätte mir die Daten gegeben. Und dann hätte ich weiterermittelt.«

»Rottischrotti, ich frage mich manchmal, wovon du nachts träumst.«

Ich bog in die Einfahrt ein. Es drängte mich, Flame zu sagen, dass Manni ein sehr guter Kumpel war. Er mochte Leute betrogen und bestohlen haben, aber mit mir war er immer fair umgegangen. Ich konnte ihn jederzeit fragen, wenn ich Computerprobleme hatte. Und die hatte ich ständig. Aber ich kam nicht dazu, das alles zu beteuern. Plötzlich blendete uns ein Scheinwerfer. Er kam rasend schnell auf uns zu, begleitet von presslufthammerartigem Geknatter.

»Pass auf«, schrie Flame.

Ich bremste, und gleichzeitig flog das helle Licht samt Lärm an uns vorbei. Meine Bremsen ächzten, etwas wurde nach vorne geschleudert und fiel in den Fußraum des Beifahrersitzes. Flame schrie kurz auf. Sie war nicht angeschnallt gewesen und hatte sich wohl gestoßen. Jetzt stand der Wagen, und im Rückspiegel verschwand hinten an der Mündung zur Hauptstraße ein rotes Licht – von dem Motorrad, das uns entgegengekommen und dann am Wagen vorbeigerast war.

»Was war das jetzt?«, fragte Flame.

Ich ließ den Golf wieder anrollen. Wir waren schon fast am Haus, da ging die Tür auf, und Manni kam heraus. Immer noch in Shorts und sonst nichts. Er erkannte meinen Wagen und kam zu uns rübergelaufen. Sein Gesicht war schmerzverzerrt. Erst dachte ich, er wäre verletzt, aber der Schotter vor dem Haus war nicht gerade geeignet, um barfuß darauf zu laufen.

Ich senkte die Scheibe in der Fahrertür.

»Hast du ihn geschnappt?«, fragte er.

»Wen geschnappt?

»Verdammte Scheiße. Da war einer bei mir drin.«

»Ein Einbrecher?«

Er schaute nach hinten, die Einfahrt entlang, als würde der Motorradfahrer dort auf ihn warten. Manni seufzte. Dann sah er wieder zu mir. »Er hat die CDs«, sagte er.

»Ich habe wie immer laute Musik gehört«, sagte Manni, als wir in seinem Keller saßen. Es war genau so heiß wie heute Nachmittag. Auf dem Tisch neben dem Computerkram hatte sich allerdings etwas verändert. Es war eine ganze Batterie Flaschen dazugekommen. »Ich hab noch mal versucht, an die Daten ranzukommen, und dabei was getrunken. Dann musste ich pissen. Als ich zurückkam, stand da auf einmal eine Gestalt im Zimmer. Schwarze Motorradkleidung. Helm. Keine Ahnung, wer das war. Aber der hatte die CDs in der Hand. Und dann war er weg.«

»Eine Gestalt, soso«, sagte Flame. Sie hatte sich auf das fleckige Sofa gefläzt. »Und du kennst die Gestalt nicht zufällig?«

Manni drehte sich zu mir. Sein Blick war glasig. Es stank nach Bier. »Kennen? Hä? Remi, was meint die Tusse damit?«

»Ich geb dir gleich Tusse«, schimpfte Flame. »Dir ist ja wohl klar, dass die Dinger was wert sind, oder?«

»Ja, klar ... aber ich kam doch an die ...« Manni unterbrach sich, um zu rülpsen. »Ich kam doch an die Daten nicht ran.«

»Wer weiß das schon?«

Erst jetzt dämmerte Manni, was Flame meinte. »Du meinst, das mit dem ... der Gestalt ... war ein Fake? Sag mal ...« Er rang nach Worten.

»Flame«, sagte ich ruhig. »Überleg doch mal. Manni wusste nicht, dass wir herkommen würden. Er kann das nicht inszeniert haben. Schon gar nicht in seinem Zustand.«

»Was meinst du mit ...«, fuhr Manni auf. Wieder ein Rülpsen. »Was meinst du denn mit Zustand?«

Er wollte zur nächsten Bierflasche greifen, aber Flame sprang auf und nahm sie ihm weg. »Denk nach, du versoffenes Arschloch. Hast du irgendwem was von den CDs gesagt?«

Manni duckte sich, als würde er Schläge erwarten. »Nein. Niemandem.« Er sah hilfesuchend zu mir. »Wir haben doch vorhin noch telefoniert.«

»Lass ihn in Ruhe«, sagte ich zu Flame. »Der hat keinem was gesagt.«

»Dann hat jemand sein Telefon abgehört. Und euer Gespräch.«

Ich schüttelte den Kopf. »Das passt doch alles nicht zusammen. Wie viel Zeit ist denn zwischen dem Telefonat und dem Auftauchen des Unbekannten vergangen? Wenn es hochkommt, eine gute halbe Stunde. Vielleicht fünfundvierzig Minuten. So schnell soll jemand herausgefunden haben, wo Manni wohnt und dass es unter Umständen leicht ist, ins Haus zu kommen, weil Manni beim Arbeiten laute Musik hört?«

»Habt ihr darüber auch am Telefon gesprochen?«, fragte Flame.

»Natürlich nicht. Das muss derjenige gewusst haben.«

Manni nutzte den Moment, in dem Flame nicht auf ihn achtete, griff nach dem Bier und nahm einen Schluck.

»Vielleicht hat die Tusse ja den Motorradfahrer geschickt«, sagte er.

Flame schickte ihm einen giftigen Blick.

»Blödsinn«, widersprach ich. »Sie hatte keine Ahnung, wo wir hinfahren.«

»Außerdem hätte ich mir die Dinger dann schon selbst geholt, keine Sorge«, machte Flame klar.

Manni hielt die Bierflasche umklammert und starrte traurig vor sich hin. »Die ganze Kohle. Die ganze schöne Kohle. Alles im Arsch.« Er trank, rülpste, trank wieder. Dann griff er in eine Schublade und holte eine kleine Metallschachtel heraus. Auf dem Deckel war eine stilisierte Hanfpflanze mit den typischen spitzen Blättern abgebildet. Seelenruhig begann er, sich einen Joint zu drehen.

»Ich glaub, wir gehen wieder«, sagte Flame. »Das hat doch alles keinen Zweck hier.«

»Wollt ihr mich jetzt etwa alleinlassen?«, jammerte Manni. »Was mach ich, wenn der zurückkommt?«

»Leg dich ins Bett«, sagte ich. »Bis dann.«

Flame und ich gingen durch die Terrassentür. Als ich den Golf öffnete, ging innen das Licht an und beleuchtete den Fußraum. Da lag etwas. Flames Waffe, dachte ich. Die hatte ich ganz vergessen. Ich bückte mich. Es war aber gar keine Pistole, sondern nur ein Schraubendreher. Sie hatte mir wohl das dicke Ende des Handgriffs in den Rücken und den Nacken gebohrt.

»Man muss sich zu helfen wissen«, sagte sie. »Diesmal setzte sie sich auf die Beifahrerseite. »Fahr los.«

»Wohin?«

»Hauptsache, das Auto bewegt sich. Wenn es sich bewegt, kann ich besser nachdenken.«

Ich entschied mich, denselben Weg über die Dörfer zurückzufahren.

Schweigend rollten wir durch die Landschaft. Es war wie eine Traumfahrt. Meine Gedanken schienen zu schweben wie Seifenblasen. Irgendwann fiel mir auf, dass Flame mit ihrem Handy beschäftigt war.

»Was machst du?«, fragte ich und bereute es sofort, denn nun war die Traumstimmung dahin. Andererseits hätte sie sowieso ihr Ende gefunden, denn wir näherten uns Wuppertal.

»Ach, ich weiß auch nicht. Ich habe noch mal ein bisschen über Beiner recherchiert. Das Internet gibt da einiges her. Wenn wir mal alles von der anderen Seite betrachten … Ich meine, wenn es jemand anders war, der die CDs heute geklaut hat, nicht Brambach? Jemand von ganz am Anfang der Geschichte, jemand, der Beiner kannte. Der schon die ganze Zeit Bescheid wusste und uns oder dich verfolgt hat?«

»Beiners Sohn?«

»Der hätte doch einfach warten können, bis ich ihm die CDs bringe. Schließlich ist das mein Job. Ich meine jemanden *ganz* anderes.«

»Und wen?«

»Damit kommt meine Handyrecherche ins Spiel.«

»Du meinst, es steht im Internet?«

»Mensch Rotti, natürlich nicht. Aber man muss halt ab und zu mal ein bisschen was herleiten aus verschiedenen Fakten. Da hast du noch nie was davon gehört, oder?«

Der schnurgerade Otto-Hausmann-Ring führte auf die Unterführung unter der A 46 zu. Wir passierten sie in einer kleinen Kurve. Jetzt kamen Mietshäuser. Wir waren in der Stadt.

»Beiner hat mehrmals mit der Polizei und dem Gericht zu tun gehabt«, sagte sie.

»Was denn nun? Polizei oder Gericht?«

»Beides.«

»Wegen seiner Geldgeschichten? Der CDs?«

»Diese Sachen sind ja legal. Nein. Er hat in der Firma, wo er mal Geschäftsführer war, Frauen belästigt. Außerdem gab es ein paar Arbeitsgerichtsverfahren wegen illegaler Kündigung und so was.« Sie wischte auf dem Display herum. »Und hier hab ich noch einen handfesten Mordprozess.«

Fast hätte ich vor Überraschung auf die Bremse getreten. »Beiner wurde wegen Mordes angeklagt?«

Sie runzelte die Stirn. »Nein, nicht er ... Soweit ich das hier sehe, ging es um den Tod eines Bekannten von ihm. Dr. Schulten.«

»Lauter Doktoren.«

»Ja, aber dieser Schulten war Mediziner. Er hatte eine Arztpraxis in Bergisch Gladbach. Und er wurde ermordet. Beiner hat als Zeuge ausgesagt. Stand damals alles in der Zeitung.«

»Wie lange ist das her?«

»Vier Jahre.«

»Wurde der Täter verknackt?«

»Ich glaube schon.«

»Und Beiners Aussage hat dazu geführt?«

»Scheint so.« Sie wischte und suchte. »Allzu viel steht hier nicht. Es ging wohl um eine Eifersuchtsgeschichte. Schulten, dieser Arzt, hat sich an eine seiner Angestellten rangemacht. Und deren Ehemann hat sich dann gerächt.«

»Hast du nicht eben noch gesagt, *Beiner* habe Ärger gehabt, weil er sich an Frauen ranmachte? Jetzt geht's auf einmal um den Arzt.«

Flame verzog den Mund. »Die Männer sind eben alle gleich. Und da haben sich eben zwei gefunden ... Beiner hat wohl gesehen, dass der Täter sich nach Geschäftsschluss in der Nähe von Schultens Praxis aufhielt.«

Wir rollten die Katernberger Straße runter. Wie durch ein Wunder gab es eine grüne Welle, alles ging wie geschmiert, fast zu schnell, und während wir rollten, kamen wieder meine Gedanken in Gang.

»Beiner hat damals also den entscheidenden Hinweis für die Überführung des Täters geliefert«, sagte ich. »Der hieß nicht zufällig Brambach?«

»Ach, Rottischrotti, deine Ideen in allen Ehren, aber diese Geschichte hat nichts mit Brambach zu tun.«

»Wie hieß der Täter von damals denn?

»Keine Ahnung. Hier steht nur Jochen soundso. Der Nachname ist abgekürzt. Bringt nichts.«

Wir erreichten wieder den Parkplatz neben der Stadthalle.

»Sag mal, es war doch richtig, dass ich dich hierher zurückbringe, oder? Du hast doch sicher in der Nähe geparkt.«

»Habe ich.«

Ich fuhr nicht durch die Schranke, sondern hielt im Einfahrtsbereich des Hotels, das etwas zurückgesetzt neben der Halle lag.

»Und wenn es nicht Brambach war?«, sagte ich. »Wenn es dieser Jochen Sowieso war, der sich rächen wollte? Deswegen hat er Beiner getötet. Das wäre ein klares Motiv, viel klarer als alles, was ich Brambach bisher zuordnen konnte. Der Mord an Beiner passte da immer irgendwie nicht richtig rein.«

»Und warum hätte er dann auch noch auf deine Freundin schießen sollen?«, fragte Flame.

»Weil sie Journalistin war. Weil sie über Beiner recherchiert hat. Weil sie vielleicht genau das, was du da eben rausgekriegt hast, auch wusste. Und weil er verhindern wollte, dass sie es bekannt macht. Vielleicht wusste der Mörder, dass die Polizei nach Brambach sucht. Und ...« Ich rang nach Worten. Die Idee in mir wuchs, nahm Gestalt an, und auf einmal konnte ich sie auch zum Ausdruck bringen. »Er hat sich zunutze gemacht, dass Brambach auf der Flucht war. Er hat Wonne zur Raststätte bestellt. Beiner hatte er schon vorher umgebracht. Dann ist er hin und hat auf Wonne geschossen. Alle denken nun, es sei Brambach gewesen. Das ist doch eine Supertarnung.«

»Aber ist das nicht ziemlich konstruiert? Ich meine, woher soll er so genau wissen, wer zu welchem Zeitpunkt wo ist? Außerdem hat dieser Jochen eine lange Haftstrafe aufgebrummt bekommen. Wenn er nicht gestorben ist, dann sitzt er wohl noch heute ...« Sie schüttelte den Kopf. »Ach, wer weiß, in welche Dinge Beiner noch verwickelt war? Wenn wir das alles aufdröseln müssen.« Flame stutzte, wischte herum, las. »Wow«, sagte sie dann.

»Was ist?«

»Er *ist* gestorben. Kurz nachdem er in den Knast kam. Da ist sie also hin, deine Theorie. Ein Toter kann sich schlecht rächen. Oder er ist aus dem Jenseits zurückgekehrt. Dann hätte er aber deine Freundin nicht zu töten brauchen. Das haben Gespenster nicht nötig. Sie klauen auch keine CDs mit Bankdaten. Was ich ihnen allerdings zutrauen würde, ist die Kunst, Gedanken zu lesen. So ein Geist hätte vielleicht gewusst, dass die Scheiben bei deinem Kumpel Manni waren. Andererseits fahren Gespenster kein Motorrad. Verzwickte Sache …«

Ich war auf einmal furchtbar müde.

»Was jetzt?«, fragte ich.

Sie machte ihren Gurt los und sah mich besorgt an. »Geht's dir gut?«, fragte sie. »Du siehst auf einmal so blass aus.«

»Das liegt nur an der Beleuchtung. Geht schon.«

Mich überkam ein eigenartiges Zittern, und ein leichter Schweißfilm legte sich auf meine Haut.

»Sag mal, wann hast du das letzte Mal was getrunken?«

»Keine Ahnung. Ist nicht wichtig.«

»Natürlich ist das wichtig. Und gegessen?«

»Weiß ich auch nicht. Ist doch egal. Flame, wir lösen einen Fall.«

Sie zog den Schlüssel aus dem Schloss und stieg aus.

»Was soll denn das jetzt?«, rief ich verärgert. »Ich dachte, jetzt wäre ein für alle Mal Schluss mit den Spielchen.«

»Kein Spielchen, Schrotti. Du setzt dich jetzt auf die Beifahrerseite. Ich übernehme.«

»Ach? Und wohin soll's gehen?«

»Wir besorgen dir was zu essen. Und mir auch.«

»Ich hab zu Hause was. Ich wohne gleich da unten.« Ich stieg aus. Kaum stand ich, verengte sich mein Gesichtsfeld zu einem Tunnel, und mir wurde so flau, dass ich mich auf das Wagendach stützen musste.

»Also los«, sagte Flame und setzte sich hinter das Lenkrad.

Ich fügte mich. Wir fuhren runter in die Neumarktstraße zum McDonald's. Die Filiale war kein Drive-in. Flame stellte meinen Wagen einfach an den Anfang der Fußgängerzone und schaltete den Warnblinker ein. »Wenn sich einer beschwert, sag, es ist ein Notfall.«

Damit stieg sie aus und kam kurz darauf mit einer großen Tüte und Getränkebechern zurück.

»Iss schon mal, ich fahr dich nach Hause«, sagte sie.

»Und dein Auto?«

»Ich kann zu Fuß zur Stadthalle gehen. Ist ja nicht weit.«

»Willst du mit raufkommen?«, fragte ich, als wir an meiner Wohnung waren. Ich hatte bereits den ersten Big Mac intus – dazu einen halben Becher Cola. Sagenhaft, wie schnell das die ersten Anzeichen von Unterzuckerung bekämpfte.

»Soll das ein anzügliches Angebot werden? Ach, Schrotti, darauf hab ich ja schon seit Jahren gewartet.«

Ich ging nicht darauf ein. Fünf Minuten später saßen wir oben an meinem Küchentisch und aßen.

»Wir halten uns an Brambach«, sagte Flame schließlich. »Wir haben schließlich eine reelle Chance, an ihn ranzukommen.«

»Und die wäre?«, sagte ich.

Sie stopfte sich die letzten Fritten aus der großen Portion in den Mund. »Hast du vergessen, oder? Morgen früh wird Harry Willrath entlassen. Brambachs bester Kumpel und zeitweise Partner bei dessen Einbrüchen. Mal abgesehen von der gemeinsamen Zeit als Werkstattbetreiber. Hatten wir nicht die Theorie aufgestellt, dass Brambach wegen Harrys bevorstehender Entlassung abgehauen ist? Damit Brambach vor Harry an die CDs kommt? Wenn du nichts dagegen hast, halte ich diese Theorie immer noch für schlüssig. Wir passen Harry morgen früh ab, und er wird uns zu Brambach führen. Wenn er weiß, wo er ist. Die Chancen stehen aber gut. Auf jeden Fall können wir ihn nach möglichen Verstecken fragen.«

Ich nickte. Mir ging's schon wieder besser, aber mich hatte eine niederdrückende Müdigkeit erfasst.

»Um wie viel Uhr sollen wir denn wo sein?«

»Acht Uhr. JVA Remscheid-Lüttringhausen.«

Ich sah auf die Uhr. Halb elf. Es kam mir vor wie spät in der Nacht. »Willst du hier übernachten?«, fragte ich. Keine Ahnung, welcher Teufel mich ritt. Aber ich meinte es ganz ernst. Es war doch einfacher, von hier aus zusammen nach Remscheid zu fahren.

»Na, wir wollen uns doch benehmen, Rottischrotti. Vielleicht komme ich ein anderes Mal drauf zurück.« Sie grinste mich an und stand auf. »Besser, wir sind früher da. Halb acht vor der JVA.«

»Alles klar. Ich werde hinkommen.«

Sie schüttelte den Kopf. »Wir machen das anders. Ich hole dich morgen um zwanzig vor sieben ab. Dann fahren wir zusammen hin. Ich geh dann mal.«

»Danke«, sagte ich. »Danke für deine Hilfe.«

Sie lächelte. »Aber gerne doch. Wir werden wohl doch noch ein Team. Hat ein bisschen gedauert, aber jetzt …«

»Nun geh schon«, sagte ich. »Sonst erneuere ich meinen Antrag, dass du hier übernachtest.«

»Du hast mich überzeugt«, sagte sie.

»Willst du hierbleiben?«

»Lieber sterbe ich. Ich finde selbst raus.«

Damit ging sie. Die Tür fiel ins Schloss, und Flames Schritte verklangen im Treppenhaus.

26

In dieser Nacht saß ich im Traum an Wonnes Krankenbett, und ich wusste, dass sie lebte. Dass sie jeden Moment aufwachen würde. Ich erinnerte mich kein bisschen an das, was in Wirklichkeit passiert war. Sie hatten ihr die Schläuche und all das weggenommen. Sie sah aus, als ob sie schliefe. Sie würde jeden Moment aufwachen, da war ich ganz sicher.

Ich beobachtete, wie sie langsam atmete, und freute mich auf unsere gemeinsame Zukunft. Bald war sie ja gesund. Wir konnten von vorne anfangen. Konnten über alles reden. Konnten uns unseres Lebens erfreuen.

Mir fiel in dem Traum nicht mehr ein, was genau eigentlich unser Problem gewesen war. Es war alles hell und harmonisch. Das Krankenzimmer, in dem Wonne lag und das eigentlich ein Schlafzimmer war, strahlte in wunderbarem Weiß. Mir kam auch nicht in den Sinn, dass wir finanzielle Probleme kriegen könnten, wenn wir eine Weile nicht arbeiteten und stattdessen zum Beispiel eine schöne Reise unternahmen.

Doch mit einem Mal flog das Bild auseinander. Es zerbarst wie eine Glasscheibe, durch die jemand einen Stein geworfen hatte. Ich erwachte, und da war dieses hässliche Klingeln. In meinem Radiowecker dudelte Musik. Ich sah auf das Zifferblatt. Schon über eine halbe Stunde war der Wecker an. Ich hatte ihn überhört.

Während die Klingel weiterschrillte, ging ich in den Flur und drückte auf den Öffner für die Haustür. »Komm rauf, ich bin gleich so weit«, rief ich in den Hörer. Dann nahm ich meine Klamotten mit ins Bad. Als ich eine Viertelstunde später geduscht und fertig angezogen wieder rauskam, stand Flame in der Küche und reichte mir eine Tasse Kaffee. Sie hatte sich selbst auch einen gemacht. Allerdings ohne die Kaffeemaschine zu bedienen. Es war löslicher Kaffee. Körnchen in die Tasse. Heißes Wasser drauf und fertig.

»Morgen«, sagte sie. »Hab ich dich etwa geweckt?«

Mir hingen noch die letzten Schleier des Traumes von Wonne nach. Daher war ich nicht besonders gesprächig. So nickte ich nur und trank. Kaum hatte ich einen Schluck genommen, verzog ich angewidert das Gesicht. Ich sah zum Herd. Da stand kein Topf und auch sonst nichts, worin Flame Wasser gekocht haben könnte.

»Hast du einfach warmes Wasser aus dem Hahn draufgeschüttet?«, fragte ich.

Sie hob ihre Tasse und trank. »Ist die einfachste und schnellste Methode. Wir müssen sofort los. Aber so hast du für den Anfang wenigstens etwas im Magen. Ich dachte mir schon, dass du nicht gefrühstückt hast. Kein Wunder, wenn du während deiner Einsätze schlappmachst. Rottischrotti, du brauchst jemanden, der sich um dich kümmert.«

Ich zwang mir noch ein paar Schlucke von dem Gesöff ab – natürlich nicht wegen des Geschmacks, sondern um einen Koffeinschub zu bekommen.

»Lass uns fahren«, sagte Flame.

Ich hätte jetzt doch ganz gern noch etwas gegessen, aber es ging auf sieben zu. Wir durften nicht zu spät kommen.

Als wir unten an meinem Wagen waren, überraschte mich Flame mit einer Brötchentüte. »Wie gesagt, ich dachte es mir«, sagte sie. »Ich fahre, du isst. Los jetzt.«

Wer in der Justizvollzugsanstalt Remscheid-Lüttringhausen einsitzt, kann sich zumindest in Gedanken daran erfreuen, direkt neben einem hübschen Wohngebiet zu leben. Machte man sich auf den Weg zur JVA, passierte man Eigenheime mit den in der Gegend typischen schwarzen Schieferwänden und weißen Fensterrahmen. Hatte man auf dem kleinen Besucherparkplatz sein Fahrzeug abgestellt, spazierte man zwischen aufgeräumten Vorgärten mit sauber gestutzten Hecken hindurch, bis eine breite rötliche Wand sichtbar wurde, hinter der ein eckiger Turm aufragte. Man hätte das Gelände auch für eine Fabrik halten können – mit einem großen verschlossenen Metalltor neben einem Eingang mit einem kleinen Glaskasten, in dem einen ein Pförtner erwartete. Vor der langen Wand neben dem Eingang hatten die

Planer der Anstalt sogar Platz für eine Grünfläche geschaffen, in deren Mitte ein kleiner eingezäunter Tümpel lag, aus dem Wasserpflanzen ragten.

Wir hatten uns durch den morgendlichen Verkehr quälen müssen. So war es fast zehn vor acht, als wir am Ende der Straße vor dem großen Tor ankamen. Die Kühle des Morgens kroch mir unter die Jacke. In den Gärten um uns herum zwitscherten die Vögel.

»Ich glaube nicht, dass er aus dem Tor kommt«, sagte Flame, die nur ein T-Shirt trug und unter dem kühlen Sommer kein bisschen zu leiden schien. »Wir müssen uns an den Eingang da halten.«

Sie deutete zu dem Glaskasten. Die Beamten darin hatten uns sicher schon bemerkt. Aber es war ja nicht verboten, auf entlassene Gefangene zu warten. An dem Fußweg zum Eingang stand sogar ein kleines Glashäuschen, das wohl eigens für Abholer eingerichtet worden war. Darin konnte man warten, wenn es regnete. Es erinnerte mich ein wenig an den Unterstand, den ich im Park des Merheimer Krankenhauses gesehen hatte.

»Eigentlich hätte ich erwartet, dass hier mehr los ist«, sagte Flame.

Auf der anderen Seite des kleinen Teichs ging ein älterer Mann mit einem Dackel an der Leine vorbei.

»Meinst du Passanten?«, fragte ich. »Oder Verkehr auf der Straße?«

»Quatsch, ich meine natürlich Polizei. Die müssen sich doch auch denken, dass Harry sie zu Brambach führen könnte. Also werden sie ihn verfolgen. Aber es ist kein Mensch da.«

Flame hatte recht. Ich sah mich um. Die ganze Gegend wirkte wie ausgestorben. Die Menschen, die in den Häusern wohnten, waren wahrscheinlich bei der Arbeit. Oder es waren Rentner, und sie frühstückten gerade.

»Da tut sich was«, sagte Flame auf einmal.

Ich hatte gerade eine Plakette auf der Backsteinmauer entdeckt, mit der daran erinnert wurde, dass schon die Nazis in dieser Anstalt Menschen eingesperrt hatten. Flame hatte sich ein Stück zum Eingang hin bewegt. Ich folgte ihr und sah hinter dem Glas einen massigen Mann in Jeans, einer hellen Jacke und mit grauem Haar, der sich gerade von den Beamten verabschiedete.

»Das ist er«, sagte Flame. »Komm.«

Harry Willrath kam uns entgegen. Er hatte es nicht besonders eilig. Er wirkte wie jemand, der seine ersten Schritte in einer viel zu großen Welt macht. In der rechten Hand trug er eine Reisetasche.

»Harry Willrath?«, fragte Flame.

Er blieb stehen und sah uns misstrauisch an. »Was wollt ihr denn?«

»Erwarten Sie nicht jemanden, der Sie abholt?«

»Kann schon sein.«

Er holte eine Zigarette hervor. Es wirkte wie ein Ritual, auf das er sich lange gefreut hatte und das er sich jetzt endlich gönnte. Er steckte sie in den Mund, zündete sie aber nicht an.

»Falls Sie auf Erwin warten – der wird sich hier nicht blicken lassen«, sagte ich. »Der hält sich fern von Justiz und Strafvollzug. Sie wissen ja sicher, dass er abgehauen ist. Ist da drin bestimmt heiß diskutiert worden.« Ich wies auf das Portal.

»Da wisst ihr mehr als ich.«

Flame sah die Straße hinunter. Es näherte sich ein Geräusch. Ein Motor, der dann aber auf Höhe des kleinen Parkplatzes stoppte. Sie warf mir einen schnellen Blick zu. Willrath bemerkte es nicht, denn er war damit beschäftigt, ein Feuerzeug hervorzukramen.

»Herr Willrath«, sagte ich. »Wir sind Privatdetektive. Mein Name ist Rott, und das ist Frau …« Mir fiel mit einem Mal nicht mehr ein, wie Flame hieß.

»Schuppenberg«, half sie mir aus.

»Ihr Kumpel Erwin Brambach«, redete ich weiter, »ist kürzlich aus dem Knast abgehauen und hat seither drei Menschen umgebracht.«

Ich ließ die Worte sacken. Sie erzeugten keine Reaktion auf Willraths Gesicht. Wir blickten in ein astreines Pokerface. Was natürlich auch irgendwie ein Hinweis war. Wer keine Reaktion zeigte, hatte was zu verbergen.

»Wir suchen nach ihm«, fügte ich hinzu. »Helfen Sie uns. Sie haben nichts zu befürchten. Im Gegenteil.«

Er rauchte, hatte alle Zeit der Welt. Der Qualm zog in einer langen Fahne in die Morgenluft. Willrath klopfte die Asche ab, wartete einen Moment und inhalierte wieder.

»Und warum sollte ich das tun? Ich hab doch nichts damit zu tun, was Erwin macht.«

Irgendwo hinten auf dem Parkplatz klappten Autotüren.

Flame schaltete sich ein. »Ganz einfach«, sagte sie. »Die Bullen suchen nach Brambach. Die werden Sie verfolgen. Jeden Schritt, den Sie von jetzt an tun, beobachten. Weil sie glauben, dass Sie sie zu Brambach führen werden. Das ist doch nicht so schwer zu verstehen.«

»Sollen sie nur«, sagte Willrath seelenruhig. »Ich weiß nicht, wo Erwin ist.«

»Wenn die Bullen Erwin vor oder gleichzeitig mit Ihnen finden, ist es vorbei mit der Beute.«

»Was für eine Beute?«, fragte er, plötzlich nicht mehr ganz so distanziert.

»Tun Sie nicht so unwissend«, sagte ich. »Es ist doch klar, dass Ihr Kumpel nur getürmt ist, um an die Sachen in Barmen zu kommen.«

»Barmen? Sachen?« Willrath wurde zunehmend nervös. In einem Reflex warf er die Zigarette auf den Boden.

»Brambach hat einen Mann getötet, der sich in Ihrer alten Werkstatt versteckt hielt«, erklärte ich weiter. »Und das nur, damit er an die CDs rankommt.«

»CDs«, wiederholte Willrath, als habe er nur auf das Stichwort gewartet. Ein Stichwort, das aus seiner Sicht nicht hätte kommen dürfen.

»Jetzt ist er damit irgendwohin geflohen«, sagte Flame. »Und ich bin die Einzige, die sie vielleicht entschlüsseln kann.«

»Ist das so?«, entfuhr es Willrath. In seinen Augen flackerte für einen kurzen Moment die Gier auf.

Ich wusste, wir hatten gewonnen.

»Einfache Sache«, sagte ich. »Sie helfen uns, Erwin vor der Polizei zu finden, dann haben Sie eine reelle Chance, an die CDs zu kommen. Was Sie damit machen, ist uns egal. Wir sollten uns aber beeilen.«

Vom Parkplatz her hörten wir Schritte. Zwei Männer in Lederjacken tauchten auf. Dass es Kripobeamte waren, erkannte man aus einem Kilometer Entfernung. Für mich war es sowieso klar, weil einer von ihnen Opladen war.

»Da sind sie schon«, sagte Flame. »Jetzt müssen Sie sich entscheiden. Das Leben in Freiheit ist doch nicht so frei, wie man immer denkt. Man ist nämlich gezwungen, Entscheidungen zu treffen. Und man braucht Geld.«

»Okay, okay, probieren wir's«, sagte Willrath, während sich die Polizisten näherten, und nahm seine Tasche.

Wir wollten zum Parkplatz gehen, doch Opladen stellte sich uns sofort in den Weg.

»Was wird das hier?«

»Was wird was?«, fragte Flame.

»Du sollst dich raushalten, Rott«, sagte Opladen an mich gewandt. »Und ich soll dir von Günther sagen, dass du dich bei ihm melden sollst.«

»Weil er es mir noch mal persönlich sagen will, nehme ich an. Nein, danke.«

Wir wollten weitergehen, aber jetzt wurde Opladens Kollege aktiv. Er war jünger, ein Anfänger. Vielleicht sogar noch in der Ausbildung. Jedenfalls hatte er von Opladen schon richtig was gelernt, denn er sagte genau dasselbe wie sein Kollege: »Was wird das hier?«

Ich blieb stehen. »Wie ihr ja wisst, suchen wir Herrn Brambach auch. Wir haben Herrn Willrath gefragt, ob er weiß, wo sich sein alter Freund aufhält. Er weiß es nicht. Und zum Dank bringen wir ihn nun mit dem Auto nach Hause. Nach Wuppertal.«

»Verarschen kann ich mich selbst«, knurrte Opladen. »Wir nehmen Sie jetzt mit, Herr Willrath.«

»Na, na, na«, sagte ich. »Der Herr ist gerade entlassen worden und damit ein freier Mann. Seine Schuld, deren er sich zu verantworten hatte, ist getilgt. Wer etwas gegen ihn vorzubringen hat, unterfüttere dies mit einem Haftbefehl. Ansonsten hat er das Recht, zu gehen, wohin er will.«

Willrath und die beiden Polizisten schauten ziemlich bedröppelt drein. Flame dagegen kommentierte meine Rede zufrieden mit einem »Amen«.

Dann gingen wir zum Auto.

»Sind sie hinter uns?«, fragte Flame. Ich saß am Steuer und war gerade den Hang hinuntergefahren. »Ich glaube nicht«, sagte ich nach einem Blick in den Rückspiegel.

»Eh komisch, dass die so spät kamen.«

»Opladen ist nicht der Flotteste«, sagte ich. »Ich kenne den schon seit Jahren. Wohin jetzt?«

Wir standen an der Schulstraße, die als größere Verkehrsader durch Lüttringhausen führte. Rechts ging es rauf nach Wuppertal, links zur Autobahn. Jetzt tauchte im Rückspiegel ein dunkelblauer Wagen auf. Hinter der Windschutzscheibe erkannte ich Opladens Gesicht.

»Da sind sie«, sagte ich, und Flame drehte sich auf dem Rücksitz um. »Wahrscheinlich mussten die erst mal in der Zentrale nachfragen, was sie machen sollen.«

»Okay«, rief Willrath hektisch, »bieg links ab. Wir müssen erst mal Richtung Lennep. Aber sieh zu, dass du die Bullen loswirst.«

»Ach, jetzt auf einmal?«, sagte ich und gab Gas. Mein Abbiegemanöver war etwas riskant. Von rechts kam Verkehr, der natürlich Vorfahrt hatte. Aber ich ließ die Kripoleute hinter mir stehen.

Leider hatten sie uns schon wieder eingeholt, bevor ich nach der großen Kreuzung auf die Lindenallee kam. Ich sah Opladen hinter der Scheibe grinsen.

»Wo genau ist denn unser Ziel?«, fragte ich.

Willrath tippte mit dem Finger an seine Stirn. »Meinst du, das sage ich dir so einfach? Häng du erst mal die Bullen ab, dann geht's weiter. Detektive können so was doch, oder?«

Ja, dachte ich. Detektive können so was. Aber nicht am Morgen zwischen acht und neun, wenn Berufsverkehr herrscht. Egal, ich musste es versuchen.

Vor der Autobahnauffahrt hatte sich ein kleiner Stau gebildet. Ich stellte mich in die Reihe der Fahrzeuge, die auf die A 1 in

Richtung Köln wollten. Der dunkelblaue Wagen war direkt hinter uns. Es ging im Stop-and-go weiter. Im Rückspiegel sah ich, wie der jüngere Polizist neben sich griff und gleich darauf einen Pappbecher mit Kaffee in der Hand hielt. Opladen sagte etwas zu ihm. Wahrscheinlich machte er ihm klar, dass die Verfolgung eines Wagens eine schlechte Gelegenheit zum Kaffeetrinken war.

Ich nutzte eine Lücke im Gegenverkehr, scherte über die durchgezogene Linie aus der Schlange aus, verließ die Auffahrtspur und fuhr geradeaus über die A 1 hinweg. Hier war alles frei. Dafür kamen uns jede Menge Fahrzeuge entgegen.

Ich nutzte meine Chance und gab mächtig Gas. Die Tachonadel kletterte bis auf hundertdreißig. Ich war schon fast an der Kurve, wo die Besiedlung anfing, da gelang es Opladen weit hinten endlich, sich aus der Schlange zu schälen. Die Straße lief am oberen Ortsrand von Lennep entlang, machte dabei einen weiten Bogen.

»Festhalten«, rief ich, riss das Steuer nach rechts und bretterte in eine schmale Straße, die von Bäumen gesäumt war und auf den Ort zuführte. Willrath hielt sich am Griff über der Tür fest. Vor uns tauchte ein Traktor auf. Er schien auf der Straße zu stehen. Ich raste vorbei, behielt dabei aber den Rückspiegel im Blick. Das blaue Auto hatte die Abzweigung noch nicht erreicht. Jetzt setzte ich mich vor das Landwirtschaftsfahrzeug. Damit waren wir von hinten nicht mehr zu sehen. Der Bauer auf seinem Sitz machte große Augen.

Nach Lennep hineinzufahren hatte keinen Sinn. Die verwinkelten Gässchen waren eine Falle. Also bog ich wieder links ab, auf die Schwelmer Straße, die über Land nach Norden führte. Ich raste bis rauf zur Abzweigung zum Hebringhauser Stausee. Dort fuhr ich von der Hauptstraße runter und stoppte.

»So, das müsste erledigt sein«, sagte ich.

»Nicht schlecht, Rottischrotti«, kam es anerkennend von der Rückbank.

»Herr Willrath, wo soll's denn nun hingehen?«

Er löste seine verkrampfte Hand von dem Griff. »Ich hab keine Ahnung, wo wir hier sind.«

»Nördlich von Lennep«, sagte ich.

»Wir müssen wieder zurück«, erklärte er. »Zur Straße zwischen Lennep und Remscheid. Aber auf die Lenneper Seite. Die Straße hat einen komischen Namen, warte mal …«

»Heißt die Adresse vielleicht ›Trecknase‹?«, fragte ich.

Er sah mich erstaunt an.

»Ja, wieso?«

»Dann weiß ich, wo wir hinmüssen. Auf geht's.«

27

Kein blauer Wagen kam in Sicht, als wir uns wieder in Bewegung setzten.

Ich umfuhr die Gegend, wo ich Opladen und seinen Kollegen vermutete, weiträumig. Es wurde eine richtige kleine Abenteuerreise durchs Bergische mit all seiner herrlichen Natur.

Frielinghausen. Dann weiter nach Osten, über die Wupper. Südlich, über die Wuppertalsperre, schließlich von Süden auf Lennep zu. Dabei streiften wir Leverkusen – das echte Leverkusen, nicht den Herstellungsort von Kopfschmerztabletten. Das echte Leverkusen war ein Remscheid-Lenneper Stadtteil. Von hier kam der Chemiker Carl Leverkus, der am Rhein dann eine Fabrik gründete und zur dortigen Stadtgründung den Namen gleich mitnahm.

Aber je näher wir unserem Ziel kamen, desto deutlicher spürte ich die Pistole in dem drückenden Schulterhalfter. Als habe sie ein Eigenleben entwickelt. Als wollte sie mir sagen, dass es sie gab und dass ich sie benutzen sollte. Wenn ich gleich Erwin Brambach gegenüberstand. Dem Mann, der Wonne erschossen hatte.

Flame lenkte mich ab, denn sie fing auf einmal an, Willrath Fragen zu stellen. Fragen, die ich vor lauter Gedanken an Brambach und den Moment, in dem ich ihm gegenüberstehen würde, vergessen hatte.

»Wie kamt ihr eigentlich drauf, dass es bei Beiner so wertvolle CDs zu stehlen gab?«, wollte sie von Willrath wissen.

Der brummte irgendwas.

»Das habe ich nicht verstanden«, sagte Flame.

»Ich hab auch nichts gesagt«, kam es zurück. »Ich bin froh, dass ich aus dem Knast raus bin.«

»Dann lass mich mal gründlich nachdenken«, sagte Flame. »Habt ihr nicht eine Zeit lang diese Oldtimer repariert? In eurer Werkstatt? Und hat man es da nicht mit einer Klientel zu tun, die entsprechende Kontakte hat und so etwas wissen könnte?«

»Man kriegt einiges mit«, sagte Willrath.

Klientel, überlegte ich. Unternehmer wie Beiner zum Beispiel. Oder Anwälte, Leute wie Trautwein. Konnte es sein, dass er in der Sache mit drinhing?

Flame ließ nicht locker. »Und wie lief das genau ab? Vielleicht so?« Sie holte Luft. »Ihr kriegt durch eure Kontakte raus, dass Beiner solche CDs hat und wo er sie aufbewahrt, steigt bei ihm ein und stehlt sie. Aber sie sind verschlüsselt. Also versteckt ihr die CDs erst mal sicher in eurem Werkstattlager und versucht rauszufinden, wer euch helfen könnte, an die Daten ranzukommen. Doch dann wandert ihr kurz nacheinander beide in den Knast. Dumm gelaufen. Brambachs Strafe ist ein bisschen länger als deine. Du hättest also vor ihm die Möglichkeit, das Geschäft zu machen, aber der Vorteil fällt flach, als Brambach ausbricht. Nun hat er die CDs. Und du hoffst, dass es noch nicht zu spät ist, um wieder einzusteigen. Oder willst du sie ihm abnehmen? Worüber habt ihr euch im Knast zerstritten, dass ihr jetzt gegeneinander arbeitet?«

»Ich sag nichts«, stellte Willrath klar.

»Jedenfalls hast du auch eine Rechnung mit deinem Kumpel offen«, sagte sie und betonte das »auch«, wobei sie mir einen Blick zuwarf. Ich verstand. Wenn wir am Ziel angekommen waren, mussten wir zusehen, dass ich schneller an Brambach rankam als er.

Schließlich hielten wir vor Tina Kampraths Haus.

»Hier ist es, oder?«, fragte ich.

»Ihr wisst ja doch Bescheid«, sagte Willrath jetzt wieder gesprächiger.

»Kunststück. Mit Erwins Exfreundin habe ich natürlich gesprochen.«

»Ex? Welche Ex?«

»Tina Kamprath.«

»Die ist nicht seine Ex«, sagte er.

Ich schnallte mich los. »Angeblich ist sie jetzt mit einem gewissen Florian zusammen. Kann sich doch einiges ändern, wenn man im Knast sitzt.«

Willrath lachte. »Das ist ihr Bruder. Oder ihr Cousin oder so. Ihm gehört die Hütte. Tina ist ja immer in den Knast gekommen und hat Erwin besucht. Noch vor zwei Wochen oder so.«

Und sie hatte so unschuldig getan. Hatte die brave Exfreundin gespielt, die jetzt ein ganz ordentliches Leben führte. Ein eigenes Haus renovierte. Solide lebte.

»Brambach ist also da drin?«, fragte Flame von hinten.

Willrath nickte. »Das hoffe ich.«

»Kann er uns sehen?«, fragte Flame. »Ich meine, wenn wir zu dritt aus dem Auto steigen …«

»Hast recht«, sagte ich und ließ den Motor wieder an. Ohne zu zögern, fuhr ich ein Stück weiter bis zu dem Supermarktparkplatz. Hier war schon eine Menge los, obwohl der Markt erst in ein paar Minuten aufmachte. Wir gingen zu Fuß zum Haus zurück. Willrath nahm seine Tasche mit.

Dann standen wir vor der Haustür. Da waren auf dem Klingelbrett wieder diese vielen hingemalten und teilweise überklebten Namen. Nur das Schild ganz unten war ordentlich beschriftet: »Kamprath«.

»Woher weiß er, dass Sie es sind, wenn Sie klingeln?«, fragte ich Willrath.

»Wir haben was vereinbart. Eigentlich wäre ich ja vor ihm aus dem Knast gekommen. Dann hätte ich hier eine Wohnung gehabt, und er wäre zu mir gekommen.«

»Was habt ihr vereinbart?«, fragte ich.

»Ein Zeichen. Mit der Klingel. Wenn ich das nicht gebe, macht er nicht auf.«

Bevor ich ihn daran hindern konnte, drückte er die untere Klingel der Wohnung, in der ich Tina Kamprath getroffen hatte, zwei Mal. Dann ging sein Zeigefinger nach oben, und er drückte wieder zwei Mal. Dann wiederholte er das Spiel an der unteren Klingel.

»Er ist in der obersten Wohnung«, sagte Willrath. »Die untere Klingel ist so geschaltet, dass er sie auch oben hören kann. Mit einem anderen Signal. Das haben wir immer so gemacht.«

»Ist Tina Kamprath nicht zu Hause?«, wollte ich wissen.

»Nein, die arbeitet.«

Wir warteten. Nichts geschah.

»Das gehört auch dazu«, sagte Willrath. »Wenn er das Zeichen erkannt hat, wartet er genau zwei Minuten, bis er aufmacht.

Falls die Polizei oder sonst wer vor der Tür steht. Entweder geht derjenige dann weg, oder er klingelt noch mal. Wenn noch mal geklingelt wird, weiß er, dass ich es nicht bin.«

Wir standen da und warteten, bis die Zeit herum war. Ich hatte nicht auf die Uhr gesehen. Hinter uns donnerte der Verkehr durch die Straße. Es war jetzt wesentlich mehr los als am Freitagabend. Dann surrte der Öffner.

Ich gab Flame einen Wink. Sie hielt Willrath fest. Wunderbar, wie wir uns mittlerweile verstanden. Er wehrte sich, aber Flame hatte ihn im Griff. Ich betrat das Treppenhaus und drückte die Tür wieder zu. Jetzt standen sie draußen. Noch mal klingeln konnten sie nicht. Brambach würde nicht öffnen.

Du bist mit ihm allein, dachte ich.

Wie von selbst zog ich die Pistole heraus und entsicherte sie. Das metallische Klicken kam mir ziemlich laut vor. Brambach durfte es auf keinen Fall hören. Ein Verbrecher wie er wusste sicher sofort, was das bedeutete.

Von draußen drang Willraths gedämpfte Stimme zu mir herein. Er rief nach Brambach. Aber es war zu leise. Das hörte man schon hier kaum. Und oben erst recht nicht. Trotzdem musste ich mich beeilen.

Ob Brambach auch bewaffnet war?

Na sicher ist er das, du Genie. Was glaubst du, womit er auf Wonne geschossen hat?

Ich huschte nach oben. In einem Punkt hatte Tina Kamprath die Wahrheit gesagt. Das hier war wirklich eine Baustelle. Das Holz der Treppe war abgeschliffen, noch nicht lackiert und teilweise mit Planen bedeckt. Teile der Tapete waren abgerissen. Fetzen davon lagen herum. In einer Ecke war der Putz erneuert worden, und ich musste über einen grauen Bottich steigen. Eine von Farbe bekleckste Leiter lehnte an der Wand. Verdreckte Kabel liefen über die Stufen.

»Harry?«, rief eine Stimme von oben.

Ich hielt mich seitlich, damit er mich nicht zu früh sah. Dabei musste ich immer wieder über verschiedenen Baukram steigen. Dann bog ich um die letzte Kurve.

In einer Momentaufnahme sah ich den Mann von dem Foto,

das mir Opladen auf der Raststätte gegeben hatte, vor der geöffneten Wohnungstür stehen. Er sah genauso aus wie auf dem Bild. Schlecht rasiert, wirres dunkles Haar. Er war recht klein, eher untersetzt.

Als er mich sah, riss er die Augen auf, flüchtete in die Wohnung und donnerte die Tür zu.

In diesem Moment überflutete mich die Wut. Sie raste durch meine Adern, bis hin in die letzten Verästelungen. Ich durfte ihm nicht so viel Zeit geben, dass er drinnen seine Waffe klarmachen konnte. Ich hob das rechte Bein und trat mit einer solchen Kraft gegen die Tür, dass das Türblatt an der Stelle, wo das Schloss war, splitterte. Mit gezückter Pistole ging ich hinein. Ich sah erst einen kleinen Flur, dann weiter hinten ein größeres Zimmer mit Dachschrägen. Auf dem Boden eine Matratze und daneben ein paar verstreute Habseligkeiten. Brambach stand unter einem Dachfenster und wurde vom hereinfallenden Sonnenschein prächtig beleuchtet. Er verharrte auf der Stelle wie festgenagelt, hatte ohne Aufforderung die Arme gehoben und sah mich mit großen Augen an.

Jetzt konzentrierte sich alles, was ich an Wut im Bauch hatte, auf ihn. Auf diese Visage. In mir brannte es. Und es fühlte sich gut an.

»Was …«, begann er.

»Hinlegen«, schrie ich. »Auf den Bauch.«

»Aber …« Er gehorchte. Zuerst ging er auf die Knie, als sei ihm mit mir ein Heiliger erschienen. In seinem Blick lag ungläubiges Staunen. Ich zielte genau auf seine Stirn.

»Hinlegen, habe ich gesagt.«

Er beugte den Oberkörper nach vorne.

»Hände weg vom Körper.«

Ich zitterte innerlich. Abstand halten, dachte ich. Er kann dich an den Füßen packen und zu Fall bringen. Den Fehler machen sie immer in den Filmen …

»Was wollen Sie?«, kam es von unten.

»Na, was wohl?«

»Ist ja gut, ich bin abgehauen. In Ordnung, dann geh ich halt wieder in den Knast. Aber tun Sie die Waffe weg.«

»Du gehst nicht in den Knast, du gehst nirgendwohin. Wenn's nach mir geht …«

»Nach Ihnen? Sind Sie kein Bulle?«

Ich betrachtete ihn eine Weile.

»Hast du die CDs?«, fragte ich dann, um mal irgendwo anzufangen. Natürlich hatte er sie nicht, aber darum ging es mir gar nicht. Es kam die Antwort, die ich erwartet hatte.

»Welche CDs?«

Zeit, die Wumme sprechen zu lassen. Brambach zuckte zusammen, als ich den Abzug durchdrückte. Kein Wunder bei dem Knall. Hinter ihm staubte es kurz. Dort war die Kugel in die Wand eingeschlagen.

»Ja, die CDs«, rief Brambach. »Jetzt weiß ich's wieder. Die hatte doch dieser Neger gefunden, die Sau.«

Zang, knallte es wieder.

»Sind wir ein Rassist?«, fragte ich wie ein freundlicher, aber durchaus strenger Lehrer und ließ noch einen Schuss folgen. Sicher war sicher. Er schlug fast genau an derselben Stelle ein wie der erste. Ich war echt gut.

»Ich hab die Dinger nicht«, schrie Brambach jetzt in höchster Angst. »Ich dachte, sie sind noch in der Werkstatt. Aber da war nur der Typ, die CDs waren weg. Der Arsch hatte sie irgendwem gegeben. Ich weiß nicht, wem.«

»Ach, das weißt du nicht?«

Ich schoss gleich noch mal. Diesmal sauste die Kugel höchstens zehn Zentimeter über seinen Körper hinweg. Er musste den Luftzug gespürt haben, denn er krümmte sich und wollte wegkriechen.

»Schön liegen bleiben«, sagte ich. »Ich weiß nämlich, wem er sie gab.«

»Ja, irgend so einer Tusse. Journalistin oder so. Hat er gesagt. Aber ich hab ihm nicht geglaubt. Ich konnte die Schlampe nicht finden, verdammt. Jetzt sind die Dinger irgendwo, und …«

Schlampe? Tusse?

Das war mir gleich zwei Kugeln wert.

Ich hatte keine Sorgen wegen der Munition. Es waren fünfzehn Schuss im Magazin. Erst sechs davon hatte ich verbraucht.

»Sie war meine Frau«, sagte ich. »Und du hast sie umgelegt. Sie, Joseph und Beiner. Deswegen bin ich hier. Die CDs sind mir egal, weißt du?« Ich unterstrich meine Ausführungen mit zwei weiteren Schüssen.

»Scheiße«, schrie Brambach. »Hör auf. Ich war das nicht. Ich weiß nicht, was du redest. Ich kenne deine Braut doch gar nicht. Und wer ist Beiner?«

Peng, Peng, Peng.

»Hilfe«, schrie er.

Peng. Noch etwas tiefer. *Peng.*

Ich stand auf. »Wir zwei sind ganz allein. Dein Freund Harry steht unten vor der Tür. Eine Kollegin kümmert sich um ihn. Er ist übrigens nicht gerade begeistert, dass du ihn aufs Kreuz legen wolltest. Einfach auszubrechen, um die CDs für dich zu haben, also wirklich.«

»*Ich* ihn aufs Kreuz legen?«, schrie Brambach. »Er *mich*. Ich hab schließlich den Bruch gemacht bei diesem …« Seine Augen weiteten sich, als ihm einfiel, was ich eben gesagt hatte. »Beiner. Jetzt weiß ich's wieder. Der Typ in Odenthal. Der hieß Beiner. Und der ist auch tot?«

»Aber so was von. Ich weiß auch, wer's war. Und ich habe auf denjenigen eine Mordswut. Vor allem, weil der ja auch meine Frau … Du weißt schon. Ich finde, du bist nicht besonders kooperativ. Aber mir kann's eigentlich egal sein, weißt du? Ich habe eh nicht so viel Erfolg mit meiner Detektei. Sie werden mich verknacken, wenn ich dich umlege, klar, aber vielleicht kriege ich ja mildernde Umstände, weil du, wie gesagt, meine Frau umgebracht hast. Und so ein Leben im Knast ist eigentlich ganz gemütlich. Rumsitzen, fernsehen. Bisschen arbeiten. Das ist ja gar kein Vergleich zu dem Existenzkampf, dem man hier draußen …«

Auf einmal kam ich ins Straucheln. Ich war beim Reden zu nah an Brambach herangekommen, er hatte meinen Knöchel gepackt. Ich streckte die Arme aus, um meinen Fall abzufedern, und schlug hart auf den Boden. Dabei verlor ich die Pistole. Sie klackerte auf den Holzboden und rutschte ein Stück von mir weg. Die Todesangst musste Brambach Riesenkräfte verliehen haben. Blitzartig kam er auf die Beine, trat nach mir. Ich wich aus, und auf einmal hatte er meine Beretta in der Hand. Während ich mich aufrappelte, zielte er schon auf mich. Er hielt die Pistole mit beiden Händen. Sie zitterten. Keine gute Ausgangslage.

»Du verdammtes Arschloch«, rief er. »Wer auch immer du bist. Ich kenne deine Braut nicht. Ich hab diesen Neger weggemacht, weil der in meinen Sachen rumschnüffelte, klar? Das war's aber auch.«

Ich ging direkt zum Angriff über. Brambach schoss, verzog, und ich stürzte mich auf ihn. Er hielt die Pistole fest wie ein Baby, das er schützen wollte. Ich versuchte, sie ihm zu entwinden. Als ich sie hatte, knallte es unmittelbar neben mir, und Brambach schrie auf.

Fast im selben Moment stürmten Leute in die Wohnung.

»Polizei! Weg mit der Waffe.«

Es war der junge Beamte, der mit Opladen unterwegs war. Der Hauptkommissar kam hinterdrein. Toll, dachte ich. Hat er den Neuling vorgeschickt.

Alles war sehr schnell gegangen. Ich stand auf. Brambach blieb liegen und hielt sich den Unterschenkel. Hinter den beiden Polizisten sah ich Flame hereinkommen – gefolgt von Willrath, der immer noch seine Tasche hielt.

Opladen legte seinen Fuß auf meine Waffe.

»Das ist meine Pistole«, sagte ich. »Als ich reinkam, hat mich Brambach überwältigt und mehrmals geschossen.«

»Du Sau«, rief er von unten. »Du hast geschossen.«

»Er ist übrigens der Mörder des Flüchtlings, den ihr in Beyenburg gefunden habt.«

Opladen machte das typische blöde Gesicht, das man von ihm kannte, wenn er staunte.

»Wird er dir alles selbst erzählen«, fuhr ich fort. »Nur dass er Beiner in Gladbach und Wonne, ich meine natürlich meine Freundin Yvonne Freier, an der Raststätte in Remscheid umgelegt hat, will er nicht zugeben.«

Opladens junger Kollege legte Brambach, der mühsam aufgestanden war, Handschellen an. Die Kugel aus der Polizeipistole hatte ihn nur gestreift. Seine Hose war kaputt, darunter blutete er ein bisschen. Er konnte stehen. So schlimm war's also nicht.

Opladen gab dem Jungen ein Zeichen. Der brachte Brambach weg. Dann wandte er sich an Willrath. »Gehen Sie mit. Mein Kollege hat Fragen an Sie.«

»Aber ich hab nichts getan«, rief Willrath. »Ich bin gerade entlassen worden. Die beiden hier haben mich abgeholt. Ihr habt das doch gesehen …«

Opladen winkte ab. »Nur fürs Protokoll.«

Gleich darauf standen wir allein in dem großen Raum. Opladen, Flame und ich. Jetzt bemerkte ich mal wieder den Körpergeruch des Hauptkommissars. Vorhin vor der JVA war er mir gar nicht aufgefallen. Vielleicht wegen der frischen Luft.

»Hat er auch nicht«, sagte Opladen.

Ich brauchte eine Sekunde, bis ich begriff, was er meinte. »Brambach hat Wonne und Beiner nicht … Mensch, Opladen. Ist doch klar, dass er das sagt. Das ist eine reine Schutzbehauptung.«

»Rott, er war es nicht«, beharrte er.

»Und das wisst ihr sicher?«

»Ganz sicher.«

»Aber wir haben Brambach an der Raststätte gesucht. Ihr hattet einen Hinweis. Wer soll denn da sonst rumgeballert haben? Das kann doch nicht sein …«

»Ist aber so. Erstens: Videoaufnahme von Brambach. Knapp zehn Minuten nach dem Schuss auf deine Freundin. Überwachungskamera an einer Bank in Schwelm. Brambach wollte Geld abheben. Die Karte war gestohlen. Zweitens: Beiners Todeszeitpunkt. An einem Tag, als Brambach noch im Knast saß.«

Ich dachte an den Gestank der verwesenden Leiche, und auf einmal verband sich die Erinnerung daran mit Opladens unangenehmer Ausdünstung. Wie lange hatte denn Beiner in dem Auto gelegen?

Zwölf Tage. Wann war Brambach geflohen? Verdammt …

Das stimmte. Es passte nicht. Ich hatte erst in der Woche drauf von dem Ausbruch gelesen …

Wir gingen hinunter. Das dunkelblaue Zivilfahrzeug der Kripo stand direkt vor der Tür. Brambach saß drinnen, die Hände gefesselt. Er starrte vor sich hin. Der junge Kripomann wartete hinter dem Steuer. Wie ein Chauffeur.

»Wie seid ihr eigentlich darauf gekommen, dass wir hier sind?«, fragte ich Opladen.

Er hob die Schultern. »Eins und eins zusammengezählt. Brambachs Ex stand ja immer auf unserer Liste.«

»Sie ist nicht seine Ex«, mischte sich Willrath ein, der neben dem Auto stand.

»Jedenfalls standen ja gleich die Richtigen vor der Tür«, fügte Opladen hinzu. »Und du kommst jetzt mit nach Wuppertal, Rott. Günther will dich sprechen.«

»Weiß ich schon. Der will mir sagen, was du mir gerade gesagt hast. Dass es Brambach nicht war.«

»Und wir müssen das alles hier genau aufschreiben.«

»Ich fahre hinter euch her«, sagte ich. »Mein Golf steht hinten am Supermarkt.«

»Aber keine Extratouren. Ins Präsidium. Jetzt. Klar?«

»Klar.«

Opladen bat Willrath, auf dem Beifahrersitz des Kripofahrzeugs Platz zu nehmen, und stieg hinten ein. Ich ging mit Flame zu meinem Golf.

»Schau dich mal unauffällig um«, sagte ich, als wir etwa fünfzig Meter hinter uns hatten. »Fahren sie?«

»Nein, Sie warten.«

»Mist. Komm, gehen wir einfach weiter.«

Wir bogen auf das Marktgelände ein. Jetzt war hier richtig was los. Als hätten die Menschen das ganze Wochenende gedarbt und müssten nach Ewigkeiten des Mangels ihre Vorräte auffüllen. Ganze Familien waren unterwegs. In den kleinen Durchfahrten zwischen den Parkmarkierungen gab es Staus.

»Ich glaube, jetzt haben sie die Geduld verloren«, sagte Flame. »Sie sind losgefahren.«

Wir erreichten mein Fahrzeug und stiegen ein. Ich überprüfte mein Handy. Es war ausgestellt. Dann wurschtelte ich mich durch die Supermarktkunden und fuhr zurück, an dem dunklen turmartigen Haus vorbei. Dann Richtung Autobahn.

»Der Kripomann hat ja wirklich Vertrauen zu dir«, meinte Flame. »Aber er stinkt.«

»Weiß ich.«

Wir nahmen die Verbindungsstraße zwischen Remscheid und Lennep, die mittendrin von der A 1 gekreuzt wurde.

»Und?«, fragte Flame. »Fährst du ins Präsidium nach Wuppertal?«

»Den Teufel werde ich tun. Die halten mich doch nur auf. Ich will Wonnes Mörder finden. Darauf kommt's jetzt an.«

»Und die CDs …«

»Von mir aus auch die CDs. Die kannst du dann haben. Mir ist Geld mittlerweile egal.« Wieder spürte ich den Druck der Waffe an meinem Oberkörper.

Wie immer gab es einen kleinen Stau beim Abbiegen. Dann hatten wir freie Fahrt.

28

Es dauerte nur ein paar Minuten, und wir erreichten die Raststätte. Ich kurvte genauso die Serpentinen entlang, wie es Wonne am Freitag getan hatte.

Während wir hinauffuhren, kam uns ein blau-silberner Streifenwagen entgegen. Vor Schreck verriss ich fast das Steuer.

»Ganz ruhig«, sagte Flame. »Auch hier fährt manchmal die Polizei vorbei.«

Sie wollten nichts von uns. Ich beruhigte mich wieder, und wir erreichten den oberen Parkplatz. Jetzt, am späten Montagmorgen, war hier wenig los. Die Jogger gingen ihren Jobs nach. Die Wanderer warteten aufs Wochenende. Nur ein älterer Mann leinte gerade seinen Hund an. Ein kleiner schwarzer Pudelmischling, der sich sichtlich auf den Spaziergang freute.

Ich hatte freie Auswahl bei den Parkplätzen. Ich nahm den erstbesten. Wir blieben sitzen und sahen dem Mann zu, der mit seinem Bello im Wald verschwand.

»Hier ist es passiert«, sagte Flame. Es war keine Frage, sondern eine Feststellung.

Ich nickte. »Wir müssen wahrscheinlich ganz von vorne anfangen. Vielleicht findest du ja einen Hinweis, den ich übersehen habe.«

Wir blieben im Wagen sitzen, und ich erzählte.

Alles.

Wie ich zu Hause mit Wonne telefoniert hatte. Wie Opladen gekommen war. Wie ich das Telefonat unterbrochen hatte. Wie wir hier nach Brambach gesucht hatten. Wie Wonne auf einmal aufgetaucht war. Wie der Schuss fiel.

Ich schilderte, welche Vorzüge dieser Tatort besaß. Die phantastischen Fluchtmöglichkeiten für den Täter. Ich erzählte und erzählte. Dann kam ich bei den Szenen mit Manni an, und Flame unterbrach mich.

»Das weiß ich doch schon alles«, sagte sie. »Da war ich nämlich selbst dabei, verstehst du?«

»Ach so, ja …« Ich hatte es völlig übersehen.

Ein paar Sekunden Schweigen entstand. Dann schnallte sich Flame ab und stieg aus. »Ich schau mir das jetzt mal mit eigenen Augen an.«

Ich folgte ihr, während sie an der Kurve, wo die Straße heraufkam, in den Wald ging und genau wie ich vor zwei Tagen die Stelle ausfindig machte, an der der Täter gut versteckt gestanden haben musste.

»Spuren wird's hier keine mehr geben«, sagte sie. »Ach ja, was ist mit der Videoüberwachung?«

»Gibt's nur drüben am Motel. Hier nicht.«

Sie blickte nachdenklich vor sich hin. »Schwierig.«

»War mir klar.«

»Gehen wir mal davon aus, dass der Anruf fingiert war.«

»Welcher Anruf?«

»Der Anruf der Frau bei der Polizei. Nur eine These: Die Anruferin, die Brambach hier angeblich gesehen haben wollte, könnte euch alle absichtlich hergelockt haben.«

»Du meinst, sie wusste, dass ich mit Opladen herkommen würde? Und dass Wonne auch herkommen würde?«

»Langsam. Sie wusste, dass die Polizei kommen würde. Das dürfte wohl klar sein. Und vielleicht hat sie ja deine Freundin ebenfalls herbestellt. Um auf sie zu schießen und ganz in Ruhe zu flüchten, weil dann jeder denken würde, dass es Brambach war. Weil man den ja hier vermutete. Und einen besseren Zeugen als die Polizei gibt's ja gar nicht. Supertarnung, hast du gestern selbst gesagt.«

»Wonne muss also Kontakt zu ihr gehabt haben.«

»Ganz genau. Hast du das Handy deiner Freundin?«

Ich erzählte ihr, dass Opladen es mir kurz überlassen hatte, aber nur zum Anschauen. »Ich habe die letzten Telefonnummern abgeschrieben«, erklärte ich und suchte in meinen Taschen. »So bin ich doch darauf gekommen, dass Wonne und Frau Willrath Kontakt hatten. Und so kam auch heraus, wie Joseph an Wonne kam.«

Da war der Zettel.

Flame holte sofort ihr Smartphone heraus.

»Willst du die alle anrufen?«, fragte ich. »Da wird nicht viel dabei rauskommen.«

»Ich kenne eine Website, über die man so was besser recherchieren kann. Allerdings glaube ich, dass die Anruferin nicht so blöd gewesen sein wird, irgendeine Spur zu hinterlassen. Wahrscheinlich ist sie zu einer Telefonzelle gegangen. Vereinzelt soll's die ja noch geben …«

Sie wischte auf dem Smartphone herum. Auf einmal stutzte sie und sah mich an. »Du, auf meinem Browser ist noch die Seite offen … dieser Artikel über Beiner. Du weißt schon, die Sache, wegen der er vor Gericht ausgesagt hat.«

»Was ist damit?«

Sie starrte auf das Display. »Der damalige Verdächtige wird hier als ›Jochen M.‹ bezeichnet.«

»Du meinst den, der dann während seiner Haftzeit starb?«

»Und dessen Frau die Sprechstundenhilfe von diesem Dr. Schulten in Bergisch Gladbach war. An die sich Schulten angeblich rangemacht hat, weswegen besagter Jochen dann eifersüchtig wurde und Schulten tötete.«

»Jetzt hab ich's wieder. Und?«

»Schau mal, wie sie in dem Artikel die Sprechstundenhilfe genannt haben.« Sie hielt mir das Handy vor das Gesicht. Ich musste die Augen zusammenkneifen, um lesen zu können, was sie meinte.

Flame schnaufte ungeduldig, wischte über das Display und ließ mich erneut gucken. Jetzt war die Schrift vergrößert. »Den Vornamen kennst du, oder?«

Die Erkenntnis rastete in meinem Kopf ein wie ein ordentlich geöltes Schloss.

»Gestern, als wir im Auto darüber gesprochen haben, hast du gesagt, dass sich der Täter von damals gerächt haben könnte«, sagte Flame.

»Hast du nicht behauptet, er sei tot?«

»Richtig, aber das macht es doch nur noch schlimmer. Für seine Frau. Nicht *er* hat sich nämlich gerächt, sondern *sie*.«

Ich stand nachdenklich da. Die Theorie war gut. Sie war fast zu gut.

»Ehe wir uns da reinstürzen, brauchen wir einen Beweis«, sagte ich.

»Glaubst du, das ist alles ein Zufall?«

»Nein. Aber was hat denn nun Wonne damit zu tun?«

»Das lässt sich rausfinden. Indem wir die Dame einfach fragen.« Sie wollte das Handy wegstecken. »Los jetzt. Lass uns keine Zeit verlieren. Wahrscheinlich hat sie auch die CDs.« In ihren Augen flackerte Enthusiasmus.

»Aber sie konnte doch nicht wissen, dass ich bei Manni war.«

»Das wird sich auch noch aufklären. Nun mach schon.«

Mir kam eine Idee. »Gib mir mal dein Handy.«

»Was willst du damit?«

»Tun, was du vorgeschlagen hast.«

Sie reichte es mir. Ich tippte mit spitzen Fingern auf dem Webbrowser herum. Dann hatte ich die Website von Gut Landscheid aufgerufen. Es ging rasend schnell. Flame musste einen dieser teuren Superaccounts haben. Ich merkte mir die Nummer, öffnete die Tastatur und gab sie ein. Eine Damenstimme meldete sich.

»Guten Tag, hier ist die Gemeinschaftspraxis Berger und Schmidt«, sagte ich und sprach etwas tiefer als sonst. »Ist Frau Meurer im Hause?«

»Da müsste ich nachhören …«

Es gab ein bisschen Hin und Her, dann meldete sie sich.

»Dr. Berger hier«, sagte ich. »Frau Meurer?«

»Ja.«

»Entschuldigen Sie, ich weiß nicht, ob ich bei Ihnen richtig bin. Es war etwas schwierig …«

»Worum geht's denn? Ich muss wieder an die Arbeit.«

»Wir haben die Praxis von Dr. Schulten übernommen. In Bergisch Gladbach.«

»Dr. Schulten?«

»Ja, die Praxis stand eine Weile leer … Na ja, jetzt sind wir drin. Und wir haben hier Unterlagen gefunden, die mit einer Marlene Meurer zu tun haben, die hier offenbar gearbeitet hat … Sind Sie das?«

Ihre Stimme senkte sich. Dann flüsterte sie: »Wie sind Sie darauf gekommen, dass ich hier auf Gut Landscheid arbeite?«

»Das kann ich Ihnen auch nicht sagen, meine Mitarbeiterin hat das irgendwie herausgekriegt. Fragen Sie mich nicht, wie. Es geht doch nichts über fähige Arbeitskräfte.« Ich lachte gekünstelt. »Sie sind doch die Richtige, oder?«

»Können wir wann anders darüber sprechen? Und wieso interessiert Sie das überhaupt?«

»Wir wissen nicht so recht, wohin mit dem Zeug. Ich dachte, Sie wollen die Unterlagen vielleicht haben. Es geht unter anderem um Rentenversicherungszeiten und so was, das könnte ja vielleicht mal wichtig sein. Kommen Sie einfach vorbei. Die Adresse haben Sie ja sicher noch. Oder rufen Sie irgendwann an. Ach so, wir haben ja noch gar kein Festnetz. Die Praxis wird ja gerade renoviert. Warten Sie also am besten nicht zu lange.«

»Ja, mach ich. Danke.«

Es klickte in der Leitung. Sie hatte einfach aufgelegt.

»Echt schlau«, sagte Flame. »Muss ich zugeben. Und? Ist sie's?«

Ich nickte.

»Ich wünschte, ich hätte mich auch mit ihr unterhalten«, sagte Flame. »Dann wäre sie womöglich früher in Erklärungsnot gekommen. Sie stand ja auf meiner Liste. Die Beiners hatten mir alle möglichen Telefonnummern gegeben, die Beiner gewählt hatte. Und da war Marlene Meurers Privatanschluss dabei.«

Mir gegenüber hatte sie behauptet, sie habe von Beiner nichts wissen wollen. Klar, dass das gelogen war. Sie hatte mit ihm Kontakt gehabt. Den brauchte man, wenn man jemanden ermorden wollte.

Flame sah auf einmal an mir vorbei. »Guck mal da.«

Ich drehte mich um. Der Streifenwagen war wieder da. Ich wusste natürlich nicht, ob es derselbe war wie vorhin. Das war auch ganz egal, denn auf der Beifahrerseite stieg Opladen aus. Er sah sich um, aber er konnte uns nicht sehen, denn wir waren ja durch die Bäume verdeckt. Neben ihm stand ein Uniformierter. Jetzt sprachen sie kurz miteinander.

»Verdammter Mist«, rief ich. »Die Polizisten, die vorhin an uns vorbeigefahren sind, haben mich erkannt.« Mittlerweile war mein Gesicht vielen der Beamten rund um Wuppertal bekannt. Und irgendwie hatte sich wohl auch herumgesprochen, dass Opladen und Günther mich suchten. »Was machen wir jetzt?«, fragte ich.

»Du hast genau zwei Möglichkeiten. Entweder präsentierst du deine Ergebnisse den Bullen, oder du bringst es allein zu Ende. Was willst du?«

»Allein«, kam es ganz von selbst aus mir heraus. »Ich bringe das allein zu Ende.«

»In Ordnung. Dann mach das. Ich lenke die Bullen ab. Du fährst weg. Viel Glück, Remi.«

Damit rannte sie davon. Sie nahm den Umweg über den Wanderweg, sodass sie weiter hinten am Motel aus dem Wald kam. Opladen und der Uniformierte entdeckten sie nicht, denn sie hatten ja mein Gesicht als Beuteschema im Kopf. Sie waren wohl noch nicht darauf gekommen, dass sie direkt neben meinem Auto standen. Flame gab ihnen keine Gelegenheit, sich damit zu befassen, denn sie rannte auf die Beamten zu und sagte etwas. Ich konnte es nicht verstehen, aber ich ahnte es anhand der Lippenbewegungen.

Suchen Sie Rott?

Opladen nickte, sagte wieder etwas zu seinem Kollegen.

Flame deutete in Richtung des Motels, machte ein paar Bewegungen, als wollte sie andeuten, dass ich in Richtung der Talsperre weggegangen wäre.

Die beiden setzten sich sofort in Bewegung und verschwanden auf der anderen Seite des Parkplatzes.

Flame, die in ihrem Rücken war, blickte in meine Richtung und hob verstohlen den Daumen. Dann eilte sie den Beamten hinterher.

Ich rannte zum Wagen und fuhr, so schnell ich konnte, davon. Während es über die Serpentinen abwärtsging, fiel mir auf, dass Flame mich gerade »Remi« genannt hatte. Nicht »Rotti« oder »Rottischrotti«.

Zum ersten Mal.

29

Der Parkplatz vor Gut Landscheid war wesentlich leerer als am Samstag. An der Rezeption wartete dieselbe schwarz gekleidete Dame, die auch vor drei Tagen da gewesen war.

»Guten Tag«, sagte ich. »Könnte ich bitte noch mal mit Frau Meurer sprechen? Vielleicht erinnern Sie sich an mich, ich war am Samstag schon mal hier.«

Sie runzelte die Stirn. »Ich muss mich erkundigen, ob sie da ist.«

»Sie ist da«, sagte ich. »Ich hatte vorhin hier angerufen und kurz mit ihr gesprochen.«

»Sie?«

»Ja, das heißt, ich meine ... Ich wollte sagen, diese Arztpraxis hat angerufen. Es hat mit meinem Auftrag zu tun. Könnten Sie sie herbestellen bitte?«

»Sie ist danach nach Hause gegangen, um was zu holen. Ich weiß nicht, ob sie schon wieder zurück ist.«

»Nach Hause? Während der Arbeit?«

»Sie hat das unten abgeklärt. Warten Sie bitte einen Moment.« Sie wies auf die Sitzecke, die ich schon kannte. »Sie können sich gern setzen.«

Ich nahm Platz, während sie telefonierte.

»Ah, da kommt sie gerade.«

Ich sah zur Tür. Hinten auf der Zufahrtsstraße kam ein Mofa auf das Hotel zugefahren. Marlene Meurer trug einen Helm, aber ich erkannte ihre schmale Statur. Ich stand auf, ging hinaus bis über die kleine Brücke, und da kam sie mir schon entgegen – eine Tasche über der Schulter. Diesmal trug sie nicht die schwarz-rote Hotelkluft, sondern eine verwaschene Jeans, ein Sweatshirt und darüber eine dünne hellbraune Jacke. Den Helm hatte sie wohl an ihrem Fahrzeug gelassen.

»Frau Meurer, ich würde mich gern noch mal mit Ihnen unterhalten«, sagte ich.

»Ich habe keine Zeit, ich muss arbeiten. Ich hab eh gerade für nichts und wieder nichts eine Dreiviertelstunde verpasst …« Sie wollte an mir vorbei, aber ich trat ihr in den Weg.

»Nur ganz kurz.«

»Melden Sie sich, wenn ich freihabe. Heute ab siebzehn Uhr.«

»Ich kann auch gleich die Polizei holen«, sagte ich scharf.

Sie war schon bis zum Eingang gekommen, blieb jetzt aber stehen und sah mich an.

»Die Polizei.«

Keine Frage, eine Feststellung. Als wäre ihr plötzlich etwas klar geworden.

»Sie sind, ich meine, Sie waren die Frau von Jochen Meurer, der durch Herrn Beiner ins Gefängnis kam.«

Sie sah mich nachdenklich an. »Was soll diese alte Geschichte?«

»Ihr Mann hat Herrn Dr. Schulten umgebracht. Deswegen wurde er verurteilt.«

Wieder dieser Blick – verbunden mit langem Schweigen.

»Das ist nicht wahr«, sagte sie schließlich.

»Sie meinen, ich verwechsele Sie? Sie sind gar nicht … aber Sie haben eben gesagt …«

»Mein Mann hat Schulten *nicht* umgebracht«, sagte sie. »Das ist es, was nicht stimmt. Es war Beiner. Und ich habe zu lange gebraucht, bis mir das klar wurde.«

Sie schüttelte den Kopf, drehte sich einfach um und ging in das Hotel. Ich lief hinterher. Sie eilte die Treppe hinunter.

»Ich rede nur kurz mit ihr«, sagte ich im Vorbeigehen zu der Rezeptionistin. »Es dauert nicht lange. Dann wird sie zu ihrer Arbeit zurückkehren.« Der letzte Satz war wahrscheinlich gelogen.

Als ich den Fuß der Treppe erreicht hatte, sah ich Marlene Meurer nicht mehr.

Ich folgte dem gelb gestrichenen Flur mit den asiatischen Motiven zu dem Personalbereich, wo wir uns das letzte Mal getroffen hatten. Doch hinter der weißen Tür mit der Aufschrift »Kein Durchgang« war niemand.

»Marlene, was machst du denn da drin?«

Die Stimme kam aus der anderen Richtung. Ich ging ihr nach.

Da gab es eine weitere kleine Rezeption für den Wellnessbereich. Eine Kollegin von Frau Meurer, die wahrscheinlich dafür zuständig war, blickte durch eine gegenüber dem Empfangstresen liegende Tür in einen Raum hinein. »Ist das etwa eine Pistole?«, rief sie und riss erschrocken die Augen auf.

Ich schob die Angestellte zur Seite und warf dabei vorsichtig einen Blick durch den Türrahmen.

Marlene Meurer kauerte vor einer Wand. In der Hand hatte sie etwas, das tatsächlich wie eine Waffe aussah.

»Was ist los?«, fragte die Kollegin leise, aber mit deutlicher Panik in der Stimme. »Hat sie da drin eine Pistole gefunden? Das gibt's doch gar nicht.«

»Ich klär das«, sagte ich. »Was für ein Raum ist das? Wohin geht's da?«

»Na, in unsere Weinstube. Dahinter ist der Weinkeller. Da geht's nicht weiter. Wer sind Sie überhaupt?«

»Glauben Sie mir, ich kläre das«, insistierte ich. »Gehen Sie nach oben. Sagen Sie aber nichts.«

Sie ging weg. Ich betrat den Raum und schloss die Tür hinter mir. Es hatte wenig Sinn, denn sie war aus klarem Glas.

Die Wände hier drin erinnerten mich an ein rohes Kellergewölbe wie in einer Burg. In der Mitte stand ein großer Tisch mit Kerzenleuchtern und bordeauxroter Tischdecke, umringt von Stühlen. Dahinter führte ein halbrunder Durchgang in den nächsten Raum. Dort lagerten wahrscheinlich die edlen Tropfen. Der Weg dorthin war durch ein Gitter versperrt, vor dem Marlene Meurer jetzt stand. Trotzdem gab es einen Fluchtweg: In der rohen Mauer trug eine weiße Tür die Aufschrift »Notausgang«. Der Weg war zusätzlich ganz nach Vorschrift grün leuchtend ausgeschildert. Von irgendwoher kam ein leises Plätschern, als gebe es in diesem Raum einen Brunnen.

Marlene Meurer zielte auf mich. Die Pistole musste sie von zu Hause geholt haben. Nachdem sie gemerkt hatte, dass mein angeblicher Anruf aus der Arztpraxis ein Fake gewesen war. Ich hatte nicht damit gerechnet, dass sie so schnell reagieren würde.

»Ich tue Ihnen nichts«, sagte ich. »Ich will nur die Wahrheit wissen.«

»Die Wahrheit …«, sagte sie. »Keiner will die Wahrheit hören. Ich war so verzweifelt.«

»Weil Ihr Mann im Gefängnis umgekommen ist?«

»Was denken Sie denn? Natürlich! Aber verzweifelt war ich schon vorher. Es ist kein Spaß, wenn jemand unschuldig in den Knast wandert. Und dann auch noch wegen Mordes. Wir hatten es gerade geschafft. Beruflich. Und finanziell. Konnten unser Haus abbezahlen. Hatten verkraftet, dass ich das Kind verloren hatte. Wissen Sie, wie viele Beziehungen an so einem Schicksalsschlag scheitern?«

»Ihr Mann war unschuldig am Tod von Dr. Schulten?«

»Mein Mann hatte mit der ganzen Sache überhaupt nichts zu tun. Dr. Schulten und Gerhard Beiner haben sich vor dem Mord dauernd gestritten. Es ging um Geld. Um Geld in der Schweiz. Die haben gedacht, ich kriege das nicht mit. Aber ich hab es gehört. Ich hab ja in der Praxis gearbeitet. Und Jochen hat von Anfang an gesagt, dass da noch jemand war, als er an dem Abend mit Schulten reden wollte.«

»Worüber wollte er mit ihm reden?«

»Über das, woraus man später sein Mordmotiv gestrickt hat. Schulten hatte sich dauernd an mich herangemacht. Natürlich war Jochen eifersüchtig. Er wollte mich beschützen, wollte, dass das aufhört. Aber er hat ihn doch nicht getötet.«

Ich verstand, was sie meinte. Ihr Mann war zu Schulten in die Praxis gegangen, um ihn zur Rede zu stellen. Beiner war dort gewesen, hatte das mitbekommen. Er hatte die Auseinandersetzung ausgenutzt und Schulten ermordet. Danach brauchte er der Polizei nur noch davon zu erzählen. Jochen Meurer hatte ein Motiv, aber kein Alibi, denn er war ja tatsächlich dort gewesen. Der ideale Sündenbock.

Es ging um Beiners CD-Handel. Schulten musste dahintergekommen sein. Vielleicht hatte er Beiner erpresst. Vielleicht hatte er versucht, ihn davon abzubringen. Vielleicht stand er selbst auf einer der CDs.

»Ich kann verstehen, wie es ist, einen geliebten Menschen zu verlieren«, sagte ich.

»Nein, das können Sie nicht.«

»Oh doch. Denn ich fürchte, Sie haben meine Frau auf dem Gewissen.«

Marlene Meurer gab etwas von sich, was wie ein Schnaufen klang. Sie hatte begriffen. »Sie meinen Frau Freier?«

Ich sagte nichts. Marlene Meurer zielte jetzt nicht mehr auf mich. Die Mündung der Waffe zeigte auf den Boden.

»Sie haben Brambachs Flucht benutzt, um die Polizei zur Raststätte zu locken. *Sie* haben den anonymen Anruf abgesetzt. Und es ist Ihnen gelungen, meine Freundin zur selben Zeit dorthin zu bestellen.«

Sie sah auf. »Sie lügen mich an. Was denn nun? Frau oder Freundin?«

Ich ging nicht darauf ein. »Haben Sie sie erschossen oder nicht?«

Schweigen breitete sich aus. Ein Schweigen, das so dicht und so fest war wie Stein.

Gleich wirst du deine Antwort bekommen, dachte ich. Gleich wirst du aus ihrem Mund hören, ob sie Wonnes Mörderin ist.

Was wirst du tun, wenn sie es klipp und klar zugibt?

Dann ist der Weg zur Rache endlich frei.

Du kannst deiner Wut freien Lauf lassen.

Marlene Meurer hatte den Kopf nach vorne geneigt. Sie hielt die Pistole in der rechten Hand, den Arm ausgestreckt und auf ihr Knie gestützt. »Sie tauchte eines Tages hier auf, weil sie Beiner suchte«, sagte sie. »Keine Ahnung, warum sie so ein Aufhebens um ihn machte. Alle dachten doch, er sei in der Schweiz. Sogar seine eigene Familie dachte das. Ich weiß nicht, ob sie über Beiners Zeugenaussage in Jochens Fall Bescheid wusste und die richtigen Schlüsse ziehen würde, wenn man seine Leiche erst einmal gefunden hätte. Riskieren durfte ich es trotzdem nicht. Eine Journalistin war das Letzte, was ich gebrauchen konnte.«

»Also haben Sie sie getötet?« Ich schob langsam meine Hand unter die Jacke. Schon ertasteten die Finger die Pistole.

Marlene Meurer beachtete mich nicht. Sie schien auf einmal in Gedanken versunken zu sein. Ich konnte die Beretta verdeckt von dem Stoff aus dem Holster ziehen und entsichern.

»Ich muss wissen, wer meine Frau getötet hat«, sagte ich, wobei ich das Wort »Frau« deutlich betonte.

»Jochen hat Schulten nicht umgebracht«, sagte sie.

»Das weiß ich, Frau Meurer, aber …«

»Ich habe Nachforschungen angestellt, immer und immer wieder. Jemand aus der Kneipe gegenüber hat gesehen, dass Beiner kurz nach dem Mord aus dem Haus kam, in dem sich die Praxis befand. Aber ich konnte den Zeugen erst vor zwei Wochen finden. Da wusste ich, dass es Beiner war. Und ich musste doch etwas tun. Ich musste Jochen rächen. Er ist im Gefängnis bei einer Messerstecherei mit anderen Häftlingen gestorben. Er hatte mit der ganzen Sache nichts zu tun, er war vollkommen unschuldig.«

Rächen, dachte ich. Sie hat ihren Mann gerächt. Ich muss Wonne rächen.

»Sie geben es also zu.«

Jetzt sah sie mich wieder an, und sie wirkte wie versteinert. Als hätte sie einen Entschluss gefasst.

Innerhalb eines gefühlten Sekundenbruchteils hob sie den Arm mit der Hand, die die Waffe hielt. Sie zielte aber nicht auf mich, sondern drehte die Waffe und hielt die Mündung an ihren Kopf. Reflexartig zog ich meine Beretta heraus und schoss. Ein trockener Knall fetzte durch den Raum. Dann lag Marlene Meurers Pistole auf dem Boden, und sie hielt sich den Arm. Offenbar war sie verletzt. Sofort versuchte sie, an ihre Pistole zu gelangen. Ich stürzte mich auf sie.

Sie gab nicht auf. Wir rangen miteinander, und mir wurde klar, dass diese zierliche Person überraschend gut durchtrainiert und kräftig war. Als ich ihren Arm packte, stöhnte sie auf vor Schmerz. Plötzlich war alles voller Blut. Endlich bekam ich die Pistole zu fassen, draußen näherte sich Getrappel, und die Tür flog auf.

»Waffe weg, Polizei.«

Das hatte ich heute schon mal gehört. Ich brauchte auch gar nicht nachzuschauen, wer da im Raum stand. Das roch ich an der schweißigen Note, die er vor sich herschob. Ich sah Opladen, seinen uniformierten Kollegen vom Rastplatz – und Flame.

Ich musste nichts erklären. Sie kümmerten sich gar nicht um mich, sondern packten Marlene Meurer und nahmen sie mit.

»Wir wissen alles, Rott«, sagte Opladen. »Und wenn du nicht wieder abhaust, geht's dir gleich genauso.«

Ich rappelte mich auf, stieß mich an dem Tisch, hielt mir den Kopf. Noch immer wurde ich das Bild nicht los. Das Bild von Marlene Meurer, die sich umbringen wollte. Ich hatte sie mit der letzten Kugel aus meinem Magazin daran gehindert.

»Komm mit rauf«, rief Flame im Hinausgehen. »Da gibt's was, was du erfahren solltest.«

»Ja, ja«, brummte ich, steckte meine Beretta sorgfältig ein und ging nach oben. Meine Knie waren weich, das Treppensteigen nicht unbedingt leicht.

Vor dem Hotel stand der blau-silberne Polizeiwagen. Marlene Meurer saß mit gesenktem Kopf darin, während Opladens Kollege mit Verbandmaterial hantierte. Die Verletzung schien nicht gerade bedrohlich zu sein.

Es war vorbei.

Es war wirklich vorbei.

Nun hatte ich gar nichts mehr. Wonne nicht. Meine Wut nicht mehr. Keinen, auf den ich alles abwälzen konnte.

Der Sinn meines Lebens war verschwunden, zu Boden gesunken wie das letzte Korn in einer Sanduhr.

»Du kommst dann gleich nach Wuppertal, ja?«, rief Opladen, bevor er ins Auto stieg.

»Lasst mich doch alle in Ruhe«, murmelte ich. Erst jetzt bemerkte ich, dass ich Blut an der Hand hatte. Marlene Meurers Blut. Ich drehte mich zum Eingang um, wo ein ganzer Pulk Hotelpersonal stand und mich anstarrte. Ich brauchte ein Waschbecken, wollte mich ungeachtet der Blicke in Bewegung setzen und wieder reingehen, doch da hielt mich jemand fest. Flame.

»Warte einen Moment«, sagte sie. »Du musst zuerst was Wichtiges erfahren.«

»Ja, ja, gleich …«

»Nein jetzt. Hör mir zu. Ich habe die Bullen hergebracht, nachdem ich auf der Raststätte mit ihnen gesprochen habe.«

»Ja, hast du. Danke.«

»Hör mir zu, verdammt noch mal. Und jetzt nimm das hier.« Sie hielt mir ihr Handy hin.

»Wer ist da dran?«, fragte ich. »Günther?« Die Aussicht, ins Präsidium nach Wuppertal zu müssen, um bürokratische Fragen für das Protokoll zu beantworten, verursachte mir Übelkeit.

»Es ist jemand, den du unbedingt sprechen musst«, erwiderte Flame. »Aber nur eine Minute. Absolute Ausnahme.«

Also schön, dachte ich. Lieber jetzt mit Günther reden. Dann wird's nachher vielleicht kürzer. Aber wieso nur eine Minute? Ich nahm das Telefon.

»Hallo?«

»Hallo? Herr Rott?« Es war nicht Günther, es war eine Frauenstimme. »Hier ist Dr. Rosenfeld.«

Rosenfeld? Ich brauchte ein paar Atemzüge, bis mir einfiel, dass das die Ärztin aus Merheim war. Die Ärztin, die Wonne versorgt hatte.

»Wie Frau Schuppenberg eben gesagt hat, Herr Rott. Nur eine Minute. Moment …«

Sie schien sich abzuwenden, und es war Schweigen in der Leitung.

Was war hier los? Was sollte das?

Dann hörte ich eine Stimme. Es war eigentlich nur der Hauch einer Stimme. Einer Stimme, die ich, obwohl sie so sanft und leise wie ein entfernter Luftzug war, sofort erkannte.

»Remi … hörst … du … mich?«

Was …

»Re…mi.« Sie räusperte sich. Ganz vorsichtig. Als hätte sie dabei starke Schmerzen. »Hallo?«

Es war Wonne.

Mein Mund war trocken. »Hallo? Nein … ich meine, ja, ich höre dich.«

Die Nähe zu den Leuten vom Hotel und zu Flame war mir auf einmal zu viel. Der Polizeiwagen war schon weg. Ich ging mit dem Telefon am Ohr hinaus auf den Parkplatz.

»Wonne«, sagte ich. »Wonne?«

»Ja.«

Und dann war da wieder Schweigen. Etwas raschelte, und ich hörte wieder die Ärztin.

»Ihre Freundin lebt«, sagte sie.

Nicht Freundin, dachte ich.

Nicht Freundin.

Frau.

30

Eine gute Stunde später blickte ich in die hellen Augen von Kriminaldirektor Günther. Sein Anzug saß wie immer perfekt. Diesmal war er nicht grau glänzend, sondern dunkelblau.

»Sie wissen, was ich von Ihren Einmischungen halte«, sagte er.

»Warum haben Sie mir das verschwiegen?«, fragte ich. »Das mit Wonne?«

»Ihre Freundin …«, begann er mit ernster Miene. Ich korrigierte ihn nicht. »Sie war in großer Gefahr. Deswegen haben wir an die Presse herausgegeben, dass sie tot ist.«

»In großer Gefahr?«

»Am Samstagvormittag ist jemand in die Intensivstation eingedrungen und hat versucht, sie doch noch zu töten.«

»Marlene Meurer?«

»Vermutlich. Die Kollegen vernehmen sie gerade. Sie wird es vielleicht zugeben. Jedenfalls erschien es uns erst mal sicherer, offiziell zu verbreiten, der Anschlag sei gelungen. Damit der Täter, der sich ja nun wohl als Täterin entpuppt hat, nicht wiederkommt.«

»Und mir sagen Sie nichts davon?«, rief ich. »Ich dachte die ganze Zeit …«

»Hören Sie eigentlich mal zu, wenn man Ihnen was sagt? Ich habe es versucht, mehrmals sogar. Schon vergessen? Sie haben sich ja der Kommunikation entzogen. Ich hätte Opladen in Kenntnis setzen sollen, bevor ich ihn losschickte, um Harry Willrath zur Befragung zu holen. Aber woher sollte ich denn wissen, dass Sie eine halbe Stunde später versuchen würden, Brambach umzulegen? Gottlob sind die beiden dann Ihrer Kollegin über den Weg gelaufen. Sie wusste, wo Sie waren, und so kamen wir genau richtig.« Er ließ das sacken und sah mich prüfend an. »Ich hätte übrigens nicht gedacht, dass Sie das hinkriegen.«

»Was? Marlene Meurer zu überführen?«

»Das auch. Nein, ich meine Ihr Verhalten da in dem Weinkeller. So viel hat Frau Meurer schon gesagt, dass wir wissen, was dort passiert ist. Als Sie erfuhren, dass diese Frau Ihre Freundin ermordet hat – da hätten Sie auch einfach ausrasten und sie erschießen können. Zumal sie ebenfalls bewaffnet war. Stattdessen schießen sie ihr die Waffe aus der Hand, mit der sie Selbstmord begehen wollte. Oder haben Sie sie nur zufällig getroffen?«

Ich überlegte. Dann tat Günther etwas, was er selten tat. Er lächelte. Und mir wurde klar, dass er die Frage nicht ernst gemeint hatte. Ich wusste die Antwort auch nicht.

»Suchen Sie sich was aus«, sagte ich.

In den nächsten Tagen kümmerte ich mich um Wonne. Über die Sache mit der Schwangerschaft sprachen wir nicht. Noch nicht. Doch es musste bald sein, das war mir klar. Es hatte keinen Sinn, wieder etwas zu verdrängen.

Manchmal telefonierte ich mit Flame.

»Ich weiß, dass du jetzt nichts mehr damit zu tun haben willst«, sagte sie. »Aber eine Sache ist immer noch nicht geklärt. Wer hat denn nun die CDs?«

»Weiß ich nicht«, sagte ich. »Und ich will es auch gar nicht wissen.«

»Auch nicht, wenn damit eine Menge Geld zu holen ist?«

»Ich habe etwas viel Wertvolleres als Geld«, sagte ich und dachte an Wonne, die immer noch schwach in ihrem Krankenbett lag.

Aber Flame hatte recht. Es war eine unbeantwortete Frage. Und als eine knappe Woche vergangen war, ging ich noch mal alle Fakten durch.

Derjenige, der die CDs hatte, musste gewusst haben, wo sie waren. So einfach war das. Und wer kam da schon in Frage?

Nachdem Jutta erfahren hatte, dass Wonne wieder gesund werden würde, hatte sie sie im Krankenhaus besucht. Dann war sie ein paar Tage unterwegs gewesen. Als wir danach telefonierten, kam mir unwillkürlich eine Idee.

»Hast du eigentlich dein altes Motorrad noch?«, fragte ich.

»Hättest du es haben wollen? Ich hab's gerade verkauft.«

»Was heißt gerade?«

»Vor drei Tagen.«

»Das heißt, in den Tagen nach der Sache mit Wonne hattest du es noch? Und angemeldet war es auch, oder?«

»Wieso interessiert dich das?«

»Sag mal, du hast nicht zufällig Geld in der Schweiz? Auf dieser Bank von Thun oder bei der SBSK-Bank?«

»Und wenn schon. Das ist nicht verboten. Man muss seine Einkünfte nur ordentlich versteuern.«

»Und das tust du?«

»Willst du etwa das Gegenteil beweisen? Fängst du jetzt solche Geschäfte an wie dieser Beiner?«

»Wenn ich die CDs hätte, könnte ich es ja vielleicht tatsächlich beweisen …«

»Wenn das Wörtchen ›wenn› nicht wär.«

»CDs sind Sondermüll«, sagte ich.

»Weiß ich.«

»Und die Daten sind sicher auch woanders gespeichert. Auf jeden Fall bei der Bank selbst.«

»Deswegen sollten diejenigen, die das betrifft, die betreffenden Konten so schnell wie möglich auflösen.«

Damit war auch der letzte Zweifel beseitigt.

»Hast du das ganze Bargeld hergebracht?«, fragte ich. »Liegt es etwa alles bei dir zu Hause rum?«

»Es gibt Schließfächer. Und jetzt wechseln wir das Thema, ja?«

»Ich denke, da dürfte ein kleines Honorar für mich drin sein. Schließlich habe ich dich ja davor bewahrt, aufzufliegen. Oder weißt du was? Spendier Wonne und mir einen Urlaub. Vielleicht die Hochzeitsreise?«

»Darüber können wir reden«, sagte sie. »Aber nicht am Telefon.«

»Dann denk aber auch an einen Anteil für Flame.«

Es machte klick.

Jutta hatte aufgelegt.

Dank

Mein Dank gilt Herrn Dr. med. Raimund Bardua für medizinische Details, Herrn Gerd Böttcher vom Rettungsteam des Hubschraubers »Christoph 3« für wichtige Hinweise beim fiktiven Einsatz an der Raststätte Remscheid und der Leitung von Gut Landscheid für die »literarische Drehgenehmigung«. Außerdem danke ich meiner Frau Claudia für die erste Korrektur sowie dem Emons-Team, besonders Marit Obsen, für die vielfältige Unterstützung meiner Rott-Serie.

Oliver Buslau

Oliver Buslau
BERGISCH SAMBA
Broschur, 256 Seiten
ISBN 978-3-89705-326-7
»Spannend, solide und sauber geschrieben. Zu empfehlen.«
Westdeutsche Zeitung

»Ein reines Lesevergnügen.« Bergisches Handelsblatt

Oliver Buslau
NEANDERMORD
Broschur, 240 Seiten
ISBN 978-3-89705-565-0

»Buslau verbindet sympathisch gezeichnetes Bergisches Lokalkolorit mit der Figur eines geradezu vertraut wirkenden Mittvierzigers – vom Leben immer leicht überfordert, aber hartnäckig und dickköpfig für zehn.« WDR 4, Buchtipp

»Alles, was Rott-Fans lieben: Spannung, griffige Charaktere und reichlich Lokalkolorit.« Westdeutsche Zeitung

der
vampir
von
Melaten
emons: fantasy

Oliver Buslau

SCHATTEN ÜBER SANSSOUCI

Broschur, 416 Seiten

ISBN 978-3-89705-854-5

»Eine packende Kriminalgeschichte über höfische Intrigen, Verrat und Mordkomplotte am königlichen Hof. Ein gelungener Beitrag zum Friedrich-Jahr.« NDR 1

»Fast schon ein Geschichtsbuch, so gut sind die historischen Fakten von dem Rheinländer recherchiert.« rbb

»Buslaus Roman ist ein spannendes Lesevergnügen.«
Passauer Neue Presse

»Oliver Buslau überzeugt mit einer pfiffigen Kombination aus Krimi und Geschichte, aus Spannungselementen und Bonmots.«
Kölner Stadt-Anzeiger

Oliver Buslau

DER BULLE VON BERG

Broschur, 288 Seiten

ISBN 978-3-95451-249-2

»Es geht wieder kreuz und quer durch das Bergische, unterbrochen von Hinweisen auf die Geschichte und Geschichten der Region, die zum Teil eher unbekannt sind. Das ist unterhaltsam und leichtgängig zu lesen und macht das Buch zu einer idealen Urlaubslektüre.«

Bergische Blätter